Das Haus der dunklen Träume

Stefanie Kasper

DAS HAUS DER DUNKLEN Träume

Roman

Weltbild

Besuchen Sie uns im Internet:
www.weltbild.de

Genehmigte Lizenzausgabe für Verlagsgruppe Weltbild GmbH,
Steinerne Furt, 86167 Augsburg

Umschlaggestaltung: Johannes Frick, Neusäß/Augsburg
Umschlagmotiv: www.shutterstock.com
Gesamtherstellung: GGP Media GmbH, Pößneck
Printed in the EU
ISBN 978-3-86365-675-1

2016 2015 2014 2013
Die letzte Jahreszahl gibt die aktuelle Lizenzausgabe an.

Meinen Großeltern gewidmet

Es ist wahrlich höchst sonderbar: erscheint ein Komet am Himmel, alsofort sind aller Augen beschäftigt; da studiert alles, was Astronomie liebt, wie er seinen Gang nimmt und so weiter. Wird eine neue Luftart entdeckt, alsofort sind die Physiker dahinter, um sie zu untersuchen. Findet einer ein Kraut, ein Insekt oder einen Stein, der noch nicht bekannt, noch nicht beschrieben ist: welch ein Aufsehens, welch eine Merkwürdigkeit wird daraus gemacht! Sobald aber von Erscheinungen die Rede ist, die nur von ferne Winke auf die Wahrheiten der christlichen Religion, auf die Fortdauer der Seelen nach dem Tod, auf die Sinnenwelt geben, Erscheinungen, die millionenmal wichtiger sind als alle Naturphänomene in der Körperwelt, da geht man mit höhnischer Miene vorüber und schreit: Aberglaube! Schwärmerei! Man schimpft und lästert alle, die hier prüfen, untersuchen und berichtigen. Die Resultate ihrer Untersuchungen, seien sie auch noch so wahr und apodiktisch bewiesen, werden als unbedeutend, höchst gefährlich und der menschlichen Gesellschaft höchst nachteilig verschrien und unterdrückt, soviel als nur immer möglich.

Aber Schriften, die den Unglauben, den Abfall von Christo verkündigen, und die schlüpfrigsten Romane, denen lässt man freien Lauf, danach kräht kein Hahn … Gott, welch ein Jammer! Und welche Verkehrtheit der so hochgerühmten Aufklärung!

(J. H. Jung-Stilling, 1740–1817)

Prolog

Die Frau fuhr ruckartig hoch. Sie war auf ihrem Sessel eingenickt, die Näharbeit aus den erschlafften Händen geglitten. Draußen dämmerte es. Nebel stieg von den Senken und Tälern der Umgebung auf. Sie hörte das Rauschen des Flusses, der für die Jahreszeit ungewöhnlich viel Wasser führte. Durch das Fenster sah sie zwei Elstern im Gemüsebeet hocken und im Dämmerlicht keckernd den nahenden Winter beklagen.

Wie magisch angezogen wanderten ihre Hände – fahl und fleckig, die Nagelränder eingerissen und an manchen Stellen blutig – zu dem sanft gerundeten Leib und kamen darauf zu liegen. Leise begann sie zu singen.

> Schlaf ein, mein Kind, schlaf ein,
> behüt' von treuen Engelein,
> beschirmt von Gottes gnädgem Schein.

Ihre Stimme war rau und brüchig. Sie wusste, ihre Kraft ließ nach. Mit jedem Atemzug strömte das Leben aus ihr heraus, gleich dem weichen Abendlicht, das Zwielicht und Schatten weichen muss, bis schlussendlich auch das letzte Flecklein hellen Tages vergeht.

> Schlaf ein, Kindlein, schlaf ein,
> Schutz und Schirm seien dein,
> in jedem süßen Träumelein.

Sie hätte den Doktor zu sich bestellen können. Doch lieber hing sie ihren Erinnerungen nach. Glück und Leid, Liebe und Hass – wie nahe lagen diese Gefühle doch beieinander. Und nur ein Lüftchen, ein schicksalhafter Windhauch entschied über Triumph oder Niederlage eines Menschenlebens.

Sie fragte sich, weshalb der Herr im Himmel ihr eine solche Marter auferlegt hatte. Weshalb fuhr dieser grausame, rächende Gott, dem sie in der Kirche huldigte, seit sie denken konnte, Tag für Tag auf sie nieder und hielt Gericht?

Tränen perlten ihr über die Wangen. Sie schmeckte das salzige Nass auf den spröden, gesprungenen Lippen. Ihr gelöstes Haar war stumpf und glanzlos.

All die Jahre verlorenen Lebens. Seit dem Tag ihrer Vermählung war sie nicht mehr glücklich gewesen, nicht mehr, seit sie *ihn* verloren hatte. Jetzt war es zu spät.

Liebe. Erlösung. Frieden. Ihre Hoffnung darauf war verloren. Wieder streichelte sie den schwangeren Bauch, während ihre Lippen tonlos seinen Namen formten.

Schlaf ein, Kindchen, schlaf ein,
die Mutter wacht am Bette dein,
immer wird sie bei dir sein.

Das Messer lag in ihrem Nachttisch. Sie holte es hervor und wog es in den Händen.

1

»Ich muss gehen.« Daniel Hohen war unangenehm berührt vom Verhalten seiner Freundin. Weshalb war sie bloß so uneinsichtig? Annika starrte ihn grimmig an, ihre sonst so helle Gesichtshaut war rosarot vor Zorn, was sich mit dem satten Rotton ihrer Haare biss. Ferkelchenrosa, dachte Daniel, verkniff sich jedoch eine solch kränkende Bemerkung. Stattdessen beugte er sich versöhnlich zu Annika. Die wandte das Gesicht ab. Sein flüchtiger Kuss landete verrutscht auf ihrer Schläfe. »Du kannst immer noch mitkommen. Wir könnten ihm von deiner Beförderung erzählen.«

»Ausgerechnet ihm!«, schnaubte Annika gereizt. »Dein Vater ist weiß Gott nicht meine erste Wahl, wenn es darum geht, gute Neuigkeiten zu verkünden. Außerdem ist es keine Beförderung. Wenn du mir zugehört hättest, wüsstest du … Ach, vergiss es! Geh einfach!«

»Wie du willst. Ich verstehe überhaupt nicht, weshalb du dich so aufregst.« Daniel hasste es zu streiten, weil es ihn von wichtigeren Dingen ablenkte. Er hatte sich antrainiert, seine Gedankenwelt mit gnadenloser Selbstdisziplin zu strukturieren. Überschäumende Gefühle konnten in den ordentlich sortierten Schubfächern seines Gehirns heilloses Chaos anrichten. Seufzend zog er seinen Louis-Vuitton-Mantel über und ließ die Wohnungstür hinter sich ins Schloss fallen.

»Arschloch.« Annika wusste nicht, was mehr wog – Zorn oder Enttäuschung. Ihr war es zuwider, nach einem ungeklärten Streit zurückzubleiben, weil ihre übergroße Wut dann kein

Ventil fand. Tränen standen in ihren braunen Augen, was nur selten geschah. Normalerweise hatte sie nicht nahe am Wasser gebaut. Mit der Idee einer eigenen Gartenkolumne hatte sie ihrer Vorgesetzten seit Jahren in den Ohren gelegen. *Grasgrün – Streifzug durchs Gartenjahr* sollte sie heißen. Vor ihrem Umzug nach München und dem Volontariat bei der Frauenzeitschrift *Isa*BELLA hatte Annika eine Ausbildung zur Floristin absolviert. Zwar war das Stecken von Kränzen letztendlich nicht die große Erfüllung für sie gewesen, aber ihre Leidenschaft für das Gärtnern war ihr geblieben. Auf der heutigen Morgenkonferenz hatte die Chefredakteurin überraschend der Verwirklichung von Annikas Kolumne zugestimmt. Zweispaltig, seitenhoch und einmal monatlich. Das Designteam arbeitete bereits an einem ersten grafischen Entwurf.

Auf dem Heimweg hatte Annika die anderen Fahrgäste in der U-Bahn mit einem breiten Dauerlächeln beglückt und sich nicht an den vorwiegend mürrischen oder ausdruckslosen Gesichtern gestört. Doch zu Hause war es Daniel binnen Minuten gelungen, ihrem Hochgefühl den Garaus zu machen. Statt mit ihr auszugehen und auf die Kolumne anzustoßen, hatte er sich für das hunderttausendste Galadiner entschieden, wo er mit todlangweiligen Stadtratsgattinnen seichte Unterhaltungen führen und wahrscheinlich zum x-ten Mal von der Narbe auf seiner linken Wange erzählen würde. Die Narbe stammte von einer Operation, bei der er sich kurz vor ihrem Kennenlernen einen Leberfleck hatte entfernen lassen. In der Öffentlichkeit hingegen behauptete er gern, er habe als Jugendlicher eine Handvoll Kinder vor einer Gruppe Schläger bewahrt und sich dabei dieses kleine Andenken geholt.

Annika verabscheute es, wie Daniel, ohne mit der Wimper zu zucken, lügen konnte und ständig gleich einem Satelliten um seinen Vater Dr. Eberhard Hohen kreiste, damit der ihm bloß den Geldhahn nicht abdrehte. Denn natürlich wollten die

Putzfrau, die Wäscherei und das Sushi vom besten japanischen Lieferservice der Stadt bezahlt werden. Obendrein gehörte auch die schicke Münchener Wohnung, in der sie lebten, Daniels Vater. Sie hätte liebend gerne auf all den Pomp verzichtet, die Edelstahlelemente, die Hochglanzfliesen und den riesigen amerikanischen Kühlschrank mit eingebauter Crushed-Ice-Funktion. Das allerdings kam für Daniel nicht in Frage. Er weigerte sich, ausschließlich von seinem Gehalt als Bankkaufmann zu leben. Früher einmal war das anders gewesen. Sie erinnerte sich, eine Unbeschwertheit an ihm wahrgenommen zu haben, die es längst nicht mehr gab – womöglich nie gegeben hatte, denn inzwischen hatte sie gelernt, welch guter Schauspieler er war. Er tat alles, um bei seinem Vater Eindruck zu schinden, und erinnerte sie dabei immer mehr an ein Chamäleon. Spontane Unternehmungen – wie mit ihr auszugehen, um auf ihren Erfolg anzustoßen – waren ihm zunehmend verhasst.

Annika sog die Unterlippe ein und biss darauf, bis es wehtat. Der Schmerz verdrängte die erneut aufsteigenden Tränen. Was war los mit ihr? Sie würde den Teufel tun und heulen.

Um sich abzulenken, griff sie nach dem Päckchen, das für sie abgegeben worden war, und drückte abwesend ihre Nägel in die Pappe. Ein Muster halbmondförmiger Abdrücke entstand. Sie fühlte sich schrecklich einsam. Bis sie den Namen des Absenders las. Das kleine Paket kam von Erika Burgdorfer, ihrer Mutter, und ein zittriges Lächeln stahl sich zurück auf ihre Lippen.

Sie holte eine Schere aus der Küche und durchtrennte das Klebeband, mit dem das Päckchen reichlich umwickelt war. Unter einem Berg aus Papierknödeln fand sie ein Schmuckkästchen, darin einen Jugendstil-Anhänger, besetzt mit einem sechseckigen gelben Stein. Das Schmuckstück in Form eines T hatte in etwa die Länge von Annikas kleinem Finger, der Stein saß dort, wo sich Längs- und Querbalken trafen. Erika war auf dem Trödelmarkt gewesen, wie sie dem beiliegenden Briefchen entnahm, hatte an die Tochter gedacht und tippte bei dem Stein auf gelben Topas.

Auf wundersame Weise zum rechten Zeitpunkt getröstet fädelte Annika den Anhänger auf ein hellbraunes Lederband und legte es sich um. Die regelmäßigen Briefe und kleinen Gaben ihrer Mutter taten gut, denn sie ließen sie vorübergehend dem Heimweh entfliehen, das sie immer wieder überkam, seit sie vor sieben Jahren nach München gezogen war. Und in letzter Zeit wurde es zunehmend schlimmer.

Um die Stille in der leeren Wohnung zu füllen, legte Annika eine ihrer Lieblings-CDs auf, *Telling Stories* von Tracy Chapman.

I'd run away,
but there is nowhere to go.
So I'll stand and fight
and hope and pray,
that the best is yet to come.
And we ain't seen nothing yet.

Sie sang den Text mit, während sie mit den Knödeln aus Zeitungspapier spielte. Auf einer der zusammengeknüllten Seiten erkannte sie den Schriftzug des *Kinsauer Heimatanzeigers.* Nachrichten aus ihrem Heimatdorf. Sie glättete das Papier und hielt die Wochentipps in Händen. *Frühjahrsparty des Burschenvereins in Apfeldorf, Springbreak-Party in Epfach, Preisschafkopfen beim Schlosswirt – Hauptgewinn: ein Spanferkel + weitere Fleisch- und Sachpreise.* Annika seufzte leise und merkte es nicht. Früher einmal hatte sie dazugehört. Wie sehr unterschied sich ihre jetzige Welt von ihrem früheren Leben.

Sie glättete eine andere Seite, den Anzeigenteil. Eine fett gedruckte, dick eingerahmte Anzeige stach ihr ins Auge.

LIEBHABEROBJEKT!

Ehemaliger denkmalgeschützter Pfarrhof in Kinsau, Landkreis Landsberg am Lech, zu verkaufen.

Grundstücksfläche ca. 1.500 qm, Wohnfläche ca. 210 qm, 1998 teilrenovlert.

Ein Haus mit Geschichte und herrlichem Lechblick. Das Gebäude ist renovierungs-/sanierungsbedürftig.

Kaufpreis: 145.000 Euro

Sie starrte auf die Annonce, bis die Zeitungstinte vor ihren Augen zu einem schwarzen Fleck verschwamm.

Das Schicksal winkte ihr zu, und zögernd hob sie die Hand zum Gruß.

2

Annika stand vor dem Gebäude, das den Kinsauern jahrelang als Pfarrhof gedient hatte. Nichts regte sich. Unwillkürlich dachte sie zurück an die frühmorgendlichen Angelausflüge mit ihrem Vater. Als sie noch klein gewesen war, hatte er sie an den Wochenenden manchmal mitgenommen. Für Annika war die Erinnerung an die von Morgennebel überzogenen Seen mit zwiespältigen Gefühlen behaftet. Manche Gewässer waren glasklar gewesen, man hatte die Fischschwärme wie in einem Aquarium beobachten können. Und doch beherbergten die Seen in ihren lichtlosen Untiefen zahlreiche Bewohner, die ihr bis heute nicht geheuer waren. Wie den knapp zwei Meter langen Waller, den ihr Vater einmal aus dem Soier See gezogen hatte. Damals, als ihr Vater-Tochter-Verhältnis völlig unbelastet und noch nicht von den Schwierigkeiten geprägt gewesen war, welche die Jahre mit sich gebracht hatten.

Das Haus lag schweigend vor Annika, ein stummer Zeuge vergangener Zeiten, seine Geheimnisse tief wie der Grund mancher Seen. Andächtig verharrte sie und spürte der wundersamen Anziehungskraft des Ortes nach. Die verfallene Pracht des Anwesens berührte sie. Es gab ein Gewächshaus, die Scheiben allesamt blind oder zerbrochen, und ein Wegkreuz, aufgestellt von einem lange verstorbenen früheren Besitzer. Heruntergekommen und vernachlässigt ruhte der Hof in der Frühlingssonne und schien ein Schläfchen zu halten. Ob er sich danach sehnte, wie Dornröschen wachgeküsst zu werden?

An der Straße vor dem Haus wurde ein in die Jahre gekommener Mercedes abgestellt. Annika war so in Gedanken, dass sie das Herannahen des Maklers nicht bemerkte.

»Fräulein Burgdorfer!«

Sie schreckte auf.

»Verzeihung, ich habe Sie warten lassen.« Der Mann, der rufend auf sie zukam, war wesentlich älter, als sie erwartet hatte. Sein graues Haar durchsetzten kärglich kahle Stellen. Er trug Hosenträger über dem Hemd, und sein Gürtel hielt ein ansehnliches Bäuchlein in Schach, während der restliche Körper schlank, beinahe mager war. Annika fühlte sich an ihren Vater erinnert, der in der letzten Zeit ebenfalls Ansätze eines ordentlichen Bauches zeigte, auch wenn er das nicht gerne hörte. Sie wagte es ohnehin nicht, darüber zu scherzen.

»Herr Waltner?«

Es machte sie stutzig, wie der Mann sie angesprochen hatte. *Fräulein*. In München war dieses Wort ausgestorben, hielt der Emanzipation längst nicht mehr stand. War der Begriff nicht vor vielen Jahren sogar offiziell abgeschafft worden? Auf dem Dorf hingegen … Unwillkürlich musste Annika lächeln. Irgendwie vermittelte die Anrede ihr ein Gefühl von Heimkehr und Willkommen.

»Grüß Gott.« Wilhelm Waltner kam vor seiner Kundin zum Stehen und streckte ihr die Hand entgegen. Dabei sah er ihr erstmals genauer ins Gesicht und stolperte verwirrt einen Schritt zurück.

»Ist Ihnen nicht gut?«

»Wie bitte?« Der Makler fand zu sich. »Verzeihung, ich war einen Moment lang abwesend. Bestimmt habe ich Sie jetzt skeptisch gemacht. Wissen Sie, viele denken, ich hätte das Renteneintrittsalter glatt verpasst, aber als Greis fühle ich mich noch nicht. Ich mochte meinen Beruf einfach zu gerne, um ihn mit fünfundsechzig schon aufzugeben.«

»Schon gut, Herr Waltner.« Annika war nicht ganz wohl

dabei, wie der alte Herr sie eben angestiert hatte. Andererseits wollte sie es ihm nicht übelnehmen. Vermutlich war ihm just in der Sekunde ein vergessener Termin oder was auch immer eingefallen. »Ich finde es schön, dass Sie an Ihrem Beruf hängen. Das ist nicht selbstverständlich. Und ich kenne obendrein nicht viele Leute Ihres Alters, die mit dem Computer umzugehen wissen.« Waltners Immobilienbüro war im Netz mit einer schicken Website vertreten, mittels derer man Termine per E-Mail vereinbaren konnte, wie Annika es getan hatte.

»Nun, ich muss zugeben, mein Großneffe Dominik ist gelernter Immobilienkaufmann und für den Internetauftritt und dergleichen verantwortlich. Der Junge hat mir keine Ruhe gelassen, bis ich mich vor den Computer gesetzt und brav gelernt habe. Ich müsste mich den modernen Zeiten anpassen, meint er. Also kann ich mittlerweile E-Mails verfassen und im Internet surfen. Alles andere geht mir dann aber doch zu weit. Ich habe Dominik als Juniorpartner zu mir ins Boot geholt. Er kümmert sich darum.«

Annika nickte mit höflichem Interesse. »Ich habe mich schon ein wenig umgesehen«, sagte sie dann.

»Ein herrliches Anwesen, nicht wahr? Knapp eintausendfünfhundert Quadratmeter Grund, die sich bis hinunter an den Lech erstrecken. Sie hätten Ihren eigenen Badestrand. Zu welchem Zweck möchten Sie das Objekt erwerben, wenn ich fragen darf?«

»Ich möchte hier leben.« Annika konnte es nicht verhindern – sie klang träumerisch.

»Leben«, wiederholte der Makler und nahm Witterung auf. Er hatte in der Vergangenheit reichlich Erfahrung mit charmanten, aber ruinösen Gebäuden wie diesem sammeln können. Solche Objekte waren weder ein leichtes noch ein schnelles Geschäft. Sie erforderten Zeit und Geduld, denn in der Regel gab es massenhaft Interessenten, die sich während der Besichtigung hellauf begeistert zeigten, um hinterher nie wieder von sich hören zu lassen. Solch ein historischer Bau war eben gerade keine sonnengelbe Doppelhaushälfte, die in einem engen Neubaugebiet stand und mit frisch gepflanzten Hecken und winzigen Zierteichen in nicht minder winzigen Gärten prunkte.

»Ich habe den Bodelhof schon immer gemocht«, ließ Annika verlauten.

»Den Bodelhof? Sie erstaunen mich. Den alten Hofnamen kennen von den Einheimischen nicht mehr viele, schon gar nicht Leute aus der Stadt. Sie kommen doch aus München, nicht wahr?«

»Ja.« Annika fragte sich, was hinter der Stirn des Maklers vorging. Der Mann wirkte, als lauere er regelrecht auf ihre Antwort. »Ich lebe in München, das stimmt.« Es widerstrebte ihr, Privates preiszugeben, während diese wasserblauen Augen auf ihr ruhten. Andererseits hatte sie keinen Grund, ihm ihre Herkunft zu verheimlichen. »Ursprünglich stamme ich allerdings hier aus der Gegend, ich bin in Kinsau aufgewachsen. Meine Familie lebt oben im Dorf.«

»Ein waschechtes Kinsauer Mädel. Man hört es Ihnen gar nicht an.« Trotz seines jovialen Lächelns machte der Makler einen geradezu aufgewühlten Eindruck. Umständlich kramte er in seiner Hosentasche nach einem Stofftaschentuch mit eingestickten Initialen, wandte sich ab und schnäuzte sich geräuschvoll. »Entschuldigung. Ich schlage vor, wir besichtigen zuerst das Haus und sehen uns im Anschluss den dazugehörigen Grund an, wenn es Ihnen recht ist?«

»Gerne.« Annika wurde nicht schlau aus Waltner. Einerseits fand sie ihn recht liebenswürdig, andererseits bereiteten seine verstohlenen Blicke ihr Unbehagen. Ob der alte Herr insgeheim auf junge Frauen stand? Aber was scherte sie das. Was zählte, war der Hof.

Ihr Herz klopfte, als der Makler die zweiflüglige Haustür mit dem bemalten Glaseinsatz darüber aufschloss.

»Bitte nach Ihnen.«

Annika fand sich in einem dämmrigen Flur wieder, von dem drei weißlackierte Türen abgingen. Die Farbe splitterte großflächig ab. Auf dem Boden waren dunkelgraue und ockerfarbene Fliesen im Schachbrettmuster verlegt. Viele Kacheln wiesen Sprünge auf.

Der düstere Gang mündete in eine breite Treppe. Annika spähte nach oben, wo es eine Art Galerie gab. Der Bodelhof war ihr über die Jahre gut im Gedächtnis geblieben. Als Kinder hatten sie und ihre Freunde dem Lockruf einer zerschlagenen Fensterscheibe nicht widerstehen können und waren ins Haus eingestiegen. Ein großes Abenteuer.

»Wie Sie feststellen werden, ist der Grundriss recht eigenwillig, wenn ich so sagen darf.« Wilhelm Waltner war das Interesse seiner Kundin am Obergeschoss nicht entgangen. Aus maklertaktischen Erwägungen dirigierte er sie zuerst in das Zimmer, das gleich rechts vom Flur abzweigte. »Wir befinden uns in einem Durchgangszimmer«, erläuterte er. »Wenn Sie bitte geradeaus durchgehen möchten, dort gibt es einen weiteren, ähnlich geschnittenen Raum. Er ist etwas größer. Die andere Tür führt hinüber in die Küche, ein wahrer Glanzpunkt des Hauses.«

Annika sah sich aufmerksam in den zumeist leeren Räumen um. Die Wände waren weiß getüncht. Der letzte Anstrich mochte Jahre zurückliegen. Staub kitzelte sie in der Nase.

Im Durchgangszimmer fand sich, verlassen und vergessen, ein schiefes Holzregal. In der Küche gab es einen Erker, durch den das Licht in hellen Bündeln fiel. Obwohl er erst in späterer Zeit hinzugekommen zu sein schien und nicht zum ursprünglichen Bauernhaus passte, fand Annika ihn wunderschön. In der Küche stand außerdem ein alter Wamsler-Holzofen. Gedankenversunken strich sie über einige rostige Stellen.

»Der Hof wurde Ende des siebzehnten Jahrhunderts erbaut und bis ins Jahr 1890 als Bauernhof geführt. Wir befinden uns hier in den Räumlichkeiten, die der Familie früher als Wohnbereich dienten. In den letzten Jahren stand dieser Teil des Hauses der Kinsauer Pfarrei zur Verfügung, die ihn für Gebetskreise, Landfrauentreffen und dergleichen nutzte.«

»Hat der Pfarrer im Haus gelebt?«

»Nur zu Anfang, gleich nachdem die Gemeinde Kinsau den Hof erworben hatte. Soweit ich weiß, ist er wenig später ins Reichlinger Pfarrhaus gezogen.«

»Der Hof gehört der Gemeinde Kinsau? Daher also die Nutzung durch die Pfarrei.«

»So ist es«, bestätigte Waltner. »Der Bürgermeister hat mich mit dem Verkauf beauftragt. Möchten Sie ein wenig mehr zur Geschichte des Hauses hören?«

»Unbedingt.«

Waltner strahlte, angetan davon, sein Wissen an die Kundin weitergeben zu dürfen.

»Im Jahr 1890 kaufte die Familie von Bruckenheim, eine alteingesessene Münchener Familie, den Hof von Hermann Bodel – dem damaligen Bodelbauern – als Landsitz.«

»Daher die Bezeichnung Bodelhof«, warf Annika ein.

»Genau. Mit an Sicherheit grenzender Wahrscheinlichkeit leitet sich der Name von der Erbauerfamilie ab. Nachdem das Anwesen beinahe einhundert Jahre als Sommerresidenz genutzt worden war, stand das Haus in den Jahren 1986 bis 1990 erneut zum Verkauf, 1990 bis 1998 diente es dann als Gärtnerei. Wahrscheinlich haben Sie das Gewächshaus draußen gesehen. Ein Relikt aus dieser Zeit, sozusagen.«

»Es ist mir aufgefallen«, bestätigte Annika.

»Anfang 1998 brannte der Kinsauer Pfarrhof neben der Kirche nieder. Die Gemeinde geriet in Zugzwang, und man erwarb kurzentschlossen den Bodelhof.«

»Der große Brand, ich erinnere mich gut. Das ganze Dorf war in hellem Aufruhr.« Ein Schatten legte sich über Annikas Züge. Kurz darauf war ihr Vater an Kehlkopfkrebs erkrankt, und für die Familie Burgdorfer hatte eine schwere Zeit begonnen.

»So einen Großbrand vergisst man nie wieder.« Der Blick des Maklers wanderte unstet umher. »1959 brannte drüben in Apfeldorf einer der großen Höfe. Das Feuer brach im Heuschober aus – ich sehe die Flammen bis heute vor mir, in denen die Bäuerin ums Leben gekommen ist.«

»Das Unglück scheint Ihnen noch immer nahezugehen. Sie müssen damals ein Kind gewesen sein.«

»Ich war sechzehn«, sagte Waltner leise.

Mit einem Mal tat er Annika leid. War sein Rücken schon vor der Erzählung gebeugt gewesen? Hatten seine Hände schon von Anfang an leicht gezittert?

»Doch ich schweife ab. Zurück zum Bodelhof. Die Kinsauer hatten seinerzeit Glück im Unglück. Nach dem Brand des Pfarrhofs war guter Rat teuer. Für einen Neubau fehlte das Geld. Da traf es sich, dass der Bodelhof zum Verkauf ausgeschrieben wurde. Die Gärtnerei war bereits ausgezogen, und die Gemeinde erhielt zeitnah den Zuschlag. Die Nutzung des Gebäudes, als Übergangslösung gedacht, bewährte sich viele Jahre lang. Im vergangenen Jahr wurde der Neubau des Pfarrhofs aber doch fertiggestellt. Seitdem steht das Haus leer.«

»Zu meinem Glück.« Annika schlenderte zurück in den Flur. Der Makler folgte ihr. »Die Fliesen sind wunderschön.«

»Wunderschön und höchstwahrscheinlich sehr alt.« Wilhelm Waltner lächelte und wirkte wieder beschwingter. »Ein befreundeter Historiker hat sich das Objekt kürzlich angesehen. Seine Vermutung: Der Fliesenspiegel stammt noch aus der Zeit, als die Familie von Bruckenheim den Erker anbauen ließ, und dürfte demzufolge in den meisten Räumen zu finden sein. Verdeckt von mehreren Schichten diverser Böden.«

»Man könnte sie freilegen.« Annika betrat das Durchgangszimmer. Dort war mit einem hässlichen PVC-Boden in finsterem Schlammgrün wahrlich kein Staat zu machen.

»Man könnte es versuchen, wobei ich Ihnen natürlich nicht versprechen kann, dass Sie auf die ursprünglichen Kacheln stoßen werden. Womöglich wurden sie auch schon vor langer Zeit entfernt.« Waltner räusperte sich. »Teile des Hauses stehen unter Denkmalschutz, das darf und möchte ich keinesfalls verschweigen.« Die Richtlinien des Denkmalschutzamts würden den neuen Besitzer in seiner Gestaltungsfreiheit einschränken. »Es existieren verschiedene Fördermodelle, für die man sich bewerben kann. Natürlich besteht so oder so die Verpflichtung, den Originalzustand des geschützten Objekts zu erhalten beziehungsweise wiederherzustellen.«

»Was bedeutet das in Bezug auf den Hof?«

»Die komplette vordere Außenfassade unterliegt dem Denkmalschutz.«

»Die Hausfront zur Straße hin?«

»So ist es.«

»Daran möchte ich ohnehin nichts verändern. Das ist so ein wunderbares Haus, Herr Waltner. Ich bin absolut dafür, Gebäude von historischem Wert in ihrer Einzigartigkeit zu bewahren.«

»Das sehen viele meiner Kunden anders.«

Annika erbat sich nach der Besichtigung, eine Weile allein gelassen zu werden. Noch einmal wanderte sie langsam durch das Haus. Ein Blick aus dem Fenster verriet ihr, dass Waltner unten bei dem alten Wegkreuz auf sie wartete. Er würde sich ein wenig gedulden müssen, sie brauchte Zeit. Im Geist listete sie Fakten auf und wog sie gegeneinander ab, während sie durch die leeren Zimmer streifte, wo der allgegenwärtige Staub im Sonnenlicht badete. Der Bodelhof befand sich in denkbar schlechtem Zustand, daran gab es nichts zu rütteln. Natürlich hatte bereits die Immobilienanzeige das Haus als sanierungsbedürftig beschrieben. Sie war vorbereitet gewesen.

Nachdenklich setzte sie sich auf eine breite Fensterbank im ersten Stock, zog die Beine an und umschlang ihre Knie mit den Armen. Obwohl ihr Verstand berechtigte Zweifel ins Feld führte, hatten Bauch und Herz doch längst entschieden. Annika schloss die Augen, konzentrierte sich auf ihre Atmung und auf das Klopfen ihres Herzens; genüsslich stellte sie sich vor, wie es sein würde, in diesem Haus zu leben. Als hätte sich draußen eine Wolke vor die Sonne geschoben, wurde es düster im Zimmer. Schatten regten sich, wo sie sich nicht hätten regen dürfen. Hinter Annikas geschlossenen Lidern erwachten Bilder zum Leben.

Marias Augen brennen.

Die Küche in ihrem Elternhaus ist nicht weniger verraucht als die Küche des Bodelhofs, die Wände sind nicht weniger schwarz von Ruß, dennoch hat sie das Gefühl, das Brennen hätte sich verstärkt, seit sie als Magd zum Bodelbauern gekommen ist. Sie hat ein wenig Angst vor ihm, Angst vor Arthur Bodel mit den kalten Augen. Vielleicht rührt das Gefühl daher.

Für gewöhnlich ist es Birgits Aufgabe, das Essen aufzutragen, doch die ältliche Magd liegt mit einem schlimmen Husten in der Kammer. Der Bauer hat ihr die Arbeit für den Tag erlassen, und das will bei so einem Pfennigfuchser schon etwas heißen. Im Dorf schimpfen sie Arthur Bodel hinter vorgehaltener Hand einen herzlosen Tyrannen, weil er weder Großzügigkeit noch Langmut kennt. Vor Jahren ist ihm seine Bäuerin weggestorben. Seither will das Gerücht, er hätte sie totgeprügelt, nicht verstummen.

Maria hört die anderen nebenan hereinkommen. Der Lehnstuhl des Bauern scharrt über den Boden. Solange er nicht sitzt, steht alles. Sie wischt sich über die Augen und strafft die Schultern. Was soll es schließlich, seit sie sich als Magd verdingt, muss die Mutter daheim nicht mehr jeden Pfennig dreimal umdrehen. Ein bisserl Furcht vor dem Bauern wird da wohl auszuhalten sein.

Drüben in der Stube ist es weniger verraucht. Der Ofen wird von der Küche aus geschürt, der Rauch zieht durch die Rauchhur ins Dach ab. Die anderen sitzen inzwischen auch. Maria stellt das frischgebackene Brot auf den Tisch. Alle drei Wochen nimmt das Backen zwei Tage in Anspruch – der Sauerteig muss im Backtrog angesetzt werden, geknetet und unter Zugabe von Mehl, Wasser, Salz und Gewürzen zu Laiben geformt werden. Dieses Mal hat Maria ganz allein gebacken, hat die richtige Hitze im Ofen abgeschätzt und die Brote eingeschossen.

Nachdem sie auch Käse, Speck und Räucherschinken, dazu zwei Kannen Milch aufgetragen hat, nimmt Maria auf der Bank neben Annegret Platz. Später will sie Birgit, der Kranken, eine Brotzeit in die Kammer bringen.

Der Bauer spricht das Tischgebet. Maria hält die Augen auf die abgewetzte Tischplatte geheftet. Der Knecht Korbinian sitzt ihr gegenüber. Sie lässt sich nichts anmerken, blinzelt ihm auch nicht verstohlen zu. Der Bauer thront wie ein Habicht am Kopfende des Tisches. Er würde eine Liebschaft zweier, die bei ihm in Lohn und Brot stehen, nicht dulden. Das weiß Korbinian. Das weiß Maria. Deshalb halten sie ihre Liebe geheim. Noch.

»Des schmeckt it«, schimpft Bairich, der einzige Sohn des Bodelbauern. Er spuckt Marias Brot aus. Das maulbeerfarbene Feuermal am Kinn schimmert. Schön ist er nicht, findet Maria, und freundlich auch nicht. »Lass da von da Birgit gfälligst mol erklären, wia mas richtig macht.«

Maria nickt. Sie weiß, wie man Brot backt, aber sie will es sich gerne noch einmal zeigen lassen.

»Red koan Schmarrn«, sagt Arthur Bodel und betrachtet Maria milde. Das macht ihr mehr Angst als die gewohnte Kälte des Bauern. »Des Brot is guat.« Anders als sein Sohn hat er klare, kantige Gesichtszüge. Bairichs Gesicht sieht eher verschwommen aus, wie eine Kaulquappe. Und kleiner als sein Vater ist er obendrein. Für den Bauern ist der Hoferbe eine Enttäuschung. Das weiß jeder am Tisch, das hat auch Maria während des halben Jahres auf dem Bodelhof schon begriffen. Dabei, denkt Maria, sind Vater und Sohn einander ähnlicher, als sie glauben. Beide tragen etwas Grausames in sich, das einen abstoßen will.

»Ihr verschwindets jetz alle«, sagt der Bauer nach dem Mahl und scheucht das Gesinde hinaus. »Du it.« Seinen Sohn drückt er zurück auf die Bank. »Du bleibst. Und die Maria bringt Bier. Es kommt no a Bsuach.«

»Bsuach? Wer denn, Vatter?«

»Des sigscht dann scho.«

Maria hievt das Bierfässchen in die Stube, da treffen die späten Gäste ein. Der Mann ist groß und dünn, die Frau ein gutes Stück kleiner und fast weißblond. Maria kennt die beiden. Das schöne Antlitz der Frau blickt ihr entgegen, wenn sie in den Spiegel schaut.

Es sind ihre Eltern.

»Fanni, Hans, griaßd eich Gott«, sagt Arthur Bodel, erhebt sich und schüttelt Hände.

»Jetzt glaub i's aber, Vatter. Warum machst jetzt du so a Aufheben um dia zwoa do?«

»Mir ham was zum Feiern, Bairich.«

Maria sucht den Blick der Eltern. Mutter und Vater sehen sie nicht an.

»Du wirst die Maria heiraten«, sagt der Bodelbauer. »Des hob i beschlossen, und der Hans is einverstanden, gell, der gfreit si.«

Marias Vater sieht nicht erfreut aus, doch er nickt.

Erst glaubt Maria, sich verhört zu haben. Dann schürzt sie ihren Rock und will fluchtartig die Stube verlassen. Ihre Mutter hält sie am Ärmel fest.

»Bleib«, flüstert sie.

»Du host an Vogel, Vatter«, sagt Bairich. Sein Gesicht ist so rot, dass das Feuermal am Kinn kaum noch zu erkennen ist. »Da konnst warten, bis du grau wirst und des Feuer drunt in der Hölle ausgoht – auf gar koan Fall nimm i so a arms Ding zum Weib!«, poltert er los. »Nia und nimma!«

Der Bauer gibt seinem Sohn eine Ohrfeige. »Stad bist, sonst fangst da glei homml a Watschn.«

Bairich ballt die zitternde rechte Hand zur Faust. Maria sieht es ihm an – er will zurückschlagen. Mitten hinein ins Gesicht seines Vaters. Sie wünscht sich, er würde es tun, damit sie aus der Stube huschen und fortlaufen kann. Fort vom Hof und dem Wahnsinn, der dort unversehens Einzug gehalten hat.

Doch Bairich gehorcht seinem Vater. Und hält den Mund.

»Also. Jetz setzts eich erst amol alle her do an den Tisch.«

»Es duat ma leid, Maria«, wispert Fanni Schreiber und zieht ihre Tochter mit sich auf die Bank. »Des kommt jetz plötzlich, gell. Wir wissens a erst seit gestern.«

Der Bodelbauer blickt zufrieden in die Runde. »Es is

koa Geheimnis, ihr seids it reich, Hans. Aber darüber ham ma gredt. Geld hob i selber. Was i brauch, is a Frau für mein Buam, und da is eier Maria grad die Rechte. Anstellig, fleißig und des blitzsauberste Madl weit und breit. Gebärfreudig hoffentlich obendrein, wenn ma si Fannis Kinderschar anschaugt.«

»Die Maria is koa Weib für mi, Vatter«, wendet Bairich neuerlich ein. »Wirklich it. Was i will, is a reiche Hoferbin.«

Maria spornt ihn stumm an, doch sie spürt seinen Protest bereits erlahmen.

»Die reichen Erbinnen san bei uns spärlich gsät. So vui wia mir hot eh kaum oana.« Der Bauer lehnt sich in seinem Stuhl zurück und verschränkt die Hände vor dem Bauch. »Was du willst, Bua, des entscheid i. Nämlich die Maria. Und jetzt prostest an mit deim künftigen Schwiegervatter.«

Was mach ich bloß? Maria hat bisher kein Wort gesprochen. Sie steht auf und schüttelt die Hand ihrer Mutter, die auf ihrem Arm liegt, ab. »I dank da recht herzlich für des Angebot, Bauer. Des is für mi a große Ehr. Aber i muss ablehnen. I werd den Bairich it heiraten.«

»Himmelherrgott, jetz reichts mir aber!« Der Bodelbauer haut fuchsteufelswild auf den Tisch. Die Öllampe stürzt um, fällt vom Tisch und rollt und rollt, bis sie vor der Korntruhe zum Liegen kommt.

Maria sieht, wie die Flammen an der Truhe lecken. Das Korn, denkt sie, das Korn wird anfangen zu brennen. Sie kann nichts tun. Ihre Glieder sind wie gelähmt.

»Da sind Sie ja wieder.«

»Entschuldigen Sie, dass es so lange gedauert hat.« Annika trat zu dem alten Herrn. »Ich bin derart fasziniert von dem Hof, da ist mir die Zeit wie im Flug vergangen.« Sie schwieg einen Moment lang, als der merkwürdige Tagtraum in ihr nachhallte. »Jedenfalls möchte ich das Anwesen kaufen.« Es war eine Befreiung, die Worte auszusprechen. Sie war ein Mensch, der entweder spontan entschied oder sich für Entschlüsse übermäßig viel Zeit ließ. Eine goldene Mitte gab es bei ihr nicht. Die Annonce im *Kinsauer Heimatanzeiger* hatte einen Stein ins Rollen gebracht. Ihre Entscheidung, die einschneidende Veränderungen mit sich bringen würde, war getroffen. Sie wusste nun, wohin ihr Weg sie führen würde.

»So.«

»Jawohl«, bekräftigte Annika. Das Verhalten ihres Gegenübers ärgerte sie. Sollte der Makler sich nicht auf die satte Provision freuen, die ihn erwartete?

»Haben Sie einen Mann, Fräulein Burgdorfer? Kinder?«

»Ich werde allein einziehen.«

»Das dachte ich mir, andernfalls wären Sie wohl nicht ohne Begleitung zur Besichtigung erschienen.«

»Ist das ein Problem?«

»Nein. Das heißt … es gibt noch andere Interessenten.«

»Und das ist Ihnen gerade eingefallen? Wenn es um Sicherheiten geht, eine verbindliche Bankauskunft oder dergleichen, kann ich Ihnen zeitnah …«

»Ich werde Ihnen den Bodelhof nicht verkaufen«, fiel er ihr ins Wort.

»Was soll das denn, Herr Waltner?«

»Ihre Mutter ist eine geborene Mayerle, nicht wahr? Es muss so sein, die Ähnlichkeit ist sagenhaft. Sommersprossen im herzförmigen Gesicht, die Gestalt winzig, das Haar leuchtend rot. Wie bei ihr. Am Anfang war ich irritiert, da ich davon ausging, Sie wären Münchenerin. Nun bin ich mir sicher.«

Eine Ahnung schlich sich in Annikas Hinterkopf und setzte sich dort fest. Sie zog die rechte Augenbraue hoch. Die linke

Braue konnte sie nicht heben, eine angeborene Eigenheit, die ihr im Lauf der Jahre reichlich gutmütigen Spott von ihren Brüdern eingetragen hatte.

»Sie sprechen von meiner Großmutter«, sagte Annika.

»Elisabeth. Lissi. Früher einmal hab ich sie gut gekannt. Damals war ich sechzehn Jahre alt und Lehrbub in der Schreinerei, die Elisabeths Vater gehörte.«

»Oma Lissi ist vor einigen Jahren gestorben.«

»Ich weiß.« Wilhelm senkte den Kopf. »Ich war in Elisabeth verliebt, müssen Sie wissen, obwohl ich aufgrund meiner Jugend nicht ernsthaft daran zu denken wagte, um sie zu werben. Einmal hat sie auf dem Adventsfest mit mir getanzt. Sie trug Christrosen im roten Haar. Dieses Bild habe ich mir im Gedächtnis bewahrt.«

»Meine Familie rätselt seit ihrem Tod, wer Jahr für Jahr in der Nacht vor Allerheiligen die Christrosen ans Grab bringt. Sie sind das.«

»Es sind Weihnachts-Christrosen, eine besondere Sorte, die meist schon ab Mitte Oktober blühen. Elisabeth soll wissen, dass ich sie nicht vergessen habe.«

Waltners Worte rührten Annika über die Maßen. Oma Lissi war ein wunderbarer Mensch gewesen. Und sie fehlte ihr. »Weder meine Mutter noch meine Brüder haben ihr rotes Haar geerbt. Mir wurde von klein auf nachgesagt, meiner Großmutter ähnlich zu sein, aber dass die Ähnlichkeit so groß ist …«

»Blicken Sie in den Spiegel. So und nicht anders sah Elisabeth als junge Frau aus. Sie sind ihr Ebenbild.«

»Haben Sie meine Großmutter wiedergetroffen, nachdem Sie Ihre Lehrzeit beendet hatten?«

»Nein. Elisabeth hat geheiratet, Ihren Großvater. Obwohl ich nie anderswo als im Nachbardorf gelebt habe, muss ich gestehen, ihr danach aus dem Weg gegangen zu sein.«

»Ihrer unerfüllten Liebe wegen.«

»Dennoch fühle ich mich Ihnen verpflichtet. Sie sind Elisabeths Enkeltochter, und aus diesem Grund werde ich Ihnen den Bodelhof nicht verkaufen. Um der Wahrheit die Ehre zu geben – das Haus ist ein Sanierungsfall. Ihnen mögen die Fliesen gefallen, aber Sie haben keine Vorstellung davon, was da tatsächlich auf Sie zukommen würde. Eine Frau wie Sie, allein in dem stillen Haus, das halte ich für grundverkehrt.«

»Ihre Aufrichtigkeit in allen Ehren, aber diese Entscheidung liegt nicht bei Ihnen. Entweder Sie leiten den Kauf in die Wege, oder ich gehe direkt zum Bürgermeister. Der wird sicher hocherfreut sein, von meinem Kaufentschluss zu hören.«

»In Ordnung«, nickte Waltner. »In Ordnung.« Sein Widerstand brach wie dünnes Reisig.

Es hatte ihn erschöpft, über Elisabeth zu sprechen. Und selbst wenn er ihre Enkeltochter nicht gerne auf dem Bodelhof sah, gab es mittlerweile einen Grund, der ihn hoffen ließ, Annika möge für ihn greifbar bleiben.

Nachdem der Makler sich verabschiedet hatte, wanderte Annika gut zwei Stunden am Lech entlang. Sie sah dem Schwemmholz zu, das von der Strömung ans Ufer der Schwaneninsel getrieben wurde. Auf einem Strauch entdeckte sie Hunderte winziger Raupen, die sich der Blattfarbe so gut anpassten, dass sie leicht zu übersehen waren. Der Spaziergang half ihr, einen klaren Kopf zu bekommen. Sie freute sich darauf, in Zukunft wieder häufiger draußen in der Natur zu sein. So gern sie sich im Englischen Garten die Sonne ins Gesicht scheinen ließ, war dieser doch kein Ersatz. Da sie schon in Kinsau war, machte Annika einen Überraschungsbesuch bei ihren Eltern. Es kostete sie reichlich Selbstdisziplin, nichts von ihrem geplanten Immobilienkauf zu verraten, doch damit wollte sie warten, bis der Kaufvertrag unter Dach und Fach gebracht war.

3

Von: waltner-immobilien@t-online.de
An: annika.burgdorfer@t-online.de
Betreff: Notartermin
Datum: 02.05.13 11:17:09

Sehr geehrtes Fräulein Burgdorfer,
der Notartermin wurde wie folgt festgelegt:
Freitag, 10. Mai 2013
10:30 Uhr
Notarbüro Jedesheim
Sonnangerstraße 14c
86956 Schongau
Der Bürgermeister hat mir einige Dokumente zur Geschichte des Hauses gegeben, die Sie als neue Besitzerin erhalten sollen. Wenn es Ihnen recht ist, werde ich Ihnen diese nach Ihrem Einzug gerne überreichen.
Ich wünsche Ihnen Glück,
Ihr Wilhelm Waltner

PS: Habe mir erlaubt, die Installation der neuen Strom- und Wasserzähler für Sie in die Wege zu leiten.

*

Daniel betrat nach zweiwöchiger Abwesenheit die Wohnung und band sich den Krawattenknoten auf. »Unternehmensdialoge«, sagte er abfällig. »Neukundenakquise. Ganzheitliche

Gesprächsführung.« Themen, die er aus dem Effeff beherrschte. Die Schulungsreferenten hatten seine kostbare Zeit vergeudet.

»Hallo Daniel.« Annika saß mit untergeschlagenen Knien auf dem teuren Sofa.

»Du bist zu Hause? Wieso bist du um diese Uhrzeit nicht in der Redaktion?« Ihre bunten Kissen im Wohnzimmer fehlten. Es fiel ihm nicht auf.

»Ich habe frei.«

»Ach so. Na dann. Du wirst nicht glauben, was die bei dem Seminar an Stoff durchgenommen haben. Die zwei Wochen kann ich unter verlorener Lebenszeit abbuchen. Und das ist noch wohlmeinend formuliert. Der Hauptreferent hat uns behandelt, als wären wir blutige Anfänger. Na ja, die anderen Teilnehmer waren das großteils wohl auch, aber …«

»Wir müssen reden«, unterbrach sie ihn.

»Reden?« Daniel schwante nichts Gutes. Meist begannen Auseinandersetzungen mit Annika mit einem ähnlich harmlos klingenden Satz. »Bitte keine Grundsatzdiskussion. Das Seminar hat mich Nerven gekostet. Ich bin müde.«

»Setz dich.«

»Danke, ich stehe. Meine Beine sind schwer vom ewig langen Sitzen in dem engen Zugabteil. Die haben es bei meiner Bank nicht für nötig gehalten, einem engagierten Mitarbeiter die erste Klasse zu buchen.«

Annika sah Daniel durchdringend an. Er trug ein maßgeschneidertes Sakko über seiner Stoffhose mit akkurater Bügelfalte. Von Jeans und Shirt hielt er nicht einmal in der Freizeit etwas. Die dunkelblauen Augen waren leicht gerötet, sein braunes Haar dezent gesträhnt. Der Schnitt erinnerte ein wenig an den jungen DiCaprio im Film *Titanic*. Am Kinn hatte er ein längliches Grübchen. Alles in allem sah Daniel ausgesprochen gut aus. Und das wusste er.

Zu Beginn ihrer Beziehung hatten seine charmante Art und

sein souveränes Auftreten Annika beeindruckt. Seine Unsicherheiten und Komplexe waren gut verborgen, ebenso das komplizierte Netz, das ihn an seinen wohlhabenden Vater band. Auf den ersten Blick erkannte man nicht, dass das meiste Fassade war. Annika war erst mit der Zeit auf den wahren Daniel gestoßen, der hinter der gelungenen Maskierung steckte. Einen Daniel, den sie im Grunde nicht besonders mochte. Während sein Zwang, sich mindestens zweimal am Tag zu rasieren, auf gewisse Weise noch liebenswert war, stieß seine diffizile Selbstinszenierung sie mittlerweile ab. Wieso war sie überhaupt so lange bei ihm geblieben?

Weil er, gestand sie sich ein, seinerzeit einen Nerv bei ihr, dem Mädchen vom Land, getroffen hatte. Der freudlos gewordenen Atmosphäre ihres Elternhauses und ihrem ewig zornigen Vater, der gegen Gott und die Welt wetterte, entronnen, hatte der Duft der weiten Welt sie gelockt wie Nektar die Biene. Sie hatte das Münchener Nachtleben ausgekostet und, nachdem sie Daniel begegnet war, sich bereitwillig auf eine Beziehung mit ihm eingelassen. So war ihr, die rosarote Brille fest auf der Nase, lange nicht klar geworden, wie klein sein Leben in Wirklichkeit war.

»Wir haben uns auseinandergelebt.« Annika wusste, während sie die Worte aussprach, sie hätte einen besseren Einstieg finden müssen. »Wir reden kaum mehr miteinander, und wenn wir es tun, streiten wir.«

»Wundert dich das? Wir führen eine Beziehung.« Er grinste schief, ohne zu begreifen, wie ernst es ihr war.

»Ich habe einen alten Hof gekauft.« Die Worte plumpsten in den Raum und stürzten polternd und krachend zu Boden.

Stille.

»Ich habe einen Hof gekauft«, wiederholte Annika.

Daniel zögerte. Sein Mund war trocken. »Aha«, sagte er schließlich.

Täuschte sie sich, oder kam ihm seine aufgesetzte Selbstsicherheit einen Augenblick lang abhanden?

»Was hat das zu bedeuten?« Er ergriff Annikas Hand, wollte sie an sich ziehen.

Sie wehrte sich. Er verstärkte seine Bemühungen.

»Lass mich! Du tust mir weh!« Annika riss ihre Hand los und brachte Abstand zwischen sich und Daniel. »Der Hof steht bei Kinsau unten am Lech. An der Straße nach Apfeldorf«, stieß sie atemlos hervor.

»Was redest du eigentlich für einen Mist?« Mit einem Mal klang er bedrohlich.

»Der Hof gehört mir. Letzten Freitag bin ich beim Notar gewesen.« Annika ließ sich nicht einschüchtern. Sie hatte gewusst, es würde schwer werden.

»Verdammt, wenn das wirklich stimmt …« Daniel machte einen unerwarteten Satz. Ehe Annika recht begriff, hatte er sie bei den Schultern gepackt und schüttelte sie so fest, dass ihre Zähne sprichwörtlich klapperten. »Wie kannst du es wagen, eine solche Entscheidung ohne mich zu treffen? Weshalb, zum Teufel, hast du nicht einmal am Telefon ein Wort darüber verloren? Du glaubst doch wohl nicht ernsthaft, ich würde nur einen Gedanken daran verschwenden, mit dir dort einzuziehen?«

»Das wirst du nicht. Ich weiß.« Sie stieß ihn heftig von sich. »Fass mich nicht an!« Eine tiefe Ruhe überkam sie. Daniels Verhalten fegte allerletzte Zweifel, die tief in ihrem Unterbewusstsein vorhanden gewesen sein mochten, fort. Sie wollte es hinter sich bringen. Entschlossen sah Annika ihrem Lebensgefährten in die Augen. Sieben Jahre in der Großstadt lagen hinter ihr. Die ersten beiden hatte sie in einer bunt zusammengewürfelten Wohngemeinschaft gelebt, gemeinsam mit einem gehbehinderten Koch, einer molligen Nachtclubtänzerin und zwei feierwütigen Studenten. Ihre Tage als Volontärin bei *Isa*BELLA waren ausgefüllt gewesen, an den Abenden hatte sie die

Münchener Feierszene ausgekostet, hatte Kabaretts in winzigen Kellerkneipen besucht und sich die neuesten Kinofilme in Sälen angesehen, deren Ausmaß die Größe des Lichtspielhauses ihrer Jugend um ein Vielfaches übertraf. Alles Dinge, deretwegen sie ihrem beschaulichen Heimatdorf zwar schweren Herzens, aber voller Abenteuerdrang den Rücken gekehrt hatte.

Dann war Daniel in ihr Leben getreten, und Annika hatte das schillernde Nachtleben nach und nach gegen Galadiners und Sektempfänge getauscht.

»Was bedeutet das für uns?« Daniel Hohen kam selten in die Verlegenheit, kleinlaut zu klingen. Dies war ein solcher Moment. Seine Freundin meinte es tatsächlich ernst. Sie wirkte, als wäre sie schon gar nicht mehr da. Das machte ihm Angst.

»Es ist aus. Ich verlasse dich. Zu unser beider Wohl. Ich habe meine Sachen bereits aus der Wohnung geschafft.« Annika wandte sich ab. »Es tut mir leid, dich vor vollendete Tatsachen zu stellen. Aber lass uns ehrlich sein: Es stimmte seit langem nicht mehr zwischen uns.«

Daniel folgte ihr, als sie in Richtung Wohnungstür ging. Unerwartet und grob riss er sie zurück.

»Du sollst … mich … nicht anfassen!«

Er ignorierte ihren Protest, seine Arme hielten sie wie Schraubstöcke umklammert. Annika wurde schlagartig klar: Wenn er sie nicht gehen lassen wollte, konnte er das mittels reiner Körperkraft verhindern.

»Das bringt doch nichts, Daniel«, beschwichtigte sie. »Als ich die Immobilienannonce entdeckt habe – an dem Tag hatten wir uns wegen meiner Kolumne gestritten –, wusste ich, was zu tun war.« Hoffentlich würde ihre ruhige Erklärung ihn besänftigen. »Schau, wir leben schon so lange einfach nebeneinander her.«

»Wir haben unsere Probleme, Liebes.« Daniel umschlang sie weiterhin fest. Sie konnte sich in seinem Griff kaum rühren.

»Deshalb darfst du nicht alles hinschmeißen. Ich liebe dich, hast du das vergessen?« Er klang flehentlich.

In Annika keimte Mitgefühl auf. Sie bekam ein schlechtes Gewissen. Wie konnte sie ihn aus heiterem Himmel verlassen? Das war nicht fair. Wenn sie ihm, und vor allem sich selbst, eher eingestanden hätte, wie unglücklich sie war, hätten sie beide vielleicht ohne Zank und Streit ihrer Wege ziehen können.

»Denk an den Festakt, zu dem wir meinen Vater nächsten Monat begleiten dürfen. Den willst du doch nicht verpassen? Der bayerische Ministerpräsident wird an unserem Tisch sitzen.«

Annikas Mitgefühl verflog. »Weißt du, was dein Problem ist?«, sagte sie mit bitterem Lächeln. »In erster Linie liebst du nur dich selbst, Daniel. Dicht gefolgt von all dem Glanz und Glamour, den dein Vater dir bietet.« Sie entwand sich seinen Armen, schubste ihn von sich und schlüpfte zur Tür hinaus, ehe er sie erneut festhalten konnte.

Hinter ihr begann Daniel zu brüllen. Sie hörte ihn noch im Treppenhaus.

4

Annika fuhr drei Tage auf die Berghütte einer ehemaligen WG-Mitbewohnerin in der Nähe von Matrei, die sie gegen einen geringen Betrag nutzen durfte, wenn die Hütte nicht gerade von Feriengästen belegt war. Die Einsamkeit tat ihr gut. Versunken lauschte sie dem Geläut der Kuhglocken, betrachtete das Spiel der Lämmer auf den Weiden und dachte nach. Über Daniel, über ihr zukünftiges Leben auf dem Hof und sehr häufig auch über ihren Vater. Seine Krebsdiagnose lag Jahre zurück, doch seither beschäftigten Annika in schöner Regelmäßigkeit Gedanken an den Tod und das, was möglicherweise danach kam. An die Auferstehung und das ewige Leben, wie es die christliche Kirche ihren Anhängern verhieß, vermochte sie nicht recht zu glauben. Andererseits war die Vorstellung vom Fall ins tiefschwarze Nichts der endlosen Weiten des Universums bedrückend. Manchmal beneidete sie ihre Mutter um deren felsenfesten Glauben – und wünschte sich einen Himmel, wie er in dem beliebten bayerischen Volksstück *Der Brandner Kaspar und das ewige Leben* einem gewitzten Büchsenmacher zuteil wird. Einen Himmel, in dem die verstorbenen Lieben beim Weißbier zusammensitzen und in aller Seelenruhe auf Neuankömmlinge warten.

So vergingen die Tage auf der Hütte für Annika in sanfter Melancholie. Die Vergangenheit lag hinter ihr, die Zukunft hatte noch nicht begonnen.

Schließlich kündigte sie für den Dienstagmorgen ihren Besuch bei den Eltern an.

Als sie eintraf, lag das hübsche Einfamilienhaus ihrer Kindheit friedlich in der Morgensonne. Der Gartenweg wurde von blühenden Beeten gesäumt, die Fensterläden waren in hellem Blau gestrichen. Auf dem Apfelbaum im Garten hockten Spatzen. Nach der Erkrankung ihres Vaters hatte Annika sich in der Krone des alten Baums oft regelrecht verkrochen.

Sie holte den Hausschlüssel unter dem Terrakotta-Igel neben der Eingangstür hervor und schüttelte lächelnd den Kopf. Das Versteck des Schlüssels war allzu offensichtlich, was Erika Burgdorfer einfach nicht wahrhaben wollte.

Annika fand ihre Mutter in der Küche.

»Anni, mein Schätzchen, wie schön, dich zu sehen!« Erika küsste ihre Tochter auf die Wangen und nahm sie fest in die Arme. Die kleine tiefgläubige Frau war Herz und Seele der Familie Burgdorfer und seit der Erkrankung und dem tiefen Fall ihres Mannes Hüterin seines labilen seelischen Gleichgewichts. Den Umzug ihrer Ältesten in die Großstadt hatte sie nie recht verwunden. Selbst wenn, wie Annika nicht müde wurde zu betonen, die Entfernung mit dem Auto nur eine gute Stunde betrug.

»Hallo Mama«, sagte Annika. Zwei einfache Worte, die auszusprechen sie sich in München manchmal verzweifelt gesehnt hatte. Sie sog den Duft ihrer Mutter ein. Kuchenteig und Vanilleshampoo. So roch sie immer.

»Du trägst den Anhänger«, sagte Erika. »Das freut mich. Weißt du, das ist ein Antoniuskreuz. Es hat mich an deinen Großvater Anton erinnert.«

»Dann trage ich es gleich doppelt gern«, erwiderte Annika. Das Bild ihres Großvaters, Oma Lissis Mann, war im Lauf der Jahre in ihrem Gedächtnis verschwommen und irgendwann verloren gegangen. Ihr Opa war einfach zu früh gestorben.

»Dein Vater erwartet dich. Ich richte eben noch die Käseplatte her.« Erika überlegte, ob sie ihre Tochter warnen sollte. Sie seufzte kaum hörbar und entschied, dass es auf eine Auseinandersetzung mehr oder weniger wohl nicht ankam. Dafür waren Vater und Tochter in der Vergangenheit zu häufig aneinandergeraten.

Nach seiner Gesundung hatte Franz Burgdorfer damit begonnen, seine Familie zu kontrollieren, wie es ihm der Krebs nicht zugestanden hatte. Seine Tochter kam damit nur schwer zurecht.

»Papa.« Annika ging ins Esszimmer hinüber.

Ihr Vater legte schweigend die Tageszeitung beiseite und erhob sich vom Frühstückstisch. Seine buschigen Augenbrauen waren gerunzelt, seine Stirn in tiefe Falten gelegt. Auf seiner Kopfhaut, unter den spärlichen Resten seines vor langer Zeit einmal vollen Haars, glänzte Schweiß.

Annika tat einen Schritt auf ihn zu.

Er lächelte nicht. Er sagte nichts.

»Was ist los?« Sie spürte ihr Herz einige Takte lang aussetzen.

»Franz!«, schimpfte Erika aus der Küche. »Jetzt sag halt was zu ihr!«

»Daniel hat bei uns angerufen.« Franz Burgdorfers Stimme klang wie eine Aneinanderreihung von Rülpslauten. Nach der Kehlkopfoperation hatte er das Sprechen mittels der sogenannten Speiseröhrenstimme mühsam wieder erlernen müssen. Er kommunizierte, indem er Luft verschluckte und sie kontrolliert wieder aufsteigen ließ. Seine Familie war daran gewöhnt, ebenso die Leute im Dorf.

»Sag mir bitte, dass der Junge bloß betrunken war.«

»Wenn es um unsere Trennung ging – das stimmt.«

»Und das andere? Das mit dem Hof? Du hast nicht wirklich die Bruchbude unten am Lech gekauft?«

»Doch, natürlich hat sie«, mischte sich Erika wiederum ein. »Jesus, ich hab dir doch gesagt, das ganze Dorf redet darüber.

Die Mauerin und die alte Stichthaler haben mich beim Bäcker darauf angesprochen, und die hatten es wiederum schon über fünf Ecken gehört. Da muss einfach etwas dran sein, nicht wahr, Spätzchen?«

»Ich wollte euch überraschen. Euch einen Spaziergang an den Lech vorschlagen.«

Annika schmeckte Enttäuschung. Sie hatte sich so auf die verblüfften Gesichter ihrer Eltern gefreut. Dabei hätte sie es besser wissen müssen. In einem kleinen Dorf wie Kinsau blieb nichts lange geheim.

»Bist du von allen guten Geistern verlassen?«, schnaubte ihr Vater.

»Woher hattest du denn die Mittel dafür? Hast du etwa Oma Lissis Geld genommen?«, fragte Erika und konnte ihre Betroffenheit nicht verbergen.

»Das Geld ist mein Erbe«, fuhr Annika auf. »Ich mache damit, was ich für richtig halte. Davon abgesehen habe ich in den letzten Jahren einiges angespart.«

»Weil du umsonst bei Daniel untergekrochen bist.«

»Das ist nicht fair, Papa. Die Wohnung in München gehört Daniels Vater. Er hat sich strikt geweigert, mehr als das monatliche Hausgeld von mir anzunehmen. Mir hätte eine weniger snobistische Wohnung vollauf gereicht.«

»Setzt euch hin. Alle beide. Und lasst uns erst einmal frühstücken.« Erika schlüpfte aus ihrem dunkelblauen Schürzenkittel. Diese und ähnliche Schürzen trug sie zur Hausarbeit, seit Annika denken konnte. Mit sanftem Nachdruck übernahm sie das Regiment und dirigierte ihren Mann zurück auf seinen Stuhl. Auch Annika ließ sich willig am Frühstückstisch nieder. Es erstaunte sie immer aufs Neue, wie anstrengend das Beisammensein mit ihrem Vater geworden war.

Franz Burgdorfer riss sich, Erika sei Dank, am Riemen. »Dann überlegen wir uns, wie wir aus der Misere herauskommen«, sagte er verträglicher. »Du musst den Hof wieder verkaufen, das steht fest.«

»Vergiss es, Papa.« Annika reckte kämpferisch das Kinn. »Kommt nicht in Frage. Ich bin erwachsen und habe mir diesen Schritt reiflich überlegt. Was ich tue oder nicht, ist nicht deine Sache, es ist und bleibt meine Angelegenheit.« Sie angelte sich eine der Kürbiskernsemmeln vom Frühstückstisch und biss mit demonstrativer, wenn auch gespielter Ruhe hinein. »Nachher kommt ihr mit mir hinunter und seht euch das Haus an«, verkündete sie kauend. »Das erwarte ich von euch.«

Franz Burgdorfer fing einen beschwörenden Blick seiner Frau auf.

»In Gottes Namen«, gab er grantelnd nach, »sehen wir uns die Bruchbude eben an.«

Nach dem Frühstück half Annika ihrer Mutter beim Abräumen.

»Der arme Daniel«, murmelte Erika in ihr rotgeblümtes Halstuch. »Der Junge tut mir schon irgendwie leid, er war ganz aufgelöst am Telefon. Meinst du nicht, Anni, ihr …«

»Mama! Du willst dich doch da nicht etwa einmischen, oder?«

»Schon gut, Liebes. Ich weiß ja, das ist deine Sache.«

Der Bodelhof lag knapp dreihundert Meter außerhalb des Dorfes. Man konnte das gelbe Ortsschild vom Anwesen aus gerade noch sehen.

Die milde Luft roch nach warmem Gras, Frühlingsblumen und Verheißung. Es war ein Tag, wie man ihn sich schöner nicht hätte wünschen können. Annikas Magen flatterte während des Spaziergangs, in angespannter Erwartung des elterlichen Urteils.

Eine Haselnusshecke trennte das Grundstück optisch von der Straße. Durch einen Rankbogen aus rostigem Eisen, wie es bei Hobbygärtnern gerade in Mode war, betrat Annika, gefolgt von ihren Eltern, das Anwesen.

Der Weg zum Haus war von Flechten überwachsen. Ebenso die vier breiten Steinstufen, die hinauf zur Tür führten. Links des Weges stand jenes Gewächshaus mit den blinden Scheiben, das aus der Zeit stammte, als der Bodelhof eine Gärtnerei gewesen war.

Rechter Hand erspähte Erika das Wegkreuz. »Schaut«, rief sie, »das alte Marterl, daran hab ich gar nicht mehr gedacht. Solange der Hof als Pfarrhaus genutzt wurde, hab ich immer Blumen hingelegt. Das solltest du auch tun, Anni. Und ein Gebet sprechen.«

»Ja«, sagte Annika und betrachtete das Haus mit übervollem Herzen. *Wirklich und wahrhaftig ihr Haus.*

Ihr Vater unterzog das Gebäude ebenfalls intensiver Musterung. Der Hof hatte ein steiles Satteldach, die braunen Ziegel waren moosbewachsen.

»Das Moos muss da runter«, ließ er verlauten.

»Wir heben es auf«, sagte Erika sogleich. »Erinnerst du dich, nachdem wir unser Dach gesäubert hatten – wann war das noch, vor drei oder vier Jahren? –, habe ich das Moos für meine Adventsdekoration und als Krippenpolster verwendet.«

»Damit kannst du viele Krippen auspolstern«, entgegnete Franz trocken und ließ den Blick weiterschweifen.

An der Vorderfront des Hauses saßen elf Sprossenfenster, eingerahmt von grünen Holzläden. Hinzu kamen die bodenhohen Fenster zu beiden Seiten der Haustür. An der Ostseite schloss ein niedriger Sandsteinanbau an das ursprüngliche Gebäude an. Wilder Wein rankte daran empor.

»Idyllisch sieht es ja schon aus.«

»Idyllisch und kaputt.« Franz Burgdorfer ließ sich weder vom verklärten Gesicht seiner Frau noch von dem malerischen Anblick des Hofs oder den bittenden Augen seiner Tochter beeindrucken. »Gesprungene Fenster und Läden, die schief in den Angeln hängen. Das konntest du bei der Besichtigung doch nicht übersehen, Mädel! Schau dir den Putz an. Der bröckelt nicht bloß, der fällt großflächig ab.«

»Alter Miesepeter«, dachte Annika und verkniff es sich, die Worte laut auszusprechen. Dafür hatte sie zu viele Wutausbrüche ihres Vaters erlebt.

»Alter Miesepeter«, sagte ihre Mutter.

Wie gerne hätte Annika sich bei ihrem Vater untergehakt oder ihn bei der Hand genommen, um ihm mit freudig stürmischem Übermut das Haus zu zeigen. Doch die Leichtigkeit früherer Tage war dahin, vielleicht endgültig, und wenn sie sich dann und wann einmal überraschend zwischen ihnen einstellte, war sie anfällig wie ein siecher Greis. Annika brach es jedes Mal schier das Herz, wenn ihr Vater sich in einen Mann verwandelte, den sie nicht mehr wiedererkannte.

»Kommt mit hinein«, hörte sie sich sagen und zwang sich dazu, die düsteren Gedanken vor der Tür zu lassen.

*

Um die gleiche Stunde zog Wilhelm Waltner die Kuckucksuhr in seinem Wohnzimmer auf. Das gleichmäßige Ticken vertrieb die Stille in der altmodisch eingerichteten Wohnung mit dem geblümten Ohrenbackensessel, den schweren Teppichen und den vergilbten Häkeldeckchen.

Seit der Begegnung mit Annika Burgdorfer tobte ein Sturm in Waltners Brust. Ihr Antlitz hatte die Geister der Vergangenheit beschworen. In Gedanken fuhr er die Gesichtszüge der jungen Frau nach. Die hohe Stirn, die warmen, braunen Augen, die große Nase mit der leicht nach unten gekrümmten Spitze – genau wie bei Elisabeth.

Dabei war es nicht allein die frappierende Ähnlichkeit Annikas mit ihrer Großmutter, die dem Makler zusetzte. Vielmehr hatte sich ihm am Tag der Hofbesichtigung ein Verdacht aufgedrängt, der ihn seither keine Ruhe mehr finden ließ.

Wilhelm trat vor den gerahmten Spiegel im Hausflur seiner Wohnung und zog die Augenbrauen hoch. Das heißt, er versuchte es, denn seine linke Braue ließ sich nicht heben.

*

»In dem Raum gleich rechts werde ich ein kleines Wohnzimmer einrichten. Dahinter dachte ich an eine Art Lesestube. In Daniels Wohnung waren meine zerlesenen Bücher nicht erwünscht. Ganz zu schweigen von meinen Möbeln, die nicht in das sorgsam abgestimmte Gesamtkonzept passten.«

»Ich hatte immer angenommen, ihr wärt recht glücklich miteinander«, sagte Franz und bemühte sich nicht, die Anklage in seiner Stimme zu verbergen. »Und jetzt magst du kein gutes Haar mehr an ihm lassen.«

Darauf hatte Annika keine Antwort. Weshalb war sie nicht früher gegangen? Sie wusste es nicht.

»Ich habe meine Sachen zwischengelagert. Das Umzugsunternehmen ist für übermorgen bestellt.«

»Vorher muss alles gründlich geputzt werden.« Erika schien im Geiste schon den Besen zu schwingen.

»Die Pfarrei ist im letzten Jahr mit Sack und Pack ausgezogen, seitdem wurde hier drinnen keine Hand mehr gerührt. Aber das wisst ihr sicher. Erst einmal genügt es mir, die Küche und vielleicht das zukünftige Schlafzimmer halbwegs wohnlich herzurichten. Die Renovierungsarbeiten werden ohnehin wieder jede Menge Dreck machen.«

»Zumindest weiß ich aus den Gemeinderatssitzungen, dass seit Jahren kein Geld mehr in Wartungsarbeiten gesteckt wurde. Der Neubau des Pfarrhauses stand ja bereits fest.«

»Mal bitte nicht so schwarz, Papa. 1998 wurde teilrenoviert. Und zumindest habe ich ein Dach über dem Kopf.«

»Eins mit Löchern wahrscheinlich.«

Annika gelang ein dünnes Lachen. Es hatte ganz den Anschein, als würde sie ihren bockigen Vater nicht von ihrem neuen Heim überzeugen können. Dabei lag ihr an seiner Zustimmung mehr, als ihr lieb war.

»Das Großreinemachen in der Küche dürfte das geringste Problem sein. Wenn du magst, fangen wir gleich heute Nachmittag an.« Erika Burgdorfer putzte seit Jahren die örtliche Sparkassenfiliale. Zuweilen wischte sie dort Erbrochenes auf und sammelte Stummel von Zigaretten ein, die nächtens verbotenerweise geraucht worden waren. Da würde sie es mit Staub, toten Fliegen und der einen oder anderen Maus in dem alten Haus gerade noch aufnehmen.

»Danke, Mama. Du bist die Beste.« Annika küsste ihre Mutter auf die Wange. »Kommt mit in die Küche. Der Raum ist wunderschön. Bis in die Achtzigerjahre hinein befand sich der Hof im Besitz einer Familie von Bruckenheim. In deren Auftrag ist der Erker entstanden. Er passt nicht unbedingt zum ursprünglichen Charakter des Hauses, aber mir gefällt der Stilbruch. Herrlich, nicht wahr?«

»Ein Erker in einem Bauernhof.« Franz schüttelte den Kopf. »Das muss ein rechter Depp gewesen sein, der auf so eine Idee gekommen ist.«

»Franz«, mahnte Erika.

»Ist doch wahr.«

»Der alte Wamsler ist funktionstüchtig.« Annika ignorierte das Gemäkel ihres Vaters beharrlich, so schwer es ihr auch fiel. »Unglaublich, wenn man bedenkt, wie viele Generationen darauf schon gekocht haben mögen. Der Landfrauenbund hat bis zum Auszug im letzten Jahr regelmäßig Teewasser aufgesetzt«, begeisterte sie sich.

»Ich bleibe bei meiner Meinung. Wenn du den Hof nicht wieder verkaufst, begehst du einen großen Fehler.«

»Das Haus macht mich glücklich, Papa. Schon jetzt. Der Makler will mir übrigens alte Unterlagen vorbeibringen, die ihm der Bürgermeister gegeben hat.«

»Welcher Hallodri hat dir die Bruchbude eigentlich angedreht?« Die Anspannung in Franz Burgdorfers Schultern war unverkennbar. Der Krebs hatte ihm mehr genommen als seine Gesundheit. Er hatte ihn seinen Frohsinn gekostet und den unbeschwerten Umgang mit seiner Familie. Statt jeden Tag bewusst zu leben, wie viele seiner Schicksalsgenossen im Bundesverband der Kehlkopflosen und Kehlkopfoperierten es zumindest versuchten, versank er häufig in dumpfer Niedergeschlagenheit oder wurde aus heiterem Himmel aggressiv.

»Wilhelm Waltner. So heißt der Makler. Er lebt in Apfeldorf und kannte Oma Lissi in ihrer Jugend. Und bevor ihr auf ihn schimpft – er hat mir vor dem Kauf ins Gewissen geredet und mir die Mängel des Hauses aufgezählt.«

»Ungewöhnlich für einen Makler. Das spricht für ihn«, lobte Erika. »Aber der Name sagt mir nichts. Ich kenne drüben in Apfeldorf bloß einen Georg Waltner, der ist Kaminkehrer. Vielleicht ja ein Verwandter.« Sie drückte beschwichtigend die Hand ihres Mannes. »Immerhin wird Anni ganz in unserer Nähe leben«, flüsterte sie in der Hoffnung, einen sich anbahnenden Wutausbruch frühzeitig zu umschiffen. Man brauchte kein Wahrsager zu sein, um erkennen zu können, wie wenig er von den Zukunftsplänen der Tochter überzeugt war. Franz Burgdorfer reagierte auf Erikas Beschwichtigungsversuch, indem er ihr seine Hand entzog.

»Ich erinnere ihn an Oma. Er war wohl früher einmal sehr in sie verliebt.« Annika hatte nichts von dem kurzen Austausch zwischen ihren Eltern mitbekommen.

»So.« Erika fuhr sich über die Augen. Der Tod ihrer Mutter hatte eine breite Schneise in ihr Leben geschlagen.

»Folgt mir.« Annika führte ihre Eltern durch die Tür, die

links vom Flur abzweigte. »Wir stehen im früheren Stall. Später wurde der Raum von den Münchener Sommerfrischlern als Salon genutzt. Seht euch den herrlichen Dielenboden an, er stammt aus dieser Zeit. Wenn der erst geschliffen und neu eingelassen ist …«

»Das wird viel Arbeit, Anni.«

»Ich kann es gar nicht erwarten.«

»Was ist mit deinem Beruf? Willst du mit deinem klapprigen BMW jeden Tag bis hinein nach München fahren?«, fragte Erika besorgt.

»Ich habe gekündigt.« Annika zuckte die Schultern und ließ das entsetzte Stöhnen der Eltern an sich abprallen. »Keine Bange, mir ist auch nach dem Kauf des Hauses noch genug Geld geblieben, um die dringlichsten Renovierungsarbeiten auszuführen. Wie ich schon sagte, konnte ich einiges beiseitelegen. Außerdem werde ich freiberuflich für die Redaktion von *Isa*BELLA arbeiten und eine monatliche Kolumne schreiben. Aber das erzähle ich euch später. Die Treppe hier«, sie winkte Vater und Mutter, ihr zu folgen, »möchte ich auch abschleifen und anschließend weiß lasieren, so dass die Holzmaserung noch durchscheint. Im ersten Stock liegen ebenfalls Dielen. Und in den übrigen Räumen hoffe ich, auf die herrlichen Fliesen zu stoßen, die auch im Hausflur …«

Urplötzlich tat es oben einen lauten Knall.

»Himmel, was war das?« Franz Burgdorfer legte die Hände an seine Stirn und drückte sie zusammen, so dass in der Mitte ein faltiger Hautlappen entstand. Das machte er immer, wenn er aufgebracht war. »Wahrscheinlich ist der Kamin eingestürzt oder gleich das ganze beschissene Dach. Ich sehe nach.«

»Sei vorsichtig, Papa. Oben im Gang gibt es eine Klappe, von dort geht es hinauf auf …«

Er wartete gar nicht erst ab, bis seine Tochter zu Ende gesprochen hatte.

»Ich dachte, seine Gemütsverfassung hätte sich gebessert.« Annika ließ sich tröstend von ihrer Mutter drücken.

»Es ist der Hauskauf, Anni. Damit haben wir alle nicht gerechnet. Außerdem mochte dein Vater Daniel und wähnte dich an seiner Seite gut versorgt.«

»Wir leben nicht mehr im Mittelalter, Mama. Ich sorge gut für mich selbst. Das sollte Papa eigentlich wissen.«

»Er kann halt nicht aus seiner Haut, Liebes«, ergriff Erika Partei für den Mann, den sie liebte, auch wenn sie es nicht leicht mit ihm hatte. »Was da wohl so geknallt hat?«

»Hoffentlich nicht wirklich das Dach«, meinte Annika mit einem Anflug von Galgenhumor. »Komm, wir sehen uns derweil mein künftiges Schlafzimmer an.«

»Das an der Wand ist Schimmel«, stellte Erika kurz darauf betroffen fest. »Der wird dich krank machen, Kind.«

»Es gibt im ersten Stock noch mehr Schimmel- und Stockflecken, Mama. Keine Bange, mit guten Mitteln kann man dem zuverlässig zu Leibe rücken.«

»Dein Wort in Gottes Ohr, Anni.«

»Du brauchst dir wirklich keine Sorgen zu machen. Meine Ansprüche sind nicht hoch, und die Zeit rennt mir nicht davon. Ich kann alles nach und nach herrichten.«

»Ich habe nichts finden können.« Franz stieß wieder zu Frau und Tochter. »Aber das Dach ist undicht. Da muss auf der Stelle etwas getan werden, ehe die Feuchtigkeit durch den Dachboden nach unten kriecht. Wahrscheinlich ist dir gar nicht klar, wie viel Geld ein solch baufälliges Haus frisst. Ein Fass ohne Boden, sage ich dir. Die Leute neigen dazu, das Ausmaß vollkommen zu unterschätzen.«

»Im ersten Stock gibt es Schimmelflecken. Ich habe Angst, Anni wird uns krank.«

»Mama, ich hab dir doch gesagt …« Annika verdrehte die Augen.

»Zumindest notdürftig kann auf dem Dach schnell Abhilfe geschaffen werden. Längerfristig musst du trotzdem darüber nachdenken, das Dach komplett zu erneuern, Annika, wenn du den Hof wirklich behältst. Von mir brauchst du dir dann aber keine Hilfe zu erwarten«, verkündete Franz. »Ich habe mir die Bruchbude angesehen und meine Schuldigkeit getan. Und jetzt gehe ich.« Damit machte er auf dem Absatz kehrt und stiefelte davon.

»Franz, warte!«, rief Erika.

Er reagierte nicht.

Annika sah ihrem Vater betroffen hinterher. »Früher hätte er sich niemals so benommen.«

»Es tut mir leid«, entschuldigte sich Erika.

»Du kannst doch nichts dafür. Ich weiß ja, wie häufig er seine Wut auch an dir auslässt. Heute bin eben ich der Prellbock.«

»Lass gut sein. Der Tag ist so schön, und ich habe den Rest deines Anwesens noch nicht gesehen.«

Wenig später inspizierten Mutter und Tochter das rückseitige Gartengrundstück. Dort stand ein langgezogener Holzschuppen, an den im Neunziggradwinkel eine Garage aus Klinkersteinen mit flachem Dach anschloss. Zumindest legte das grün gestrichene Garagentor nahe, dass der Bau irgendwann einmal als solche genutzt worden war.

Hinter dem Schuppen fiel die Wiese sanft in Richtung eines Wäldchens ab. Dahinter floss der Lech.

»Rund eintausendfünfhundert Quadratmeter.«

»Das wäre ein herrlicher Ort für Kinder«, träumte Erika. »Aber jetzt, wo du und Daniel …«

»Hanna kann ja hier spielen«, verwies Annika auf ihre dreijährige Nichte. In der Ferne sah sie die Gestalt ihres Vaters, der zügig in Richtung Dorf marschierte. Sie unterdrückte den aufflammenden Wunsch, es ihm mit gleicher Münze heimzuzahlen und ihm ebenso wehzutun.

Wie erschüttert wäre sie gewesen, hätte sie von den Tränen gewusst, die ihm über das Gesicht liefen und in seinem Hemdkragen versickerten. Ihr Leben lang hatte sie ihn niemals weinen sehen.

»Oh, wie hübsch!«, rief Erika spontan, als sie das kleine Wäldchen durchquert hatten und am Fluss standen. Beide Frauen gaben sich redlich Mühe, nicht mehr an Franz Burgdorfers verdrießliches Verhalten zu denken. »Es gibt sogar einen Flecken Sand.«

»Und die Stelle ist auch bloß vom Fluss aus einsehbar«, begeisterte sich Annika.

»Weißt du was? Wir haben daheim im Schuppen noch die schmiedeeiserne Hollywoodschaukel, die dein Bruder als Gesellenstück gebaut hat. Die würde sich hier wunderbar machen, dann könntest du …«

»… am Abend mit einem Glas Wein draußen sitzen und den Tag ausklingen lassen«, ergänzte Annika.

Immerhin, ihre Mutter hatte augenscheinlich Feuer gefangen.

5

Am frühen Abend waren die Putzarbeiten in der Küche so weit gediehen, dass Annika ihre Zelte dort aufschlagen konnte. Vorerst würde sie sich mit einer Luftmatratze begnügen.

Erika hatte ihr angeboten, in ihrem alten Kinderzimmer unterzukommen, doch das kam für die frischgebackene Hausbesitzerin nicht in Frage. Erst recht nicht, wo ihr Vater sich so idiotisch benommen hatte.

»Schwesterherz!«

»Du verrückte Nudel!«

Annika streifte die gelben Putzhandschuhe ab und strahlte ihren jüngeren Brüdern entgegen. Ihre Mutter hatte die Haustür und die Fenster geöffnet, um gründlich durchzulüften. Ulrich und Max waren unbemerkt hereingekommen.

»Sieh an, die Zwerge!«

»Freche Göre!« Annika wurde für ihre Äußerung durch die Luft gewirbelt. »Lasst mich runter!«, sagte sie lachend.

Im Gegensatz zu den Frauen im Hause Burgdorfer waren die männlichen Familienmitglieder hochgewachsen. Die Brüder trugen ihre hellen Haare militärisch kurzgeschoren, um der beginnenden Kahlheit vorzubeugen, die der Vater ihnen zu ihrem Verdruss vererbt hatte. Sie trugen Arbeitshosen und hatten einen Werkzeugkoffer von beachtlichen Ausmaßen mitgebracht. Beide wohnten noch im Elternhaus, Max im Keller und Ulrich im ausgebauten Dachgeschoss. Annika mutmaßte, sie taten das nicht nur der vielen kleinen Annehmlichkeiten wegen, die das Leben im Hotel Mama mit sich brachte, sondern auch, weil sie Erika nicht ohne Unterstützung lassen wollten.

»Gut, dass ihr kommt«, begrüßte Erika Burgdorfer das Erscheinen ihrer Söhne. »Anni kann eure Hilfe brauchen.«

»Wir haben schon gehört, dass es in Schwesterchens neuer Residenz einiges zu tun geben wird. Den lassen wir gleich mal da«, grinste Ulrich und deutete auf den Werkzeugkoffer. »Vater zieht ein Gesicht wie sieben Tage Regenwetter.«

»Schau nicht so, Anni. Du kennst doch den alten Stinkstiefel.«

»Als Hanna vor einigen Wochen zu Besuch war, hat sie ihn *den Opa mit der hässlichen Stimme* genannt. Du glaubst nicht, wie er die Kleine angefahren hat. Also, Kopf hoch.«

»Danke.« Annika fühlte sich getröstet und war gerührt von der Selbstverständlichkeit, mit der sie ihr helfen wollten. Diese Geborgenheit im Schoß der Familie hatte sie vermisst.

»Heute werden wir allerdings nicht mehr viel reißen können. Wenn nicht irgendwo ein Rohr gebrochen ist oder die Stromleitungen bloßliegen, schlage ich vor, du führst uns erst einmal herum.« Ein spitzbübisches Funkeln saß in Max' Augen. »Ich bin gespannt, was der alte Kasten zu bieten hat.«

Es war spät geworden, draußen herrschte finstere Nacht. Max, der es nicht hatte erwarten können, den alten Ofen auszuprobieren, entzündete ein Feuer und freute sich, weil der Kamin so gut zog. Annika setzte zum Abschluss des Tages Teewasser in dem Kessel auf, der zum Ofen gehörte, und nahm sich vor, den Kaminkehrer bald zur Abnahme des Ofens herzubitten.

»Wo ist eigentlich Mama? Sie hat für heute wirklich genug geputzt.«

»Noch oben vermutlich.«

Annika stieg die Treppe hinauf und fand ihre Mutter im

zukünftigen Schlafzimmer. Erika hatte es sich nicht nehmen lassen, auch dort den Wischmopp zu schwingen.

»Mama? Was ist los? Betest du? Hast du geweint?«

»Schon gut.« Erika Burgdorfer fuhr sich mit den Händen über ihr blasses Gesicht. »Möchtest du wirklich nicht bei uns schlafen?« Die Frage klang dringlich.

»Nein.« Annika schüttelte den Kopf. »Die erste Nacht im eigenen Heim, du weißt schon … Ich bin gespannt, was ich träumen werde. Fehlt dir wirklich nichts?«

»Alles in Ordnung, mein Schatz. Lass uns hinuntergehen.«

Nachdem ihre Familie fort war, rollte Annika sich auf ihrer Luftmatratze zusammen, lauschte den fremden Geräuschen des Hauses und grübelte darüber nach, was ihre Mutter aus dem Gleichgewicht gebracht haben mochte.

Als sie endlich in den Schlaf dämmerte, nahm ein Traum in ihrem Kopf Gestalt an. Fast so, als hätte er sie erwartet.

Seit der Verlobung hat Maria ihre Arbeit nicht mehr mit solch leichtem Herzen verrichtet. Obwohl die Korntruhe in der Küche schwarz angesengt ist und sie noch immer den Hoferben heiraten soll, fühlt sie sich frei. Fühlt sich, als stünde sie über dem Bauern und seinem Kaulquappensohn, den sie gewiss nicht ehelichen wird.

Durch das Haus betritt sie den Stall, geht vorbei an Kühen, Ochsen, Schafen und Kälbern. Es ist kaum Tag, die Sonne ist noch nicht aufgegangen. Maria hat gehofft, Korbinian zu treffen, der die Tiere auf die Weide treiben wird.

Dann eben später.

Sie verlässt den Stall, der aus Holz erbaut ist und sicher lichterloh gebrannt hätte, wenn ihr Vater nicht eingeschritten wäre. So war aus der Geschichte mit der

Öllampe und der Korntruhe kein Unglück erwachsen.

Marias Weg führt sie an der Remise vorbei zum Gänsegehege. Überall sprießt der Löwenzahn. Sie beschließt, die Löwenzahnblätter später zu sammeln und einen Salat daraus zu machen. Da sieht sie Bairich, der sie am Gänsegehege erwartet. In letzter Zeit lauert er ihr regelrecht auf. Nicht auszudenken, wenn es nächtens den Schlüssel für ihr Kämmerchen nicht gäbe …

»Was willst?«, fährt Maria den Bauernsohn an. Sie verachtet ihn. Beim Gedanken, dass das Aufgebot bereits bestellt ist, wird ihr flau. Bairich scheint sich mit der Vorstellung, sie zu ehelichen, abgefunden zu haben. Er betrachtet sie schon als sein Eigentum.

»I hob mir überlegt, was i ois mit dir anstellen werd, wenn i di erst in meim Bett liegen hob.« Seine Augen glitzern wie die des Jägers, der einen fetten Hirschbock stellt. »Wennst a it reich bist, die scheenste Jungfer im Gau bist allemal.«

Maria muss an sich halten, um ihm nicht die Wahrheit ins Gesicht zu schleudern. Bald wird er es ohnehin erfahren.

»Komm her zu mir!«, sagt Bairich.

Maria schüttelt den Kopf.

»Jetzt komm scho. Lass mi anfassen, was mir bald ghört.« Er tritt dicht zu ihr und beginnt sie zu zwicken. In die Hüfte, in den Bauch, die Oberschenkel, den Hintern. Kleine, schmerzhafte Kniffe.

»Hör auf!«

»Weshalb sollt i?«

»Ich ko di it leiden«, sagt Maria.

»So a Eheleben ko oam lang werden, wenn ma jemand it leiden ko.«

»Du Depp.«

Bairich versetzt ihr einen Fausthieb gegen die Schulter. Maria fällt hin.

»Wenn nötig, schlag i di jeden Tag windelwoach«, erklärt er. »Bis du glernt host, di anständig zum benemma.« Mit körperlicher Züchtigung ist Bairich vertraut. Er hat sie von klein auf von seinem Vater erfahren.

Maria steht auf.

Wieder kneift er sie.

»Lass mi, i muss die Gäns füttern.«

»Erst gibst mir an Kuss«, verlangt Bairich.

»Nia und nimma.«

Da stößt er sie erneut zu Boden. Maria schrammt mit dem rechten Arm am Gänsezaun entlang und fühlt feine Holzschiefer, die sich in ihr Fleisch bohren.

»Bairich!« Korbinian treibt das Vieh aus dem Stall.

»Ha? Was isn?«

»Des Kalb von letzter Woch humpelt, schaugst es dir bittschön grad amol an!«

»Zefix!«, schimpft Bairich und wirft einen letzten Blick auf Maria, dann stapft er davon.

Maria hat den Zorn in Korbinians Stimme gehört. Sie fühlt seine Wut. So kann es nicht weitergehen. Ob Bairich etwas gemerkt hat? Ob er ahnt, welche Gefühle der Knecht Korbinian für sie hegt?

Während sie die Gänse füttert, hat sich das Kalb auf wundersame Weise erholt. Wortfetzen dringen an ihr Ohr. Korbinian gerät in Erklärungsnot. Gottlob kommt der Jungbauer nicht noch einmal zu ihr zurück.

~~~

Als der Bodelhof von nächtlicher Schwärze umhüllt wird, steht Maria auf, schleicht aus ihrer Kammer. Die Holz-
~~~

treppe knarzt, das lässt sich nicht vermeiden. Ihr Herz pocht heftig. Wie immer. Vorfreude und Angst. Die unterste Treppenstufe lässt sie aus, sie knarrt am lautesten.

Drunten am Lech wartet Korbinian. Sie fliegt in seine Arme.

»Am liebsten hätt i den Deppen umbracht, als er di heut so traktiert hot.«

»Is it so schlimm.« Maria verschließt Korbinians Lippen mit einem Kuss. Sie liebt ihn schon lange, hat ihn schon als Mädchen im Dorf angehimmelt. Doch erst auf dem Bodelhof sind sie sich nähergekommen. Irgendwie, denkt Maria, muss sie dem Bauern und seinem Sohn fast dankbar sein.

~~~

Ein Stück entfernt hockt Bairich hinter einem Felsen. Er ist nicht dumm, schon vor der Sache mit dem humpelnden Kalb hat er den Braten gerochen. Heute Nacht ist er Maria gefolgt. Der Wind steht gut und trägt ihm alles zu, was das Paar einander zu sagen hat.

~~~

»So gohts it weiter.« Korbinian zieht Maria auf seinen Schoß und umschlingt sie fest mit den Armen. Beide blicken dorthin, wo ihre Augen das dunkle Lechwasser erahnen.

»I woaß.«

»Wirklich it«, betont Korbinian. »Bei aller Treu und Lieb für unsere Eltern, wir müssen die Wahrheit sagen. Des Possenspiel muss a End ham. Und wenn se uns it verzeihen können, dann is es so.«

»Meine Eltern meinen halt, a Verbindung mit dem Bodelerben darf ma it ausschlagen. I glaub, mei Vatter hot außerdem a bisserl Angst vor dem Bauern, wia eben die meisten Leit in der Gegend. Vielleicht tätn uns die Eltern ja trotzdem a weng verstehn. Aber des Geld macht ma Sorgen. Der Bauer haut uns doch beide weiter und sorgt dafür, dass mir nirgends mehr a Anstellung kriegn.«

»Dann geh ma weg, Maria, es hilft nix.«

»Es hilft wirklich nix.« Sie streicht ihm über die bärtige Wange. Korbinian hat braune Haare und blaue Augen. Kein Vergleich mit der Kaulquappe Bairich und seinem hässlichen Feuermal. »Woaßt, Korbinian, i muss da was sagen ... I erwart a Kind von dir. Mei Blutung is scho zwoamol ausblieben, und heut Morgen bin i aufgwacht und war ma einfach ganz sicher. I spürs tief in mir drin, dass es so is.«

Korbinian schweigt.

»Sag halt was«, bittet Maria.

»Des is a Zeichen«, sagt der Knecht. »A Zeichen, dass mir jetzad die Wahrheit sagen müssn. Am besten, mir verkündens aufm Dorffest. Dann woaß es glei jeder, und die Leit müssn si gar it erst das Maul zerreißn.«

»Und vielleicht wern die Enttäuschung von die Eltern und da Zorn vom Bauern it gar so schlimm über uns kommen, wenn alle zuschaun. Ehrlich, i hätt Angst, da Bauer und da Bairich tätn uns beide erschlagn, wenn mas eahna ohne Zeugn sagn würden.«

Korbinian küsst Maria. »Mir stehen des durch«, verspricht er und zieht sie mit sich hinunter ins Gras. »Wo ma jetz eh nimma aufpassen müssen ...«, murmelt er.

»Warte. Du host gar nix zu dem Kindle gsagt.«

»Da brauch i nix sagen«, entgegnet Korbinian. »I gfrei mi, Maria. I gfrei mi narrisch.«

An ihrem ersten Morgen auf dem Bodelhof streifte Annika in ihrem verwaschenen Nachthemd und Sneakers an den bloßen Füßen gemächlich durch ihr neues Zuhause. Raum für Raum, es war ein Genuss. In ihrer Vorstellung rückte sie die Möbel im künftigen Wohnzimmer hin und her, stellte Bücherregale auf und arrangierte frische Schnittblumen in einer Vase auf dem Fensterbrett. Ein erhebendes Gefühl, so gut und so richtig. Annika stieß einen Jauchzer aus, weil niemand sie hören, niemand sich daran stören konnte. Im früheren Stall drehte sie sich ausgelassen im Kreis und stellte sich das Blöken der Schafe vor, deren Wohnstatt dieses geräumige Zimmer früher gewesen war. Vielleicht hatte es auf dem Bodelhof aber auch gar keine Schafe gegeben, sondern Kühe oder Ziegen. Sie wusste es nicht.

Ihre Gedanken flogen fort von den Kühen, Ziegen und Schafen, hin zu dem Traum der letzten Nacht. Am merkwürdigsten daran war, wie klar er ihr noch vor Augen stand. Sie träumte auch sonst manchmal, bunte Mischungen aus Tageserlebnissen, Gehörtem, Gesehenem und Gedachtem. Doch normalerweise blieben von ihren Träumen, sobald sie die Beine aus dem Bett schwang, nur schemenhafte Fetzen übrig. Meist nicht einmal das. Der Traum von Maria hingegen … Da hatte ihre Phantasie Kapriolen geschlagen und den lebhaften Tagtraum, dem sie schon bei der Hofbesichtigung nachgehangen war, fortgeführt. Ein verblüffend real anmutendes Bild der Vergangenheit, bis hin zu den Namen der Hofbewohner. Vielleicht hatte es in einem vergangenen Jahrhundert tatsächlich eine Frau wie Maria auf dem Bodelhof gegeben. Das konnte Annika sich gut vorstellen.

Lächelnd führte sie die rechte Hand an ihre Schulter. Eine unbewusste Geste, die in dem leeren Raum eigenartig anmutete. Als wolle sie ein stilles Willkommen erwidern.

6

Nachdem Annikas Vater die Besichtigung, die seiner Tochter so wichtig gewesen war, abrupt abgebrochen hatte, ließ er sich nicht mehr auf dem Bodelhof sehen. Anders Annikas Mutter. Zum Wochenende erklärte Erika das Haus für frei von Spinnweben und Dreck. Und das, obwohl ihre Kinder sie mehrfach darauf hingewiesen hatten, dass die groß angelegte Säuberungsaktion im Hinblick auf die anstehenden Renovierungsarbeiten mehr oder weniger für die Katz sein würde.

Ulrich und Max hatten kurzfristig Urlaub eingereicht, den Protesten ihrer Schwester zum Trotz. Dank ihrer Hilfe waren die zerbrochenen Fenster inzwischen abgeklebt und die undichten Stellen im Dach behelfsmäßig geflickt. Ein Freund von Max war gelernter Glaser, der sich jüngst mit einer kleinen Firma selbstständig gemacht hatte. Er würde sich die Fenster in der nächsten Woche ansehen und einen Kostenvoranschlag erstellen.

Am Samstag ernannte Max sich zum Schimmelbeauftragten und rückte den unerwünschten Pilzen zuleibe.

Annika hockte derweil hinter dem Haus auf einer der Bierbänke, die Erika mit Hilfe ihrer Söhne herangekarrt und zum »Hauptquartier« erkoren hatte. Dort stand in einer Thermoskanne stets Kaffee für die Helfer bereit.

»Was grübelst du, Schwesterherz?« Ulrich plumpste neben Annika auf die Bank. Der Schatten eines Bartes lag um seine Lippen. Dicht neben dem rechten Auge hatte ihn eine frühe Mücke gestochen. Die Stelle war gerötet und leicht geschwollen.

Er goss sich dampfenden Kaffee in eine hässliche Plastiktasse mit dem Aufdruck einer gelben Quietscheente. Als sie noch Kinder gewesen waren, war ihnen die scheußliche Tasse auf Wanderungen und Radtouren unausweichlich gefolgt.

»Ich überlege, wie sich das Badezimmerproblem lösen lässt. Die Pfarrei hat ja im ehemaligen Stall und späteren Salon eine Toilette eingebaut. Leider alles, was an sanitärer Einrichtung vorhanden ist.«

»Hast du schon eine Idee?«

»Hm, was denkst du: Die nachträglich eingezogene Wand zur Toilette – könnte man die wohl ohne größere Probleme herausnehmen?«

»Bestimmt. Sind vermutlich Ytongsteine.«

»Ich habe mir überlegt, eine lange Wand parallel zur vorderen Hauswand einzuziehen und den entstehenden Raum noch mal zu unterteilen. Links die Toilette, rechts das Badezimmer. Oben im Dachboden steht eine wunderschöne Emaillewanne …«

»Die du im Moment eigenhändig mit den Wasserschiffchen aus deinem Küchenofen füllen müsstest«, mahnte Ulrich halb im Scherz. »Das mit der Raumaufteilung lässt sich machen, aber es gehört dringend ein Boiler installiert. Die Nachtspeicheröfen im Haus sind sauteuer, das weißt du, ja?«

»Ich weiß. Der Schuppen ist voller Brennholz. Damit werde ich vorwiegend heizen.«

»Meinst du nicht, das wird auf Dauer zu mühsam? Versteh mich nicht falsch, mir gefällt der Hof, aber ein Luxusdomizil kann man ihn nicht gerade nennen.«

»Von Luxus habe ich die Nase gestrichen voll.«

Ulrich zögerte. »Vermisst du Daniel?«, fragte er vorsichtig und betrat damit unbekanntes Terrain, denn aus den Liebesangelegenheiten seiner großen Schwester hatte er sich bisher weitestgehend herausgehalten. »Ich hab ihn immer als anständigen Kerl empfunden. Etwas übereifrig vielleicht, aber sympathisch.«

»Mach mir kein schlechtes Gewissen.« Annika verbot es sich, ihren Bruder darüber aufzuklären, wie Daniel wirklich dachte. Häufig war er über Max und Uli hergezogen, aus denen »nur« einfache Handwerker geworden waren und deren ländlicher Dialekt nach ein oder zwei Bierchen nicht mehr wegdiskutiert werden konnte.

»Schon gut. Das musst du wissen, Anni. Ich mische mich da gar nicht ein.«

»Sag, wie geht es meiner goldigen Nichte? Bringst du sie am nächsten Wochenende mit? Ich bin gespannt, was die kleine Maus für Augen machen wird, wenn sie den Hof sieht.«

»Ich habe Hanna seit Wochen nicht mehr bei mir gehabt«, sagte Ulrich leise und sah zu Boden.

»Stellt Gabriele sich quer?« Annika erschrak. Die Erwähnung Hannas hatte ihren großgewachsenen Bruder richtiggehend in sich zusammenfallen lassen, der jungenhafte Schalk, den sie so an ihm mochte, war wie weggeblasen.

»Manchmal fühle ich mich wie der Hauptdarsteller in einer dieser grottenschlechten Dailysoaps.« Er wandte das Gesicht ab. Annika entging nicht, wie er sich mit dem Hemdsärmel über die Augen fuhr. »Gabriele bedrängt mich immer noch, zu ihr und der Kleinen zu ziehen, dabei hat sich an meiner Einstellung nichts geändert. Ich möchte keine Beziehung mit ihr führen, und selbst wenn sie es sich in ihrer Phantasie noch so häufig ausmalt, werde ich nie im Leben mit ihr vor den Traualtar treten.«

»Es ist mir ein Rätsel, weshalb Gabriele in dieser Hinsicht so verbohrt ist. Du hast doch von Anfang an mit offenen Karten gespielt.«

Die dreijährige Hanna war nach einem feuchtfröhlichen Rosenmontagsball entstanden. Ihre Eltern hatten sich zuvor nur vom Sehen gekannt.

»Zwischenzeitlich ist sie dazu übergegangen, mir das Kind

vorzuenthalten. Sie erpresst mich geradezu. Wenn ich die Kleine abholen will, ist entweder niemand zu Hause oder Gabriele behauptet, ich hätte den Tag oder die Uhrzeit verwechselt. Beim nächsten Mal wirft sie mir dann vor, ich würde mich einen Dreck um Hanna scheren, und verweigert aus diesem Grund die Herausgabe des Kindes. Dabei liebe ich meine Tochter wie nichts auf der Welt.«

»Ach Uli.« Annika legte ihm den Arm um die Schulter. Am liebsten wäre sie losgezogen und hätte Gabriele so richtig den Hintern versohlt, wie sie es früher getan hatte, wenn andere Kinder auf ihre kleinen Brüder losgegangen waren. Gerade Ulrich, ein Stotterer bis in die frühe Pubertät hinein, hatte viel einstecken müssen. »Das tut mir leid. Ich begreife nicht, wie Gabriele so verbittert sein kann. Das begreift wahrscheinlich niemand.«

»Dabei sollte sie eigentlich froh sein, dass ich ihr – neben den Alimenten – noch deutlich mehr zahle, damit sie nicht arbeiten muss und sich ohne finanziellen Druck um die Kleine kümmern kann. Ihre Wohnung habe ich obendrein mitfinanziert. Sie weiß, wie viel Hanna mir bedeutet und dass ich sie so häufig bei mir haben möchte wie möglich. Jedes zweite Wochenende ist bei weitem nicht genug, aber die momentane Situation ist unerträglich …«

Er schwieg einen Moment, dann fuhr er leise fort. »Gabriele klammert sich an ihre Wunschvorstellung vom trauten Familienglück und hält sich einfach nicht an die vereinbarte Regelung. Dabei kann ich es nicht ändern – ich liebe sie nicht. Manchmal frage ich mich, ob Gabriele sich womöglich einfach einsam fühlt? Sie war ja erst zwanzig, als sie mit Hanna schwanger wurde, und hat obendrein keine Eltern mehr.«

»Du darfst dir deshalb aber kein schlechtes Gewissen einreden lassen. Soll ich einmal versuchen, mit ihr zu reden?«, schlug Annika vor. Es war schon verständlich, weshalb Gabriele sich mehr von ihrem Bruder erhoffte. Er sah gut aus, hatte einen liebenswerten Humor und wäre gewiss ein ganz und gar treusorgender Vater. Nichtsdestoweniger ließen sich Gefühle nicht erzwingen. Schon gar nicht, indem sie Uli seine Tochter vorenthielt.

»Das bringt nix. Mama hat auch schon mit ihr telefoniert und sich von Gabrieles schönen Versprechungen einlullen lassen. Geändert hat sich trotzdem nichts. Lassen wir das Thema, ich werde bloß stinkwütend.« Ulrich stellte die leere Ententasse in den bereitstehenden Korb für schmutziges Geschirr. »Nächste Woche muss ich wieder zur Arbeit, aber die Sache mit deinem Badezimmer kann ich an den Wochenenden in Angriff nehmen.«

»Das brauchst du nicht.«

»Ich will aber, Anni. Die Arbeit tut mir gut. Sie hilft mir, nicht ständig an Hanna und den nächsten Besuchstermin zu denken, den Gabriele vermutlich wieder platzen lassen wird. Ich pack's, wir spielen Karten beim Schlosswirt.«

»Lass dir von Mama eine Salbe für den Mückenstich geben.«

»Gut, dass meine große Schwester wieder da ist und auf mich aufpasst«, neckte Uli. »Im Ernst, ich habe es, glaube ich, noch gar nicht gesagt: willkommen daheim.« Er nahm sie fest in die Arme.

*

»Lieber Himmel, ich fass es nicht!« Annikas beste Freundin aus Kindertagen war gekommen, um sich mit eigenen Augen vom Wahrheitsgehalt der Gerüchte zu überzeugen, die in Kinsau über die Käuferin des Bodelhofs kursierten.

»Kathi!«, quietschte Annika und fiel ihr um den Hals.

»Es stimmt also tatsächlich«, lachte Kathrin und erwiderte innig die Umarmung. »Du bist mir wirklich eine Marke, Anni.« Kathrin Reiter lebte oben im Dorf auf dem Bauernhof ihrer Eltern. Die beiden gleichaltrigen Frauen verband eine lange

Freundschaft. Zusammen hatten sie sich im Kindergarten als Schneckenbeschwörerinnen versucht – *Schneck, Schneck, komm heraus, komm heraus aus deinem Haus* – und waren unzertrennliche Banknachbarinnen in der Schule gewesen.

Kurz nachdem Annikas Vater die Diagnose Krebs erhalten hatte, war Kathrins große Schwester Heike bei einem Fahrradunfall ums Leben gekommen. In ihrem unendlichen Schmerz hatten sich die fünfzehnjährigen Freundinnen aneinander festgehalten.

»Mensch, ich freu mich so! Warum hast du mich nicht gleich angerufen?«

»Wollte ich ja, aber ich war so beschäftigt …« Annika zog die lange entbehrte Freundin stürmisch ins Haus. Mit zwei Piccolos, die Kathrin aus ihrer Handtasche zauberte, machten sie es sich auf den vielen bunten Kissen bequem, die inzwischen im Erker verstreut lagen.

Nach Annikas Umzug in die Großstadt waren Treffen der Freundinnen selten und der Kontakt lose geworden, was nicht zuletzt auf Daniel zurückzuführen war, der Kathrin nicht mochte. Eine Antipathie, die auf Gegenseitigkeit beruhte. Schon zu Anfangszeiten der Beziehung, als Annika noch heftig verliebt gewesen war, hatte Kathrin schlecht über Daniel geredet, was Annika sehr gestört hatte. Häufig hatten Telefonate der Freundinnen aus diesem Grund im Streit geendet. Zwar hatten Annika und Kathrin einander nie gänzlich aus den Augen verloren, doch ihre Freundschaft hatte eine Veränderung erfahren. Besonders nachdem Kathrin sich nach einem unglücklich verlaufenen Besuch in München – sie war sich mit Daniel heftig in die Haare geraten, und Annika hatte vergebens versucht, zwischen den Streithähnen zu vermitteln – entschieden geweigert hatte, die Wohnung des »aufgeblasenen Deppen« noch einmal zu betreten.

»Ich wollte mal wieder etwas ganz Spontanes machen«, flachste Annika.

»Alter Witzbold!« Kathrin warf ihr scherzhaft ein Kissen an den Kopf. »Dein Hauskauf ist *das* Gesprächsthema im Dorf. ›De Annika aus Minga‹ heißt es beim Bäcker und ›de junge Burgdorferin‹ beim Landkauf, du weißt ja, wie sie sind. ›Erst ziagts des Mädel furt in die Großstadt, weils bei uns aufm Land zu öde is, dann kommts mer heim und kaaft den alten Kastn. Verstanda muass ma des it‹«, ahmte Kathrin den Tratsch im Dorf nach. »Aber sollen sie ruhig reden«, fügte sie hinzu.

»Stimmt.« Annika griff die Hand ihrer Freundin. »Sag, wie geht es dir? Und deinen Eltern?«

»Ach, alles in Ordnung so weit. Es ist halt viel Arbeit mit der Landwirtschaft, vor allem seit Vater mit seiner Gicht nicht mehr so kann, wie er gern möchte.«

»Und deine Mama?«

»Säuft.« Kathrin klang niedergeschlagen und resigniert. Nach dem Tod ihrer älteren Tochter hatte Edeltraud Reiter zu trinken begonnen und nicht wieder damit aufgehört. Mit Heike war für Edeltraud alle Farbe aus ihrem Leben verschwunden. In gewisser Weise war sie mit ihr gestorben. »Mama verdrängt ihr Alkoholproblem und wiegt sich in dem Glauben, die Leute wüssten nicht Bescheid. Dabei riecht sie seit Jahren wie eine Schnapsbrennerei. Beim Landmarkt, bei den Weiberkränzchen, selbst im Sonntagsgottesdienst rücken die Leute schon von ihr ab, weil sie selbst da nach Alkohol stinkt … Ganz egal, sie ist immer angetrunken und häufig stockbesoffen. Ich glaube, Papa hat sie aufgegeben.«

»Hat sie denn nie eine Therapie gemacht? Sie hätte Heikes Tod unbedingt aufarbeiten müssen – sofern man das überhaupt kann«, sagte Annika beklommen.

»Besser noch einen Entzug. Jeder weiß das, aber der Anstoß muss von ihr kommen, sonst bringt es nichts. Was macht denn dein alter Herr?«

»Ehe ich den Hof gekauft habe, war unser Umgangston ein

klein wenig besser geworden. Ich dachte schon, wir wären auf dem richtigen, na ja, zumindest auf einem besseren Weg. Stimmte bloß leider nicht, wie sich herausgestellt hat.« Annika zog die Knie an und stützte das Kinn in die Hand. »Papa ist dermaßen aufgebracht, dabei weiß ich gar nicht recht, was ihm eigentlich so zusetzt. Er muss ja nicht auf dem Hof leben.«

»Ob das Gerede der Leute ihn stört?«

»Bestimmt nicht. Im Gegensatz zu Mama kümmert ihn das Gerede einen Dreck. Auf mich ist er jedenfalls stinksauer, und das ist milde ausgedrückt. Zur Hausbesichtigung haben wir ihn mehr oder weniger gezwungen. Letztlich ist er nur Mama zuliebe mitgekommen.«

»Nicht zu fassen«, empörte sich Kathrin.

»Tja, wir waren mit der Besichtigung noch nicht ganz durch, da ist er einfach abgehauen, auf und davon in Richtung Dorf. Seitdem habe ich einige Male auf einen Kaffee bei meinen Eltern vorbeigeschaut. Papa spricht nicht mehr mit mir und sieht durch mich hindurch, als wäre ich Luft. Vermutlich sollte ich die Hoffnung auf ein annähernd normales Verhältnis zwischen uns aufgeben. Der verdammte Krebs hat alles kaputt gemacht. Dabei waren wir einander einmal so nahe. Wenn wir versuchen würden, uns zu umarmen, dann hölzern und ungeschickt. Es fühlt sich an, als seien wir voneinander abgeschnitten, und die Fäden hingen irgendwo lose in luftleerem Raum.«

»Gib die Hoffnung nicht auf. Jetzt, wo du wieder in Kinsau lebst, habt ihr eine neue Chance. Ihr werdet euch zwangsläufig viel häufiger sehen und könnt euch einander langsam annähern.«

»Du siehst deine Mutter jeden Tag, und nichts ändert sich.«

»Das stimmt.« Kathrin war eine zierliche, dunkelhaarige Person. Sie wirkte viel jünger als ihre neunundzwanzig Jahre, weshalb manche sie unterschätzten. Annika wusste es besser.

Doch nun erkannte sie besorgt, wie die Freundin sich vor ihr verschloss. Eine Taube, die schutzsuchend das Köpfchen einzieht, um den vernichtenden Schlag nicht kommen sehen zu müssen.

»Entschuldige«, sagte Annika. »Das hätte ich nicht sagen dürfen. Nicht ich, wo ich weiß, wie viel du für deine Familie aufgibst.«

Gerade volljährig war Kathrin dem Traum von einer Karriere als Designerin – den sie seit Kindertagen träumte – vollkommen verfallen. Doch statt diesen Traum zu leben, schuftete sie auf dem Bauernhof ihrer Eltern. Vorgeblich, weil sie ihren Vater mit der vielen Arbeit auf dem Hof und der alkoholkranken Mutter nicht im Stich lassen wollte. Aber Annika kannte den eigentlichen Grund, den sich die Freundin zweifellos niemals laut eingestanden hätte. In Wahrheit rieb Kathrin sich in dem vergeblichen Versuch auf, ihren Eltern die tote Schwester zu ersetzen.

»Schon gut. Reden wir bitte über etwas anderes.«

»Natürlich. Tut mir leid, Kathi.«

Kathrin winkte ab. »Erzähl, wie hast du Daniel dazu gebracht, mit dir aufs Land zu ziehen?«

»Gar nicht. Ich habe mich von ihm getrennt.«

»Wow.« Kathrin blieb die Spucke weg. »Echt?«

»Ja. Nachdem ich beim Notar den Kaufvertrag für den Hof unterschrieben hatte.« Annika sah der Freundin an, was sie dachte. »Ich hätte es dir gleich erzählen müssen.«

»Ich frage mich schon irgendwie, ob du mir nicht mehr vertraust … Weshalb sonst solltest du mir so umwälzende Ereignisse in deinem Leben verschweigen?«

»He.« Sie lehnte sich leicht gegen ihre Freundin. »Bitte, sei nicht böse. Es tut mir leid. Ich brauchte einfach etwas Zeit für mich allein. Meine Familie hat ja auch erst kürzlich von alldem erfahren.«

»Okay. Das kann ich ein bisschen verstehen. Entschuldigung angenommen. Immerhin bist du den Schwachkopf endlich los. Wie hat er die Trennung aufgenommen? Hast du seitdem von ihm gehört?«

»Allerdings. Er ruft ständig an und hinterlässt eine Sprachnachricht nach der anderen. Meine Mailbox ist permanent voll.«

»Leidet er so sehr? Will er dich zurück?«

»Schon, ja, aber sein Verhalten wirkt eher so, als hätte er noch nicht eingesehen, dass wir kein Paar mehr sind. Er tut einfach so, als wären wir noch eins.«

»In meinen Augen hatte der schon immer einen an der Klatsche.«

»So hart würde ich es nicht sagen. Es war nicht in Ordnung von mir, ihn aus heiterem Himmel mit dem Ende unserer Beziehung zu konfrontieren. Aber nachdem ich endlich kapiert hatte, dass ich Daniel nicht liebe, musste ich die Notbremse ziehen.«

»Gott sei Dank. Ich hatte schon befürchtest, du würdest ewig bei dem arroganten Weichbiber bleiben.«

»Kathi!« Annika entschlüpfte ein Lachen. »Daniel muss begreifen, dass ich nicht zurückkommen werde und er mich in Frieden lassen soll. Ich möchte ihn nicht böswillig verletzen, aber im Moment will ich einfach keinen Kontakt zu ihm. Möglicherweise finden wir irgendwann einen freundschaftlichen Umgangston miteinander. Ich weiß es nicht.«

»Du klingst wie einer dieser super verständnisvollen Lebenshilferatgeber, Anni. Von wegen freundschaftlicher Umgangston – der soll dich bloß in Ruhe lassen! Ich hab dir schon immer gesagt, Daniel ist ein gutaussehender Eisklotz, der es versteht, sich bei den Leuten lieb Kind zu machen. Dieser Egoist hat dich nicht verdient, und ich bin froh, dass du nicht länger auf ihn hereinfällst.«

»Danke, Kathi, offensichtlich verfüge ich nicht über deine hervorragende Menschenkenntnis«, sagte Annika bitter.

»Nicht beleidigt sein, er ist einfach ein blöder Lackaffe.«

»Er hat ein Problem mit seinem Selbstwertgefühl«, verteidigte Annika ihren Ex, weil sie meinte, ihm zumindest das schuldig zu sein. »Es ärgert ihn, nicht über die Mittlere Reife und eine Ausbildung zum Bankkaufmann hinausgekommen zu sein. Sein Vater ist schuld, der hat ihn völlig verkorkst – und tut es noch.«

»Mittlere Reife ist nichts Ehrenrühriges, oder? Der Wert eines Menschen lässt sich außerdem, soweit ich weiß, nicht an seinen Noten festmachen«, grummelte Kathrin, die das Abitur mit Ach und Krach bestanden hatte. Erst während ihrer anschließenden Schneiderlehre war sie aufgeblüht. Sie hatte großes Talent, das sie auf dem elterlichen Hof vergeudete.

»Frieden«, bat Annika lachend. »Über Daniel ist genug geredet und geschimpft.«

»Du hast recht. Reden wir lieber über dein grandioses Haus. Ich denke an Vorhänge und Überwürfe im Vintage-Look, kein schnuffiger Landhausblümchenromantikkitsch oder so«, das lange Wort machte Kathrin einen Moment lang atemlos, »aber halt doch Stoffe, die die historische Note des Bodelhofs betonen, was meinst du?«

»Darüber habe ich mir noch keine Gedanken gemacht, Kathi.« Annika musste schmunzeln. Sobald ihre Freundin auf Stoffmuster und dergleichen zu sprechen kam, war sie in ihrem Element und kaum zu bremsen. Die schmale Frau begann dann regelrecht von innen heraus zu leuchten.

»Zuerst möchte ich mich einrichten. Momentan lagert der Großteil meiner Möbel noch in der Garage und im ehemaligen Stall. Aber dann freue ich mich riesig auf deine Entwürfe. Ich wünsche mir schon lange eine große bunte Quiltdecke als Bettüberwurf, aber das ist wahrscheinlich viel zu viel Arbeit …«

»Papperlapapp, das ist eine klasse Idee. Ich hab schon ewig nichts mehr gequiltet. Die Decke wird mein Willkommensgeschenk für dich, Süße. In der Tenne muss noch irgendwo mein alter Quiltrahmen herumstehen.«

»Du bist unglaublich.« Annika stupste die dunkelhaarige Freundin leicht in die Seite. »Was hältst du von einer Runde Ententanz?« Ihr Blick wanderte in Richtung Fluss. »Der Lech ist zwar eigentlich zu kalt, aber wenn wir uns hinterher gut abtrocknen …«

»Auf jeden Fall.« Kathrin grinste spitzbübisch. »Ententanz« war der Geheimcode der Kinsauer Kinder für ein verbotenes Bad im Fluss. »Das hat uns früher auch nicht geschreckt.«

Wenig später plantschten die jungen Frauen, vor neugierigen Blicken durch das Wäldchen verborgen, ausgelassen im Fluss. Das eisigkalte Wasser wusch Sorgen und Nöte von ihnen. Zumindest für einige Zeit.

Hinterher saßen sie in flauschige Wolldecken gehüllt in der Hollywoodschaukel, die Max für seine Schwester aufgestellt hatte. Langsam wich das Zittern einem wohligen Prickeln der Haut.

»Es ist herrlich, Anni. Ich sage dir, lass die Leute reden. Und dein Vater soll das Haus von mir aus tausendmal für einen Klotz am Bein halten – ich finde, du hast das Richtige getan. Du bist unglaublich mutig.«

»Quatsch.«

»Aber ja«, beharrte Kathrin. »Schon damals, als du mutterseelenallein nach München gezogen bist, um bei *Isa*BELLA zu arbeiten, habe ich dich um deine Furchtlosigkeit beneidet. Schau mich an, ich sitze immer noch in unserem Kuhkaff und komme kaum über den elterlichen Hof hinaus. Abgesehen davon, dass ich seit Jahren keine richtige Beziehung mehr hatte, nicht mal eine kleine Liebelei.«

»Mein Leben ist alles andere als rosarot, Kathi. Und war es

auch in München nicht. Ich hatte schreckliches Heimweh. Ich habe meine Familie vermisst, habe dich vermisst. Und wenn wir ehrlich sind, wissen wir beide, weshalb du bis heute nicht mit deinem Designstudium begonnen hast. Es liegt jedenfalls nicht an mangelndem Mut.«

»Das hat gesessen.« Kathrin biss sich auf die Lippe. »Ich habe außer Acht gelassen, wie gut du mich kennst.«

»Und du mich.« Annika deutete in Richtung ihres Hofs. Hinter den Bäumen war nur das Dach zu erahnen. »Weißt du noch, wie wir als Kinder hier gespielt haben?«

»Ja, klar. Heike war die Älteste und wurde ständig ermahnt, gut auf uns aufzupassen. Dank ihr durften wir Dreikäsehochs frei herumstreunen.«

»Die alte Mühle hatte es uns besonders angetan, das alte Wehr auch und natürlich der Bodelhof.« Annika stieß die Hollywoodschaukel mit dem Fuß an. Der Sand kitzelte zwischen den Zehen.

»Stimmt. Haben wir die Mühle nicht *Hexenkammer* genannt? Und deinen Hof *das Spukhaus*. Das muss in den späten Achtzigerjahren gewesen sein, ehe die Gärtnerei eingezogen ist. Wir sind durch ein zerbrochenes Fenster ins Haus eingestiegen.«

Annika lächelte. »Wahrscheinlich habe ich mich schon damals in das Anwesen verliebt.«

»Du warst närrisch mit dem Haus, das stimmt. Ich hingegen war nicht so furchtlos. Mein Herz hat gepocht wie wild.«

»Damals waren die Kosnik-Geschwister mit von der Partie.«

»Andreas und Susanne, genau. Susanne habe ich kürzlich beim Einkaufen getroffen. Sie hat nach Bernbeuren geheiratet und ist Mutter von drei Kindern. Unfassbar, oder? Ich sehe sie noch ihren Radiergummi zerpflücken und nach den Lehrern werfen … Jedenfalls habe ich mich damals an Heike geklammert, so fest ich konnte«, sagte Kathrin. »Mensch, war das unheimlich. Ich kriege noch heute eine Gänsehaut. Fürchtest du dich eigentlich gar nicht, allein in dem großen Haus? Ich will dir keine Angst machen, aber …«

»Aber was?«

»Weißt du es denn nicht mehr? Das kann nicht sein, oder?«

»Komm schon, Kathi, heraus damit.« Unvermittelt fröstelte Annika und schlang die Decke enger um sich.

»Ich meine nur, wegen … Du erinnerst dich wirklich nicht?«, wisperte Kathrin, die ihren Sinn für Dramatik entdeckte. »Wir sind nie wieder hergekommen, nachdem du den Geist gesehen hattest.«

Kathrins Besuch – so schön es gewesen war, die Freundin wiederzusehen – hatte Annika nachdenklich zurückgelassen. Während draußen der Mond aufstieg und die Grillen ihr abendliches Konzert anstimmten, strich sie durchs Haus, schaltete in jedem Raum das Licht an und hielt Zwiesprache mit sich selbst. Kathi hatte schon recht, dass sie sich mit dem Hof auch für die Einsamkeit entschieden hatte. Bisher bereute Annika diesen Entschluss nicht. Die ersten Tage und Nächte in ihrem neuen Heim hatte sie in vollen Zügen genossen. Was tat es da, wenn sie manchmal den Eindruck hatte, jemand stünde nahe bei ihr und beobachte sie. Ohnehin konnte Annika dieses Gefühl nicht konkretisieren und tat die Schemen, die sie dann und wann wahrzunehmen glaubte, als unsinnig ab. Der Hof war alt und das Knarren und Quietschen, das ihr in manchen Nächten den Schlaf raubte, daher völlig normal. Holz arbeitete, das wusste jedes Kind, Dielen knarrten, und Türen wurden vom Wind zugeschlagen. Man musste ja nur an den lauten Knall auf dem Dachboden denken, als ihre Eltern zur Besichtigung da gewesen waren. So redete sie sich ein.

*

Um den Stammtisch beim Schlosswirt hatte sich ein gutes Dutzend Kinsauer versammelt. Die Männer trafen sich seit Jahr und Tag an den Sonntagabenden, um die Woche bei einer oder zwei Halben Bier ausklingen zu lassen.

»Das war ja ein echter Glücksfall für euch, Ludwig, dass das Mädel vom Franz den alten Pfarrhof gekauft hat, nicht wahr?« Sepp Michels winkte der Wirtin Charlotte, ihm seinen Bierkrug noch einmal zu füllen, und bestellte dazu ein Schinkensandwich. »Ihr habt doch sicher nicht damit gerechnet, so schnell einen Käufer zu finden.«

»Das ist ein schönes Anwesen, Sepp«, entgegnete Ludwig Reichel, der Kinsauer Bürgermeister. »Freilich gibt es einiges zu tun da unten, aber die Annika wird es sich bestimmt schön machen.«

»Ich weiß nicht recht, ob mir das gefällt«, mischte sich August Preuer ins Gespräch, ein bei der Stadt Schongau tätiger Standesbeamter kurz vor dem Renteneintritt. »Schon meine Großeltern haben immer vom Bodelhof geredet. Dass es da nicht mit rechten Dingen zugeht. Sogar so eine Art Geisterjäger ist deswegen schon da gewesen im Dorf. Ist schon x Jahre her. Aber daran erinnere ich mich noch gut.«

»Das müsste unser Herr Pfarrer eigentlich am besten wissen.« Alle Köpfe wandten sich in Richtung des Dorfgeistlichen. Der zupfte sich am gepflegten Kinnbärtchen. »Was soll ich sagen? Solange der Bodelhof als Pfarrhaus gedient hat, war ich häufig da unten und habe mich sogar eine Weile lang mit der Geschichte des Hauses auseinandergesetzt. Gesehen habe ich nie etwas, so viel gleich vorweg. Aber zum Wohnen, nein, da war der Hof nichts für mich. Da bin ich nach drei Monaten lieber ins Reichlinger Pfarrhaus umgezogen. Ich habe nicht umsonst unentwegt auf unseren Bürgermeister eingeredet, bis der den Neubau des Pfarrhauses endlich mal vorangetrieben hat. Gell, Ludwig. Wenn ihr meine Meinung wissen wollt, war der Hof als Übergangslösung für unsere Pfarrei eine gute Sache, aber ein gesegnetes Haus, wie man sich das wünschen würde, ist der Bodelhof nicht. Eigentlich gehört er abgerissen, und da sollte dann am besten auch nichts mehr hingebaut werden.«

»Ganz schön rigoros, deine Ansichten, Herr Pfarrer. Vielleicht rätst du der Annika, mal einen Exorzisten kommen zu lassen. Der Papst hat doch dafür im Vatikan eine extra Abteilung, nicht wahr?«

»Ich halte das nicht für einen Spaß, Sepp«, entgegnete der Pfarrer ernst.

»Dann solltest du dich aber an die eigene Nase fassen, Hochwürden, und dich fragen, warum du es überhaupt zum Verkauf hast kommen lassen.«

Lorbeer

Der Lorbeer (Laurus nobilis) ist ein immergrüner Siegertyp, man denke nur an den Lorbeerkranz auf gekrönten Häuptern wie Napoleons, der den Kranz in vergoldeter Ausführung angeblich besonders schätzte. Dass den Lorbeer so schnell nichts aus der Bahn werfen kann, verkünden schon seine prahlerisch sattglänzenden blauschwarzen Beeren …

Im Volksglauben schützt der Lorbeer Haus und Hof vor Gewitterschäden, selbst gegen die Pest wurde ihm im Mittelalter einiger Erfolg nachgesagt. Und nur für den Fall, ein unsichtbarer Mitbewohner geht Ihnen daheim auf den Zeiger – Geister und Gespenster können den Lorbeer überhaupt nicht leiden. So viel verrät mit einem Augenzwinkern

Ihre Annika Burgdorfer

Auszug aus Grasgrün –
Streifzug durchs Gartenjahr

7

Annika trat einen Schritt zurück und begutachtete ihr Werk. Es hatte Wochen in Anspruch genommen, die ausrangierten Europaletten, die ihr der örtliche Getränkehändler – ein ehemaliger Schulkamerad – überlassen hatte, abzuschleifen, miteinander zu verschrauben und anschließend zu streichen. Doch ihre Hartnäckigkeit und ihr Schweiß hatten sich gelohnt. Auf dem frisch gekiesten Platz hinter dem Haus war eine Holzterrasse entstanden, deren individueller Charakter zum Hof und zu seiner Besitzerin passte. Annika fuhr sich über die Stirn. Es war heiß, ein schwüler Tag mitten im Juli. Sie trug zu ihren klobigen Arbeitsschuhen mit Sicherheitseinsatz eine buntbedruckte Tunika, kombiniert mit kurz abgeschnittenen Jeans. Ihr langes, rotes Haar hatte sie im Nacken zu einem lockeren Knoten gebunden.

»Puh.« Annika griff nach ihrem Krug, den sie im Schatten des Hauses abgestellt hatte, und ließ sich auf die noch leere Terrasse plumpsen. Das Wasser rann kühl ihre Kehle hinab. »Geschafft.« Zufrieden atmete sie tief durch. Es war einer dieser Tage, an denen das Leben vollkommen und sie ganz und gar im Einklang mit sich selbst war.

Später würde sie einige alte Holztröge, die auf dem Dachboden lagerten, mit den schillernden Buntnesseln bepflanzen, die sie in dem kleinen, zwischenzeitlich instand gesetzten Gewächshaus hochgezogen hatte. Andererseits, warum nicht gleich weitermachen? Noch verspürte sie Energie, und sie konnte es ohnehin kaum erwarten, die Buntnesseln auf der Terrasse zu arrangieren. Sie stellte sich das herrliche Bild vor, ignorierte den Muskelkater, den sie seit Wochen nicht mehr loswurde, und erhob sich mit neuem Elan.

Auf halbem Weg ins Haus sah sie einen Fremden in ihrem verwilderten Gemüsegarten stehen. Entgeistert starrte sie ihn an.

»He!« Nachdem der erste Schreck überwunden war, marschierte sie forsch auf den Eindringling zu.

»Hallo.« Der junge Mann war groß und breitschultrig, die Beine ungewöhnlich lang. Sein Gesicht war unauffällig, ein wenig zu kantig vielleicht, um auf Anhieb anziehend zu wirken. Durch das schulterlange Haar zogen sich helle Strähnen, von denen sich nicht sagen ließ, ob sie der Sonne oder den kundigen Händen eines Friseurs zu verdanken waren.

»Was haben Sie in meinem Gemüsegarten verloren?« Annika stemmte die Arme in die Hüften. Der Mann strahlte in seinen verwaschenen Jeans eine selbstsichere Lässigkeit aus, die sie verunsicherte. Umso entschlossener reckte sie das Kinn vor.

»Ein Gemüsegarten, ja?« Er runzelte grinsend die Stirn.

»Ja! Das ist ein Gemüsebeet, zumindest wird es wieder eines sein, sobald ich dazu komme.«

»Verzeihen Sie, ich wollte Sie nicht beleidigen. Und ich weiß, ich habe das Grundstück unbefugt betreten. Auf mein Läuten hat niemand reagiert …«

»Schon gut«, winkte Annika ab. »Sie sind zu spät dran. Der Hof steht seit einer ganzen Weile nicht mehr zum Verkauf. Deswegen sind Sie hier, oder?«

»Sind Sie die Besitzerin?«

»Ich bin im Frühjahr eingezogen.«

Der Fremde musterte sie mit Interesse, und Annika wurde sich ihrer unorthodoxen Aufmachung bewusst.

»Wenn das so ist … Ich möchte mich gerne vorstellen. Mein Name ist Victor.«

»Victor …?« Annika runzelte fragend die Stirn.

»Victor Rautenstein. Entschuldigen Sie nochmals mein ungebetenes Auftauchen. Ich wollte Sie nicht bei Ihrer Arbeit stören.«

»Was wollten Sie denn?«

»Den Hof kaufen jedenfalls nicht«, lächelte Victor.

»Ach so?«

»Ich bin Architekturstudent und fahre seit einer Weile willkürlich durch die Gegend, auf der Suche nach einem geeigneten Objekt für meine Masterarbeit. Dieser Hof hat meine Neugierde geweckt und mich meine Manieren vorübergehend vergessen lassen.«

»Der Bodelhof ist in der Tat etwas Besonderes. Das heißt, für mich ist er das. Doch es gibt in der Gegend viele andere Höfe ähnlicher Bauart. Woher kommen Sie denn?«

»Aus Erlangen. Dürfte ich Sie trotzdem bitten, mir Ihren Hof in den nächsten Tagen einmal zu zeigen? Sie würden mir eine große Freude machen.«

»In Ordnung«, stimmte Annika bereitwillig zu, die Victor auf den zweiten Blick recht sympathisch fand. Er brachte eine Saite in ihr zum Klingen, die lange nicht mehr angeschlagen worden war. »Ich möchte noch einige Tröge bepflanzen, aber am späten Nachmittag könnten Sie wieder herkommen. Dann habe ich Zeit.«

»Brauchen Sie vielleicht Hilfe beim Pflanzen? Ich habe ohnehin nichts anderes zu tun.«

Annika legte den Kopf zur Seite, betrachtete ihren unverhofften Besucher und fasste einen Entschluss. »Dort im Gewächshaus liegen mehrere Säcke Erde. Wenn du … Entschuldigung, wenn Sie die Säcke holen und gleich zur Terrasse tragen könnten?«

»Meinetwegen bleiben wir gerne beim Du. Ich komme mir immer ein wenig merkwürdig vor, wenn Leute meines Alters mich siezen.«

»Geht mir genauso. Ich bin Annika.«

»Victor. Hi.«

Sie schüttelten einander die Hände.

Während die Buntnesseln mit Victors Hilfe in ihre Tröge wanderten und von Annika mit Bedacht zurechtgerückt wurden, bis sie ein stimmiges Bild abgaben, unterhielten sie sich zwanglos.

»Wenn ich mir den Hof von außen so ansehe und überlege, was daran noch gemacht werden muss, rate ich einfach mal ins Blaue hinein: Dein Mann ist ein begeisterter Handwerker?«

»Da liegst du richtig falsch«, schmunzelte Annika. Sonnenstrahlen spielten auf ihrem roten Haar, und Victor fragte sich, ob eine so intensive Haarfarbe echt sein konnte. Vermutlich war sie es, so anmutig wie sie sich mit ihrem hellen Teint und ihren Sommersprossen verband.

»Okay, zweiter Versuch. Dein Mann hat zwei linke Hände, und du bist die Heimwerkerkönigin«, spekulierte er weiter.

Annika sah an sich herab. Striemen und Kratzer zierten ihre nackten Beine, die aussahen, als wären sie seit Wochen nicht mehr mit Wasser in Berührung gekommen.

»Wenn das bedeutet, sich in sämtlichen Baumärkten der Umgebung heimisch zu fühlen, hast du nicht ganz unrecht. Was aber nicht heißt, dass ich ohne die Hilfe meiner handwerklich hochbegabten Brüder zurechtkäme. Ich bin nicht verheiratet.«

»Du bist nicht verheiratet«, wiederholte Victor und nickte, als wollte er das Gehörte noch einmal bestätigen. Beinahe hätte er sie gefragt, ob nicht verheiratet gleichbedeutend mit alleinstehend war. Er ließ es bleiben, weil ihn das nichts anging. Schlimm genug, die junge Frau zu belügen, um sie für seine Zwecke einspannen zu können.

»Wie sieht es aus, noch an der Hausführung interessiert?«

»Na, ich habe mir hoffentlich nicht umsonst den Rücken krumm geschuftet«, scherzte Victor, während er insgeheim die Terrasse bewunderte, die von Annika in Eigenregie zusammengezimmert worden war. Sie hatte ihm erzählt, nach einer kostengünstigen Möglichkeit für die Schaffung einer Terrasse gesucht zu haben und beim Getränkekauf zufällig auf die Idee mit den Paletten verfallen zu sein.

»Komm rein, Victor Rautenstein.« Über die kürzlich eingebaute Terrassentür führte Annika ihren Gast in die Küche.

»Wow.« Er wirkte ehrlich beeindruckt. »An Kreativität mangelt es dir nicht.«

»Du wirst es mir nicht glauben, aber ehe ich hier eingezogen bin, habe ich in München das komplette Kontrastprogramm gelebt. Stell dir eine futuristische Wohnung vor, überall Lack und Hochglanz und kaum persönliche Gegenstände, die das durchgestylte Gesamtbild stören könnten. Auf dem Bodelhof hingegen bin ich, so klischeehaft das klingen mag, endlich angekommen.«

»Das kann ich verstehen. Die Küche ist wunderbar.« Victor lehnte sich gegen den Wamsler-Ofen und ließ die Umgebung auf sich wirken. Über dem Ofen hatte Annika ihre Töpfe und Pfannen an einer verzinkten Stange aufgehängt. Im Erker lockte ein kuschliges Nest aus bunt zusammengewürfelten Kissen und Decken nebst einem geflochtenen Hocker, auf dem mehrere aufgeschlagene Bücher lagen. Außerdem gab es einen massiven Esstisch aus dunklem Holz mit sechs passenden Stühlen und jede Menge Kräuter, die auf dem Fensterbrett und der Küchenanrichte standen. Victor identifizierte Basilikum, Petersilie, Rosmarin, Kresse und Dill. Beim Rest war er nicht sicher.

»Einen grünen Daumen hast du offensichtlich auch.«

»Ich habe eine Ausbildung zur Floristin gemacht, ehe ich nach München gezogen bin.«

»Wo du bei einer Frauenzeitschrift gearbeitet hast, richtig?« Von Annikas Job als Kolumnistin hatte Victor bereits bei der gemeinsamen Pflanzarbeit erfahren.

»Genau.«

»Aber weshalb die futuristische Wohnung?«

»Mein Freund lebte dort, und ich bin damals der Einfachheit halber bei ihm eingezogen.«

»Wo ist er, dein Freund?«

»Exfreund«, korrigierte Annika. »Wir sind nicht mehr zusammen.«

»Verstehe.« Victor hakte nicht nach. Dass die Hofbesitzerin allein lebte, kam ihm zupass. Annika schien eine aufgeschlossene Person zu sein. Er war inzwischen recht sicher, sie von seinem angeblichen Vorhaben überzeugen zu können. »Es wird mit Holz geheizt?«

»Das gesamte Haus. Das heißt, im Moment stellt sich die Frage ja noch nicht, ich mache bloß Wasser auf dem Ofen heiß.« Annika zeigte auf die Körbe, in denen dicke Holzscheite und dünne Spreißel zum Anfeuern lagerten. »Es gibt Nachtspeicheröfen, aber auf die will ich nur im Notfall zurückgreifen. Erst einmal abwarten, wie es hier im Winter wird.«

»Der Ofen funktioniert wirklich noch?«

»Aber ja, ganz prächtig. Ich weiß nicht, wie viele Jahre er schon auf dem Buckel hat, aber er eignet sich unter anderem hervorragend zum Aufsetzen von Teewasser.«

»Du bist keine Kaffeetrinkerin?«

»Nein. Von Kaffee wird mir übel, da falle ich etwas aus dem Rahmen.«

»Finde ich gut. Etwas aus dem Rahmen zu fallen, meine ich.«

Annika zuckte die Schultern. »Magst du einen Tee? Oder auch einen Kaffee?«

»Gerne einen Tee. Die Küche lädt ja förmlich zum gemütlichen Beisammensitzen ein. Auf den Rest des Hauses bin ich auch riesig gespannt. Ist es dir recht, wenn ich ein paar Fotos mache?«

»Ich wüsste nicht, was in der Küche architektonisch von Bedeutung sein sollte. Außer dem Erker natürlich, doch der ist ein Anbau aus einem späteren Jahrhundert. Aber tu dir keinen Zwang an.«

Annika goss den Tee auf, während Victor mit seiner Kamera ein Bild nach dem anderen schoss, ohne dass seiner Gastgeberin recht ersichtlich wurde, was er eigentlich fotografierte.

Annika lächelte. »Als wir Kinder waren, hatte meine Mutter eine Himmelangst davor, einer von uns könnte am Schulranzen gepackt und in ein Auto gezerrt werden, um auf Nimmerwiedersehen zu verschwinden. Wenn sie uns beide jetzt gerade sehen würde, ich ganz allein mit einem Wildfremden, kann ich ihre besorgte Stimme fast hören. Allerdings finde ich, dein Äußeres passt nicht zu einem geisteskranken Psychopathen.« Das hoffte sie zumindest.

»Ich glaube nicht, dass man mir das ansehen würde.« Victor zog einen zweiten Fotoapparat aus seiner Jeanstasche, eine moderne Digitalkamera. »Der Film ist voll. Hast du Angst vor mir?« Seine kieselgrauen Augen suchten ihren Blick und hielten ihn fest.

»Nein.« Annika schluckte. »Heute, Victor, will ich weder Tod noch Teufel fürchten.«

»Erwarte nicht zu viel«, warnte Annika, als die Teetassen geleert waren und sie mit der eigentlichen Besichtigung begannen. »Wie gesagt, ich bin mit den Renovierungsarbeiten lange nicht fertig. Immerhin, die ursprünglichen Fliesen konnten wir freilegen, und ein Badezimmer habe ich mittlerweile auch. Die Dielen im früheren Stall will ich noch schleifen und neu einlassen, Türen und Türstöcke lackieren … Du siehst ja selbst.«

Victor zeigte sich schlichtweg begeistert von den noch spärlich möblierten Räumen, in die Annika ihn führte. In ihrem Schlafzimmer, das neben Bett, Schrank und einem antiken

Sekretär ein wahres Pflanzenmeer beherbergte, bat er um die Erlaubnis, weitere Fotos schießen zu dürfen.

»Die Stufen und das Geländer möchte ich komplett abschleifen und die Treppe anschließend weiß lasieren. Bis auf die Trittflächen, die werden farblos versiegelt, damit die natürliche Holzmaserung erhalten bleibt«, erklärte Annika, nachdem sie auch die obere Etage besichtigt hatten und wieder am Fuß der Treppe standen. »Jeder warnt mich vor der Heidenarbeit, die ich mir damit aufhalse. Dabei sehe ich die fertige Treppe, wie überhaupt eigentlich alles im Haus, im Geist schon vor mir.«

»Nun ja, einen Haufen Zeit wird dein Vorhaben schon in Anspruch nehmen. Ich habe in den letzten Jahren einige Möbelstücke für meine Mutter restauriert. Das war kein geringer Aufwand.« Victor besah sich die Treppe genauer. »Weißt du was? Ich glaube, ich habe eine gute Idee.«

»Lass uns zurück in die Küche gehen«, schlug Annika vor. »Wirklich gute Ideen höre ich für mein Leben gern.«

Annika nahm zwei Weingläser von der Küchenanrichte, als Victor sie nach Stift und Zettel fragte.

»Hier.« Sie reichte ihm das Gewünschte. »Jetzt bin ich ehrlich neugierig.«

Victor notierte etwas und gab ihr das Papier zurück.

Baugeschichte und Baudenkmalpflege
Von der Erbauung bis in die Gegenwart
Der Bodelhof im Spiegel dörflicher Geschichte

»Was soll das bedeuten?«

»Ich habe dir doch erzählt, dass ich auf der Suche nach einem geeigneten Objekt, das heißt nach einem historischen Gebäude für meine Abschlussarbeit bin. Deshalb hat es mich heute in dein Gemüsebeet verschlagen. Das auf dem Zettel könnte mein

Thema sein. Was denkst du? Ich helfe dir bei den Renovierungsarbeiten und darf im Gegenzug über deinen Hof schreiben?«

»Eine kostenlose Hilfskraft sozusagen?«

»Exakt.«

»Ich denke …« Annika spürte bei der Vorstellung, Victor näher kennenzulernen, ein warmes Kribbeln in ihrem Bauch. Ihr Mund verzog sich zu einem frohen Lächeln. Ohne weiteres Überlegen stimmte sie zu. »Ich denke, das ist grandios.«

»Reiner Eigennutz, das Ganze.« Victor grinste. »Ich komme zu meiner Masterarbeit und darf obendrein deinem Hof zu neuem Glanz verhelfen. Gibt es im Dorf ein Hotel? Oder eher eine Gastwirtschaft?«

»Beim Schlosswirt vermieten sie Gästezimmer. Ich werde anrufen und nachfragen, ob etwas frei ist. Aber das dürfte kein Problem sein.«

»Dann sind wir uns handelseinig. Ich freue mich, Annika.« Er hob sein Weinglas, und sie stießen an. Als sich die Weingläser sacht berührten, störte ein Poltern den zarten Ton. Es klopfte energisch an der Haustür.

»Annika! Ich muss dich sprechen! Ich weiß, dass du da bist! Dein Auto steht an der Straße!«

»Verflucht«, schimpfte Annika und biss sich auf die Zunge. »Das kann ja wohl nicht sein!«

»Wer ist das?«

»Der Vater meines Exfreunds, wenn mich nicht alles täuscht.«

»Annika!« Das Hämmern an der Tür nahm an Intensität zu.

»Ich mach mal besser auf.«

Es war tatsächlich Dr. Eberhard Hohen, eine schwarze Ledermappe unter dem Arm, der Annika so dringlich zu sprechen wünschte. Ungefragt schob er sich an ihr vorbei in den Hausflur.

Ihren Hinweis, durchaus eine Türglocke zu besitzen, ignorierte er. Wie immer trug er Anzug und Krawatte, Annika hatte ihn nie anders gekleidet gesehen. Sein graumeliertes Haar war streng nach hinten gekämmt, die auffallend glatte Gesichtshaut ließ erahnen, dass er an der modernen Schönheitschirurgie nicht vorbeigekommen war.

»Was willst du?«

»Ich muss mit dir reden.«

»Ich wüsste nicht, was wir zu bereden hätten.« Annika wies auf die Küchentür. »Aber bitte, geh in Gottes Namen da hinein.« Nachdem er nun schon einmal hier war, würde er sich nicht einfach abwimmeln lassen.

»Wer ist das?« Kaum hatte Eberhard Hohen die Küche betreten, richtete sein Blick sich anklagend auf den großen blonden Mann.

»Er ist ein Freund von Annika.« Victor nippte gelassen an seinem Weinglas. »Und was wollen Sie, dass Sie solch ein Getöse veranstalten müssen?«

Annika war froh über die Selbstsicherheit ihres neuen Freundes, die sie bereits im Gemüsebeet an ihm wahrgenommen hatte. Er ließ sich von Dr. Hohen nicht so rasch einschüchtern wie die meisten anderen.

»Was fällt Ihnen ein, so mit mir zu reden? Unverschämter Flegel!«

»Nimm dich zusammen, Eberhard«, warnte Annika. »Wenn du mit mir sprechen willst, dann unter der Voraussetzung, niemanden zu beleidigen.«

Dem Doktor lagen durchaus weitere Schmähungen auf den Lippen, das war ihm anzusehen. Ungefragt setzte er sich an den Tisch.

»Ich fahre besser mal zu der Schlosswirtschaft und frage nach einem Zimmer.« Victor beugte sich dicht zu Annika. »Kommst du klar mit dem alten Stinkstiefel?«, raunte er ihr ins Ohr.

»Hast du etwas mit dem Kerl, Annika?«, ließ sich da wiederum Eberhard Hohen vernehmen. »Falls dem so ist, ist das über die Maßen …«

»Halt den Mund, Eberhard. In meinem Haus benimmst du dich vernünftig, oder du gehst auf der Stelle.« Annikas Gedanken rasten. Eberhards unmögliches Auftreten hatte sie auf eine Idee gebracht. Sollte sie wirklich? Ein weiterer Blick auf Daniels Vater genügte ihr, um eine Entscheidung zu fällen. Allein schon, dass es den unausstehlichen Dr. Hohen ärgern würde, war die Sache wert. »In dem Raum neben meinem Schlafzimmer steht eine Ausziehcouch, Victor, die ist halbwegs bequem. Ich denke, du sparst dir das Geld für das Zimmer im Schlosswirt und holst deine Reisetasche aus dem Auto. Ich höre mir derweil an, was Eberhard Dringendes auf dem Herzen hat.«

»Jawoll, Madam.« Victor stand auf und salutierte zackig, was Annika zum Lachen brachte.

»Danke«, flüsterte er ihr im Weggehen zu. »Das ist mehr, als ich erwarten durfte.«

»Also, was kann ich für dich tun, Eberhard?«

»Du lässt den Mann in deinem Haus schlafen?« Dr. Hohens Kiefer spannte sich an, was seine glattgezogene Haut wie überdehntes Gummi aussehen ließ. »Weißt du eigentlich, was …«

»Das ist nicht deine Angelegenheit.« Insgeheim freute Annika sich diebisch, dem ungebetenen Gast mit Victors Einzug einen Dämpfer verpasst zu haben.

»Es geht um Daniel. Der Junge ist am Boden zerstört, weil du es für nötig befunden hast, ihn kaltschnäuzig zu verlassen. Ich habe ihm einen ausgedehnten Surfurlaub in der Karibik spendiert. Selbst das hat nicht geholfen. Das geht so nicht, Annika. Er hält dich für die Frau seines Lebens. Du musst zu ihm zurückkommen.«

»Muss ich? Diese Beziehung war schon lange am Ende,

ehe ich den Schlussstrich gezogen habe. Ich liebe Daniel nicht mehr.«

»Stellt sich die Frage, ob du ihn je geliebt hast oder nicht viel mehr den Lebensstandard, den er dir bot.«

»Ich habe es gehasst, so zu leben. Es hat mich eingeengt, hat mir die Luft abgeschnürt. Wirf mir vor, was du willst, aber glaube mir – ich habe meinen Entschluss keine Sekunde lang bereut.«

»Beruhige dich.« Eberhard Hohen schlug einen versöhnlichen Tonfall an. »Ich wollte dir nichts unterstellen. Wir beide mögen nie das beste Verhältnis gehabt haben, aber Daniel vermisst dich ehrlich. Er hat erkannt, dass er dich braucht.«

»Was Daniel braucht, ist ein Vater, der nicht ständig versucht, ihn nach seinen Vorstellungen zu verbiegen.«

»Lassen wir meine Person aus dem Spiel. Es stand um eure Beziehung nicht zum Besten, dafür kann ich Verständnis aufbringen. Womöglich habt ihr wirklich etwas Abstand gebraucht. Dennoch solltest du Daniels Gefühle nicht mit Füßen treten.«

»Ich trete nicht.«

»Sieh her.« Dr. Hohen griff nach der schwarzen Ledermappe, die er gegen seinen Stuhl gelehnt hatte, und zog einen Block und einen Füllfederhalter daraus hervor.

»Was tust du?«

»Ich denke, ich habe den Kern deines Problems erfasst, Annika.« Daniels Vater zeigte sich mit einem Mal sehr verständnisvoll. »Mein Sohn möchte mit dir leben, daher müssen wir eine Lösung finden. Aus irgendeinem Grund hast du einen Narren an diesem Hof gefressen. Zwar konnte ich mir bisher kein umfassendes Bild machen – ich möchte mich später genauer umsehen –, doch für einen groben Grundriss reicht es. Du sollst also deinen Willen bekommen. Ich stelle das Geld für die komplette Sanierung und Renovierung des Gebäudes zur Verfügung. Im Erdgeschoss und im Obergeschoss werden zwei getrennte Wohneinheiten entstehen, dabei denke ich selbstverständlich an eine stilsichere Wiederaufbereitung. Eine der Wohnungen wird vermietet, die andere behaltet ihr, um an den Wochenenden oder in den Urlauben herzukommen, was weiß ich, wie ihr jungen Leute das handhaben mögt. Bist du jetzt zufrieden?«

Annika starrte Eberhard Hohen sprachlos an.

»Alles in Ordnung?« Victor streckte den Kopf zur Tür herein. »Ich habe meine Sachen oben verstaut. Wenn ich störe, kann ich …«

»Nein. Lass uns die Flasche Wein gleich in Ruhe austrinken. Herr Hohen wollte ohnehin gerade gehen.«

»Was soll das bedeuten?«

»Das bedeutet, dass du verrückt bist, Eberhard. Ich möchte weder dein Geld noch deinen Sohn länger in meinem Leben haben.«

8

Annikas Entscheidung, Victor vorübergehend auf dem Bodelhof einziehen zu lassen, erwies sich als goldrichtig. Er arbeitete mit Feuereifer am Haus und verstand sich blendend mit Annikas Brüdern, die nach wie vor einen Gutteil ihrer freien Zeit in die Renovierung des alten Gemäuers steckten. Und auch Erika ließ sich nicht davon abbringen, einmal die Woche vorbeizukommen, um ihrer Tochter dabei zu helfen, den fortwährend anfallenden Dreck zu beseitigen.

Häufig saßen Annika und Victor nach getaner Arbeit noch bei einem Feierabendbier mit Ulrich und Max auf der Terrasse oder in der Küche zusammen. Annikas Brüder schworen auf Augustiner Bier, ungeachtet dessen wurde Victor nicht müde, sie von den Vorzügen des Zirndorfer Kellerbräus überzeugen zu wollen, das man in seiner Erlanger Wohngemeinschaft bevorzugt trank. Annika genoss die entspannte Atmosphäre und die Witzeleien zwischen den jungen Männern. Manchmal stieß auch Kathrin nach der Stallarbeit zu ihnen. Zu Annikas nicht geringer Erleichterung mochte die Freundin ihren Hausgast auf Anhieb.

»Ist die hübsch!« Es war Mittwochabend, und Annika holte Getränkenachschub für ihre Gäste aus dem Kühlschrank. Die Terrassentür stand offen, Mücken umschwirrten die Lampe in der Küche. Auf dem Küchentisch lag eine zitronengelbe Decke aus flauschiger Wolle, bestickt mit roten und grünen Schafen und Ziegen. Annika ließ sie durch ihre Finger gleiten. Herrlich weich. »Hast du die gemacht, Kathi?«, rief sie nach draußen.

»Was denn?«

»Die entzückende Decke auf dem Küchentisch.«

»Keine Ahnung, von mir ist die nicht. Bring mal mit.«

»Ich zeig sie dir später, im Kerzenlicht draußen auf der Terrasse erkennst du die Stickereien nicht. Uli, Max, euch gehört sie auch nicht?«

»Nö«, tönten Annikas Brüder im Chor.

»Dann ist es bestimmt Victors Decke«, rief Kathrin. »Frag ihn, wenn er zurück ist.«

Annika lud die Getränke auf ein Tablett und ging wieder nach draußen.

»Wo ist er denn hin?« Sie sah sich um. Keine Spur von Victor.

»Der bewässert die Bäume in deinem Wäldchen«, grinste Max.

»Na dann.« Annika ließ sich auf ihren Stuhl fallen und öffnete sich ein Pils mit Limettengeschmack. In der fröhlichen Runde, über Lachen und Scherzen, vergaß sie die Decke, die tatsächlich keinem der jungen Leute gehörte und bei Annikas nächstem Gang in die Küche verschwunden war.

*

An einem Samstagvormittag hallte wie stets eifriges Hämmern und Klopfen im Bodelhof wider. Max und Victor arbeiteten Hand in Hand, Späße flogen durch die Luft. In der Küche saß Annika bei Ulrich und Erika.

»Ob sie kommen werden?«, rätselte Uli zum wiederholten Mal. »Man möchte meinen, ich dürfte in den vergangenen drei Jahren gelernt haben, Gabriele halbwegs einzuschätzen. Leider ist das nicht der Fall.«

»Die Frau verstehe, wer will«, meinte Erika säuerlich. Sie versuchte wirklich, die Mutter ihrer Enkelin zu mögen – das war sie der kleinen Hanna schuldig –, doch Gabriele machte es ihr nicht leicht.

Als Erika zur Toilette ging, nutzte Uli die Gelegenheit. »Ich hab es nicht vor Mama erzählen wollen, denn es ist mir ziemlich peinlich. Aber da Gabriele nun scheinbar nicht mehr vorhat, mir Hanna an den Wochenenden vorzuenthalten, versucht sie auf andere Weise, mich an sich zu binden.«

»Wie meinst du das?« Annika zog die Braue hoch.

»Als ich die Kleine letztes Mal zurückbringen wollte, hat sie mich umarmt, es brannten Kerzen in der Wohnung, und sie war bloß, hm, leicht bekleidet ...«

»Sie will dich verführen, Brüderchen?«, grinste Annika, wurde aber sofort wieder ernst. »Ich weiß, das ist nicht lustig. Lass dich bloß nicht darauf ein. Am Ende hat sie vor, dir ein Geschwisterchen für Hanna anzuhängen.«

»Gott bewahre, ich werde den Teufel tun und noch einmal mit Gabriele in die Kiste steigen.«

Als sie draußen ein Auto vorfahren hörten, schoss Uli wie der Blitz zur Tür hinaus. Annika folgte ihrem Bruder und drückte die Daumen.

»Papa! Hanna da!« Ein kleines Mädchen fiel in die ausgebreiteten Arme seines Vaters.

»Hallo Spätzchen.« Ulrich drückte sein Kind an sich und war die personifizierte Glückseligkeit. »Ich habe dich vermisst. Wie geht es dir?«

»Hanna sehr gut«, erklärte das Mädchen, das in letzter Zeit häufig in der dritten Person von sich sprach.

»Tante Anni!« Annika wurde eine nicht minder stürmische Begrüßung zuteil. »Hanna besucht Tante Annis Haus.«

»Das stimmt, Mäuschen. Wir werden uns das Haus gleich zusammen ansehen. Hallo Gabriele.« Sie gab der jungen aschblonden Frau die Hand. Gabriele war hübsch und hatte eine schlanke Figur, die jedoch durch eine unvorteilhafte Hemdbluse nicht recht zur Geltung kam. »Vielen Dank, dass du Hanna hergebracht hast.«

»Es bleibt dabei, ja?«, fragte Gabriele an Uli gewandt. »Sonntag um fünf bringst du sie mir wieder. Und sei pünktlich!«

»Wüsste nicht, wann ich je unpünktlich gewesen wäre«, brummte Ulrich.

»Mama mag nicht, dass ich hier bin«, sagte die Kleine.

»Das glaube ich nicht. Sie sorgt sich vermutlich nur darum, du könntest dir den Bauch mit Pommes vollschlagen und viel zu lange wach bleiben. Als ob wir zwei auf so dumme Gedanken kämen.« Uli zwinkerte ihr zu. »Mama muss fahren, Mäuslein.«

»Tschüss, Mama!« Hanna warf ihrer Mutter Kusshände zu und ließ sich von ihrem Vater in Richtung Hof davontragen.

»Was ist mit Papa?«, fragte Annika ihre Mutter, nachdem Gabriele gefahren war. Wann immer sie an die Trotzhaltung ihres Vaters dachte, erschien ihr die Welt schlagartig ein wenig grauer und freudloser. »Er kommt nicht, oder? Nicht einmal, um Hanna zu sehen.«

»Es tut mir leid, Anni. Er hat mitbekommen, dass Hanna das ganze Wochenende bleibt, da wird er sie ohnehin noch sehen und hält daher an seinem Boykott fest.« Insgeheim feilte Erika bereits an der Standpauke, die sie ihrem Mann später zu halten gedachte. Auch ihre Geduld war nicht unerschöpflich.

»Schon gut. Soll er es eben bleiben lassen.« Annika beugte sich zu ihrer Nichte hinab, um niemanden sehen zu lassen, wie verletzt sie war.

Wie sich zeigte, teilte die kleine Hanna die Vorliebe ihrer Tante für alte Häuser.

»Sön!«, rief sie. »Sön, sön, sön!« Vor Begeisterung verschluckte sie das *ch* beim Sprechen, was ihre Zuhörer zum Lachen brachte.

»Wer bist denn du?« Als das Mädchen den fremden Mann bei Onkel Max entdeckte, stiefelte es forsch auf ihn zu.

»Ich bin der Victor.«

»Victor ist unser Baustellenwichtel«, flachste Max.

»Biste wirklich ein Wichtel?«, hakte Hanna sogleich nach.

»Weißt du, wie ein Wichtel aussieht?«

»In Hannas Buch«, nickte das Kind.

»Und sehe ich aus wie die Wichtel in deinem Buch?«

Kopfschütteln.

»Siehst du, ich bin leider kein echter Wichtel. Ich helfe deiner Tante Annika, damit ihr Haus noch schöner wird.«

»Hanna auch.«

»Auch? Du möchtest auch helfen?« Victor reichte dem Mädchen einen roten Holzhammer, den Annika am Vortag für ihre Nichte gekauft hatte.

»Hanna helfen«, wiederholte die Kleine und begann mit leuchtenden Augen und einer Begeisterung, wie sie nur Kinder an den Tag legen können, auf die unterste Treppenstufe zu hämmern. Währenddessen fuhren Max und Victor damit fort, die Treppe an den Stellen, für die selbst der kleinste Schleifaufsatz zu klobig war, mit schmalen Spachteln mühsam vom alten Lack zu befreien.

»Sie können gut mit Kindern umgehen«, lobte Erika. »Haben Sie Geschwister, Victor?«

»Leider nein.« Dabei wusste Victor in Wahrheit nicht genau, ob das stimmte. »Schade eigentlich, wenn ich mir Ihre lebhafte Familie so ansehe.« Sein Lächeln war gewinnend.

»Jetzt bleiben Sie ja erst einmal bei uns.« Annikas Mutter tätschelte Victors Arm. Von der ersten Begegnung an hatte sie einen Narren am Hausgast ihrer Tochter gefressen. Annikas Sorge, wegen ihrer Bedenkenlosigkeit einen mütterlichen Rüffel zu kassieren, war unbegründet gewesen.

Max und Ulrich hatten die Szene zwischen Erika und Victor beobachtet. Wissend verdrehten sie die Augen und zwinkerten ihrer Schwester zu.

Annika kicherte. Ihre Mutter schwärmte für Roy Black, Semino Rossi und Rex Gildo. Warum nicht auch für Victor.

Am späten Nachmittag kehrten Ulrich und Erika mit Hanna von einem langen Spaziergang am Lech zurück.

»Papa hat Hanna die Fische im Eisbach gezeigt. Und die Schwaneninsel«, strahlte das Mädchen.

»Und du hast bestimmt Hunger.« Annika umarmte ihre Nichte. Die Kleine hatte das Käppi ihres Vaters verkehrt herum auf dem Kopf und roch nach Wärme und Sonnenlicht. »Gleich gibt es Abendessen.«

Doch dieses Versprechen würde Annika nicht halten können, denn während die Frauen Brote schmierten, Ulrich den Tisch deckte und Victor mit Max das Werkzeug zusammenräumte, war Hanna unversehens verschwunden. Eben noch hatte sie eifrig mit dem roten Hämmerchen gegen Türrahmen und Küchenschränke geklopft, im nächsten Moment war sie fort, unter den Augen der Erwachsenen verloren gegangen.

»Hanna!«

»Hanna, Mäuschen, wo bist du?«

Ulrich und Max suchten das Grundstück nach dem Kind ab. Erika, Victor und Annika stellten das Haus auf den Kopf.

»Bestimmt spielt sie bloß Verstecken.« Victors Beruhigungsversuch war gut gemeint, aber niemand glaubte so recht daran. Hanna würde sich nicht verstecken, ohne die Erwachsenen zuvor unzählige Male aufgefordert zu haben, bis zehn zu zählen und sie suchen zu kommen.

Nicht auszudenken, wenn der Kleinen etwas zugestoßen sein sollte.

»Hanna?« Victor war auch in Annikas Schlafzimmer nicht fündig geworden und wollte es eben verlassen, als er aus dem Kleiderschrank, in den er gerade schon hineingespäht hatte, ein ersticktes Schluchzen hörte. »Hanna?« Dieses Mal öffnete er beide Schranktüren und sah genauer hin. Da entdeckte er das Kind unter einem Berg Wolldecken, die zuunterst im Schrank lagen. »He, du Kleine.« Bedachtsam, um das Kind nicht weiter zu verschrecken, streckte er die Arme aus. Hanna ließ sich ohne Zögern gegen Victor fallen und lehnte den blonden Schopf an seine Brust. Bestürzt registrierte er, wie sehr das Kind zitterte, und hielt es tröstend fest.

»Ich habe sie gefunden!«

Sofort stürmten Annika und Erika herbei.

»Mäuschen.« Erika nahm Victor die Kleine ab. Es fehlte nicht viel, und sie hätte geweint vor Erleichterung. »Gott sei Dank.«

»Wolltest du Verstecken spielen?« Annika küsste ihre Nichte auf die Stirn.

»Bäh.« Hanna wischte sich über die feuchte Stelle. »Nicht spielen«, erklärte sie.

»Ich gebe Ulrich und Max Bescheid.«

»Danke, Victor.«

Nachdem Victor hinausgegangen war, versuchten die Frauen vergeblich, etwas aus Hanna herauszubekommen. Doch die Kleine schwieg, und so gingen sie mit ihr nach unten.

In der Tür zur Küche begann Hanna urplötzlich wild zu kreischen.

»Was hast du denn, Liebling? Tut dir etwas weh?« Erika tauschte einen hilflosen Blick mit ihrer Tochter. Hanna strampelte mit Händen und Füßen.

»Besser, du setzt sie ab«, sagte Annika.

Kaum berührten die Füße des Kindes den Boden, sauste Hanna davon wie der Blitz.

Annika fand ihre Nichte mit angezogenen Knien neben der Haustür kauernd. Hanna hatte es nicht geschafft, die schwere Tür zu öffnen und nach draußen zu flüchten. »Was macht dir bloß solche Angst, Süße? Du kannst es mir sagen. Ist es etwas in der Küche?«

Das Mädchen nickte.

»Schau, es gibt nichts, wovor du dich fürchten musst. Wir sind alle da und passen auf dich auf. Dein Papa, die Oma, dein Onkel Max ...«

Entschieden schüttelte Hanna den Kopf, dass ihre hellen Locken flogen.

»Willst du mir nicht verraten, weshalb du dich vorhin versteckt hast? Ist es ein Geheimnis?«

Bestätigendes Nicken.

»Hanna.« Ulrich war mit wenigen langen Schritten bei seiner Tochter. »Du hast uns einen Riesenschrecken eingejagt, Prinzessin.«

»Hanna meint, es ist ein großes Geheimnis, weshalb sie sich versteckt hat.«

»Ist das so?«

Wiederum nickte Hanna.

Inzwischen waren die übrigen Erwachsenen hinzugekommen.

»Aber deinem Papa kannst du es doch verraten, nicht wahr?«

Das Mädchen zögerte.

»Weißt du was? Du sagst es mir einfach ins Ohr.«

Die Zuhörer wurden so still, dass die geflüsterten Worte der Kleinen für alle zu verstehen waren.

»Hanna mag die Frau nicht.« Die Augen des Kindes began nen zu schwimmen.

»Welche Frau, Liebling?«

»Hanna mag die tote Frau bei Tante Anni nicht.«

Es blieb ein Rätsel, was das Kind so verängstigt hatte. Keiner konnte sich einen Reim darauf machen.

Keiner außer Victor, in dem die Begebenheit ähnliche Turbulenzen auslöste, wie er sie einmal auf dem Flug mit einer einmotorigen Cessna Caravan über dem afrikanischen Regenwald erlebt hatte, der in einer Beinahe-Katastrophe geendet hatte. Es kam einem Kraftakt gleich, vor den anderen zu verbergen, wie erschüttert er war. Da war es ihm eine Erleichterung, als Erika und ihre Söhne entschieden, auf das Abendbrot zu verzichten und mit Hanna direkt nach Hause zu fahren. Annika und Victor nahmen ein stilles Abendessen zu zweit ein. Normalerweise, diese abendliche Routine hatte sich erstaunlich schnell zwischen ihnen eingespielt, unterhielten sie sich nach dem Abendbrot noch eine Weile oder arbeiteten an ihren Laptops.

Nicht so an diesem Abend. Zwar saßen sie einander mit hochgefahrenen PCs am Küchentisch gegenüber, doch während Victor vorgeblich an seiner Masterarbeit schrieb und dabei nur immer gleiche Buchstabenreihen tippte, brachte Annika nicht die mindeste Konzentration für ihre Kolumne auf. Seufzend legte sie die Arme im Nacken zusammen und streckte die Beine weit von sich.

»Was ist?«, fragte Victor und blickte vom Bildschirm hoch.

»Ich kriege heute nichts auf die Reihe. Die Wörter tanzen durch meinen Kopf und hüpfen mir frech davon. Die Geschichte mit Hanna will mir nicht aus dem Sinn.«

»Lass uns darüber reden«, schlug Victor vor und klappte seinen Laptop zu. »Mir geht es ähnlich.«

»Es war wirklich ein wenig unheimlich, oder? Ich scheine ein größerer Hasenfuß zu sein, als ich von mir gedacht hätte.«

»Vielleicht sollte ich Hannas tote Frau in meine Masterarbeit über das Haus einbauen, wenn sie sich schon erdreistet, kleinen Mädchen Angst einzujagen.«

Annikas wacklige Grimasse war kaum als Lächeln zu erkennen.

»Entschuldige, das war nicht witzig.«

»Irgendwie nicht. Es ist nämlich so, Kathrin hat mich nach meinem Einzug an eine Begebenheit aus unserer Kinderzeit erinnert. Damals sind wir durch ein kaputtes Fenster in den Hof hier eingestiegen.«

»Du bist in dein eigenes Haus eingebrochen?«

»Na ja, damals stand der Bodelhof leer und gehörte mir noch nicht.«

»Schon klar. Erzähl weiter.«

»Das wusste ich auch noch, aber der Rest unseres Abenteuers war wie weggeblasen. Kathrin sagt, wir sind nie wieder hingegangen, nachdem ich einen Geist gesehen hätte.«

»Du? Einen Geist?«

»Keine Ahnung, ich weiß es wirklich nicht mehr. Trotzdem prickelt es in meinem Nacken, wenn ich daran denke.«

»Hm, glaubst du denn an so was? Ich meine, dass es mehr Dinge zwischen Himmel und Erde gibt, als der Mensch erfassen kann und so weiter?«

»Eigentlich nicht. Wenn ich Angst vor Gespenstern hätte, wäre ich mit Sicherheit nicht hier eingezogen.«

»Hat sich deine Nichte schon früher so verhalten? Hat sie eine besonders lebhafte Phantasie?«

»Eine lebhafte Phantasie bestimmt, aber ich wüsste von keinem ähnlichen Vorfall.«

»Jedenfalls hat sie einen fürchterlich verschreckten Eindruck gemacht.«

»Und dabei hat ihr das Haus anfangs so gut gefallen.« Annika war dankbar für Victors Gegenwart. »Natürlich, der Hof ist alt, und man hört manchmal Geräusche, die man von einem modernen Neubau nicht kennt.«

»Wir sollten es für heute gut sein lassen, was denkst du?« Victor konnte seine Aufregung kaum mehr zügeln. Ihm war, als nicke ihm sein Vater ermutigend zu.

Habe ich es dir nicht gesagt, mein Sohn?

»Machen wir uns nicht verrückt«, bejahte Annika.

Ehe sich ihre Wege im ersten Stock trennten, umarmte Victor

sie überraschend. Seine Haut roch nach Koriander. Koriander und Abenteuer.

»Schlaf schön, Annika«, sagte er in ihr Haar. »Lass dir von dieser Geschichte nicht die Nachtruhe vermiesen.«

Stunden später lagen sie immer noch wach. Ihre Gedanken kreisten um ganz ähnliche Dinge.

Victor dachte an Annika.

Annika dachte an Victor.

Beide dachten an Hannas tote Frau.

9

Am Abend darauf saßen Annika und Victor wieder in der Küche zusammen und warteten auf das Pfeifen des Wasserkessels.

»Hanna hat letzte Nacht entsetzlich schlecht geträumt«, sagte Annika, die mit ihrer Mutter telefoniert hatte.

»Alpträume von der toten Frau?«

»Vermutlich. Uli macht sich Sorgen, Gabriele könnte von der Geschichte Wind bekommen und sie zum Anlass nehmen, ihm das Kind erneut vorzuenthalten. Es ist ohnehin nicht leicht für ihn, mit Hannas Mutter auszukommen.«

»Dabei ist doch gar nichts geschehen.«

»Trotzdem, irgendwie fühle ich mich schuldig, weil Hanna sich in meinem Haus so furchtbar erschreckt hat.«

»Das solltest du nicht.« Victor stand auf, holte eine Handvoll Teelichte unter der Spüle hervor und verteilte sie im Raum.

»Was tust du?«

»Ich dachte mir, Kerzenlicht schafft eine beruhigende Atmosphäre. Die können wir beide brauchen.« Er zündete die Kerzen an und schaltete das Licht aus.

»Das solltest du besser lassen.«

»Weshalb? Hast du Sorge, ich könnte den Versuch wagen, dich zu verführen?«

»Wirklich, Victor, ich meine es ernst.«

»Schon gut. Ich puste sie gleich wieder aus, wenn dir das so wichtig ist. Aber warum stört dich das überhaupt?«

»Es ist wegen des Luftzugs in der Küche. Ich habe mir abgewöhnt …«

Das Teelicht auf der Fensterbank im Erker flackerte und verlosch.

»Siehst du, sie bleiben nicht an«, erklärte Annika lahm und kämpfte gegen ihre aufsteigende Panik.

»Da müsste es hier drinnen eigentlich wie Hechtsuppe ziehen. Tut es jedoch nicht. Darf ich?« Victor näherte sich der erloschenen Kerze mit dem Feuerzeug.

Annika nickte.

Das Teelicht ging erneut aus.

»Das gibt es doch nicht.« Victor führte die Hand prüfend an den Erkerfenstern entlang. »Durch die Fenster kommt Kälte herein, aber der schwache Luftzug scheint mir bei weitem nicht ausreichend, die Flamme zu ersticken. Dir ist das schon häufiger passiert? Deshalb wolltest du mich die Kerzen nicht anzünden lassen.«

»Ich bin nicht scharf auf Teelichte, die wie von Geisterhand verlöschen«, gab Annika widerstrebend zu.

»Kann ich verstehen.« Der Kessel auf dem Ofen begann zu pfeifen. »Jetzt trinken wir erst einmal Tee. Auf meinen abendlichen Kaffee verzichte ich heute besser, ich konnte schon letzte Nacht nicht richtig schlafen. Sei froh, dass du kein solcher Koffein-Junkie bist.« Victor goss das heiße Wasser in die Teekanne.

»Ich habe auch nicht gut geschl…«, setzte Annika an, da verglimmten schlagartig auch die übrigen Teelichte. »Victor? Scheiße, ich hab Angst.«

»Alles gut, Annika. Ich bin da.« Es gelang ihm, den glühendheißen Kessel in der Dunkelheit zurück auf die Ofenplatte zu stellen, ohne sich zu verbrennen. Zitternd und mit klopfendem Herzen hangelte er sich am Küchenschrank entlang in Richtung des Lichtschalters, als er Annika plötzlich an seiner Seite spürte. Sie zitterte nicht minder heftig und drängte sich an ihn.

»Lass uns das Licht anmachen.«

»Hannas tote Frau«, wisperte Annika. »Was, wenn es sie gibt?«

»Wirklich, Annika, wir machen erst mal das Licht an.« Gemeinsam tasteten sie sich weiter zum Lichtschalter vor. »Ich habe ihn gefunden. Gleich haben wir wieder Licht.« Victor drückte auf den Schalter.

»Was ist los?«

»Das Licht geht nicht an. Der Strom scheint …«

Mit mehreren Sekunden Verzögerung flammte die Lampe über dem Küchentisch auf. Annikas Laptop, der zum Laden an der Steckdose hing, begann leise zu surren.

»Victor.« Annika deutete mit ihrer bebenden rechten Hand zum Erker hin, während sich die Finger ihrer linken Hand in Victors Unterarm krallten. »Sieh doch.«

Die Kerze auf dem Fensterbrett brannte wieder.

10

Drei Monate zuvor.

Als Victor Rautenstein ahnungslos das überdimensional große Paket einer rumänischen Anwaltskanzlei in Empfang nahm, konnte er nicht wissen, dass der Inhalt direkte Auswirkungen auf sein Leben haben würde.

Wenn Victor sich nicht gerade auf einer Backpacker-Tour durch Neuseeland, beim Angeln in Schweden oder auf einem Hausboot in Indien befand, lebte er in einer Erlanger Wohngemeinschaft. Er mochte die klassische Altbauwohnung mit den imposanten Stuckdecken und den hohen Fenstern, und er mochte seine Mitbewohner, die ihn den Bruchteiler nannten, weil er so häufig durch Abwesenheit glänzte und wirklich nur einen Bruchteil seiner Zeit in Erlangen verbrachte.

Im Moment saß Victor wieder auf gepackten Koffern. Bereits für den nächsten Tag war sein Flug nach Laos gebucht, wo er drei Monate Zeit haben würde, sich Land und Leute anzusehen. Für etwa acht Wochen wollte er als Hilfsarbeiter auf einer Kaffeeplantage anheuern und in der verbleibenden Zeit auf jeden Fall die Mekongwasserfälle besuchen und, wenn das Glück auf seiner Seite war, mit einem Delfinschwarm schwimmen. Beinahe meinte er den Duft der Kaffeefelder schon zu riechen und die Sonne auf dem Gesicht zu spüren.

Das Paket war groß und schwer. Als er es öffnete, lag obenauf ein Brief.

Victor,
mein lieber Victor,

wie beginne ich meinen Brief auf die richtige Weise?

Ich möchte mich Dir vorstellen. Mein Name ist Liviu Victor Dimitri, und meine Heimat ist Rumänien. Meine Großmama war Siebenbürgen-Sächsin, daher lernte ich als Kind die deutsche Sprache, die ich später während meines Studiums vertieft habe.

Ich schreibe Dir, lieber Victor, aus einem besonderen Grund.

Ich bin Dein Vater.

Wenn du diese Zeilen liest, gibt es mich nicht mehr.

Victor drehte den Brief um und starrte auf die unbeschriebene Rückseite, als könnte ihm das leere Papier die Lösung des Rätsels verraten, welches sich plötzlich vor ihm aufgetan hatte. Vorsichtig, als hielte er anstelle des Briefs eine Stange Dynamit in Händen, drehte er das Blatt wieder um.

Und las weiter.

Zuletzt hielt ich Dich in meinen Armen, da warst Du wenige Tage alt. Dein Gesicht war von der Geburt noch ein wenig zerknautscht, und Du hast leise gequäkt wie ein kleiner Frosch. Es fiel mir unendlich schwer, mich von Dir zu trennen. Aber es war der Wunsch Deiner Mutter. Sie wollte nicht, dass ich bei Euch bleibe. Aber Du darfst nicht denken, ich hätte Dich jemals aus den Augen verloren. Niemals. Ich besitze unzählige Briefe, die Deine Mutter mir schrieb. Und sie schickte Bilder. Die Fotos von Dir füllen eine ganze Wand in meiner Wohnung.

Ich weiß von Deiner Mutter, dass Du Dich als (ich muss das von ihrem Brief abschreiben) fernwehgetriebenen Teilzeitstudenten bezeichnest und Deinen Platz im Leben wohl noch nicht gefunden hast. Vielleicht liegt es daran, dass Du ohne Deinen Vater aufwachsen musstest?

Armer lieber Junge, ich bin erfüllt von tiefer Reue. Mein größter Fehler im Leben war, mich aus Deinem Leben verbannen zu lassen.

Jetzt ist es zu spät. Ich bin schwerkrank, während ich dies schreibe, und wandle nicht mehr auf dieser Erde, während Du dies liest.

Du bist der Erbe meiner Forschungsergebnisse. In den letzten Monaten habe ich die Dokumentation meiner jahrzehntelangen Arbeit für Dich ins Deutsche übertragen.

Meine Forschungen waren der Grund für Deine Mutter, nicht länger mit mir leben zu wollen. Sosehr ich sie liebe, muss ich dieses eine Mal ihrem Willen zuwiderhandeln. Ich habe genug verzichtet, Victor. Der Herr mag mir vergeben, aber ich wünsche mir nichts sehnlicher, als dass Du, mein Sohn, meine Arbeit fortführst. Es gibt mir Frieden, dieses Paket für Dich zu schnüren, Buch für Buch sorgsam einzuwickeln und dabei zu wissen, dass es Dich zu gegebener Zeit erreichen wird.

Sicher wirst Du Deine Mutter nach mir fragen, denn bis zum heutigen Tag kanntest Du die Wahrheit nicht. Magda wird Dir erklären, weshalb sich unsere Wege trotz unserer großen Liebe trennen mussten. Ich bitte Dich, Victor, erkläre mich nicht für wahnsinnig, ehe Du nicht den Versuch unternommen hast, Dir Dein eigenes Bild zu machen.

Meine Gedanken waren stets bei Dir, Victor, jede Stunde jedes Tages in jedem Jahr.

Nun nehme ich Abschied, ohne Dich noch einmal in meinen Armen gehalten zu haben. Mein Blick ist auf die Fotos von Dir geheftet. So sehe ich Dich vor mir, an Deinem ersten Schultag, dem Tag Deiner Heiligen Kommunion, auf Deinem Abschlussball. Das letzte Bild in meinem Besitz wurde im vergangenen Jahr an Deinem dreißigsten Geburtstag aufgenommen. Ich meine, Traurigkeit in Deinem lachenden Gesicht zu entdecken.

Ich wünsche mir so sehr, dass Du Glück und Zufriedenheit in einem langen und gesunden Leben findest.

Gottes Segen für Dich, mein lieber Junge.

Dein Dich liebender Vater
Liviu Victor Dimitri

Victors schulterlanges, sonnengebleichtes Haar war im Nacken zusammengebunden. Trotz seiner Bräune war er kreidebleich, als er nun grußlos an einer verdutzten Mitbewohnerin vorbei ins Badezimmer stürmte. Dort klammerte er sich am Waschbecken fest. Minutenlang stand er vornüber gebeugt und schwer atmend da, während die Kälte der Keramik unter seinen Händen vibrierte und sich langsam in seinem ganzen Körper ausbreitete.

Liviu Victor Dimitri.

Sein Leben lang hatte es für ihn keinen Grund gegeben, die Geschichte des rumänischen Gastarbeiters, der seine Mutter geschwängert und sitzengelassen hatte, anzuzweifeln.

»Scheiße«, sagte Victor. Falls in dem ominösen Brief die Wahrheit stand, war er nicht nur mit einer Lüge groß geworden. Dann war er von der eigenen Mutter seines Vaters und seiner Herkunft beraubt worden.

Victor schwankte in sein winziges WG-Zimmer zurück, von ähnlich tiefer Erschöpfung ergriffen, wie er sie nach der Teilnahme am Berlin-Marathon empfunden hatte. Er ließ sich in seinen Papasan-Sessel sinken und starrte auf den weiteren Inhalt des Pakets. Mehr als zwei Dutzend in weinrotes Leder gebundene, sorgfältig in Luftpolsterfolie gewickelte Bücher. Die Buchrücken waren säuberlich mit Jahreszahlen versehen.

In den letzten Monaten habe ich meine Arbeit für Dich ins Deutsche übertragen – so stand es in dem Brief, der mit blauer Tinte in enger Handschrift geschrieben war. *Was waren das für Forschungen, deretwegen du nicht mit uns leben konntest*? Victor griff wahllos eines der Bücher, packte es aus und wog es in den Händen. Es trug die Jahreszahl 1992. Mit zittrigen Fingern schlug er es auf und erkannte die enge Handschrift aus dem Brief auf den ersten Blick wieder. Er blätterte durch die Seiten, ohne mehr als einzelne Sätze zu lesen, als fürchte er das, was dort geschrieben stand.

Dann blieb sein Blick an einem Datum hängen.

23. August 1992
Springhill House, Moneymore
County Londonderry, Nordirland

Ein im siebzehnten Jahrhundert erbautes Anwesen, Springhill House in Moneymore, führt mich nach Irland. Mr John Cownright, der Besitzer, hat mich um mein Kommen gebeten und die Kosten für den Flug übernommen. Obwohl ich voller Erwartung bin, denke ich beständig an meinen Sohn Victor, der heute seinen zehnten Geburtstag feiert. Trübseliger, sehnsuchtsvoller Kauz, der ich bin, werde ich versuchen, mich mit der Geschichte des Hauses abzulenken.

Der weitläufige Besitz war mehrere Jahrhunderte lang Eigentum einer Familie Conyngham, auf die der Spuk an diesem Ort zurückgehen soll. Der Erbauer des Hauses, George Conyngham, nahm sich nach unehrenhafter Entlassung aus der Armee das Leben, indem er sich eine Pistolenkugel in den Kopf jagte. Das geschah im sogenannten Blauen Zimmer. Wie sowohl aus alten Aufzeichnungen als auch aus mündlichen Überlieferungen hervorgeht, begann der Spuk auf Springhill House nach dem Tod von Conynghams Witwe Olivia. Bewohner und Gäste des Hauses wollen in den folgenden Jahrzehnten und Jahrhunderten mehrfach ihren Geist im Blauen Zimmer gesehen haben. Eine hochgewachsene Erscheinung, die der Selbstmord des Gatten keine Ruhe finden lässt. Möglicherweise trachtet der Geist auch danach, den Selbstmord Conynghams zu verhindern, nicht wissend, dass dieser längst geschehen ist?

24. August 1992

Am Vormittag führte mich der Besitzer von Springhill House, Mr John Cownright, durch das Anwesen. Das Blaue Zimmer als Ausgangspunkt des Spuks ist zugleich der einzige Ort, an dem der Geist sich zeigt. Ich war dankbar, dass Mr Cownright die Besichtigung bereits für neun Uhr morgens angesetzt hatte, denn die Arbeit lenkte mich von den Gedanken an Victor ab, die mich letzte Nacht keinen Schlaf finden ließen.

Das Blaue Zimmer liegt nach Osten gerichtet im ersten Stock des vorbildgetreu und detailverliebt sanierten Hauses. Ich hatte für den ersten Rundgang lediglich ein Thermometer eingesteckt – ein glücklicher Zufall, wie sich bald herausstellen sollte. Wir hatten das Blaue Zimmer kaum betreten, als es mich schon fröstelte. Klares Licht fiel durch zwei hohe Fenster in den Raum, den Mr Cownrights Ehefrau als Nähzimmer nutzte, bis sie sich nicht mehr hineinwagte. Ich kann die Dame verstehen, denn selten nehme ich Geisterpräsenz so deutlich wahr wie in diesem Raum. Mr Cownright bestätigte mir durch sein Nicken, die unsichtbare Präsenz ebenfalls zu spüren. Das sei immer so, erklärte er mir später, ganz gleich, wann er das Zimmer betrete. Ich überprüfte mein Thermometer. Es zeigte gerade einmal vierzehn Grad, dabei lag die Temperatur überall sonst im Haus zwischen neunzehn und zweiundzwanzig Grad.

Am Abend werde ich vom Hotel in das Blaue Zimmer ziehen, um dort die Nacht zu verbringen.

27. August 1992

In den ersten beiden Nächten zeichneten weder Kamera noch Rekorder etwas auf. Trotzdem ließ mein erster fröstelnder Eindruck, die Gegenwart des Geistes bereits gespürt zu haben, mich nicht los. Und tatsächlich, inzwischen kann ich den Spuk in Springhill House bestätigen. In meiner dritten Nacht im Blauen Zimmer, kurz nach fünf Uhr morgens, zeigte sich mir der Geist in Gestalt einer hochgewachsenen Frau im dunklen Kleid. Die Gestalt war durchscheinend, jedoch klar umrissen. Ehe sich die Frau materialisierte, wurden Entsetzen und Verzweiflung im Raum spürbar. Tränen rannen mir über die Wangen, so intensiv übermannte mich der fremde Schmerz. Meiner Meinung nach handelt es sich in der Tat um jene Witwe Conynghams, die wieder und wieder den Moment durchlebt, in dem sie den Leichnam ihres Mannes auffindet. Ihr Elend lief wie Schockwellen durch den ganzen Raum.

Vom Temperatursturz bis zum vollständigen Verblassen des Geistes vergingen drei Minuten. Meine Kontrolle der Kameraaufzeichnung und der Tonaufnahme ergab leider nichts.

Es bleibt meine Verwunderung darüber, wie deutlich der Geist sich gezeigt hat. Vor meiner Abreise werde ich den örtlichen Priester ausfindig machen. Es ist anzunehmen, dass in Springhill House in früheren Zeiten bereits Exorzismen durchgeführt wurden. Falls dem so ist, scheint es die gepeinigte Seele nicht erlöst zu haben. Ich halte den Beistand der Kirche für unbedingt notwendig, um der dunklen Witwe Frieden zu schenken und Mrs Cownright ihr Nähzimmer wieder zugänglich zu machen. Darüber hinaus möchte ich Mr Cownright an einen Belfaster Kollegen verweisen, der im Zweifel schneller als ich vor Ort sein kann. Denn ich fürchte, mit Exorzismen allein wird der Sache noch nicht Genüge getan sein.

»Das glaube ich nicht.« Victor schlug das Buch zu und musste an sich halten, um es nicht durchs Zimmer zu schleudern. Das Gelesene war völlig absurd.

War das Paket ein schlechter, ein ganz und gar miserabler Scherz? Und falls nein, was war sein möglicher Vater dann für ein Mensch gewesen? Ein begeisterter Geschichtenerzähler, der es gerne übertrieb? Oder ein geistig Umnachteter, dem der Draculakult seiner Heimat zu Kopf gestiegen war?

Trotz widerstreitender Gefühle von der Lektüre gefesselt nahm Victor ein weiteres der ledergebundenen Bücher zur Hand und schlug es an beliebiger Stelle auf. Eine Weile las er schweigend, bis er in einer Eintragung auf den Namen seiner Mutter stieß.

14. Februar 2002
Dragsholm Slot Hotel
Seeland, Dänemark

Von drei Geistern ist die Rede, die im ehemaligen Schloss und heutigen Hotel Dragsholm Slot ihr Unwesen treiben sollen. Die Hotelbesitzer, ein junges Ehepaar, haben mich herbestellt, nachdem ein amerikanisches Ghosthunter-Team angeblich bereits paranormale Aktivitäten verzeichnen konnte. Angeblich, schreibe ich, denn mit der Arbeit der amerikanischen Kollegen durfte ich bislang nur schlechte Erfahrungen machen.

Das Anwesen wurde im zwölften Jahrhundert erbaut. Es sollen hier eine »graue Lady«, eine »weiße Lady« sowie der »Earl of Bothwell« spuken. Allerdings liegen den Erscheinungen drei grundverschiedene, überaus widersprüchliche Geschichten zugrunde. Der Spuk kann zudem nicht durch historische Fakten untermauert werden, es existieren keine Aufzeichnungen, in denen der Earl oder die Ladys beziehungsweise in Frage kommende historische Persönlichkeiten erwähnt sind. (Werden die Geisterlegenden womöglich von den Hotelbesitzern am Leben gehalten, um Gäste anzulocken? Anwesenheit von Geisterforschern als Werbemittel? Wäre nicht das erste Mal.)

Ich bin skeptisch. Man wird sehen.

Das junge Ehepaar jedenfalls hat mich für die Dauer von zwei Wochen im Hotel untergebracht. Magda wird heute Abend ankommen, und wir werden meine freie Zeit gemeinsam verbringen. Auf meinem Zimmer wartet ein Bouquet roter Rosen auf sie. Mein Magen grummelt aufgeregt, ich lechze nach Neuigkeiten von Victor und nach der Gesellschaft meiner Liebsten.

21. Februar 2002

In meiner ersten Woche im Dragsholm Slot waren keine Spukvorkommnisse festzustellen. Der Infrarot-Temperaturmesser zeigt relativ konstante Werte. Verschiedentlich spürbare Luftzüge sind natürlicherweise auf das Alter des Gemäuers zurückzuführen. Weder die Videokameras noch der digitale Fotoapparat oder die auf high-sensitive eingestellten Diktafone konnten etwas aufzeichnen. Die EMF-Messungen und die Werte des Geigerzählers blieben ebenfalls unauffällig.

Magda verzichtet in den Nächten auf ihren Schlaf und assistiert mir. Ihr Misstrauen und, ja, ihre Verachtung für mein Tun, das sie mir vor und nach Victors Geburt entgegenbrachte, sind mit den Jahren einer natürlichen Skepsis gewichen. Ein himmelweiter Unterschied, der mich unsere verlorenen Jahre wieder einmal bedauern lässt.

Magda ist sicher, wenn ich jetzt in Victors Leben träte, würde er ihr die Lüge nie verzeihen. Sosehr ich darunter leide, für meinen Sohn nicht existent zu sein – das kann ich ihr nicht antun.

Auf Magdas Vorschlag hin haben wir zusätzlich zu meiner Gerätschaft Kerzen aufgestellt, die zwar wenig technisch, aber dafür umso hilfreicher sind, wenn es um das Aufspüren eines Luftzugs oder anderer Vorkommnisse geht. Zwar konnte das Kerzenlicht keinen Spuk kenntlich machen, dennoch hat es eine wunderbare Atmosphäre verbreitet. Ich genieße Magdas Gegenwart und wünsche mir in aller Heimlichkeit trotzig, es könnte immer so sein.

Spät in der Nacht schlief Victor mit tränenden Augen über dem Band aus dem Jahr 1994 ein. Am nächsten Morgen stornierte er seinen Flug nach Laos.

Mit nichts als einem schwarzen Kaffee im Magen packte er die Hinterlassenschaft Liviu Victor Dimitris in den Kofferraum seines Golfs und steuerte grimmig entschlossen auf die Autobahn. Knapp zweieinhalb Stunden später erreichte er die Kreisstadt Landsberg am Lech, wo er nahe der Wohnung seiner Mutter einen Parkplatz fand.

Magda Rautenstein schnitt in der Küche eine Aubergine, als ihr Sohn unvermittelt im Türrahmen stand.

»Junge.« Sie fuhr zusammen. Das Messer glitt ihr aus der Hand.

Anders sah sie aus, fand Victor. Irgendwie schuldig. Und er begriff, ohne seine Mutter gefragt zu haben: Der Brief war echt.

»Ich dachte mir schon, dass du kommen würdest.« Magdas Unterlippe zitterte. Sie klang verzweifelt. »Was ist mit deinem Flug?«

»Ich fliege nicht.« Je länger er sie ansah, desto mehr erschrak er. Magda Rautenstein war immer schlank gewesen, doch nun wirkte sie abgemagert und verhärmt. Ihre Augen waren rot und verquollen. So hatte er sie noch nie erlebt. Offenbar trauerte seine Mutter zutiefst. »Dann stimmt es?«, fragte er leise. »Der Mann war mein Vater, und jetzt ist er tot?«

»Ja.« Magda brach in Tränen aus und fiel haltlos schluchzend auf die Knie. »Ich habe ihn verloren.«

Mit wenigen Schritten war Victor bei seiner Mutter und nahm sie in die Arme.

»Es tut mir leid«, weinte sie. »Es tut mir so leid.«

Victor verabreichte ihr eine der Schlaftabletten, die er im Badezimmerschränkchen fand, und brachte sie zu Bett. Magda hielt die Hand ihres Sohnes umklammert, bis die Tablette ihre Wirkung tat und sie wegdämmerte.

Danach saß Victor in der Küche, trank Unmengen schwarzen Kaffee und wartete.

Es dämmerte, als Magda Rautenstein sich ihrem Sohn stellte. Sie hatte sich umgezogen und die schlafwirren Haare gekämmt.

»Geht es dir besser?«

»Es geht wieder. Danke, mein Junge.« Sie wirkte ruhiger. Entsetzlich traurig, aber gefasst.

»Hast du meinen Vater gezwungen, mich zu verlassen?« Victor konnte nicht länger Rücksicht nehmen. Nie im Leben hatte er eine dringlichere Frage gehabt. Der Brief veränderte seine Welt, sie fühlte sich anders an, dumpf und schal, erfüllt vom Kummer eines kleinen Jungen, der sich sehnlichst einen Vater gewünscht hatte und nun erkennen musste, um dessen Liebe betrogen worden zu sein.

»Ich will dir nichts mehr verschweigen«, begann Magda stockend ihre Beichte. »Ich habe deinen Vater vor über einem Jahr zum letzten Mal gesehen. Ich wusste nicht einmal, dass er krank war, geschweige denn, dass er nur noch so kurz zu leben hatte. Bis er mich vor vier Monaten mitten in der Nacht anrief und sich alles von der Seele redete. Ich erfuhr von der Übersetzung, an der er für dich arbeitete, und von dem Brief, den er dir schreiben wollte. Er bat mich um mein Einverständnis.«

»Weshalb? Weshalb wollte er dein Einverständnis, Mutter,

um mich nach seinem Tod die Wahrheit erfahren zu lassen? Es war seine Entscheidung, nicht wahr? Seine Entscheidung, nicht deine.«

»Das ist richtig, Victor. Doch du musst wissen, dein Vater hatte mir geschworen, sich niemals in dein Leben einzumischen.«

»Erzähl mir …«, Victor räusperte sich. Seine Stimme ächzte, ein Spiegel seiner inneren Qual. Er suchte den Blick seiner Mutter. »Erzähl mir alles von Anfang an.«

»Mit siebzehn habe ich Liviu kennengelernt.« Magda tauchte bereitwillig ab in die Vergangenheit. »Er stammte aus Siebenbürgen in Rumänien, ein intelligenter junger Mann, der gerade sein Studium beendet hatte und am Anfang seiner Forschungen stand. Seine Großmutter war Deutsche, darüber hinaus hatte er ein natürliches Talent für Sprachen, daher war die Verständigung kein Problem.«

»Was hat er studiert?«, unterbrach Victor.

»Wie?« Magda sah ihn verwirrt an. »Sprachwissenschaften, habe ich es nicht erwähnt? Er beherrschte unsere Sprache in Wort und Schrift. Dein Sprachgefühl hast du von ihm geerbt … und dein Aussehen auch. Bis auf deine blonden Haare siehst du Liviu unglaublich ähnlich.« Sie wischte sich eine Träne aus dem Augenwinkel. »Dein Vater kam nach Bayern, um einen Hof in Kinsau zu erforschen. Wir sind uns im *Hundlinger Hof* über den Weg gelaufen, wo ich mit Freunden beim Mittagessen saß. Liviu war dort Pensionsgast und arbeitete auf die Genehmigung für seine Forschungen hin. Die Eigentümer des Kinsauer Anwesens waren lange nicht sicher, ob sie Livius Arbeit zulassen wollten. Wenn ich sage, wir haben uns Hals über Kopf ineinander verliebt, ist das nicht übertrieben. Anfangs habe ich nicht begriffen, was es mit seinen Studien auf sich hatte. Um ehrlich zu sein, habe ich auch nicht nachgehakt. Ich hatte nur Augen für ihn, da wurde alles andere zur Nebensächlichkeit.

Wir verlebten herrliche Wochen, bis Liviu das Einverständnis der Hofbesitzer erhielt und für drei Wochen auf den Bodelhof nach Kinsau zog. Während er fort war, stellte ich fest, dass wir ein Kind erwarteten.«

»Mich.«

»Ja, Victor, du hattest dich angekündigt. Meine Eltern waren in hellem Aufruhr, als sie von der Schwangerschaft erfuhren.«

»Oma und Opa? Die haben sich doch durch nichts und niemanden aus der Ruhe bringen lassen?«

»Sie mochten deinen Vater nicht, nannten ihn einen verrückten Ausländer und sträubten sich mit Händen und Füßen gegen unsere Verbindung. Trotzdem, nach Livius Rückkehr haben wir uns gegen ihren Willen entschieden, ein Paar zu bleiben und dich gemeinsam großzuziehen.«

»Ja aber … Was ist dann so furchtbar schiefgelaufen?«

»Während mein Bauch immer runder wurde, lernte ich Liviu besser kennen und musste mir eingestehen, dass er ein Besessener war. Ständig sprach er von paranormalen Phänomenen, von Geistererscheinungen und von Spukorten auf der ganzen Welt, die er bereisen und erforschen wollte. Meine Freunde haben über ihn getuschelt und mich gewarnt, er gehöre in eine geschlossene Anstalt, keinesfalls jedoch an meine Seite. Ich könne von Glück reden, flüsterten sie hinter vorgehaltener Hand, wenn das Kind nicht ebenfalls geisteskrank würde. Bei dem Vater. Als ich im neunten Monat schwanger war, kam Liviu auf die Idee, mich mit auf den Hof in Kinsau zu nehmen. Es interessierte ihn, ob du auf die Schwingungen in dem Haus reagieren würdest. Dabei hatte der Arzt mir zu dem Zeitpunkt strikte Schonung verordnet. Liviu wollte das nicht einsehen, wies auf die einmalige Gelegenheit hin und wurde wütend, als ich mich weigerte. Da verstand ich, dass es meine Aufgabe sein musste, dich zu schützen. Zu schützen vor dem Mann, den ich irrsinnig liebte. Vor deinem eigenen Vater.«

»War er das wirklich? Ein Verrückter?«

»Ehrlich, Victor, ich weiß es nicht. Früher habe ich das geglaubt, sonst wäre ich niemals so weit gegangen, ihn aus unserem Leben zu verbannen. Aber mit den Jahren … Hast du in seinen Aufzeichnungen gelesen?«

»Auszüge«, bejahte Victor. »Wie ging es mit euch beiden weiter?«

»Bald nach deiner Geburt habe ich mich von ihm getrennt. Es war das Schwerste, was ich je im Leben getan habe. Und ich habe ihm zudem das Versprechen abgerungen, sich dir niemals zu nähern. Im Gegenzug habe ich eingewilligt, ihn wenigstens aus der Ferne an deiner Entwicklung teilhaben zu lassen. Fotos, Briefe, Zeugniskopien. Er hat alles, was dich betraf, regelrecht aufgesogen.«

»Aber wie hast du es fertiggebracht, ihn aufzugeben, wo ihr euch so sehr geliebt habt? Ich verstehe es nicht, Mutter.«

»Ich habe in dem festen Glauben gehandelt, keine andere Wahl zu haben. Du solltest nicht als Sohn des verrückten Liviu aufwachsen müssen.«

»Damit hätte ich leben können.«

»Glaubst du? Der Alltag mit ihm wurde zusehends schwieriger. Er lebte in und für die Welt der Geister, streute Salzkreise um deine Wiege und zeichnete dir Abend für Abend ein Aschekreuz auf die Stirn. Einmal hätte er dich, wenn ich nicht rechtzeitig wach geworden wäre, mitten in der Nacht hinaus in den Garten geschleppt, um dich im Mondlicht zu baden. Da warst du noch keine zwei Wochen auf der Welt. Du hast nicht miterlebt, wie die Leute auf deinen Vater reagierten. Wenn er von seinen Forschungen schwärmte, sahen sie zu Boden, um ihre verächtlichen Mienen und abfälligen Blicke zu verbergen. Ich schämte mich, während er es nicht einmal bemerkte.«

»Trotzdem hast du ihn wiedergesehen. In seinen Aufzeichnungen schreibt er darüber, wie ihr in Dänemark beisammen wart.«

»Das stimmt.« Magda zögerte. Victor hing regelrecht an ihren Lippen.

»Weiter«, forderte er.

»Achtzehn lange Jahre habe ich es ohne Liviu ausgehalten. Dann bist du von zu Hause ausgezogen, und mich hat die Sehnsucht übermannt. Ich konnte nicht anders. Wir sahen uns wieder und stellten fest, dass sich unsere Gefühle füreinander nicht verändert hatten. Danach haben wir es regelmäßig möglich gemacht, einander irgendwo auf der Welt zu sehen.«

»Deine Urlaube ...« In Victors Augen flammte Unglauben. »Die vielen Singlereisen ... Sag nicht, das waren alles getarnte Treffen mit meinem Vater?«

»Doch«, gestand Magda mit leiser Stimme.

»Und mir hast du ihn vorenthalten? Bei Gott, Mutter, dafür könnte ich dich hassen.«

»Wie hätte ich dir erklären sollen ...« Magda wagte nicht, die Hand versöhnlich nach ihrem Sohn auszustrecken. »Es war zu spät für euch.«

»Irrtum.« Victors Gefühl, in Watte gepackt zu sein, verlor sich im waidwunden Zorn eines angeschossenen Tieres. »*Jetzt* ist es zu spät! *Jetzt* ist er tot! Du hättest mir von ihm erzählen müssen. Es wäre meine Entscheidung gewesen.« Grimmig schob er seinen Stuhl zurück. Die Holzfüße des Möbels scharrten mit hässlichem Quietschen über den Boden.

»Wohin gehst du?«, rief Magda verzweifelt und schien erneut dem Zusammenbruch nahe. »Victor?«

Anstelle einer Antwort fasste er sie bei den Schultern und sah ihr in die Augen. »Ich weiß nicht, Mutter, ob ich dir das jemals verzeihen kann.«

11

Die aufsteigende Sonne brachte die Verheißung eines schwülwarmen Sommertags mit sich und vertrieb die Starre aus Annikas Körper. Die ganze lange Nacht hindurch hatte sie in einer Ecke ihres Bettes gekauert, die Decke über den Kopf gezogen wie früher als Fünf- oder Sechsjährige, die sich wahlweise vor Hexen, Vampiren oder dem Struwwelpeter fürchtete. Das Bild der wie von Geisterhand entflammten Kerze brannte auf ihrer Netzhaut, und der Gedanke, sich zu Victor zu flüchten – seine Gegenwart als wirksamer Schutzschild gegen ihre Angst –, war verlockend gewesen. Womöglich hätte sie es getan, hätte nicht der dunkle Flur als schier unüberwindbares Hindernis vor ihr gelegen. Andererseits nagte es an ihr, Victor letztlich kaum zu kennen. Ein Student der Architektur, ja, aus Erlangen, ja, aber darüber hinaus? Sonst wusste sie so gut wie nichts über ihn. Hatte sie Grund, ihm zu misstrauen? Seit er auf den Hof gezogen war, geschahen merkwürdige Dinge. Annika dachte an Hannas tote Frau und die wiederentflammte Kerze. Gab es da einen Zusammenhang, oder spann sie sich etwas zusammen?

»Was hältst du von einem Ausflug?« Am Frühstückstisch sah man Victor seine Übernächtigung an. Auch er hatte keinen Schlaf gefunden. Seine Haare waren zerzaust, die Augen wurden von blasslila Ringen umrandet. »Die Sache gestern war verdammt unheimlich. Ich glaube, es täte uns beiden gut, eine Weile aus dem Haus zu kommen.«

Annika lächelte zum ersten Mal an diesem Morgen. »Hast du eine Badehose im Gepäck?«

Den Engelsrieder See und das dazugehörige Wirtshaus *Seehäusl* erreichte man in zehn Minuten über kurvige Landstraßen, die sich durch Wiesen und Felder schlängelten. Annika fuhr schnell, sie kannte die Strecke blind, musste aber scharf abbremsen, als ein einzelnes Huhn seelenruhig die Fahrbahn kreuzte.

Der Kiesparkplatz des kleinen Moorsees war voll, die Autos standen dicht an dicht. Annika und Victor hatten Glück, sie schlüpften in eine Parklücke, die ein roter Geländewagen gerade räumte. Die abschüssige Liegewiese, gepflastert mit bunten Decken und Handtüchern, war als solche kaum mehr zu erkennen. Sie suchten sich ein Plätzchen nahe am Seeufer und legten sich in die Sonne. Zumindest Victor tat das, während Annika geraume Zeit damit beschäftigt war, sich mit Sonnencreme Lichtschutzfaktor fünfzig einzucremen. Ihre helle Haut ließ in dieser Hinsicht keinerlei Versäumnis zu.

»Würdest du mir den Rücken einreiben?« Sie fragte ohne Hintergedanken.

»Klar.« Victor kniete sich hinter Annika und verteilte die weiße Milch auf ihrer Haut, die wie ihr Gesicht voller Sommersprossen war. Gewissenhaft rieb er ihr den Rücken ein und schob die Träger ihres Bikinioberteils ein kleines Stück zur Seite, um kein Fleckchen Haut zu übersehen. Sie hatte ihre roten Haare locker hochgebunden, so dass sich einige lose Strähnen in ihrem Nacken ringelten. Aus heiterem Himmel wurde Victor von Begehren erfasst, das fiebrig durch seine Adern pulsierte. »Fertig.« Froh um seine weite Badehose rückte Victor von Annika ab und fühlte sich an die Unbeholfenheit seiner Teenagerzeit erinnert.

»Soll ich deinen Rücken auch eincremen?«

»Nicht nötig.« Victor sprang auf.

»Was ist? Hat dich etwas gestochen?«

»Nein.« Er sah sie nicht an, denn in seinen Augen hätte sie zweifellos sein Verlangen gelesen. »Ich hole uns ein Eis.« Schon stapfte er durch das Gras davon, um gleich darauf noch einmal umzudrehen und seinen Geldbeutel aus seinem Rucksack zu fischen. Annika in ihrem weinroten Bikini brachte ihn, wenn auch auf gänzlich andere Art und Weise, nicht weniger durcheinander als die Begebenheit mit den Kerzen am Abend zuvor. Natürlich war ihm nicht erst heute klar geworden, wie attraktiv sie war. Das eine oder andere Mal hatte er sich durchaus vorgestellt, wie es wäre, ihr näherzukommen. Flüchtige Phantasien, die in der Realität nichts verloren hatten.

»Alles in Ordnung?« Annika nahm ihr Eis in Empfang. Ein Eis für Kinder mit dicker roter Glasur und einem blauen Stiel aus Kaugummi.

»Alles bestens.«

»Dieses Eis mochte ich früher am liebsten. Wie hieß es noch gleich? Dumdum oder so ähnlich?« Sie schmunzelte. »Hab immer eine Riesensauerei damit veranstaltet.«

»Dann werfe ich dich zum Waschen hinterher einfach in den See«, grinste Victor in der festen Überzeugung, sich wieder im Griff zu haben.

Ihre Blicke trafen sich.

Erdbeerglasur klebte an Annikas Mundwinkel.

»Du hast da was.« Er wischte es mit dem Daumen fort.

Man hätte blind sein müssen, um den Funken nicht zu sehen, der zwischen ihnen sprang.

»Komm.« Nachdem das Eis aufgegessen war, fasste Annika Victor beim Arm und zog ihn hoch. »Das mit dem Bad im See ist eine gute Idee. Ich kann eine Abkühlung brauchen. Das heißt, falls du dich nicht vor Wasserschlangen fürchtest. Die soll es hier massenhaft geben. Gesehen hab ich allerdings nie eine.«

Am späten Nachmittag lichtete sich das Treiben auf der Badewiese. Familien mit Kindern schleppten Kühlboxen, Luftmatratzen, Wasserbälle und Schwimmflügel in Richtung Parkplatz.

»Schönen Abend miteinander.« Ein älteres Paar klappte seine Liegestühle zusammen und nickte Annika und Victor zum Abschied in perfekter Synchronizität zu.

»Bleiben wir noch ein wenig?« Annika lag auf dem Rücken, die Arme hinter dem Kopf verschränkt. »Sieh mal, die vielen kleinen Wölkchen unter der großen weißen Wolke da oben. Als würden sie vom Himmel tropfen.«

»Stimmt.« Victor rückte unauffällig, wie er meinte, ein Stück näher an sie heran. Die Sonne und Annika hatten seine Bestürzung vom Vorabend gedämpft.

»Das war ein schöner Tag.« Annika drehte den Kopf zu Victor.

»Ein schöner Tag«, bestätigte er und legte den Arm auf ihre Hüfte. Fragend. Seine Finger zitterten ein klein wenig. »Annika, ich …«

»Psst.« Sie führte einen Finger an seine Lippen, dann schmiegte sie sich an ihn. Victor hielt sie im Arm, bis es dunkel geworden war. Lichtpunkte, eine Spiegelung des Mondes auf dem sich kräuselnden Wasser, glitten wie ein Nostalgiezug auf sonntäglicher Fahrt über den See.

Auf dem Weg zum Auto orientierten sie sich am Mondschein und an den letzten Lichtern in den Fenstern des Gasthauses, so spät war es geworden. Barfuß liefen sie über die menschenleere Wiese und gruben die Zehen ins taufeuchte Gras.

Erst als sie vor dem Bodelhof parkten, wo die nachtschwarzen Fensterscheiben des alten Hauses sie erwarteten, kehrte die Furcht zurück.

*

Von: lutz@parapsychologischeberatung.de
An: victor_rautenstein@gmx.de
Betreff: Vorschlag
Datum: 21.08.13 09:11:50

Lieber Herr Rautenstein,
mein Vorschlag: Wir sprechen persönlich über die von Ihnen geschilderten Vorgänge. Können Sie in nächster Zeit zu mir nach Passau kommen? Entweder unterhalten wir uns im Rahmen meiner Sprechstunde (Mo., Di. u. Fr. von 9 bis 14.30 Uhr), oder wir vereinbaren ein Treffen außerhalb der Sprechzeiten. Die Angelegenheit scheint mir ja durchaus dringlich zu sein.

Herzliche Grüße aus Passau

Dr. Dieter Lutz
Parapsychologisches Institut
Gesellschaft zur Erforschung der Parapsychologie e.V.
Magnus-Brehm-Platz 112a
94034 Passau

PS**:** Ich habe Ihren Vater gekannt. Recht gut sogar.

Von: victor_rautenstein@gmx.de
An: lutz@parapsychologischeberatung.de
Betreff: Unser Treffen
Datum: 21.08.13 11:10:16

Sehr geehrter Dr. Lutz,
ich danke Ihnen für das Gesprächsangebot.

Als ich mich auf die Spur meines unbekannten Vaters begab, tat ich dies in der Hoffnung, Liviu Dimitri näherzukommen. Stattdessen sehe ich mich einer Situation gegenüber, die mir bedenklich scheint und von der die Eigentümerin des Hauses obendrein (noch) nichts weiß.

Ich werde es einrichten, Sie in den nächsten Tagen während Ihrer Sprechzeit aufzusuchen.

Ich bin äußerst gespannt auf unser Treffen.

Herzliche Grüße

Victor Rautenstein

*

»Grüß Gott, Herr Waltner, hier spricht Annika Burgdorfer.« Annika saß auf der Terrasse und hielt sich das Handy ans Ohr.

»Fräulein Burgdorfer, guten Tag. Gibt es Probleme auf dem Hof?«

»Nein, der Hof ist wunderbar. Ich rufe an, weil Sie angeboten hatten, mir die alten Hausunterlagen vorbeizubringen. Ich habe gedacht, wenn Sie möchten, kommen Sie doch Freitagabend zum Essen. Meine Eltern werden auch da sein.«

»Sehr gerne, herzlichen Dank für die Einladung«, sagte Waltner.

*

Der Routenplaner hatte zwei Stunden und vierundvierzig Minuten Fahrzeit nach Passau ausgegeben. Victor stand am Freitagmorgen um fünf Uhr auf und schlenderte mit einer Tasse Kaffee hinaus in den Garten. Die Welt ringsum verharrte noch in jener tiefenentspannten Stille, die den frühen Morgen- und späten Abendstunden vorbehalten ist. Den Blick gen Fluss gerichtet gab sich Victor minutenlang der unschuldigen Vorstellung hin, Vokabeln wie Kernkraft, Spritpreis, Problemviertel und Parapsychologie würden nicht existieren. Er pflückte einen Strauß Blumen und stellte ihn auf den Küchentisch.

»Liebe Annika«, schrieb er auf einen Zettel. *»Ich bin früh zur Unibibliothek aufgebrochen, werde aber rechtzeitig zurück sein,*

um Dir bei den Vorbereitungen für Deine Essenseinladung zu helfen. Umarme Dich, Dein Victor.«

Kurz darauf nahm er die Blumen wieder vom Tisch und zerriss den Zettel. Was tat er bloß? Annika schien ihm nicht der Typ Frau, der mit bloßem Sex etwas anfangen konnte. Ihm wiederum war an einer Beziehung nicht gelegen. Er hielt es mit lockeren Affären, die unverbindlich und einfach blieben. Als er ging, warf er die Blumen in die Hecke vor dem Haus. Auf dem Tisch lag ein neuer Zettel.

»Guten Morgen! Ich bin schon zur Unibibliothek aufgebrochen. Werde rechtzeitig zurück sein. Halt die Ohren steif. Victor.«

Um Punkt neun Uhr betrat Victor einen modernen Bürokomplex am Magnus-Brehm-Platz in Passau. Irgendwie hatte er einen in die Jahre gekommenen Altbau erwartet. Die Räumlichkeiten des Parapsychologischen Instituts lagen im fünften Stock. Victor nahm die Treppe. Er war nervös und kämpfte mit dem schlechten Gewissen, Annika nichts von seinem Vorhaben verraten zu haben. Aber dieser Doktor Lutz war offenbar ein Freund oder Bekannter seines Vaters gewesen, und er wollte nicht Gefahr laufen, sich im Gespräch mit Annika in den Fallstricken seiner eigenen Lügenkonstruktion zu verfangen. Obwohl er ihr gern die ganze Wahrheit gesagt hätte, war der Drang, mehr über die Vorgänge auf dem Bodelhof herauszufinden, zu groß.

Eine junge Empfangsdame mit lilagesträhnten Haaren und Glitzernägeln führte Victor in das Büro des Doktors, nachdem sie ihn zuvor über die Sprechanlage kurz angekündigt hatte.

Dr. Dieter Lutz erhob sich aus einem cognacfarbenen Ledersessel. Er war nicht mehr jung und hielt sich sehr gerade. Offensichtlich legte er Wert auf ein korrektes Erscheinungsbild, denn er trug einen zweireihigen Anzug – frei von Knitterfalten und Fusseln –, der farblich mit dem Sessel harmonierte. Victor vermochte ihn nicht recht mit der schillernden Empfangsdame in Einklang zu bringen.

»Sie sehen aus wie Ihr Vater«, sagte Lutz. »Gut, dass Sie gekommen sind, Victor.«

*

»He.« Victor war am späten Nachmittag zurückgekommen. Jetzt legte er Annika freundschaftlich den Arm um die Schultern. »Würfel oder Streifen?« Er hatte sich für die Schnipselarbeit zur Verfügung gestellt und machte sich daran, die Paprika zu waschen.

»Dreiecke, bitte.« Annika drapierte ein längliches Gebinde, das sie aus frischem Grün, Birkenrinde und Bast gezaubert hatte, mittig auf dem Küchentisch. Sie konnte es sich nicht verkneifen, schelmisch zu Victor hinüberzublinzeln.

»Echt?«

»Quatsch. Einfach dünne Streifen.«

»Ich bin neugierig auf deinen Vater.« Victor machte sich an die Arbeit und ließ den Paprika Zwiebeln und Karotten folgen.

»Falls er überhaupt kommt«, entgegnete Annika.

»Du wünschst es dir schon, oder?«

»Die Atmosphäre wäre ohne meinen Vater mit Sicherheit entspannter«, räumte sie freimütig ein. »Die Krankheit hat einen anderen Menschen aus ihm gemacht. Oft ist er mit voller Absicht verletzend. Trotzdem stimmt es. Ich möchte ihn dabeihaben.«

»Das verstehe ich.« Victor dachte an seinen Vater, von dem er nicht einmal ein Bild besaß. Er war an jenem Abend bei seiner Mutter viel zu zornig gewesen, um sie danach zu fragen.

»Und falls mein Vater weiter den Sturkopf gibt und nicht kommt«, meinte Annika, »nutzt Herr Waltner vielleicht die Gelegenheit, uns ein paar Geschichten aus Oma Lissis Jugend zu erzählen. Das würde meine Mutter freuen. Und mich auch.«

Annikas Gäste trafen pünktlich ein. Alle. Erika hatte mit unermüdlicher Hartnäckigkeit ihren Mann zur Annahme der Essenseinladung überredet. Dabei war seine Entscheidung buchstäblich erst in letzter Minute gefallen. Überraschenderweise hatte es geholfen, ihm Annikas Enttäuschung über sein Fernbleiben bildlich auszumalen.

»Das Grünzeug ist für dich.« Franz Burgdorfer überreichte seiner Tochter einen Strauß Blumen. Die Idee stammte nicht von ihm, so viel wurde deutlich. Immerhin, er umarmte Annika ungeschickt, so dass sie mit den Nasen aneinanderstießen. Obendrein trug er ein gutes Hemd und fand lobende Worte für den hübsch gedeckten Tisch.

Auch Wilhelm Waltner hatte Blumen mitgebracht. Rote Dahlien, die den Farbton von Annikas Haaren ziemlich genau trafen und die er mit einer kleinen Verbeugung überreichte. Zu seiner dunkelbraunen Cordhose trug er ein Wildlederhemd mit grün aufgesetzten Nähten und runden Hornknöpfen. Das Hemd war an den Ellbogen abgewetzt, der Stoff glänzte ein wenig speckig. Am Kragen entdeckte Annika Spuren von Mottenbefall. Offenbar hatte der alte Herr niemanden, der sich um seine Garderobe kümmerte.

»Ich habe Sie noch gar nicht gefragt, Herr Waltner, ob Sie verheiratet sind. Das war unhöflich von mir, natürlich hätten Sie Ihre Frau oder Partnerin gerne mitbringen können.«

»Das bin ich nicht. Und war es auch nie.«

Sein selbstvergessener Blick ließ Annika vermuten, dass er an ihre Oma Lissi dachte.

Annika und Victor servierten Straußenfleisch an einer aromatischen Nusssoße und bunten Salat mit gebratenen Putenbruststreifen.

Annika stieß Victor unter dem Tisch mit dem Fuß an, als sie ein dreieckiges Stückchen Paprika in ihrem Salat entdeckte.

Sie begannen schweigend zu essen, und die Gastgeberin

fühlte sich an den Kochunterricht in der Schule erinnert. Die strenge Lehrerin hatte keine Gespräche zugelassen.

»Was sind das für Unterlagen, die Sie Annika mitgebracht haben, Herr Waltner?«, erkundigte Erika sich schließlich freundlich. Die lastende Stille in der Küche, fraglos dem missmutigen Gesicht ihres Mannes geschuldet, behagte auch ihr nicht.

»Es handelt sich um Schwarzweißaufnahmen des Anwesens, einige Luftfotografien aus dem Jahr 1985 und ein Verzeichnis, das die früheren Besitzer nennt. Ich kann leider nicht sagen, ob es vollständig ist.«

»Das hört sich interessant an.«

»Ich kann es kaum erwarten, einen Blick in die Unterlagen zu werfen«, bemerkte Annika.

»Vielleicht kann Victor die Bilder auch für seine Abschlussarbeit brauchen.« Erika schenkte Victor ein Lächeln.

»Unbedingt. Ich möchte die Hofgeschichte auf jeden Fall in meine Arbeit einfließen lassen.«

»Sagen Sie, Victor, wie lange können Sie eigentlich noch bei uns bleiben?« Erika Burgdorfer hatte ein gutes Auge für Menschen. Ihre Tochter mochte Victor sehr gerne, das zeigte allein schon ihre Reaktion auf die Frage. Annika versteifte sich, ohne es zu merken.

»Ich habe mir zeitlich keinen allzu engen Rahmen gesteckt, Frau Burgdorfer«, antwortete Victor freundlich.

»Victor war heute in der Augsburger Unibibliothek, um das bäuerliche Leben in früheren Jahrhunderten zu recherchieren.«

»Ich habe da ein umfangreiches Fachbuch in meinem Besitz, das Sie möglicherweise interessieren könnte«, bot Wilhelm Waltner an. »Es ist schon gut zwanzig Jahre alt, aber an der Vergangenheit ändert sich ja nun nichts mehr.«

»Hat hier niemand Bedenken, den Wahn meiner Tochter bezüglich des Hofes noch zu nähren?«

»Franz«, mahnte Erika und konstatierte sorgenvoll die aufsteigende Röte im Gesicht ihres Mannes.

»Weshalb soll ich nicht die Wahrheit sagen? Schau dir die beiden Dämlacks doch an. Der eine verkauft Annika diese Ruine, der andere nistet sich bei ihr ein.«

»Ich bitte Sie, Herr Burgdorfer.« Waltner wirkte eher betroffen denn empört.

»Sie sind mit Ihrem Urteil recht schnell bei der Hand.« Victor nahm die Schmähung gelassen hin. »Neben viel Arbeit steckt Annika auch ihr Herzblut in dieses wunderbare Anwesen. Ohne Ihre Tochter lange zu kennen, scheint sie hier ihre Heimat gefunden zu haben. Wollen Sie ihr das missgönnen?«

»Unter Glück stelle ich mir alles andere vor, bloß nicht das hier.«

»Papa!«

»Ich hab es dir gleich gesagt, Annika, und meine Meinung hat sich nicht geändert. Du solltest deinen Daniel um Verzeihung bitten und diesen Klotz am Bein besser heute als morgen abstoßen.«

»Meint er den Hof oder mich?«, konnte Victor sich nicht zurückhalten.

»Sie entschuldigen mich einen Moment.« Wilhelm Waltner faltete seine Serviette, stand vom Tisch auf und verließ die Küche.

»Na toll.« Annika funkelte ihren Vater an. »Ich habe dich nicht eingeladen, damit du meine Gäste beleidigst.«

»Ich kann auch wieder gehen.«

»Franz!« Selten hatte man Erika in so scharfem Ton mit ihrem Mann sprechen hören. »Es reicht!«

»Ich sehe nach ihm«, sagte Annika, da Wilhelm Waltner nicht zurückkam. Der alte Herr tat ihr leid. Er hatte nichts getan, um von ihrem Vater so angegangen zu werden. Und anders als Victor war er nicht vorbereitet gewesen. Sie wollte sich bei ihm für das Benehmen ihres Vaters entschuldigen.

»Herr Waltner?« Sie entdeckte ihn im Hausgang bei der Garderobe.

Der Makler fuhr zusammen, als habe die Gastgeberin ihn ertappt.

»Verzeihung, ich … Was tun Sie denn da?« Annika erkannte die Jacke ihrer Mutter, die Waltner vom Haken genommen hatte. Etwa, um darin herumzuwühlen?

»Ich wollte ein wenig frische Luft schnappen, konnte jedoch meinen Mantel nicht finden. Es tut mir leid, falls das einen falschen Eindruck erweckt haben sollte.« Waltner hängte Erikas Jacke zurück an die Garderobe. Er hatte gefunden, wonach er gesucht hatte.

»Aber nein.« Annika schämte sich auf der Stelle für ihren Verdacht. »Ich begleite Sie nach draußen und zeige Ihnen anschließend das Haus, wenn Sie mögen. Natürlich gibt es noch jede Menge zu tun, das wissen Sie ja selbst, dennoch ist schon einiges vorangekommen. Anschließend essen wir den Nachtisch, was meinen Sie?«

»Sehr gerne.«

»Leider kann ich für das Benehmen meines Vaters nicht garantieren. Sie müssen wissen, er war krebskrank und hat sich seither verändert. Häufig ist er schroff und verletzend und macht dabei vor niemandem halt, auch vor der eigenen Familie nicht.«

»Ich verstehe.«

Beim Nachtisch riss Annikas Vater sich zusammen und behielt für sich, was immer ihm noch auf der Zunge liegen mochte.

»Würden Sie uns von Ihrer Zeit mit meiner Mutter erzählen?« Erika sah den alten Waltner hoffnungsvoll an. »Ich wüsste sonst niemanden mehr, der sie in ihrer Jugend gekannt hat.«

»Es wäre wirklich wunderbar, von Oma zu hören, Herr Waltner«, schloss sich Annika ihrer Mutter an.

»Ich erinnere mich«, sagte Wilhelm Waltner, »an die Plätzchen von Lissis Mutter. Bessere hab ich mein Lebtag nicht mehr gegessen. Normalerweise war die Speisekammer zugesperrt, doch einmal wurde das Abschließen in der Vorweihnachtshektik vergessen. Lissi, die wusste, wie gerne ich die Plätzchen mochte, rief mich nach der Arbeit ins Haus, und wir schlichen in die Speisekammer. Eigentlich waren wir für derlei Streiche viel zu alt – es hat uns aber trotzdem einen Heidenspaß gemacht. Bis der Schlüssel von außen umgedreht wurde und wir eingesperrt waren. Die ganze Nacht lang. Was soll ich sagen, am Morgen waren keine Plätzchen mehr übrig.«

»Oje«, lächelte Annika. »Das hat sicher Ärger gegeben.«

»Für mich nicht.« Auch Waltner lächelte. »Als die Tür am nächsten Tag aufgeschlossen wurde, flüsterte Lissi mir zu, mich hinter den Regalen zu verstecken. Sie nahm heldenmütig alle Schuld auf sich. Ich war ja bloß der Lehrjunge und hätte mir weitaus größeren Unmut zugezogen als die Tochter des Hauses. Und das wusste sie.«

Franz Burgdorfer legte eine Hand auf das Knie seiner Frau, die mit verklärtem Blick lauschte, als Waltner bereitwillig eine weitere Anekdote aus Elisabeths und seiner Jugendzeit zum Besten gab.

Als die Gäste sich zum Aufbruch bereitmachten, half Victor Erika in die Jacke.

»Wenn man es nicht besser wüsste, könnte man euch glatt für ein junges Ehepaar halten«, sagte sie mit einem Zwinkern in den Augen, woraufhin Victor sich zu ihr beugte und leise etwas erwiderte. Leider konnte Annika nicht verstehen, was es war.

Gemeinsam räumten Annika und Victor die Küche auf. Seit dem Tag am See geschah es immer häufiger, dass sie einander wie nebenbei berührten. Da war unbestreitbar etwas zwischen ihnen, doch Annika hatte bisher vermieden, darüber nachzudenken. Sie war einfach dankbar, in ihrem Haus momentan nicht allein sein zu müssen. Seit Hanna von der toten Frau gesprochen und die Kerze wieder zu brennen begonnen hatte, schlief sie nicht mehr gut und fühlte sich, besonders in der Küche, häufig unwohl. Beklommen. Beobachtet.

»Ich haue mich aufs Ohr.« Victor rieb sich die Augen.

»Na dann, gute Nacht. Danke fürs Helfen.« Annika fühlte sich leicht vor den Kopf gestoßen, hatte sie sich eigentlich darauf gefreut, den Abend mit ihm gemeinsam ausklingen zu lassen.

Achselzuckend goss sie sich einen Tee auf und ignorierte das warnende Prickeln im Nacken. Das Ticken der Uhr im Hausflur, das Brummen des Kühlschranks – die alltäglichen Geräusche schienen ihr lauter als gewöhnlich. Sie setzte sich an den Küchentisch und verweilte dort einige Minuten, bis der Tee abgekühlt war und sie ihn mit großen Schlucken austrinken konnte. Es konnte doch wohl nicht angehen, sich in der eigenen Küche zu fürchten. Dabei stand ihr kalter Schweiß auf der Stirn. *Ruhig bleiben. Denk nicht an Hannas tote Frau. Es gibt keinen Grund, sich zu ängstigen.*

Annika stellte die leere Teetasse in die Spüle und wusch sie aus, ehe sie tief durchatmete. *Geschafft. War doch eigentlich ein Kinderspiel.*

Gerade wollte sie das Licht löschen und nach oben gehen, da sah sie eine schattenhafte Gestalt in der Nähe der Terrassentür stehen. Ihr Schrei gellte durchs ganze Haus.

Victor, der über den Büchern seines Vaters und den Fotografien brütete, die er an seinem ersten Tag auf dem Bodelhof geschossen hatte, fuhr hoch und polterte Sekunden später die Treppe hinunter. Annika stand schluchzend im Flur.

»Hey.« Er nahm sie in den Arm. »Was ist geschehen? Fehlt dir etwas?«

Sie konnte vor lauter Weinen kaum sprechen. »Da war

jemand«, würgte sie hervor. »In der Küche. Eine Gestalt.« Er klopfte ihr den Rücken, während sie nach Atem rang.

»Warte kurz, ich sehe nach.«

»Nein!« Sie klang panisch.

»Schon gut. Ich bin sofort wieder da.« Kurz darauf kam er zurück. »Da ist nichts. Komm, lass uns nach oben gehen.« Er brachte Annika in ihr Schlafzimmer, wo sie sich verstört auf ihrem Bett zusammenrollte. »Soll ich heute Nacht bei dir bleiben?«

»Ja.« Sie klang jämmerlich.

Victor legte sich zu ihr aufs Bett. Wie auf der Liegewiese am See schmiegte sie sich an ihn. Dieses Mal spürte er kein Verlangen. Sondern den heftigen Drang, Annika zu beschützen.

12

Annika erwachte umfangen von Victors Wärme.

»Es tut mir leid.« Sie löste sich aus seinen Armen. »Ich hätte mich nicht so aufführen dürfen. Du musst mich für paranoid oder so ähnlich halten.«

»Blödsinn.« Victor dehnte und streckte sich. Alle Muskeln taten ihm weh. Er hatte nicht mehr gewagt, sich zu rühren, nachdem Annika endlich zur Ruhe gekommen und eingeschlafen war. »Kannst du mir erzählen, was es mit der Gestalt auf sich hatte? Was genau du gesehen hast?«

»Gar nichts.« Annika schüttelte den Kopf. »Nur einen Schatten. Ich habe mich gefürchtet, allein in der Küche, so dumm das klingen mag. Und da ist meine Phantasie mit mir durchgegangen. Anders kann ich es mir nicht erklären.«

»Meinst du?«

»Meinst du nicht?«

Zu gerne hätte Victor ihr die Aufzeichnungen seines Vaters vorgelegt. Aber er traute sich nicht. Wenn er seinen Schwindel auffliegen ließ, riskierte er mit hoher Wahrscheinlichkeit, von Annika hochkant aus dem Haus geworfen zu werden. Gerade jetzt, da die Dinge ins Rollen kamen, durfte das auf keinen Fall geschehen. Andererseits spukte ihm Doktor Lutz' Warnung im Kopf herum. War er zu leichtsinnig?

»Ich weiß es nicht, Annika.« Zumindest ihre Frage konnte er ehrlich beantworten.

»Lass uns nicht mehr darüber sprechen, okay? Die Sonne scheint, und ich komme mir kindisch und blöd vor. Heute

Abend ist eine Party beim Schlosswirt. Gehst du mit mir hin?«

»Das mach ich. Und du bist nicht kindisch.« Ehe Victor an sich halten konnte, berührten seine Lippen ihre Wange. »Ich setze Teewasser auf.« Mit klopfendem Herzen und auf schnellstem Weg verließ er ihr Schlafzimmer.

»Herrlich.« Am Abend legte Victor den Kopf in den Nacken und blickte hoch zu den Zwiebelhauben der Wirtschaft auf beiden Seiten des Nordgiebels. Sie standen auf dem gekiesten Vorplatz des Schlosswirts, den zur Straße hin alte Kastanienbäume säumten. Die Hitze des Tages wirkte nach, es war noch über zwanzig Grad warm. Im Westen versank über dem Heilig-Geist-Wald die Sonne und stahl sich mit zartem Farbspiel auf leisen Sohlen davon. Die laue Abendstimmung verbreitete unversehens das Flair südlicher Länder über dem Abendhimmel Kinsaus.

»Nach seiner Erbauung 1711 war der Schlosswirt ein Tanzpalast. An Abenden wie diesem kann ich mir richtig gut vorstellen, wie die Frauen damals in Fischbeinkorsetts und weitschwingenden Röcken durch das Eingangsportal trippelten.«

»Am Arm ihrer Galane, die in Brokatwesten gekleidet waren und frisch ausgeklopfte Dreispitze trugen«, stieg Victor in Annikas Phantasie ein und hatte plötzlich die Melodie des Kinderspiels *Mein Hut, der hat drei Ecken* im Ohr.

»Später waren in der Schlosswirtschaft eine Brauerei, eine Poststation und ein Bauernhof untergebracht«, erzählte Annika, die ihre innere Balance irgendwo zwischen der zweiten und dritten Tasse Tee am Morgen wiedergefunden hatte. »Mittlerweile steht das Anwesen unter Denkmalschutz.«

»Das glaube ich, wäre auch schade drum.«

»Die Wirtsleute, Johann und Charlotte, sind unglaublich fleißig. Sie erhalten das Anwesen, führen den Schlosswirt und haben obendrein noch vier halbwüchsige Kinder. Du wirst sie mögen.«

»Jedenfalls haben sie sich ein interessantes Motto für ihre Party ausgesucht«, spaßte Victor, und sein Blick sprach Bände. Über Annikas Outfit für den Abend hatte er sich scheckig gelacht. In ihren Haaren, die zu zahlreichen Zöpfen geflochten waren, leuchteten Blumen. Sie trug ein orangefarbenes Shirt, auf dem ein selbstgemalter Smiley prangte, dazu ihre kurz abgeschnittenen Jeans, die sie sonst zur Gartenarbeit anzog. Auf ihrer Stirn stand, mit braunem Kajalstift geschrieben, das Wort »Peace«. Eine orangerote Sonnenbrille im Haar vervollkommnete das Outfit.

»Noch nie Fasching gefeiert, Herr Rautenstein?«, neckte sie ihn, denn so außergewöhnlich fand sie ihre Kostümierung wahrlich nicht. »Da laufen die Maskerer bei uns viel wilder herum.« Was wollte man bei einem Motto wie *Sommer in Orange* auch anderes tragen?

»Ich finde, du siehst toll aus. Wirklich.« Victor hatte sich für Jeans und einen dünnen Pullover entschieden. Kein Orange, die Farbe fand sich in seinem Reisegepäck nicht.

»Danke.« Wenn Annika errötete, tat sie es bis in die Sommersprossen. »Wollen wir hineingehen?«

»Auf geht's, werte Dame«, sagte Victor und reichte ihr den Arm, woraufhin Annika geziert neben ihm her tänzelte.

»Ist bumsvoll da drin«, teilte ihnen zwischen Tür und Angel ein angetrunkener Bursche mit, den Annika nicht kannte. »Ich geh pissen.«

Tatsächlich waren die Gasträume der Schlosswirtschaft so gut besucht, dass ein Durchkommen kaum möglich war. Die dunkelblau gepolsterten Stühle und Bänke hatte man zusammen mit den Tischen weggeräumt, um Platz für die Feiernden zu schaffen. In den Erkertürmchen leuchteten orangefarbene Lampions, an den Wänden und der Kirschholzbar hingen

Plakate mit dem Motto der Party. Der DJ, ein Schulkamerad Annikas, spielte gerade *This is The End* von *The Doors*.

»Passend zum Motto.« Victor musste sich dicht zu Annika beugen, damit sie ihn verstand.

»Klar«, lächelte sie. »Hippiesound ist Pflicht. Du wirst den Abend über nichts anderes hören. Was magst du trinken?«

»Ich nehm ein Bier.«

Annika kämpfte sich zur Bar durch, was geraume Zeit in Anspruch nahm. Viele alte Freunde und Bekannte wollten begrüßt werden und stellten Fragen zu Annikas Hofkauf und zu ihrer attraktiven Begleitung. Aus den Boxen dröhnte *California Dreaming*, als sie endlich ihre Bestellung aufgeben konnte und die Wirtin ihr zwei Bier über den Tresen schob. Annika sah sich nach Victor um und registrierte, dass nur wenige der anwesenden Männer seine Größe hatten. Sie fand ihn mühelos.

»Die nächste Runde geht auf mich.«

Sie stießen an. Welche Sorgen auch durch ihrer beider Köpfe geisterten, der Abend schien wie gemacht dafür, sie vorübergehend ins Nirwana zu verbannen.

»Anni!« Kathrin schlängelte sich durch die Menge auf Annika und Victor zu. Irgendwie brachte sie das Kunststück fertig, den Inhalt der drei Schnapsgläser, die sie vor sich her trug, nicht zu verschütten.

»Hallo ihr beiden. Zuerst trinken, dann Begrüßung.«

Sie leerten die Gläser. Kathrins Augen funkelten, ihre Wangen waren rot.

»Ich bin schon ordentlich beschwipst.« Sie umarmte Annika und, nach winzigem Zögern, auch Victor. »Ich muss dir etwas erzählen. Du wirst es nicht glauben, Anni.« Es war nicht zu überhören, dass es sich um eine Neuigkeit von einiger Brisanz handeln musste.

»Gut oder schlecht?«

»Ich weiß nicht, eher schlecht. Also, rate mal, wer in einem der Gästezimmer beim Schlosswirt wohnt und gestern quer durchs Dorf spaziert ist und mit den alten Weibern getratscht hat.« Kathrin quiekte fast vor Aufregung.

»Keine Ahnung, Kathi. Sag schon.«

»Dein Ex, Daniel Hohen. Und jetzt ist er hier, stell dir vor, sitzt da hinten an der Bar.«

Annika war sprachlos. Und stinkwütend. Sie widerstand dem Impuls, nach Daniel Ausschau zu halten. Was fiel ihm ein, sich ohne Ankündigung im Schlosswirt einzumieten und damit ungebeten in ihre Privatsphäre einzudringen? Daniel verachtete das Landleben, und Daniel machte nur dann Urlaub, wenn ihn ein Flieger in weit entfernte Länder brachte. Weshalb ließ er sie nicht einfach in Ruhe?

»Gehst du hin zu ihm?«

»Wohl oder übel. Schließlich muss ich wissen, was er will.«

»Ich komme mit«, verkündete Kathrin, die sich das Schauspiel keinesfalls entgehen lassen wollte.

»Zuerst brauche ich noch einen Schnaps.«

Aus dem Schnaps wurden drei, bis Annika sich, Kathrin im Schlepptau, zum Ende der Bar vorgekämpft hatte. Victor hielt sich zwei Schritte hinter den Freundinnen und beobachtete das Geschehen skeptisch.

»Hallo.« Annika tippte Daniel, der sich angeregt mit einer schlanken Blondine in orangefarbener Schlaghose unterhielt, auf die Schulter. Verändert sah er aus, sein DiCaprio-Haarschnitt war herausgewachsen, und ein deutlicher Bartschatten lag um seinen Mund – und das bei einem Mann, der sich für gewöhnlich mindestens zweimal am Tag rasierte.

»Annika, hallo.« Er blickte auf und flüsterte der Blonden etwas ins Ohr, ehe er Anstalten machte, Annika zu umarmen.

Da fiel sein Blick auf Victor, der hinter ihr aufragte. »Gehört der zu dir?«

»Das ist Victor«, stellte sie vor. »Kathi kennst du ja.«

»Schön, dich wiederzusehen.« Daniel ignorierte Victor und küsste Kathrin dreimal auf die Wangen. Links. Rechts. Links. Irritiert stellte Annika fest, dass von der latenten Abneigung der beiden an diesem Abend nichts zu spüren war.

»Wie geht's?«, fragte Daniel höflich.

»Gut. Mir geht's gut. Du trägst Jeans?«

»Wieso nicht?«

»Du trägst nie Jeans.«

»Menschen ändern sich.« Daniel sah ihr tief in die Augen. »Willst du wissen, was sich an mir noch geändert hat?«

»Mich interessiert viel mehr, weshalb du hier bist. Was soll das?«

»Nichts. Ich mache Urlaub auf dem Land.«

»Du und Landurlaub? Ausgerechnet in Kinsau? Komm, Daniel, verarsch mich nicht.«

»Dauert das noch länger?« Die Schlaghosenfrau verzog gelangweilt das Gesicht. »Ich will wissen, ob die Schläger auf dich losgegangen sind, nachdem du dich vor die Kinder gestellt hast?«

»Bin gleich wieder für dich da.« Daniel schenkte ihr ein hinreißendes Lächeln. »Wenn du möchtest, können wir später weiterreden«, bot er Annika an. »Du siehst selbst, gerade ist es schlecht.«

»Besonders leidend hat der auf mich nicht gewirkt.«

»Er ist ein guter Schauspieler. Anfangs hat er mich mit seinen ständigen Anrufen jedenfalls regelrecht terrorisiert.« Annika war empört. Wollte Daniel etwa demonstrieren, wie gut er ohne sie zurechtkam? »Ruhe ist erst, seit ich meine Handynummer gewechselt habe.«

»Jedenfalls sieht er etwas weniger geleckt viel besser aus«, stellte Kathrin fest. »Und jetzt lass gut sein, Anni. Der wird uns nicht den Abend verderben.« Mit diesen Worten verabschiedete sich Kathrin an die Bar, um für Getränkenachschub zu sorgen.

»Lass dich von dem Kerl nicht aus dem Tritt bringen«, riet Victor, der froh war, wieder etwas Abstand zwischen sich und den gutaussehenden Daniel Hohen gebracht zu haben.

»Was, wenn er in den nächsten Tagen plötzlich vor der Tür steht? Wie sein alter Herr damals. Wo er nun schon hier ist.«

»Falls er wirklich aufkreuzen sollte, musst du ihn ja nicht hereinlassen. Und außerdem bin ich auch noch da. Der Typ kann dich tausendfach zurück an seine Seite wünschen, er hat keine Rechte an dir.«

»Ich bin ja kein Flachbildfernseher oder so was«, grinste Annika. Victors Nähe vertrieb ihren Missmut.

»Genau. So ist es recht.«

Es ging auf Mitternacht zu. Das Gedränge lichtete sich, als die minderjährigen Partybesucher mehr oder minder freiwillig den Heimweg antraten. Einige begannen zu den Klängen von *Monday, Monday* zu tanzen.

Victor sah Annika an.

Annika sah Victor an.

Schon waren sie eines der Paare, die sich zu den Klängen der Sechziger- und Siebzigerjahre wiegten und nur pausierten, um die Schnapsgläser zu leeren, die ihnen ständig jemand vor die Nase hielt. Annikas Heimkehr war für ihre alten Freunde gerade der rechte Anlass, eine Runde auszugeben.

»Ich bin betrunken«, gestand Annika und lehnte sich gegen Victor. Er roch gut. Herb und männlich. Und nach Koriander. Wieso war ihr das nicht früher aufgefallen? War es eigentlich doch. »Dein Rasierwasser riecht göttlich.« Ihre Lippen waren dicht an seinem Ohr. Mir nichts, dir nichts hauchte sie einen herrlich beschwingten Kuss darauf.

»Du bist süß, wenn du betrunken bist.«

»Noch«, strahlte Annika ihn an. »Wenn ich mich übergebe und du mir die Haare zurückhalten musst, sieht die Sache wahrscheinlich anders aus.«

»Das täte ich auch.«

»Ehrlich?« Seine große Hand strich über ihren Rücken. Und wanderte hinunter zu ihrem Po. Tausend kleine Stromschläge zuckten durch ihren Körper, und in ihr erwachte dieses atemlose, herrlich flaue Gefühl, das sie lange entbehrt hatte.

In Victors Augen stand die unausgesprochene Frage, wie es weitergehen sollte.

»Wo steckt eigentlich Kathi?« Annika löste sich von ihm. So nah bei ihm ließ sich nicht vernünftig denken.

Victor warf über die Köpfe der Feiernden einen suchenden Rundumblick und entdeckte Annikas Freundin dank seines Größenvorteils recht schnell.

»Bei deinem Ex.«

»Bei Daniel? Die beiden mögen sich nicht.«

»Sieht aber ganz und gar nicht danach aus.«

Annika verrenkte sich den Hals und musste anschließend gewaltig an sich halten, als sie feststellte, dass ihr Exfreund und ihre beste Freundin Händchen hielten. Sich küssten. Die Blondine war verschwunden.

»Eifersüchtig?«, fragte Victor.

»Nein. Eher verdutzt.« Annika legte die Arme um Victor, woraufhin er sie ganz selbstverständlich an sich zog. »Aber ich bin ohnehin abgelenkt und kann mir darüber keine Gedanken machen.«

»So?« Er zog die Augenbrauen hoch. »Was lenkt dich denn so sehr ab?«

»Du.« Sie strich ihm andächtig mit dem Daumen über die Lippen, und dann küsste sie ihn, als gäbe es kein Morgen mehr.

Victor warf seine guten Vorsätze über Bord. Annikas Körper eng an seinem erregte ihn so, dass er nicht mehr denken konnte.

Dazu ihre kleine, feuchte Zunge in seinem Mund, die frech mit ihm spielte und seine Leidenschaft weiter anfachte. Es mochte am Alkohol liegen, aber er konnte sich nicht erinnern, eine Frau in den letzten Jahren so sehr begehrt zu haben.

Victor rieb seine bärtige Wange an Annikas. »Lass uns nach Hause gehen«, sagte er mit rauer Stimme.

»Das war wunderschön, aber vermutlich keine gute Idee«, murmelte Annika frühmorgens, den Kopf auf Victors Brust, ihre Beine mit seinen verschlungen.

»Mit Verlaub«, brummte Victor zufrieden und vergrub die Finger in ihrem zerwühlten Haar. Ihre Zöpfe hatten dem Ansturm geballter Leidenschaft nicht standgehalten. »Das ist mir im Moment scheißegal.«

»Die Sonne geht auf, und die Vögel zwitschern.« Annika strahlte Victor an und war sich undeutlich bewusst, noch nicht wieder nüchtern zu sein. »Horch mal.«

»Ich höre nichts.«

»Stimmt. Es ist ganz still.« Sie löste sich von ihm und setzte sich im Bett auf. Kein Laut, kein Klang. Auch keine Vögel mehr. War es außerdem nicht dämmriger geworden im Zimmer? Annika rieb sich kräftig die von zerlaufener Wimperntusche umkränzten Augen und sehnte sich mit einem Mal nach frischer Luft. Vermutlich kündigte sich der unvermeidliche Kater an. »Lass uns baden gehen«, schlug sie vor.

»Baden?«

»Im Lech.«

»Warum nicht.«

Im Nu waren sie draußen, ließen ihre Kleider auf der Hollywoodschaukel zurück und stürzten sich übermütig ins Wasser.

»Das ist herrlich. Besser als jede Morgendusche.« Victor

betrachtete Annika, die lachend im hüfthohen Wasser stand. Die ersten Sonnenstrahlen rahmten ihr Antlitz wie ein Heiligenschein. Nasse Haarsträhnen klebten an ihrer Haut, ein Vorhang über ihren vollen Brüsten. Er strich die schwere Pracht zur Seite und liebkoste ihre zartrosa Nippel, die vorwitzig aufragten. »Komm her.« Er zog sie an sich. Annika umklammerte ihn mit den Beinen. Momente später bewegte er sich in ihr und genoss ihr Aufstöhnen, das wie Prickelperlen über seine Haut kribbelte.

In einiger Entfernung, sich schnell nähernd, tanzten drei bunte Flecken auf dem Wasser. Annika entdeckte sie zuerst.

»Victor. Da kommen Kajakfahrer.«

»Dann sollten wir uns beeilen.« Er drang noch tiefer in sie ein. Drei harte Stöße, und Annika bog seufzend den Rücken durch. Victor bebte.

»Jetzt aber schnell.«

Lachend wateten sie zurück ans Ufer, schnappten sich ihre Kleider und verschwanden mit butterweichen Knien im Wäldchen. Beim Weglaufen hörten sie die Kajakfahrer durch die Finger pfeifen.

»Falls die aus der Gegend waren und mich erkannt haben, kann ich mich im Dorf nicht mehr sehen lassen«, kicherte Annika.

»Böses Mädchen.« Victor tätschelte ihr Hinterteil. Ein Winkel seines Gehirns konstatierte verwundert und eigentümlich berührt die gelöste Stimmung, die zwischen ihnen herrschte. Und das nicht erst, seit sie miteinander ins Bett gegangen waren. Es machte Spaß, mit Annika zusammen zu sein, was er nicht über viele Frauen sagen konnte, mit denen er befreundet gewesen war.

»Ich fahre los, Semmeln und Brezen holen. In Schongau gibt es eine Bäckerei, die Sonntagvormittag geöffnet hat«, erbot sich Annika.

»Lass nur, ich mach das schon. Wo muss ich hin?«

Während Victor unterwegs war, deckte Annika den Frühstückstisch auf der Terrasse. Als sie die Teller aus dem Büfettschrank in der Küche nahm, schüttelte sie den Kopf. Über sich selbst. Was war vorgestern Abend nur in sie gefahren? Eine dunkle Gestalt bei der Terrassentür? Wenn sie recht überlegte, vielleicht der Umriss einer Frau? Hannas tote Frau? Das war wirklich paranoid. Hoffentlich glaubte Victor nicht, ihr hysterischer Heulanfall hätte nur darauf abgezielt, sich an ihn heranzumachen.

Wenig später war Victor zurück und setzte sich gut gelaunt an den Frühstückstisch.

»Gibst du mir die Butter?«

Annika reichte ihm die Butterdose, leicht verschämt.

»Was ist los? Du bist so still. Hast du Kopfweh?«

»Nein. Ich habe vorsorglich ein Aspirin genommen, als du beim Bäcker warst. Sag mal, Kathrin und Daniel haben gestern Händchen gehalten und geknutscht, oder?«

»Schon. Stört dich das?«

»Nicht wegen Daniel.«

»Sondern wegen des Ehrenkodexes, niemals mit dem Ex der besten Freundin anzubandeln?«

»Wo hast du das jetzt her?«

»Stimmt es nicht?«

»Doch, irgendwie schon. Ich muss dringend mit ihr reden.«

»Das solltest du. Etwas anderes …« Victor zögerte.

»Was denn? Ich nehme die Pille, wenn es das ist …«

»Nein. Das heißt, schon, aber … Ich bin nicht auf der Suche nach einer festen Beziehung, Annika, das solltest du wissen.«

»Wir sind erwachsen, oder? Lass uns so auch damit umgehen. Es war schön, es hat Spaß gemacht, und damit gut«, entgegnete Annika und sah den Schmetterlingen, eben erst aus ihren Kokons geschlüpft, dabei zu, wie sie sich im Netz verfingen.

Doch als die Nacht hereinbrach, genügte ein atemloser Moment vor Annikas Schlafzimmertür, der Versuch eines harmlosen Gutenachtkusses, und sie gingen gemeinsam zu Bett.

Moorlilie

… wurde 2011 von der Loki-Schmidt-Stiftung zur Blume des Jahres gekürt. Wie ist sie denn so, die Frau Moorlilie? Auf der Roten Liste zu finden, kann sie Schafe krank machen. Nicht etwa, weil die Gute ihnen die Beine bricht – Beinbrech, Ährenlilie, Schusterknief oder Stablilie wird die Moorlilie auch genannt –, vielmehr stört einer ihrer Inhaltsstoffe die Leberfunktion der wonnigen Wollberge. In früherer Zeit wurde sie im Falle von gebrochenen Schafsknochen trotzdem schuldig gesprochen. Inzwischen ist die Moorlilie längst rehabilitiert. Mäh! Von der Moorlilienleberstörung betroffen sind übrigens ausschließlich weiße Schafe. Warum, das weiß man nicht so genau. Ist eben so. … Leider ist Frau Moorlilie auch in der Symbolik mit unschöner Bedeutung geschlagen. Lüge und Verrat weist man der unschuldigen Dame aus der Familie der Nartheciaceae zu …

Ihre Annika Burgdorfer

Auszug aus Grasgrün –
Streifzug durchs Gartenjahr
(unveröffentlicht)

13

»Sei mir nicht böse, aber ich werde heute den Einsiedler geben und mich auf mein Zimmer verkrümeln«, sagte Victor am Montagmorgen zu Annika. »Ich muss mich mit meiner Abschlussarbeit wirklich ranhalten.«

»Natürlich. Ich sollte mich auch an meine Kolumne setzen.«

»Die restliche Woche mache ich mit der Treppe weiter.«

»Max hat am Mittwoch frei und kann dir helfen. Abends könnten wir unten am Lech grillen.«

»In Ordnung. Ich freu mich drauf.«

»Gut.«

»Gut.«

Sie überbrückten den Augenblick peinlichen Schweigens mit einem Lächeln, dann verschwand Victor nach oben.

Annika setzte sich an ihren Laptop. *Grasgrün* war in der letzten Ausgabe nicht erschienen. Angeblich aus Platzgründen, bezahlte Anzeigen hatten Vorrang. Insgeheim befürchtete sie, dass man ihr den abrupten Weggang bei *Isa*BELLA doch übel genommen hatte, auch wenn es nicht ausgesprochen worden war.

Eine Weile befasste sie sich mit ihrem Artikel über die Moorlilie und der Frage, woran es noch gelegen haben könnte, dass der Text unveröffentlicht geblieben war. Sie kam zu keinem Ergebnis und klappte entnervt den Laptop zu. Draußen regnete es zum ersten Mal seit vielen Tagen. Versonnen streifte sie durch die Räume im Erdgeschoss und lauschte den Wassertropfen, die gegen die Fensterscheiben trommelten.

»Hallo?«, sagte Annika leise. Sie stand im Lesezimmer und kam sich dumm vor. Die Sache mit der toten Frau, der brennenden Kerze und der schemenhaften Gestalt ging ihr nicht aus dem Kopf. Sie fühlte sich im eigenen Haus nicht wohl. Das durfte nicht sein, vor allem nicht, weil Victor irgendwann abreisen würde und sie dann zusehen musste, sich wieder an das Alleinsein zu gewöhnen.

Annika holte sich eine Wolldecke und das Telefon. Von Victor war nichts zu hören. Sie machte es sich auf der kleinen Couch zwischen den Bücherregalen im Lesezimmer gemütlich und telefonierte eine knappe Stunde mit ihrer Mutter. Mit Erika verplauderte man sich schnell – wer Zerstreuung suchte, war bei ihr goldrichtig. Ihre Mutter erzählte von einem neuen Bioladen in Schongau, dem kranken Hund der Nachbarin und der hartnäckigen Erkältung des Pfarrers.

Anschließend wählte Annika Kathrins Nummer. Sie hatte es lange genug vor sich hergeschoben.

»Kannst du am Nachmittag vorbeikommen?«, fragte Annika direkt.

»Es tut mir leid, Anni, ich habe solchen Bockmist gebaut. Ich wollte dich gestern schon anrufen, aber ich hab mich nicht getraut.«

»Lass uns nicht am Telefon darüber reden.« Eigentlich wollte sie gar nicht hören, was Kathrin ihr zu sagen hatte. »Bis später.«

»Bis später.«

Annika holte ihren iPod, rollte sich unter der Decke zusammen und schloss die Augen. Die Fensterläden klapperten. Zu Regen und Wind gesellten sich die Klänge der Musik Tracy Chapmans.

You got a fast car.
I want a ticket to anywhere.
Maybe we can make a deal,

maybe together we can get somewhere.
Any place is better
starting from zero got nothing to lose.
Maybe we'll make something,
be myself I got nothing to prove.

Annika schlummerte ein. Und träumte.

»Vor dem Dorffest muss es sei«, schärft Bairich seinen Saufkumpanen ein. Sie sitzen an einem Lagerfeuer in den Lechauen, ihrem Treffpunkt seit Kindertagen. In der Fünferrunde ist der Bodelsohn unangefochtener Wortführer. Nicht seiner Ausstrahlung, vielmehr seines Vaters wegen. Der Bodelbauer ist ein mächtiger Mann. Die jungen Männer wissen das – und Bairich ist der Erbe. Da ist es besser, sein Fähnlein beizeiten nach dem Wind zu hängen. Trotzdem haben sie Bedenken.

»Täts it reichen, eahn einfach wegzumsperren? Oder eahn vom Hof zum jagen?«

»Wer si an meim Eigentum vergreift, hots it anders verdient«, knurrt Bairich und sieht seine Kumpane reihum an. Einer nach dem anderen nicken sie zustimmend.

»Is guat. Mach mas halt so, wia du meinst.«

»I konnt den eh nia leiden, der hot mir mol die Nase brochen wegen a Nichtigkeit.«

»Weilst frech zu seiner Muada warst, i woaß es scho no.«

»Eh wurscht, den san ma bald los.«

Bairich grinst. Zum ersten Mal, seit er hinter dem Felsen am Lech gelauscht hat, fühlt er sich erleichtert und froh. Sein Plan ist durchdacht, und er hat ihn den Freunden eingebläut.

Als er sich von der Runde verabschiedet, hinterlässt er eine erkleckliche Summe Geld. »Für den Flößer«, sagt er. »Dass ihr mir fei bloß nix abzweigts. Ihr kriagts euern Teil hinterher. Wia abgmacht.«

~~~

Es ist eine sternklare Nacht. Die Kinsauer feiern und mit ihnen viele Gäste aus den Nachbardörfern. Die bevorstehende Hochzeit des Bodelsohns mit Maria Schreiber ist in aller Munde. Nicht wenige Männer beneiden ihn um die Braut, die in ihrem Feiertagsdirndl verlockend schön aussieht.

Maria hat kein Ohr für das Gerede. Ihr graut vor dem Kommenden. Sie will sich gar nicht ausmalen, wie Arthur Bodel und sein Sohn auf die öffentliche Demütigung reagieren werden. Und ihre Eltern, wenn sie erfahren, dass Maria bereits ein Kind unter dem Herzen trägt. Aber Korbinian hat schon recht, das Dorffest ist die Gelegenheit. Maria glaubt, dass der Bauer und sein Sohn ihren Liebsten womöglich totschlagen würden, wenn es keine Zuschauer gäbe. Wo bleibt nur Korbinian? Sie braucht ihn jetzt, braucht seine Zuversicht und seine Stärke.

Es wird später und später, und noch immer wartet Maria vergebens. Inzwischen sind viele Männer betrunken, auch Bairich und selbst ihr Vater, der sonst mäßig trinkt. Das ist nicht gut.

Wo bist du?

Marias stumme Frage bleibt unbeantwortet. Korbinian kommt nicht. Nicht an diesem Abend. Nicht auf das Fest.

Nicht zurück auf den Bodelhof.

Nicht, als man Maria ihr Hochzeitskleid über den Kopf zieht.
~~~

Nicht, als sie schreckensbleich neben Bairich in der Kirche steht.

Korbinian ist verschwunden.

Maria ist die neue Bodelbäuerin.

In einem langen Nachthemd, einem der wenigen Stücke aus ihrer kleinen Aussteuertruhe, sitzt Maria am Bettrand. Das hellblonde Haar fällt ihr offen und schwer über den Rücken. Die Tage zwischen dem Dorffest und der Hochzeit hat sie wie in Trance verbracht. Krank vor Sorge um Korbinian.

Die Tür geht auf. Bairich kommt zu seiner Braut.

»Du ghörst mir. Wia i's da gsagt hob.« Das sind seine ersten Worte. »Schee schaugst aus.« Er legt seine Hand in ihren Ausschnitt. Maria zuckt vor ihm zurück.

Bairich lächelt freundlich, doch Maria weiß um die Falschheit seines Lächelns. »Brauchst di it fürchtn.« Er geht um das Bett herum und streckt sich auf seiner Bettseite lang aus. »Lass uns redn.«

Stille.

»Was is? Host mir nix zu sagn?«

»Ich wollt, ich hätt da was zum sagn«, flüstert Maria.

»Dann sag i da was.« Bairich gibt seine gespielte Ruhe auf. »Du moanst, i bin a ahnungsloser Depp, dem du des Kind von am räudigen Knecht unterschiebn konscht. Aber do host di gschnittn, Maria, sauber gschnittn. Mit deim Korbinian is es längst aus, der kommt nimma und hilft da.«

»Was soll des hoaßn? Was host ihm getan?« Maria sitzt nicht länger auf dem Bett. Sie baut sich vor ihrem angetrauten Mann auf. Korbinians Name hämmert in ihrem Kopf. Kein Gedanke daran, was es bedeutet, dass Bairich von ihrer Liebschaft und dem Kind weiß. »Sag scho, was is mit eahm?«

»Hinüber is a, was glaubst denn wohl? Hättets eich früher überlegen müssn, was es bedeutet, mi zum Hahnrei machen zum wolln.«

»Was is mit eahm?« Maria ist totenbleich, in ihren hellen Augen steht Tränenglanz. »Was host mit eahm gmacht?«

»Einer von die Flößer hotn baden gehn lassen, droben bei de Stromschnellen. Aber verzähl des bloß koam, beweisen konnst eh nix. Und bis des Kind da is, bleibst hier drin, i lass di nimma naus.« Bairich fühlt sich stark. Er genießt Marias Leid mit jeder Faser. Die junge Bodelbäuerin ist in sich zusammengesunken. Er beobachtet sie, kratzt sich am Sack.

Dann erhebt er sich träge. Schlägt und missbraucht seine Frau. Marias Martyrium geht über Stunden. Am Ende liegt er schwer auf ihr. Sie kann sich nicht rühren. Als sie ihn schlafend wähnt, weint sie.

»Wein du nur«, flüstert Bairich an ihrem Ohr. »Grund genug host ja. Und«, er rollt sich von ihr herunter und lacht kurz auf, »wenn dei süßes Kindlein erst geboren is, bring i's um.«

Regen. Das Geräusch der prasselnden Tropfen stupste gegen Annikas Bewusstsein. Sie regte sich unruhig, als der Traum zu verblassen begann.

»He, Murmeltier.«

Victors Stimme.

Annika blinzelte.

»Ich dachte, ich seh mal nach dir. Du hast ewig geschlafen.«

»Ich habe wieder von der Frau geträumt.«

»Von Hannas toter Frau?«

»Nein. Von Maria. Sie war Magd hier auf dem Bodelhof. Ich habe schon zweimal … in der Nacht nach meinem Einzug und …«

»Du bist ja ganz durcheinander. Komm rüber in die Küche. Ich koche dir einen Tee, und dann erzählst du mir von deiner Maria.«

»Sie ist schwanger von Korbinian und musste Bairich heiraten, der droht, das Kind gleich nach der Geburt umzubringen«, schloss Annika.

»Wow. Das klingt ja mehr nach einem Film als nach einem Traum.« Victor war noch nie so sehr versucht gewesen, ihr die Wahrheit zu sagen. Sie musste dringend die Aufzeichnungen seines Vaters über den Hof lesen, das war ihm klar. Bloß, wie sollte er es anfangen, ohne sofort von Annika vor die Tür gesetzt zu werden? Ohne sie zu verlieren? Längst war sie ihm nicht mehr gleichgültig.

»Genauso ist es für mich. Als würde ich einen Film sehen. Ich …«

Die Türklingel unterbrach sie.

»Das wird Kathi sein.« Annika öffnete die Haustür und sah eine Schar halbwüchsiger Kinder eilig davonlaufen.

»He, wartet!«

Ein Mädchen wandte den Kopf zu ihr um, stolperte und fiel hin.

»Aua«, jammerte das Kind und sah seine Kameraden hinter der Hecke verschwinden.

»Zeig mal.« Annika hockte sich neben das braungelockte Mädchen, auf dessen Haar Regentropfen schimmerten, und begutachtete das aufgeschlagene Knie. »Tut es sehr weh?«

»Geht schon.«

»Was sollte das?«, fragte sie und half dem Kind hoch. »Habt

ihr mir einen Streich spielen wollen? Klingelputzen? Bei dem Wetter?«

»Kommt halt rein!« Victor erschien in der offenen Haustür. »Ihr werdet noch ganz nass.«

»Na komm«, forderte Annika das Mädchen auf. »Drinnen versorgen wir dein Knie mit einem hübschen Pflaster. Ich habe welche mit Marienkäfern drauf. Und irgendwo wird sich sicher auch ein Regenschirm für dich auftreiben lassen.«

»Ich trau mich nicht da rein.« Der Blick des Kindes huschte zwischen Annika und Victor hin und her. »Wir wollten Sie eigentlich fragen, ob wir die Geister sehen können. Es war eine Mutprobe. Aber dann haben wir Angst bekommen und sind weggelaufen.«

»Geister? Wie kommt ihr denn darauf?«

»Weil die Leute doch drüber reden, dass es auf Ihrem Hof spukt. Da dachten wir …«

Ein Pfiff hinter der Hecke unterbrach das Geständnis. »Tut uns jedenfalls leid«, sagte das Mädchen, warf einen entschuldigenden Blick auf Annika und nahm die Beine in die Hand.

»Was war das denn?« Victor trat zu Annika, die weiter im Nieselregen kniete, zog sie hoch und führte sie ins Haus. »Rein mit dir, sonst wirst du noch krank.«

»Was das war? Ich hab keine Ahnung«, sagte sie und fühlte ein hässliches Zwicken in ihrer Magengrube. Angst.

Am späten Nachmittag klingelte eine patschnasse Kathrin an der Haustür. In der Hand hielt sie eine große Plastiktüte. Der Himmel hatte seine Schleusentore wieder geöffnet und Annikas Freundin auf dem kurzen Weg vom Auto zum Haus völlig durchnässt. Victor brachte Kathrin ein Handtuch, mit dem sie sich dankbar das Nass aus den Haaren rubbelte.

»Ich mach mich mal vom Acker. Hab oben noch zu tun. Wenn du magst, reden wir später weiter«, sagte er zu Annika.

Erst hatten die Kinder, dann Kathrin das Gespräch über Annikas wirklichkeitsnahe Träume unterbrochen.

»Stell dich vor den Ofen, dann trocknest du schneller. Ich kann dir auch Klamotten von mir ausleihen.« Annika betrachtete die Freundin mit schwer zu lesender Miene.

»Oje, du bist ganz schön sauer«, stellte Kathrin zerknirscht fest. »Mit Recht, natürlich. Das Rumgeknutsche war völlig daneben. Ausgerechnet mit Daniel, dem Kotzbrocken.«

»Meinem Ex.«

»Ja doch, ich weiß. Reiß mir den Kopf ab oder tu sonst mit mir, was du magst. Aber bitte, sieh mich nicht länger so an.«

»Erzähl mir, wie es dazu gekommen ist. Das würde ich gerne verstehen.«

»Ich kann es gar nicht recht sagen. Plötzlich hat er neben mir an der Bar gelehnt und mir einen Tequila spendiert.«

»Den du natürlich sofort angenommen hast?«

»Nein, ich wollte nicht, aber er war so beharrlich. Und dabei unglaublich freundlich und sympathisch. So kannte ich ihn gar nicht.«

»Und die Blonde? Die Langbeinige, für die er sich so ins Zeug gelegt hat?«

»Keine Ahnung, die war nicht mehr da.«

»Was hast du da in der Tüte?«

Kathrin zauberte ein in feucht gewordenes Geschenkpapier gewickeltes Päckchen hervor. »Für dich, das versprochene Willkommensgeschenk. Und mein Bestechungsversuch, wenn du so willst, damit du mir nicht mehr böse bist.«

»Ein Quilt? Echt?« Das Geschenk entpuppte sich tatsächlich als handgefertigter Quilt aus bunten Quadraten in warmen Farben. »Schande über mich«, lachte Annika. »Ich bin wirklich bestechlich. Was du dir für eine Mühe gemacht hast, Kathi. Die Decke ist wunderschön, vielen Dank.«

»Dann ist alles wieder gut?«

»Hm, schließlich hat jeder von uns schon einmal zu viel Alkohol erwischt und dann etwas Blödes gemacht, oder?«, meinte Annika gedehnt.

»Das klingt, als wolltest du mir etwas sagen.«

»Ich habe mit Victor geschlafen.«

»Wow, aber es wundert mich nicht. Mir war längst klar, dass da etwas zwischen euch ist. Die Chemie stimmt, nicht wahr?«

»Irgendwie schon.«

»Und? Seid ihr jetzt zusammen?«

»Victor will keine feste Beziehung.«

»Und du?«

»Das steht nicht zur Debatte.«

Als die Freundinnen sich später im Hausflur verabschiedeten, stieß Victor zu ihnen.

»Habt ihr euch nicht ausgesprochen?«, fragte er, nachdem Kathrin gegangen war.

»Doch, alles in Ordnung. Wieso?«

»Weil ich finde, Kathrin sah so aus, als hätte sie schlimme Gewissensbisse.«

Passionsblume

... wer schlecht schläft oder von allzu lebhaften Träumen heimgesucht wird, dem sei ein Tee aus den Blättern und Stängeln der Passionsblume ans Herz gelegt (wer den Aufwand nicht selbst betreiben will, der erhält fertig abgewogene Mischungen in jeder Apotheke). ~~*Angstzustände, Nervosität, gereizte Angespanntheit und selbst Depressionen soll die Passionsblume wirksam bekämpfen. Stellt sich die Frage, ob man beim Genuss des Tees fest an die Wirksamkeit glauben muss?*~~
Ihre Annika Burgdorfer
~~*(Seit kurzem selbst lebhafte Träumerin und leidenschaftliche Teetrinkerin, die den Selbstversuch wagen und berichten wird.)*~~
Positiver schreiben!
Was gibt es Schönes über die Passionsblume zu sagen/zu berichten?
Wachstum der Pflanze schildern + Pflegetipps geben

Entwurf für Grasgrün –
Streifzug durchs Gartenjahr

14

Am Mittwochnachmittag fühlte Annika sich erschöpft. Vermutlich steckte ihr der Rausch vom Wochenende noch immer in den Knochen. Wie versprochen arbeitete Max mit Victor an der Treppe, während Annika am Sekretär in ihrem Schlafzimmer über ihrer Kolumne brütete. Das enervierende Geräusch der Schleifgeräte war ihrer Konzentration nicht gerade zuträglich. Mittendrin schweifte sie vom Thema ab, ihre Finger verharrten steif und starr auf der Tastatur, als hätten sie das Schreiben verlernt, während ihre Gedanken zu Maria wanderten. Der Frau aus ihren Träumen, die so real und verblüffend authentisch wirkte.

»Verdammt.« Annika trommelte mit den Händen auf die Tasten und sah zu, wie lange Buchstabenreihen ohne Sinn entstanden. Mehrere Browserfenster öffneten sich. Die Deadline für *Grasgrün* rückte wieder einmal näher. Wenn sie nicht wollte, dass ihre Kolumne auch in der nächsten Ausgabe außen vor blieb, sollte sie sich auf ihr Thema konzentrieren, anstatt sinnlosen Grübeleien nachzuhängen.

»Ich fahre jetzt, springe daheim unter die Dusche und komme so gegen neun mit Uli zum Grillen.« Annikas Bruder polterte, umflirrt von feinem Schleifstaub, ins Zimmer. »Mama hat Nudelsalat gemacht, damit wir uns nicht bloß Fleisch und Grillwürste einverleiben.«

»Lieb von ihr, aber ich habe heute Vormittag schon Tomaten und Mozzarella und drei Stangen Weißbrot gekauft. Ist es schon so spät?«

»Sechs Uhr. Feieraaaabnd.« Max imitierte den Feldaufseher aus *Vom Winde verweht*. »Was ist los, Schwesterchen? Du guckst irgendwie bedröppelt.«

»Ich bin bloß nachdenklich.« Annika winkte ab. »Richtest du Mama ganz lieben Dank aus? Die Mühe hätte sie sich wirklich nicht zu machen brauchen. Vielleicht kannst du sie überreden, nachher noch mitzukommen?«

»Glaube ich nicht, sie will das Jungvolk doch nicht stören.«

»Tut sie nicht.« Annikas Gedanken sprangen unvermittelt zum Abend ihrer Essenseinladung und Wilhelm Waltners Geschichten über ihre Oma Lissi. Ein Lächeln huschte über ihre Lippen – und im gleichen Moment fielen ihr die Unterlagen über den Bodelhof ein, in die sie bislang keinen Blick geworfen hatte, weil sie ihr schlichtweg entfallen waren. Was ihr im Nachhinein reichlich merkwürdig vorkam.

»Anni?«

»Hm?«

»In welchen Sphären schwebst du denn?«

»Das weiß ich auch nicht recht. Wie weit seid ihr eigentlich mit der Treppe gekommen?«

»Wir sind fertig. Du kannst es dir ansehen«, verkündete Max gut gelaunt und verabschiedete sich. Annika hörte die Haustür ins Schloss fallen. Er war kaum weg, da wurde der Staubsauger angeworfen. Das Dröhnen lenkte Annika neuerlich von *Grasgrün* ab. Sie rieb sich die Augen, stöhnte leise und beschloss, sich wirklich erst einmal anzusehen, wie die Treppe geworden war.

Da klopfte es an der Schlafzimmertür.

»Komm rein.«

Victor sah nicht besser aus als Max, Schleifstaub hing in seinen Haaren, seinen Wimpern und seinem Bart. Annika musste dreimal hintereinander kräftig niesen.

»Gesundheit. Der Staub ist lästig, ich weiß, aber ich habe eben noch gesaugt.«

»Hab ich gehört.«

»Zumindest der gröbste Dreck ist weg, und die Treppe ist fertig geschliffen.«

»Super. Ich wollte sie mir gerade anschauen.«

»Alles klar? Sorry, irgendwie hatte ich mir mehr Begeisterung erwartet. Wir können jedenfalls mit dem neuen Treppenanstrich beginnen. Und die Staubsaugerbeutel sind ausgegangen.«

»Ich freue mich, Victor. Ehrlich«, beteuerte Annika. »Ich fahre meinen Laptop noch schnell herunter, wische nass durch und schreibe die Beutel auf meinen Einkaufszettel.«

»Okay. Ich lege mich in die Wanne.« Victor sah sie an. Er dachte an ihre Liebesnächte, sein Blick ließ es erahnen. Seit der Party am Samstag hatten sie keine Nacht mehr getrennt geschlafen. »Ähm, du siehst leicht gestresst aus. Magst du vielleicht mitkommen? Der dreckige Boden läuft dir nicht davon, oder?«

Annika wurde heiß. »Heute nicht.« Sie schüttelte mit roten Wangen den Kopf und nahm sich fest vor, bald in Ruhe über die Sache mit Victor nachzudenken. Sie wollte nicht Gefahr laufen, sich an der Geschichte zu verbrennen, daher sollte sie diesem Verhältnis bald ein Ende setzen. Denn sie mochte Victor. Mochte ihn wirklich gerne. Und er hatte deutlich klargemacht, dass er keine Beziehung mit ihr wollte.

»Wie du willst.« Victors Lippen kräuselten sich, bemüht um ein schiefes Lächeln. Unschlüssig stand er da und sah aus, als hätte er noch etwas auf dem Herzen. Dann machte er auf dem Absatz kehrt und zog die Tür hinter sich zu.

Annika schaltete den Laptop aus. Sie würde die Kolumne morgen fertigstellen, um den Abgabetermin einzuhalten. Den Job als freie Kolumnistin bei *Isa*BELLA, von dem sie jahrelang geträumt hatte, durfte sie nicht leichtfertig aufs Spiel setzen.

Im Eiltempo wischte sie Hausflur und Treppe durch, ehe die Neugierde auf die Unterlagen über den Hof sie übermannte. Seltsam, sie erinnerte sich gut, die Dokumente in eines der Regale im Lesezimmer gelegt zu haben. Um sie dann schlichtweg zu vergessen. Weshalb bloß? Jetzt jedenfalls duldete die Sache keine Minute länger Aufschub. Um ein Haar wäre Annika in ihrer Hast auf den feuchten Fliesen im Flur ausgerutscht.

Die Unterlagen waren in einem unauffälligen schwarzen Ordner abgeheftet. Annika machte es sich damit auf dem kleinen Sofa gemütlich.

Die Blätter im Ordner, offenbar erst nachträglich in Klarsichtfolie gehüllt, hatten einen gelblichen Stich. Stellenweise waren Ecken umgeknickt. Der Zahn der Zeit.

Annika atmete tief durch.

Ein beklemmendes Gefühl der Unruhe hatte sich in ihrem Bauch breitgemacht und zu einem Klumpen verfestigt, der seltsame Schwingungen auslöste.

Einatmen. Ausatmen.

Was war mit ihr los? Woher kam das grausige Gefühl, sehenden Auges in eine Katastrophe zu laufen?

Einatmen. Ausatmen.

Im Haus war es sehr still. Eine Ruhe, die im kantigen Gegensatz zu der arbeitsamen Geräuschkulisse stand, die tagsüber geherrscht hatte. Wenn man die Ohren spitzte, war ein leises Brummen aus der Küche zu hören; der Kühlschrank. Im Hausflur tickte unermüdlich die Uhr. Aus dem Badezimmer hingegen drang kein Laut. Victor lag vermutlich tiefenentspannt in der Badewanne. Ob er eingeschlafen war? Ein- oder zweimal war ihm das schon passiert.

Ein ebenso unerklärlicher wie gewaltiger Widerwille, den Inhalt des schwarzen Ordners betreffend, lähmte Annika.

Einatmen. Ausatmen.

Mit rasendem Herzen nahm sie sich schließlich die erste Seite vor. Da hörte sie jemand die Treppe herunterkommen. Leise, als würde er auf Zehenspitzen schleichen, bemüht, keine Geräusche zu machen.

»Victor, ich dachte, du liegst in der Badewanne? Ich will mir gerade die Hausunterlagen von Herrn Waltner ansehen. Hast du auch Lust, einen Blick hineinzuwerfen? Vielleicht kannst du etwas davon für deine Arbeit brauchen.«

Es kam keine Antwort.

»War nur ein Vorschlag. Die Treppe ist wirklich schön geworden«, fügte sie hinzu, für den Fall, dass er wegen ihrer mangelnden Begeisterung gekränkt war. »Victor?« Ihre Hände wurden feucht.

Nichts als Schweigen.

»Würdest du mir bitte antworten? Victor?« Sie rief seinen Namen. Rief ihn sehr laut. Und starrte mit geweiteten Augen auf die Tür zum Flur, dorthin, wo sie ihn eben noch gehört hatte. Etwas stimmte nicht. Weshalb gab er denn keine Antwort?

»Was ist los?« Victors Stimme klang gedämpft und kam eindeutig aus Richtung Badezimmer. »Alles okay bei dir?«

Annika sackte zusammen wie ein löchriger Ballon, dem zischend die Luft entweicht. Sie legte ihre kalten Finger an die Stirn und bedeckte ihre Augen mit den Händen. Hatte sie sich die Schritte auf der Treppe nur eingebildet? Marias Schritte, die sich nächtens mit frohem Herzen eilt, ihren Liebsten zu treffen. Und dabei die unterste Stufe auslässt, die am lautesten knarrt.

»Schon gut! Hat sich erledigt!« Annika rief sich selbst zur Ordnung. Sicher wäre es besser gewesen, mit Victor in die Wanne zu steigen.

Weil sie mit einem Mal fröstelnd feststellte, wie kalt es war, holte Annika sich ihren dicken Strickpulli von der Garderobe im Flur. Sie sah nicht zur Treppe hin, das brachte sie nicht über sich.

Zurück im Lesezimmer richtete sie ihr Augenmerk wieder auf die Unterlagen.

Einatmen. Ausatmen. Es sind bloß alte Dokumente. Kein Grund, sich zu fürchten.

Wie Herr Waltner gesagt hatte, gab es mehrere Schwarzweißaufnahmen vom Hof und einige Luftfotografien aus dem Jahr 1985. Das Wäldchen sah auf den Bildern kleiner aus. Mehr wie eine frische Anpflanzung. In früherer Zeit musste man vom Hof freien Blick auf den Lech gehabt haben.

Zu Marias Zeit?

Während Annika die Bilder aufmerksam durchging, beruhigte sich ihr zuckender Herzschlag. Hinten im Ordner war das Verzeichnis der Hofbesitzer abgeheftet. Ihre Augen wanderten über die erste Seite.

Besitzchronik des Bodelhofs

oder 1654?

1690 – 1712 Arthur Bodel, Erbauer
* 1653 + 1712 oo Madalea Bodel geb.
Schwäb /Arthur Bodel *+ /Bairich
Josef Bodel
gleich nach der Geburt?

1712 – 1759 Bairich Josef Bodel,
Bodelbauer * 1694 + 17. November 1759
oo(1) Maria Bodel, geb. Schreiber
oo(2) Anneliese Bodel, geb. Meierhaus
/(2) Josef Augustin Bodel
wahrscheinlich in den 1750er Jahren geb. Hofführung bis zur Volljährigkeit oblag der Mutter?

1759 – 1865 Josef Augustin Bodel,
Bodelbauer * ? + 21. November 1865 oo
Brigitta Bodel, geb. Hunrück /Brigitta
Madalea Bodel * 1773 /Anneliese
Bodel *+ 1774 / Johanna Bodel * 1777
/Josef Kristian Bodel * 1783

Das gold-weiße Familienwappen zeigt einen Stier auf den Hinterbeinen. 1747 wurde das Wappen von Bairich Bodel durch ein Messer mit roter Klinge im Maul des Stieres ergänzt.

1

Annikas Fingerknöchel wurden weiß, so fest hielt sie den Ordner umklammert. Wie vor den Kopf geschlagen starrte sie auf das verblichene Blatt Papier, unfähig sich zu rühren oder gar zu begreifen, was diese Besitzchronik sie glauben machen wollte. Ihr Geist dümpelte im brackigen Wasser tiefen Entsetzens.

Bairich Josef Bodel, Bodelbauer, in erster Ehe verheiratet mit Maria Bodel, geborene Schreiber.

Sie vermochte kaum zu atmen.

Nach Minuten – oder waren es Stunden? Annika hätte es nicht zu sagen vermocht – drang das Brummen des Kühlschranks an ihr Ohr. Das Ticken der Uhr im Hausflur wurde in jeder zweiten Minutenhälfte lauter, was ihr bisher nie aufgefallen war. Als müsse der Zeiger sich anstrengen, sein Ziel zu erreichen. Zögerlich – voller Skepsis, ob die Luft wirklich rein war – äugte ihr Denken hinter der nächsten Ecke hervor, und ihr Verstand setzte wieder ein.

Ich muss mit Victor sprechen.

Annika klappte den Ordner zu, klemmte ihn sich fest unter den Arm und machte sich auf den Weg in Victors Zimmer.

Es war leer. Wahrscheinlich badete er noch.

Sie beschloss, auf ihn zu warten, unterdessen einige weitere Male tief durchzuatmen und sich zu beruhigen. Auf dem Boden lag aufgeschlagen ein in weinrotes Leder gebundenes Buch. Die Seiten waren von Hand beschrieben. Nicht Victors Schrift, zumindest nicht auf den ersten Blick. Annika bückte sich und hob das Buch auf, um es beiseitezulegen. Es sah wertvoll aus.

»Finger weg!« Victor stand in der Tür, ein Handtuch um die nackten Hüften geschlungen. Zornig funkelte er Annika an.

»Entschuldige. Es lag am Boden, und ich habe es …« Sie zitterte, ihre Unterlippe bebte. Annika konnte nicht fassen, von Victor angefahren worden zu sein. Schon gar nicht, da ihre Welt ohnehin gerade kopfstand.

»He, schon gut«, lenkte Victor ein. »Du hast mich ertappt,

das ist alles. Ich führe Tagebuch, wie es normalerweise kleine, kichernde Mädchen im Teenageralter tun. Das wollte ich dir nicht unbedingt auf die Nase binden.« Verlegen fuhr er sich mit den Händen durch seine nassen Haare, die ihm wie ein Helm am Kopf klebten. »Ist nicht gerade männlich, nicht wahr?«

Annikas Bedürfnis, Victor von den beiden Namen in der Chronik zu erzählen, trat hinter der gewaltigen Sehnsucht nach seiner tröstenden Umarmung zurück. Sie streckte die Arme nach ihm aus.

Victor sah sie an. Und verstand. Sacht nahm er ihr das Buch, dessen dünne Seiten die Handschrift seines Vaters trugen, aus den Händen und legte es beiseite. Seine Finger waren vom Badewasser weiß und aufgetrieben. Seufzend vergrub er sie in Annikas rotem Haar, und seine Lippen fanden ihren Mund zu einem langen Kuss. Sie hob die Arme über den Kopf, damit er sie von Pulli, Sweatshirt und BH befreien konnte; drückte ihr Gesicht an seinen Hals, küsste ihn dort und hörte ihn stöhnen; saugte an seinem Ohrläppchen und biss leicht hinein. Obwohl er eben gebadet hatte, roch er nach Victor. Sein Duft war berauschend. Annika ließ los, ließ jedes Denken von sich abfallen, ließ die Welt hinter sich.

Verloren in der Gegenwart des anderen sanken sie auf die Ausziehcouch, die Victor als Bett diente.

Während sie sich liebten, die Glieder ineinander verschlungen, die Körper schweißglänzend, stand die schattenhafte Gestalt einer Frau im Zimmer. Ihre erloschenen Augen ruhten auf dem Paar.

Später holte Annika die Besitzchronik und kuschelte sich zurück unter die Decke. Victors Nähe beruhigte sie. Mehr als frisch aufgebrühter Baldriantee.

»Schau dir das bitte mal an.«

Es dauerte eine Weile, bis der Groschen bei ihm fiel. »Das kann nicht wahr sein, oder? Sind das die Leute, von denen du träumst?« Obwohl er augenscheinlich völlig perplex war, hatte Annika einen winzigen, irritierenden Moment lang den Eindruck, sein Erstaunen sei nicht ganz echt. Als hätte er bereits etwas erraten, wovon sie keine Ahnung hatte.

»Das nehme ich an«, nickte sie. »Die Namen passen. Arthur Bodel, der Vater. Bairich Bodel, der Sohn. Und Maria, seine Frau.«

»Laut der Chronik hat Bairich Bodel ein weiteres Mal geheiratet. Dann müsste deine Maria eine ganze Weile vor ihm gestorben sein.«

»Sieht so aus.« Annika kamen die Tränen. Die Vorstellung, dass Maria ein Leben lang an der Seite des verhassten Mannes gefangen gewesen war, tat ihr weh.

»Weißt du was? Lass uns ein paar Tage wegfahren. Der Gedanke kam mir vorhin in der Badewanne. Einfach weg vom Hof, ein Tapetenwechsel, um in Ruhe nachzudenken. Was meinst du?« Victors Zunge, auf der neuerlichen Reise zu ihren Brüsten, hinterließ eine feuchte Spur auf ihrer Haut. Das Ablenkungsmanöver gelang. Annikas Tränen versiegten. »Was meinst du?«, fragte er wieder.

»In Ordnung.« Sie umschlang Victor mit den Armen und zog ihn so eng und fest zu sich heran, wie sie konnte. Haut an Haut. Pochendes Herz an pochendem Herzen. »Fahren wir weg.«

»Prima.« Seine Hand schob sich zwischen ihre Beine, seine Finger begannen sie zu liebkosen. Annika quiekte überrascht und verstummte abrupt, als sie die dunkle Leidenschaft in seinen Augen sah. Ein machtvolles Ziehen, ein unstillbares Drängen und Sehnen brannte in ihr. Victor drehte sie wortlos auf den Bauch und schob sich zwischen ihre Beine.

Eine halbe Stunde später lagen sie erschöpft nebeneinander

und blickten hoch an die Zimmerdecke. Ihre Herzen schlugen ruhiger, ihre Hände berührten sich.

»Meiner ehemaligen WG-Mitbewohnerin gehört eine Berghütte in Österreich«, sagte Annika. »Ich bin schon einige Male da gewesen, zuletzt, nachdem ich beim Notar den Kaufvertrag für den Hof unterschrieben hatte. Es ist gemütlich dort. Wenn du einverstanden bist, frage ich sie, ob die Hütte gerade frei ist.«

»Hört sich gut an. Erzähl mir mehr.«

»Die Hütte liegt auf fast zweitausend Höhenmetern am Rand einer Wiese, auf der Schafe und Ziegen weiden. Von der Terrasse hat man einen herrlichen Blick in die Berge. Klingt das für dich zu einsam? Wenn du dir eher ein schickes Hotel mit Wellnessbereich vorstellst …«

»Nein, gar nicht. Falls die Hütte frei ist, bin ich dabei. Jetzt sollten wir uns beeilen. Wenn wir am Lech grillen wollen, müssen wir den Grill und die Bierbank noch hinuntertragen und das Feuer anzünden. Deine Brüder werden bald hier sein.« Er zog sie mit sich hoch in eine sitzende Position und ließ seine große Hand über ihren nackten Rücken gleiten. »Besser, du ziehst dir was an.«

»Besser, du auch.«

Sie klaubten ihre Kleider vom Boden. Annika schlüpfte in BH und Slip, griff dann nach ihrem Shirt. Mitten in der Bewegung hielt sie inne und küsste Victor zart auf den Mund.

»Wofür war das?«

»Einfach so.« Nach kurzem Überlegen ließ sie den dicken Pulli weg. Als hätte jemand die im Haus nicht existenten Heizkörper aufgedreht, war ihr überhaupt nicht mehr kalt. »Mir fällt gerade ein, ich könnte Kathi anrufen. Vielleicht mag sie auch vorbeikommen. Damit sie weiß, dass ich ihr wirklich nicht mehr böse bin.«

»Gute Idee.«

Wenig später steckte Annika Teerfackeln rund um den Grillplatz in die Erde, und Victor pustete vorsichtig in die schwache Glut, als Annikas Brüder auch schon eintrafen.

»Probleme, der Herr Grillmeister? Sieht irgendwie mickrig aus, dein Feuer«, witzelte Max. »Brauchst du vielleicht Hilfe?«

»Ich fange gerade erst an«, brummte Victor, »das brennt gleich.«

»Wie? Das Essen ist noch nicht fertig?« Kathrin trat eben aus dem Wäldchen und komplettierte lächelnd die Runde. Da sah Annika von einem zum anderen, fasste sich ein Herz und erzählte ihren Brüdern und ihrer besten Freundin von Maria. Sie folgte einer spontanen Eingebung – oder vielleicht war es auch einfach nur an der Zeit, sich alles von der Seele zu reden.

»Die Chronik lässt das, was sich wie ein überlebensgroßer Historienfilm vor meinen Augen abspielt, Wirklichkeit werden. Eine Art Echtheitsbestätigung meiner Träume«, sagte Annika abschließend. »Ich weiß nicht, was ich davon halten soll. Auf dem Bodelhof hat einst tatsächlich eine Frau namens Maria gelebt, die mit dem Bauern Bairich Bodel verheiratet war. Das kann kein Zufall sein.«

»Und wenn doch?«, wandte Uli ein. »Maria ist kein seltener Name. Damals wurde vermutlich bald jedes dritte Mädchen so getauft.«

»Mag sein.« Annika tauschte einen Blick mit Victor. »Ihr müsst mir auch nicht glauben, ich kann es ja selbst kaum. Es hat einfach nur gutgetan, darüber zu sprechen. Und …«

»Und was, Schwesterchen?«, fragte Max.

»Na ja, ich wollte bloß sagen, dass ich den Namen Bairich todsicher nie zuvor im Leben gehört habe.«

»Das muss nichts bedeuten«, argumentierte Uli. »Du glaubst vielleicht, den Namen nie gehört zu haben. Das hast du aber ganz bestimmt doch, denn sonst würdest du nicht von einem Mann namens Bairich träumen.«

»Es soll ja Leute geben, die in Trance fremde Sprachen sprechen können. Mandarin oder so.« Max klopfte sich auf den Bauch, der vernehmlich knurrte. »Du hast schon irgendwie einen Knall, Anni. Aber das ist ja nichts Neues, sonst hättest du den Hof gar nicht erst gekauft.«

»Das hat nichts mit Trance zu tun«, korrigierte Ulrich. »Anni ist vermutlich einfach überspannt.«

»Überspannt?«, protestierte Annika.

»Mir ist die Geschichte unheimlich«, meldete sich Kathrin zu Wort. »Ich habe Gänsehaut.« Zum Beweis schob sie den Ärmel ihrer Bluse hoch.

»Unheimlich, ja?« Max tätschelte spöttisch Kathrins Arm. Als Annikas kleiner Bruder durfte er sich bei der besten Freundin seiner Schwester so einige Freiheiten erlauben. »Ich bleib dabei. Annika hat eine lebhafte Phantasie, das stand früher schon in ihren Schulzeugnissen.«

»Du hast leicht reden«, widersprach Uli. »Schau sie dir bitte mal an. Sie glaubt wirklich an diese Sache.«

»Lass sie doch. Schaden wird's nicht.«

»Hört auf, über meinen Kopf hinweg zu reden! Ich bin weder überspannt noch hab ich einen Knall. Ihr braucht die Männer in den weißen Anzügen also noch nicht zu rufen!«

»Schon gut.« Victor, der zwischenzeitlich Fleisch und Würste auf dem Grillrost platziert hatte, legte eine Hand beschwichtigend auf Annikas Schulter. »Ich halte ihre Träume für eine durchaus ernstzunehmende Sache. Ernstzunehmend in dem Sinne, dass sie meiner Meinung nach wirklich von der Vergangenheit träumt.«

»Bitte, Victor …«, stöhnte Uli. »Du bestärkst sie ja noch in ihrem Irrglauben. Wenn diese Spinnerei nicht aufhört, müssen wir etwas unternehmen.« Er klang sehr bestimmt. Zum ersten Mal erinnerte er Annika an ihren Vater.

»Jetzt rede du bloß nicht so neunmalklug daher. Ich habe

euch das nicht erzählt, um mir blöde Sprüche anhören zu müssen. Übrigens will ich nicht, dass ihr Mama oder Papa etwas von meinen Träumen sagt. Kein Wort. Sonst habe ich die Nächsten am Hals, die mich für eine gefährliche Verrückte halten. Vor allem Papa, der von Anfang an gegen meine Hofpläne war.«

»Geht klar. Das müsste eigentlich durch sein, oder?« Max angelte sich einen Fetzen Fleisch vom Grill, biss hungrig hinein und verbrannte sich prompt die Zunge. Er wirkte absolut unbekümmert, was Annika erleichterte. So schlimm konnte es demnach nicht sein. Selbst wenn sie ihr Überspanntheit und eine allzu lebhafte Phantasie unterstellten. Andererseits war Max der Typ, der auch den Weltuntergang noch halbwegs unbekümmert mit angesehen hätte. Und was Kathrin von ihren Träumen hielt, wusste Annika nicht recht zu sagen. Die Freundin hatte sich zwar gegruselt, aber in der Hinsicht war sie generell leicht zu beeindrucken. Da reichten schon harmlose Lagerfeuergeschichten aus.

Der Grillabend ging gegen Mitternacht zu Ende. Die lockere, oft ausgesprochen ausgelassene Stimmung, die sonst in der Runde herrschte, hatte sich nicht einstellen wollen. Annika schob diese Tatsache auf das Gespräch über Maria. Sie fürchtete, allen die Laune verdorben zu haben, was ihr leidtat.

Dabei war im Schein der Teerfackeln etwas viel Entscheidenderes vor sich gegangen als das Offensichtliche. An jedem anderen Abend wäre Annika aufgefallen, dass Kathrins Augen geleuchtet hatten, als wäre ihr unverhofft ein lange ersehntes Geschenk gemacht worden. Anders Uli, dem unausgesprochener Kummer eine gramerfüllte Linie ins Gesicht gegraben hatte. Wäre Annika durch die Entdeckung in der Chronik nicht so furchtbar durcheinander gewesen, sie hätte beim Anblick ihres Bruders Ulrich gewusst, dass etwas Schlimmes geschehen sein musste.

15

Zwei Tage später luden Annika und Victor ihre Reisetaschen in Victors Golf. Die Hütte bei Matrei gehörte für die nächsten drei Tage ihnen. Kathrin hatte den Schlüssel zum Hof erhalten, sie würde sich in Annikas und Victors Abwesenheit um die Blumen, Pflanzen und Kräuter kümmern, von denen es in und ums Haus reichlich gab.

»Ich freue mich auf die Tage mit dir.« Victor steuerte den Wagen auf die B23 Richtung Garmisch-Partenkirchen.

»Ich mich auch.« Annika legte ihre Hand auf Victors Oberschenkel und sah den Leitplanken beim Vorbeifliegen zu. Die Sonne kam heraus und wärmte durch die Scheibe ihr Gesicht. Nach einer Weile wurden ihr die Augen schwer. Sie döste ein.

Maria hat ein Spiel daraus gemacht zu erraten, wie Birgit ihr Haar an welchem Tag trägt. Meist ist es zu einem schmalen Zopf geflochten, der im Kragen ihres Kleides verschwindet, oder zu einem strengen Dutt gebunden, der sie schulmeisterlich aussehen lässt. Birgit, die gute Seele, die ihr seit mehr als drei Monaten das Essen bringt und den Nachttopf leert. Manchmal, wenn ihre Zeit es zulässt und niemand sonst im Haus ist, bleibt sie ein Weilchen, um zu reden.

Das Wichtigste: Korbinian lebt. Er ist ins Dorf zurückgekehrt.

»Im Dorf reden se«, erzählt Birgit. »Da glaubens alle

it an dei ansteckende Krankheit, die Bairich eahna weismachen mog.«

»Was glaubens denn?«

»Dass du des Kind host wegmachen lassn, weils it von deim Mo is. Dassd deswegen so krank bist.«

»Aber es woaß doch koana von dem Kind.«

»Wohl woaß ma davon. Da Pirmin, der Spezl vom Bairich, hat den Mund it ghalten und sei Wissn rumtratscht, dass der Korbinian vor der Hochzeit abghaun is, weil er da a Kind gmacht hot unds dann mit da Angst zum doa kriagt hot.«

»Des is it wahr«, sagt Maria. »Er is it abghaut.«

»Jedenfalls hot da Pirmin seither zwoa Zähn weniger im Mei.«

»Was sagt denn da Korbinian, was wirklich gschehn is? Woaßt dus, Birgit?«

»Der sagt gar nix. I woaß bloß, dass er ganz auszehrt ausgschaugt hot, als er wieder hoamkommen is, und seitdem den ganzen Tag bei seiner Muada dahoam in da Küch hockt. Bestimmt wegen dir. Weil du den Bairich gheiratet host. I sag da was, aber um Gotts willen, koa Wort zu niamand: Der Korbinian hot mi gfrogt, wia er zu dir neikemma kann in de Kammer. Aber dei Mo führt sie auf wia a Wachhund.«

»Wenn i den Korbinian bloß oamol sehn könnt«, seufzt Maria. »Mir zerreißts vor Sehnsucht schier s' Herz – und i hob a solche Angst um mei Kind.«

»I hilf da, wenn i ko«, verspricht Birgit und streichelt Maria mit ihrer rauen Magdhand die Wange.

Ihre Eltern darf Maria nicht sehen. Niemanden darf sie sehen, außer Birgit, weil Bairich sich zu schade ist, die Dienstmagd für seine Frau zu spielen und ihr den Nachttopf zu leeren. Bairich hat immer unter der absoluten Gewalt des übermächtigen Vaters gestanden. Jetzt, bei Maria, ist er der Herr. Auf dieses Recht pocht er. Dafür nimmt er den ständigen Streit mit dem Bauern in Kauf. Der sieht keinen Sinn darin, auf Marias Arbeitskraft zu verzichten, nur weil sein Sohn es so will. Doch in dem Punkt gibt Bairich dem Vater zum ersten Mal im Leben nicht nach. Er genießt es, seine Frau in ihrer völligen Hilflosigkeit zu quälen.

Inzwischen kann man die fortschreitende Schwangerschaft erkennen. Es ist ein Lichtblick, dass Bairich die eheliche Schlafkammer seltener aufsucht. Vielleicht wegen des wachsenden Bauches. Häufig schläft er unten in der Stube auf der Bank. Auch das weiß Maria von Birgit.

Vom Fenster ihrer Kammer kann Maria hinunter auf den Lech sehen. Das tut sie oft, denn sie hasst den Anblick ihrer Kammer, ihres Gefängnisses. Hasst die floralen Malereien an den Wänden, für die der Bodelbauer im Winter nach der Erbauung des Hofes einen Kirchenmaler bezahlt hat. Hasst auch die braungemaserten Möbel und den bemalten Schrank. Die Figuren darauf sollen Feldarbeiter darstellen, stattdessen fühlt Maria sich an Teufelsfratzen erinnert.

Manchmal hört sie den Bauern und Bairich streiten. Der Bauer schimpft, weil Maria in der Kammer weggesperrt ist und nicht arbeiten kann. Bairichs lautstarke Entgegnung gemahnt daran, dass er sich noch gut entsinne, wie sein Vater seine Mutter früher behandelt habe. In seiner Stimme schwingt unverhohlen eine Drohung. Da gibt der Bauer nach.

Maria rätselt, ob ihr Schwiegervater seine Frau wirklich totgeprügelt hat, wie die Leute munkeln. Sie rätselt, ob er um ihre Schwangerschaft weiß. Auch wenn die

Liebschaft mit Korbinian im Dorf wohl mittlerweile ein offenes Geheimnis ist, so ist der Bodelbauer doch ein Mann, an den Klatsch nicht leicht herangetragen wird. Schon gar nicht, wenn er ihn direkt betrifft.

Und sie begreift, dass mit Bairich eine Veränderung vor sich geht. Die Kaulquappe wird zum Frosch.

Es ist später Nachmittag, Maria erkennt es am Stand der Sonne. Müde ist sie. So müde. Legt sich aufs Bett und berührt ihren Bauch. Seit einiger Zeit spürt sie die Bewegungen des Kindes. Spürt, wenn es aufwacht. Spürt, wenn es gegen ihre Handfläche tritt. Sie liebt es. Deshalb hat sie solche Angst. Angst vor dem Dunkelwerden. Wenn Bairich zu ihr kommt, kommt er immer erst lange nach Einbruch der Dämmerung. Einmal hat er sie getreten. In den Bauch getreten. Und dabei gelacht. Sie hat seine Worte im Ohr. Tag und Nacht.

»Was solls, es is doch gleich, obs jetz krepiert oder später.«

~~~

Maria glaubt, sie wird verrückt. Vielleicht ist sie es schon.

Birgit spricht von fünf Monaten, die sie nun hier drinnen eingesperrt ist. Die ältere Frau sorgt sich um die junge Bodelbäuerin. Vor einiger Zeit hat sie die Hände eine ganze Weile lang auf Marias Bauch gelegt und dann den Kopf geschüttelt. »Es müsst si irgendwann bewegen. Hots ja zuerst a getan. Des lebt nimma, Maria. Wirst sehen, bald kommt die Blutung. So hart, wias is, vielleicht isses besser für des Würmle.«

Maria weint häufig. Wenige Tage, nachdem Birgit von Korbinians Wunsch erzählt hat, Maria zu sehen, ist es geschehen. Marias Kind hat aufgehört, sich zu bewegen.
~~~

Es liegt still und ruhig im Leib seiner Mutter. Strampelt nicht und tritt nicht. Seit Wochen.

Maria glaubt, das Kind stellt sich tot. Weil es Angst hat vor Bairich, genau wie seine Mutter. Dabei spürt sie insgeheim, dass etwas Schreckliches geschehen ist. Etwas, was sie nicht verstehen kann. Genauso sicher, wie sie es wusste, als das Kindlein in ihr zu wachsen begonnen hatte. Aber das vermag sie sich nicht einzugestehen.

Jeden Tag fürchtet Maria sich vor dem Blut zwischen ihren Beinen. Doch die Blutung kommt nicht. Das Kindlein bleibt bei ihr.

»Ich fahre kurz raus. Soll ich dir etwas mitbringen? Eine Cola oder etwas Süßes?« Victor steuerte eine der großen Autobahnraststätten an, um den Wagen aufzutanken und sich ein wenig die Beine zu vertreten. Nachdem er angehalten hatte, sah er zu Annika hinüber, die seit einer Weile kein Wort mehr gesagt hatte. Sie schlief fest, zusammengerollt auf dem Beifahrersitz. Ihr Kopf lehnte unterhalb der Scheibe an der Autotür. Victor lächelte. Das musste furchtbar ungemütlich sein.

»Annika?« Er streichelte ihr über die Wange. »Wir machen eine Pause. Falls du etwas brauchst oder auf die Toilette musst, jetzt wäre die Gelegenheit.«

Sie rührte sich nicht.

Victor zog den Zündschlüssel ab und überlegte. Eigentlich wollte er sie nicht wecken, andererseits hatte er große Lust, im Restaurant der Raststätte einen Happen zu essen und in Ruhe einen Kaffee zu trinken.

»He, Annika.« Er tippte ihr gegen die Schulter. »Aufwachen.«

Nichts.

Er wuschelte ihr durchs Haar, zupfte an ihren Ohrläppchen. »Huhu, Dornröschen. Genug im Lummerland abgehangen.«

Wieder nichts. Ob sie von Maria träumte? Victor war klar, dass er Annika binnen den nächsten Tagen reinen Wein einschenken musste. Daran führte kein Weg mehr vorbei. Er hatte die Sache viel zu lange hinausgezögert. Einerseits weil er sich maßlos vor ihrer Reaktion fürchtete, andererseits weil er immer noch nicht wusste, wie er ihr helfen konnte. Dazu hatte ihm auch Dr. Lutz vom Parapsychologischen Institut nicht viel sagen können. Dennoch wirkte das Gespräch seither in Victor nach. Falls Annika ihn in Bälde vor die Tür setzen sollte – was in Anbetracht seiner Geheimnisse und Lügen nicht unwahrscheinlich war –, würde das zugleich das Ende seiner Nachforschungen, was Leben und Werk seines Vaters anbelangte, bedeuten. Sicher würde er seine Anwesenheit an einem anderen Ort, den sein Vater bereist hatte, kein zweites Mal so geschickt einfädeln können. Aber letztlich war das nun nebensächlich, denn vor allem fürchtete Victor, Annika im Stich lassen zu müssen. Auf ihren eigenen Wunsch.

Im Auto hinter ihnen stimmte ein ungeduldiger Zeitgenosse ein wutbeseeltes Hupkonzert an, schließlich war die Zapfsäule seit geraumer Zeit blockiert, ohne dass getankt wurde.

»Annika, wach auf!« Victor schüttelte sie. »Das ist kein Spaß mehr. Dem Typ im Auto hinter uns schwellen die Adern auf der Stirn. Der ist knallrot und wird vermutlich gleich platzen. Das solltest du dir nicht entgehen lassen …«

Obwohl er sie noch fester schüttelte und dabei unablässig auf sie einredete, zeigte Annika weiter keine Reaktion.

Da bekam Victor es mit der Angst zu tun.

*

Etwa zur gleichen Zeit, als Victor zunehmend panisch die Zapfsäule an der Tankstelle räumte und den nächstliegenden Parkplatz ansteuerte, betrat Kathrin den Bodelhof. Sie war nicht allein.

»Gut, dass du den Schlüssel bekommen hast«, sagte ihr Begleiter. »Die Pflanzen waren ein guter Vorwand. Das ist er also, der sagenhafte Hof.«

»Ja. Komm rein.« Kathrin bat ihn ins Haus. Der Mann benahm sich von Anfang an völlig enthemmt, als wäre er der Eigentümer und nicht ein ungeladener Eindringling. Nacheinander öffnete er alle vorhandenen Türen und sah sich begierig um, seine Umgebung mit allen Sinnen in sich aufsaugend.

»Wo sollen wir es machen, hast du schon einen Vorschlag?« Kathrin fand ihren Begleiter in Annikas Schlafzimmer, über ihren Sekretär gebeugt. »Was tust du da?«

»Ich überlege …«, der Mann wischte beiläufig den Stapel diesjähriger *Isa*BELLA-Ausgaben, den er eben durchgesehen hatte, zur Seite. Lockend krümmte er einen Finger, »… ob wir die Gelegenheit nicht nutzen sollten. Du und ich, ganz allein in dem großen Haus.« Geräuschlos lachend zog er Kathrin, die willig an seine Brust sank, eng zu sich heran. Er wickelte eine Strähne ihres offenen Haares um seine Hand, bog ihren Kopf nach hinten und küsste ihren Hals. »Du glaubst nicht, wie ich mich bei deinen Besuchen in München beherrschen musste, um nicht vor Annikas Augen über dich herzufallen. Gut, dass du irgendwann nicht mehr zu uns gekommen bist, viel länger hätte ich die süße Folterqual nicht ertragen.«

Kathrin kicherte. »Sag das nicht.« Doch es war nicht zu überhören, wie geschmeichelt sie sich fühlte. »Du hast Anni mal geliebt. Und mir war ehrlich nicht klar, dass wir uns nur deshalb nicht ausstehen konnten, weil wir eigentlich …«

»Weil wir scharf aufeinander waren, sprich es ruhig aus.«

»Was?«

»Ich möchte, dass du es aussprichst. Lass es mich hören.«

»Weil wir … weil wir scharf aufeinander waren«, wiederholte Kathrin artig und zitterte vor Erregung.

Daniel Hohen knöpfte ihre Bluse auf. Die Vorstellung, es in

Annikas Bett mit ihrer besten Freundin zu treiben, machte ihn wahnsinnig an.

»Vielleicht sollten wir nicht ausgerechnet hier …« Kathrin zierte sich vergebens. Daniel wusste längst, wie er mit ihr umzugehen hatte. Sie war so dankbar für seine Zuneigung. Ein leichtes Opfer. Manipulierbar. Vertrauensvoll. Ahnungslos. Und gut zu vögeln. Wenig später lag er auf ihr, und sein lautes Stöhnen hallte von den Wänden in Annikas Haus wider.

Auch diesem Paar entging die durchscheinende Gestalt der Frau, die mit unergründlicher Miene am Fußende des Bettes stand.

»Sieht nicht verdächtig aus.« Kathrin hatte das Bett gerichtet und zog den Quilt glatt. »Ich denke, wir versuchen es in diesem Zimmer.«

»Gute Vibes?«

»Glaube schon.« Sie lächelte. »Frühmorgens ist die beste Zeit dafür.«

»Ich hole dich ab.« Daniel lehnte sich gegen die Fensterbank, wo einer von Annikas Pullovern lag. Als Kathrin ihm den Rücken zudrehte, griff er danach und drückte seine Nase in das Kleidungsstück. Er konnte sie riechen – Annika. Ohne ihr Wissen in das Haus eingedrungen zu sein vermittelte ihm das großartige, das geradezu berauschende Gefühl, ein Stück weit Macht über sie zu haben. »Mal sehen, was da morgen herauskommt.« Es kostete ihn Mühe, sich auf Kathrin zu konzentrieren, die ihn aufgeregt anstrahlte. Nachdem sie ihn erst einmal in ihr Leben gelassen hatte, schien ihr naives Vertrauen in ihn zwar faktisch keine Grenzen mehr zu kennen, trotzdem blieb er auf der Hut. »Muss ich mit durch die Luft fliegenden Stühlen und geheimnisvollen Phantomschriften rechnen?«

»Ach«, sie verzog das schmale Gesicht, »sag so etwas nicht.«

»Entschuldigung. Ich bin ehrlich froh, dass du mich dabeihaben willst.« Daniel lief zu schauspielerischer Höchstleistung auf, als er verlegen die dunkelblauen Augen niederschlug. »Aber, ehrlich gesagt …«, er lächelte beschämt, und das Grübchen in seinem Kinn wurde tiefer, »… habe ich ein wenig Angst. Geht es dir nicht so?«

»Natürlich!«, rief Kathrin impulsiv und schloss ihn zärtlich in die Arme. »Natürlich fürchte ich mich genauso wie du. Doch das ist mir gleich«, beteuerte sie. »Wenn ich nur endlich mit Heike sprechen kann.«

Daniel drückte ihren Kopf an seine Brust und streichelte ihr Haar. Weil sie ihn nicht sehen konnte, gönnte er sich ein breites Grinsen. »Alles wird gut«, flüsterte er. »Ich bin bei dir.«

Wirklich, eine fulminante Darbietung.

*

»Es ist friedvoll hier.« Victor stand hinter Annika, die Arme um ihre Hüften geschlungen. Ihr Hinterkopf lehnte an seiner Brust. Beide blickten auf die Berge. Das Alpenpanorama war grandios. Auf den höchsten Gipfeln leuchtete Schnee im Sonnenlicht. »Die Abgeschiedenheit gefällt mir. Und die Hütte erst. Sie ist richtig heimelig.«

»Finde ich auch.« Annika sog die Bergluft tief ein. Es roch herrlich. Eine berauschende Melange aus Gras, Bergkräutern und Tannennadeln. »Die Schneewehe dort oben, ganz rechts unterhalb des gezackten Gipfels – woran erinnert sie dich?«

»An einen Rennläufer?«

»Für mich sieht sie aus wie ein fliegender Gorilla mit Propeller und Aufziehrädchen am Rücken.«

»Klar, wäre meine nächste Antwort gewesen«, lachte Victor.

»Glaube ich gleich.« Annika war froh, dass der Schrecken an der Autobahnraststätte hinter ihnen lag. Wirklich erstaunlich, wie tief sie geschlafen hatte. Ob das jedes Mal der Fall war, wenn sie von Maria träumte? Bei dem Wissen, die kommenden Nächte nicht daheim auf dem Hof verbringen zu müssen, wurde Annika leichter ums Herz – und doch bereitete ihr allein diese Feststellung fast schon ein schlechtes Gewissen. Als beginge sie Verrat. Ihre Furcht, dass der Traum vom eigenen Zuhause zum Alptraum zu werden drohte, gestand sie sich nicht ein. Auch nicht, dass es sie ängstigte, Maria Bodel jetzt schon weit weg vom Hof im Traum zu sehen.

Bei Sonnenuntergang aßen Annika und Victor vor der Hütte zu Abend, begleitet vom Meckern der Ziegen auf der nahen Weide und dem angenehmen Klang ihrer Glöckchen. Der selbst zubereitete Kartoffeleintopf mit Erbsen, Lauch und Karotten schmeckte an der frischen Bergluft besser als jedes Gourmetmenü. Hinterher liebten sie sich auf dem breiten Stockbett, das gegenüber dem Holzofen im einzigen Raum der Hütte stand, während der Feuerschein auf ihren nackten Leibern spielte.

Es war friedlich. Es war schön.

»Als ich dich zum ersten Mal gesehen habe, hast du mich an das Mirabellenmädchen aus *Das Parfum* erinnert. Du weißt schon, der Film nach Patrick Süskinds Roman.« Victor fuhr ihr Rückgrat mit dem Fingernagel nach, ganz leicht nur, eine hauchzarte Berührung, die Annika Gänsehaut verursachte.

»Die ist viel hübscher als ich.« Und doch freute sie sich bis in die Sommersprossen errötend über das Kompliment.

»Finde ich nicht. Ich mag dich sehr, weißt du?«

»Ich mag dich auch, Victor.«

»Erzähl mir etwas über dich.« Er ging dazu über, ihren Nacken zu kraulen und sich einzelne ihrer roten Haarsträhnen um die Finger zu ringeln.

»Hm. Du weißt doch schon so viel. Also, ich mag Arthouse-Filme, besonders die französischen; mein Lieblingsbuch ist – heute zumindest, denn das ändert sich bei mir tagtäglich – *Salz auf unserer Haut* von Benoîte Groult.«

»Die Liebesgeschichte zwischen dem bretonischen Fischer und der Pariser Intellektuellen?«

»Hast du das Buch gelesen?«

Victor schüttelte den Kopf. »Den Film gesehen. Ich bin kein großer Leser. Allerdings erinnere ich mich an die eine oder andere erotische Szene …« Er kniff Annika in den Po. »Stimmt's?«

»Kann schon sein.« Obwohl sie lag, waren ihre Knie butterweich.

»Weiter«, bat Victor.

»Noch mehr über mich … Das ist gar nicht so einfach. Manchmal bin ich eine Träumerin, aber meistens halte ich mich an die Wirklichkeit. Ich denke zu häufig über den Tod nach. Auf langen Autofahrten – und nur dann – trinke ich Fanta aus der Dose, weil mich das an unsere Urlaubsreisen früher erinnert, als ich noch klein war und mit Uli und Max im Kofferraum schlafen durfte, während Papa über die Autobahn brauste und Mama ihn mit ihren Erzählungen wach hielt.«

»Dann weiß ich das nächste Mal, was ich dir an der Tankstelle mitbringen kann, falls du mal wieder ein ausgedehntes Nickerchen machst.«

»Es tut mir ehrlich leid, was da heute passiert ist, Victor.«

»Muss es nicht.«

»Gut.« Annika kuschelte sich in seine Armbeuge. Obwohl sie im Moment weder über Maria reden noch an sie denken mochte, sah sie die junge Frau vor sich; sah ihre Hände zärtlich auf der Schwellung ihres Leibes ruhen, vergeblich auf eine Bewegung des ungeborenen Kindes wartend. Und plötzlich standen ihr aus heiterem Himmel Tränen in den Augen.

»He, was hast du denn?« Zärtlich küsste Victor das Nass auf ihrer Wange fort.

»Ich musste an Marias Kind denken«, gestand sie leise. »Daran, dass es wahrscheinlich tot ist.« Annika vergrub ihr Gesicht an seiner Brust. »Das tut mir so weh.«

»Du darfst das nicht zu nahe an dich heranlassen. Besser, du siehst deine Träume wirklich eher wie, hm, einen Film oder ein Buch. Was immer da seinerzeit auf dem Bodelhof geschehen ist – es ist lange her und lange vergessen.«

»Es gibt einen Grund, weshalb mir das so nahegeht. Im letzten Jahr war ich selbst schwanger.« Sie spürte, wie Victor sich neben ihr einen Moment lang versteifte. »Die Schwangerschaft war ungeplant. Ein Unfall, wie man so schön sagt. Obwohl ich regelmäßig die Pille genommen habe.«

»Hast du abgetrieben?«

»Nein.«

»Bedeutet das im Umkehrschluss, du hast irgendwo da draußen ein Kind?« Seine Stimme klang kratzig, die Verunsicherung war ihm anzumerken. »Ist Daniel der Vater? Lebt das Kind bei ihm?«

»Ich habe kein Kind, Victor.« Annika hatte ihn mit ihrer Geschichte – die sie bislang keiner Menschenseele anvertraut hatte – nicht in eine solche Verwirrung stürzen wollen. Er sah aus wie ein paralysiertes Kaninchen. »Du musst dir das nicht anhören.«

»Doch«, bekräftigte er und schloss sie fest in die Arme. »Ich halte dich. Bitte, erzähl es mir.«

»Du weißt ja, wie unwahrscheinlich es ist, unter Einnahme der Pille schwanger zu werden«, sagte sie leise. »So unwahrscheinlich, dass ich es für einen Wink des Schicksals hielt. Obwohl ich mir nicht vorstellen konnte, ein Kind mit Daniel großzuziehen – er war der Vater –, habe ich mich irrsinnig gefreut. In der sechsten Schwangerschaftswoche war ich zum ersten Mal beim Frauenarzt. Man konnte den Dottersack und eine ganz zarte Fruchtanlage erkennen.«

»Was ist passiert?«

»Das Kind hat sich nicht entwickelt. Die Schwangerschaft kam über das frühe Stadium nicht hinaus. Das passiert häufiger, als die meisten wissen. Häufiger jedenfalls, als ich wusste. Bis zum Schluss habe ich vergebens gehofft, dass sich das Kind samt schlagendem Herzchen nur gut versteckt. Ich wurde in Vollnarkose gelegt, meine Gebärmutter ausgeschabt, und das war es. Daniel hat nie davon erfahren.«

»O nein.« Victor fehlten die Worte. Er konnte nicht mehr tun, als sie weiter festzuhalten und tröstend zu wiegen.

»Schon okay. Es hat gut getan, endlich mit jemandem darüber zu reden. Laut Statistik hat jede dritte Frau im Lauf ihres Lebens einen Abgang innerhalb der ersten zwölf Schwangerschaftswochen. Zu viel der Information?«

»Nein.« Er meinte es ehrlich. »Ich habe über dieses Thema noch nie nachgedacht, aber ich bin froh, dass du es mir erzählt hast.«

»Wahrscheinlich habe ich damals auch erstmals begriffen, dass Daniel und ich nicht zusammenpassen«, sagte sie versonnen. »Doch jetzt bist du dran. Jetzt will ich etwas über dich hören.«

»In Ordnung. Lässt du mich aufstehen?«

»Aufstehen?«

Schon löste Victor sich von Annika und zog sich seine Kleider an. Sie spürte, ohne es zu verstehen, wie die besondere Stimmung von einem Moment zum anderen kippte. Der Zauber, der sie dazu gebracht hatte, sich ihm wie keinem anderen Menschen zu offenbaren, verflog. »Was tust du?«

»Ich hole etwas aus dem Auto. Würdest du die Gaslampe über dem Tisch anzünden?«

»Mach ich. Was ist los, Victor? Was hast du plötzlich?«

»Warte kurz. Bin gleich wieder da.« Er schnappte sich die Taschenlampe und war draußen, ehe Annika noch etwas sagen konnte.

Bei seiner Rückkehr saß sie angezogen auf der Eckbank. Das Licht der Gaslampe war grell, es machte die behagliche Atmosphäre vollends zunichte.

Victor legte ein gebundenes Buch auf den Tisch. Annika kannte es, sie hatte es schon einmal gesehen.

»Dein Tagebuch?« Fragend zog sie die rechte Braue hoch. »So sehr müssen wir nun auch nicht ins Detail gehen.«

»Nein.« Er räusperte sich. »Ich muss dir etwas gestehen, was du mir wahrscheinlich nur schwer verzeihen kannst. Diese Sache quält mich seit langem.«

»Du bist verheiratet und Vater von sechs Kindern«, flachste Annika, obwohl ihr nicht nach Scherzen zumute war. Sie versuchte bloß, ihre Angst zu überspielen.

»Das Buch ist nicht mein Tagebuch. Und ich bin nicht der, der zu sein ich vorgegeben habe.«

Annika starrte ihn an; sah, wie bleich er war; wie seine Hände zitterten; wie ihm der Schweiß ausbrach.

Victor las Unglauben in ihrem Gesicht. Und Schmerz, vor allem Schmerz. Da wurde ihm viel zu spät klar, dass er sich in Annika verliebt hatte.

»An dem Tag, als ich in deinem Gemüsebeet aufgetaucht bin und …«, begann er und erzählte ihr alles.

Victor redete und redete. Annika unterbrach ihn kein einziges Mal. Während er sprach, spiegelte ihre Miene Enttäuschung, Entsetzen und am Ende blanke Wut.

»Das Buch vor dir auf dem Tisch beinhaltet die Erlebnisse meines Vaters auf dem Bodelhof«, schloss Victor. Wider die Vernunft hoffte er, sie würde ihm verzeihen können.

»Du bist ein armseliges Schwein.« Annika baute sich vor ihm auf und schlug ihm mit der flachen Hand ins Gesicht. Die Ohrfeige hinterließ einen weißen Abdruck auf seiner Haut. »Fahr mich zum Bahnhof. Auf der Stelle.«

»Ich fahre dich selbstverständlich mit dem Auto nach Hause. Annika, bitte, du musst unbedingt lesen, was in dem Buch steht.«

»Fahr mich zum Bahnhof«, wiederholte sie ausdruckslos, »und dann verschwinde aus meinem Leben.«

»Annika …«

Sie hob abwehrend die Hände. Zitterte vor Wut.

»In Ordnung. Wie du willst.«

Im Nu hatte Annika ihre Sachen gepackt und saß bereits im Wagen, als Victor auf den Fahrersitz sank.

»Es tut mir leid.«

»Kein Wort mehr!«, fuhr sie ihn an. »Kein einziges verdammtes Wort mehr!«

Schweigend lenkte Victor den Golf die enge Bergstraße hinab und steuerte durch die nächtlichen Straßen Matreis, bis er den Bahnhof gefunden hatte. Dort hielt er an.

»Du kannst das Auto nehmen«, sagte er leise. »Lass mich mit der Bahn fahren.«

Annika ignorierte ihn, holte ihre Tasche aus dem Kofferraum und verschwand, sich zwischen zwei wartenden Taxen mit der Aufschrift *Komm ans Ziel mit Taxi Wiel* hindurchschlängelnd, im erleuchteten Bahnhofsgebäude.

Victor weinte.

Zum ersten Mal seit Jahren.

Über so vieles.

16

Der erste Zug Richtung Heimat ging erst kurz nach sechs Uhr morgens. Annika war gezwungen, die Nacht in der Wartehalle des Matreier Bahnhofs zu verbringen. Nachdem Victor sie abgesetzt hatte, starrte sie geschlagene zwei Stunden lang auf die Konzertankündigung eines Volksmusiktrios aus der Steiermark. Die Ecken des Plakats waren eingerissen, es hing wohl schon geraume Zeit. Jemand hatte der Sängerin mit schwarzem Edding einen üppigen Schnauzbart verpasst und den beiden männlichen Bandmitgliedern Herzchen in den Schritt gemalt.

Annika war wie betäubt. Ihr Kopf genauso wie ihr Herz. Victor war ein Lügner. Er hatte sie hinterhältig getäuscht und sie mit seiner Falschheit geblendet. Schlimmer noch, er war mit ihr ins Bett gegangen und ihr ein scheinheiliger Tröster gewesen, wenn sie über die Vorkommnisse auf dem Hof verstört gewesen war.

Gegen zwei Uhr nachts, als der Bahnhof bis auf zwei patrouillierende Polizisten und einen jungen Mann mit iPod-Stöpseln im Ohr menschenleer war, wich die dumpfe Benommenheit von Annika. Sie, die selten feuchte Augen bekam, weinte wahre Sturzbäche.

»Alles in Ordnung, junge Frau? Können wir helfen?« Die beiden Beamten waren aufmerksam geworden.

»Wenn Sie Erfahrung mit Geistern haben«, schniefte Annika kläglich und nahm das gereichte Päckchen Taschentücher entgegen. »Nein, nein«, wehrte sie ab, als sie die konsternierten Blicke der Beamten wahrnahm. »Bitte, nehmen Sie das nicht ernst.

Ich bin weder betrunken, noch habe ich Drogen konsumiert. Ich bin nach einem Streit einfach sehr durcheinander«, beteuerte sie und deutete hastig auf die Tafel mit den Ankunfts- und Abfahrtszeiten. »Der erste Zug Richtung Landsberg am Lech fährt erst am frühen Morgen, daher sitze ich hier und warte.«

Die Polizisten blieben skeptisch. »Dürften wir Ihren Ausweis sehen?«

»Natürlich.«

»In Ordnung, Frau Burgdorfer. Wir alle haben mal einen schlechten Tag. Vielleicht holen Sie sich einen heißen Kaffee am Automaten und beruhigen sich etwas.«

»Das mache ich«, versicherte Annika und sah erleichtert, wie die Beamten sich entfernten. Die Nacht auf einer österreichischen Wache zu verbringen hätte ihr gerade noch gefehlt.

Eine gefühlte Ewigkeit später kam der Morgen und mit ihm Annikas Frühzug. Sie fand ein leeres Abteil und schlief, übernächtigt, wie sie war, über ihrer Verzweiflung ein. In ihren Augenwinkeln trockneten salzige Tränen.

*

Da waren sie wieder.

Während Annika im Zug fest und traumlos schlief und um ein Haar ihre Umsteigemöglichkeit in Innsbruck verpasst hätte, breitete ihre beste Freundin Kathrin Reiter ein weißes Tuch auf Annikas Schlafzimmerboden aus. Darauf stellte sie ein quadratisches, blankpoliertes Brett, das die Buchstaben des Alphabets zeigte.

»Ein Ouija?«, fragte Daniel.

»Genau. Woher weißt du das?«

»Habe ich mal im Fernsehen gesehen.« In Wahrheit hatte er sich im Internet mit ihrer Spinnerei vertraut gemacht.

»Man nennt es auch Hexenbrett oder Seelenschreiber«, dozierte Kathrin mit Begeisterung, die ihre Nervosität jedoch nicht ganz kaschieren konnte. »Wenn wir so weit sind, legen wir jeder einen Finger auf das kleinere, herzförmige Brett in der Mitte. Das ist der Zeiger. So sprechen sie zu uns.«

»Die Geister?« Daniel überspielte hüstelnd seine Belustigung.

»Wie immer du sie nennen willst. Frühmorgens oder spätabends ist die beste Zeit für das Ouija-Brett. Frühmorgens vor allem dann, wenn man Gutes im Sinn hat. Nach Einbruch der Dämmerung kann es gefährlich werden. Ich habe in den letzten Jahren Unmengen über die Kontaktaufnahme mit der jenseitigen Welt gelesen. Verteilst du bitte die Kerzen in einem Kreis um das Tuch und zündest sie an?«

»Natürlich.« Daniel tat, worum sie ihn gebeten hatte, nicht ohne ihr vorher einen Kuss auf den Scheitel zu hauchen. »Meinst du, es wird klappen?«, fragte er.

»In der Vergangenheit habe ich es häufig versucht. Immer vergeblich.« Sie zuckte die Schultern. »Der Zeiger hat sich nie bewegt. Aber ich will die Hoffnung nicht aufgeben, denn hier, auf Annikas Hof, sind die Voraussetzungen anders. Schon damals, als wir Kinder waren, habe ich es gespürt – ohne es zu verstehen. Doch jetzt haben Annikas Träume es bestätigt: An diesem Ort ist die Geisterwelt nahe.«

»Ich glaube, ich spüre es auch.« Insgeheim amüsierte sich Daniel köstlich. Unterhaltsam war sie ja, Annikas kleine Freundin, das musste man ihr lassen. »Wie wäre es mit einem Salzkreis?«

»Nein. Wir brauchen keinen Schutzkreis, denn wir wollen die Grenze zum Jenseits mit offenen Herzen überschreiten. Sicher wird es helfen, dass du dabei bist und wir unsere Energien bündeln können. Setz dich bitte.«

»In Ordnung.« Daniel hockte sich neben Kathrin auf das weiße Tuch. Die Vorhänge waren zugezogen, die Kerzen brannten. Obwohl er noch nicht entschieden hatte, wie genau er sich an Annika rächen würde, fühlte es sich verdammt gut an, was sie hier taten. Seine Ex würde ausflippen, wenn sie davon wüsste. Nachdem sie das großzügige Angebot seines Vaters so schnöde abgewiesen hatte, hatte er selbst den Gedanken an eine Versöhnung weitestgehend aufgegeben. Aber zumindest konnte er dafür sorgen, dass sie den Namen Daniel Hohen nie mehr im Leben vergessen würde.

»Bitte lege deinen Finger auf den Zeiger und sag ab jetzt nichts mehr.«

Kathrin begann zu summen. Eine Melodie, klagend und lockend zugleich, die entfernt an das auf Hochzeiten und Taufen gerne gespielte *Halleluja* erinnerte. Nach einer Weile begann Daniel sich zu langweilen. Sein Blick schweifte ab. Zum Bett. Früher oder später sollte Annika erfahren, wie er ihre beste Freundin darauf geliebt hatte. Dafür würde er sorgen.

Kathrins laute Stimme riss ihn aus seinen Gedanken. »Ihr Mächte des Schattenreichs, wir rufen euch! Ihr Jenseitigen, wir rufen euch! Ihr Dahingeschiedenen, wir rufen euch! Ihr Jenseitigen, wir rufen euch! Ihr Mächte des Schattenreichs, wir rufen euch! Ihr Dahingeschiedenen, wir rufen euch! Wir bitten darum, mit Heike sprechen zu dürfen. Heike, liebe Schwester, wir rufen dich!« Kathrin wartete atemlos.

»Was ist?«, fragte Daniel nach einer Weile.

»Lass deinen Finger, wo er ist«, fuhr sie ihm über den Mund. »Und sei still!«

So biestig hatte Daniel sie nicht mehr erlebt, seit sie ihm beim Schlosswirt ins Netz gegangen war. Er musste vorsichtig sein. Kathrin lag viel an ihrem verrückten Vorhaben. Und er brauchte sie noch.

»Heike, liebe Schwester, wir rufen dich! Heike, liebe Schwester, wir rufen dich!«

Eine gute halbe Stunde später war Daniel es endgültig leid. Er stand auf und streckte sich.

»Ich hatte dich doch gebeten …«

»Ich weiß, wie sehr du dir ein Zeichen von deiner Schwester wünschst«, unterbrach er sie. Er wusste es, weil er Kathrin in der kurzen Zeit ihrer Bekanntschaft eine reiche Fülle an Informationen entlockt hatte. »Deshalb habe ich bereitwillig mitgemacht. Aber, lass uns ehrlich sein – das wird nichts werden.«

»Es muss aber …« Kathrin verwandelte sich vor Daniels Augen in ein nervliches Wrack. »Ich weiß nicht mehr weiter«, gestand sie weinend. »Mama säuft sich kaputt wegen meiner toten Schwester, und ich ertrage das nicht länger. Heike muss mir helfen, sie muss mit mir sprechen.« Ihr Schluchzen wurde so heftig, dass es ihren schmalen Körper unkontrolliert schüttelte. »Sie muss mir sagen, wie ich Mama helfen kann.«

Daniel drückte Kathrin an sich und tätschelte ihr den Kopf. Interessant – offenbar war er nicht der Einzige, der sich mit Seelenmaskerade auskannte und anderen gerne ein X für ein U vormachte. Spontan hätte er seine neue Westwood-Krawatte verwettet, dass Annika weder von der tiefen inneren Qual ihrer Freundin noch von deren krankhaften Ambitionen als Beschwörerin der toten Schwester wusste.

»Komm schon, beruhige dich.« Kathrin weinte wie ein Baby an seiner Brust. Langsam reichte es. Daniel schnitt eine Grimasse. Er konnte heulende Frauen nicht ertragen. »Beruhige dich, Kathrin.«

Es half nichts. Ihre Tränen tropften weiter auf den Boden. Da fegte ein heftiger Windstoß durchs Zimmer und blies die Kerzenflammen aus, wie ein eifriges Kind die Kerzen auf seiner Geburtstagstorte.

Irritiert sah Daniel zu den Fenstern, die nach wie vor geschlossen waren, während Kathrin sich rasch von ihm löste, sich die Tränen aus dem Gesicht wischte und horchte. »Heike?«, fragte sie hochkonzentriert. »Warst du das?«

»Lass das, Kathrin«, verlangte Daniel angespannt. »Ich wollte dich nicht kränken und dir deine Hoffnung lassen, aber mal ganz ehrlich: Ich halte das Ganze für völligen Irrsinn.«

Oben auf dem Dachboden polterte es laut.

»Okay, das reicht! Willst du mich verarschen?«, blaffte er. »Wie hast du das gemacht?«

»Ich habe nichts gemacht.« Sie schenkte ihm ein seliges Lächeln.

»Du lässt diesen Schwachsinn auf der Stelle sein, hast du mich verstanden?« Er blitzte sie wütend an, doch sie nahm schon längst keine Notiz mehr von ihm. Ihre Augen waren fest auf einen Punkt hinter Daniel geheftet.

»Endlich«, murmelte sie beglückt. Einen Herzschlag später sah Kathrin aus, als hätte man ihr das Strahlen grob aus dem Gesicht gerissen. Sie schüttelte heftig den Kopf und schaukelte mit vor der Brust verschränkten Armen hin und her. »Geh weg!«, schrie sie. »Geh! Du bist nicht willkommen!«

»Mit wem redest du, verdammt noch mal?« Daniels Stimme war messerscharf.

»Dreh dich um.« Kathrin deutete mit zuckenden Fingern auf einen Punkt in seinem Rücken. »Das hinter dir ist nicht meine Schwester.«

*

Annika war erleichtert, als der Zug in Landsberg ankam und sie auf dem Parkplatz von weitem den roten Ford Sierra ihres Bruders erkannte. Uli ersparte ihr eine langwierige Busfahrt nach Kinsau – wenn sie sich recht entsann, hielt der Bus in mindestens sieben Dörfern.

»Danke fürs Abholen.« In Ulrichs Auto roch es intensiv nach Vanille, Lehnen und Sitzpolster waren von dem Duft durchdrungen. Wenn sie sich nicht so elend schlecht gefühlt hätte, sie wäre über die neu entdeckte Vorliebe ihres Bruders für Duftbäumchen höchst amüsiert gewesen.

»Kein Problem.« Uli fragte weder, weshalb Annika den Kurzurlaub mit Victor abgebrochen hatte, noch reagierte er in irgendeiner Form auf ihre verweinten Augen. Auf halber Strecke hielt er den Ford auf einem Parkplatz an und suchte den Blick seiner Schwester. »Ich wollte ohnehin unter vier Augen mit dir sprechen. Lass uns ein paar Schritte gehen.«

»Hier? Direkt an der Straße? Was ist los, Uli?«

»Bitte, Anni.«

»Eigentlich möchte ich nur noch heim ins Bett. Aber wenn es dir so wichtig ist, gehen wir.«

»Ich bring dich bald nach Hause.« Ulrich fischte eine Zigarettenschachtel aus dem Handschuhfach seines Wagens und zündete sich eine Zigarette an.

»Du rauchst?« Auch wenn sie immer noch kaum einen klaren Gedanken fassen konnte, war Annika doch sicher, ihren Bruder nie im Leben mit einer Zigarette gesehen zu haben.

»Manchmal. Wenn das Leben einen auf beschissenes Arschloch macht. Ich muss dir etwas sagen.«

»Ist etwas mit Hanna?«

»Nein«, sagte Uli schnell. »Ihr geht's gut.«

»Was ist es dann?« Annika glaubte keine weitere Hiobsbotschaft verkraften zu können.

»Letzten Mittwoch, Max … und ich waren auf halbem Weg zu d…deinem … Grillabend, da stellte ich fest, dass ich meine Jacke vergessen hatte. D…d…da bin ich umgekehrt und zurück ins Haus gegangen. E…e…e…es war reiner Zufall.«

»Was war reiner Zufall, Uli? Deine vergessene Jacke?« Annika musterte ihren Bruder beklommen. Er sprach abgehackt, während der Zigarettenrauch ihn umwaberte, und stotterte an manchen Stellen. Sie konnte sich nicht mehr erinnern, wann das Stottern bei ihm zum letzten Mal aufgetreten war. Es musste mindestens zehn Jahre her sein.

»I…ich h…h…habe …«

»Warte.« Annika nahm ihrem Bruder die Zigarette aus der Hand, tat einen Zug, musste husten und warf sie fort. »Was auch immer es ist – wir kriegen es hin. Hol mal tief Luft und dann erzähl.«

»I…ich habe ein Gespräch zwischen unseren Eltern mit angehört. Mama und Papa d…dachten, wir wären längst weg. Sie haben mich nicht bemerkt.«

»Jetzt sag nicht, sie lassen sich scheiden.« Annika riss die Augen auf.

»Sch…schlimmer. Bei Papas Routineuntersuchung sind Auffälligkeiten festgestellt worden. Offenbar will er nicht, dass wir Kinder es wissen. Aber ich kann das nicht für mich behalten. I…ich kann es nicht.«

Annika blickte starr auf den Mülleimer des Rastplatzes. Ihre brennenden Augen brauchten etwas, woran sie sich festhalten konnten. Der Abfall quoll über den Rand des matschgrünen Drahtkorbs hinaus, dieses unwesentliche Detail prägte sich ihr ein. Eine Milchtüte lag daneben; eine zertretene Bananenschale. Vom Toilettenhäuschen wehte ein leichter, aber penetranter Uringestank herüber. Auf der Straße rauschten Autos und Lastwagen dahin, als hätte Annikas Bruder nicht soeben eine Bombe platzen lassen.

»Was heißt das, Uli?« Nach einer gefühlten Ewigkeit, in der die Zeit nicht länger ihrem gewohnten Lauf folgte, stellte Annika die Frage, deren Antwort sie bereits kannte.

»Der Krebs ist wieder da.«

Eine Stunde war es her, dass Daniel Hohen Hals über Kopf aus dem Bodelhof geflohen und auf der Eingangstreppe gestürzt war, womit er sich ein blutiges Knie eingehandelt hatte. Kurz darauf war ihm eine blassgesichtige Kathrin, die Haustür sorgfältig hinter sich verschließend, gefolgt.

Davon wusste Annika nichts, als Ulrich sie vor ihrem Haus absetzte. Bruder und Schwester hatten während des restlichen Heimwegs geschwiegen.

»Weiß Max Bescheid?«, fragte Annika, ehe sie aus dem Auto stieg.

»Ich hab es ihm gestern gesagt.«

»Und?«

»Du kennst ihn. Er meinte lapidar, das wird schon werden. Dann ist er Dartspielen gegangen. Am liebsten hätte ich ihm eine reingehauen.«

»Er ist halt ein positiver Mensch.«

»Seine Unbekümmertheit treibt mich noch in den Wahnsinn. Ich werde fast verrückt vor Sorge, und er …«

»Ich kann einfach nicht begreifen, weshalb Papa uns das verheimlichen will.«

»Hast du es denn immer noch nicht verstanden, Anni? Für ihn ist es eine Frage der Ehre, uns zu beschützen. Vor allem dich, sein kleines Mädchen. Seit der ersten Krebsdiagnose ist er davon überzeugt, dass er sterben wird und uns zurücklassen muss. Max und ich, na ja, wir sind Männer. In Papas Augen würden wir wohl irgendwie zurechtkommen. Aber Mama und du … Er hat da furchtbar altmodische Ansichten. Deshalb stellt er sich auch wegen deinem Haus so an. Weil es sein größter Wunsch ist, dich versorgt zu wissen.«

Annika dachte eine Zeit lang nach und nickte. »Sollen wir Papa sagen, dass wir Bescheid wissen?«

»Ehrlich, ich habe keine Ahnung.«

»Weißt du noch etwas Näheres über die Diagnose? Was man tun kann? Und ob Papa auch wirklich alles macht, was die Ärzte ihm raten?«

»Dazu müsste er uns erst einmal über seine Krankheit ins Bild setzen.«

»Verstehe.« Annika löste den Anschnallgurt.

»Warte kurz. Ich habe dich gar nicht nach Victor gefragt. Es geht dir nicht gut. Habt ihr gestritten?«

»Das auch.«

»Ich habe nie nachgefragt, aber in letzter Zeit hatte ich den Verdacht, ihr beide wärt zusammen …«

»Sind wir nicht, waren wir auch nicht. Und ich möchte Victor auf keinen Fall mehr wiedersehen.«

»In Ordnung.« Uli ließ das Thema fallen. »Kommst du die Tage hoch zu uns? Reden wir gemeinsam mit Papa?«

»Ich denke darüber nach, Uli. Ich muss das Ganze erst einmal verdauen.«

»Wie du meinst. Ruf an, wenn etwas ist, okay?«

»Versprochen.«

»Da fällt mir noch etwas ein. Mein Telefonat mit Hanna, gestern Abend.« Ulrich zögerte, unsicher, ob er Annika noch etwas aufbürden durfte. Aber er fühlte sich so elend, dass es ihm eine Erleichterung war, seine Sorgen mit der großen Schwester zu teilen.

»Sag schon, was ist mit der Kleinen?«

»Mitten im Gespräch hat sie mir plötzlich erzählt, dass sie immer an die tote Frau denken muss, weil die so unendlich traurig gewirkt hat. Gabriele war wütend deswegen, und mir haben sich die Nackenhaare gesträubt. Ich hab an deine verrückten Träume denken müssen … Du glaubst doch nicht, dass Hanna auf dem Hof wirklich etwas gesehen hat, oder? Dass die Sache sogar etwas mit dieser Maria zu tun haben könnte?«

»Nein«, log Annika, und die Kehle wurde ihr eng. *Die tote Frau bei Tante Anni.* Sie hatte die Stimme ihrer Nichte im Ohr. Eilig schob sie den aufflackernden Gedanken an eine Verbindung zwischen Maria Bodel und Hannas toter Frau beiseite. Im Moment wurde ihr alles zu viel. Sie verabschiedete sich mit einer Umarmung von ihrem Bruder und ging auf direktem Weg hoch in ihr Schlafzimmer.

Sie wollte nicht mehr denken.

In ihren Straßenkleidern schlüpfte Annika unter die Decke, zog sich Kathrins Quilt über den Kopf und verschloss die Augen vor der Welt. Gerade als sie zu träumen begann, in der Zeitspanne zwischen einem Augenzwinkern und dem nächsten, wurde es im Zimmer so kalt, dass Eisblumen an den Fenstern erblühten. War es nur das unschuldige Spiel des Tageslichts, das gedämpft durch die geschlossenen Vorhänge schimmerte, oder beugte sich eine schemenhafte Gestalt über die schlafende Annika? Die Gestalt einer Frau, deren Umriss sich immer deutlicher aus den Schatten schälte?

Schlaf ein, mein Kind, schlaf ein,
behüt' von treuen Engelein,
beschirmt von Gottes gnädgem Schein.

Schlaf ein, Kindlein, schlaf ein,
Schutz und Schirm seien dein,
in jedem süßen Träumelein.

Schlaf ein, Kindchen, schlaf ein,
die Mutter wacht am Bette dein,
immer wird sie bei dir sein.

Maria singt für ihr Kind, als Birgit die Tür aufschließt und die Kammer betritt. Sofort wird ihr Blick mitleidig.

»Lass heut Nacht dei Fenster offen«, sagt sie. »Der Bauer und dei Mo sin nach Weilheim aufn Viechmarkt, die kommen vorm Mittagsläuten morgen it zruck.«

»Hoaßt des …?« Marias Gesicht beginnt zu leuchten. »Hoaßt des etwa, der …«

»Psst«, warnt die Magd. »Lass uns besser it drüber reden. Wartest halt einfach ab, gell.« Doch sie lächelt.

»Danke. Vielen Dank, liebe Birgit.« Zum ersten Mal seit Beginn ihrer Gefangenschaft wird Maria sich nicht vor dem Einbruch der Nacht fürchten müssen.

Ehe sie geht, nimmt Birgit die junge Bäuerin in den Arm. »Wenn er di liebt, nimmt er di mit«, flüstert sie. »Der lasst di nia und nimma do.«

Maria steht am offenen Fenster. Die warme Nachtluft hüllt sie ein. Sie hört mehr, als dass sie sieht, wie eine Leiter leise an die Hauswand gelehnt wird. Manches Mal hat sie darüber nachgedacht, aus dem Fenster zu klettern. Einzig die Angst vor dem unausweichlichen Sturz und dem Schaden für ihr Kind hat sie in der Kammer gehalten.

»Maria?«

»Ja«, wispert sie und sieht seinen braunen Haarschopf in der Fensteröffnung auftauchen. »Komm schnell nei.«

Dann steht er vor ihr in der Kammer, die das Ehebett beherbergt; in der Kammer, die ihr zum Gefängnis geworden ist.

»I bin so froh«, sagt Maria. »Du lebst.« Sie umarmt ihn. Er bleibt starr und steif. »Korbinian?«

Da zieht er sie fest an sich und küsst sie, ehe er schnell wieder von ihr ablässt.

»Du bist a verheiratete Frau.«

»I wollt des it, des musst ma glaubn. Vom Bairich woaß i, was mit dir gschehn is, er hots mir gstandn.«

»An Schlag aufn Kopf hob i kriagt, dass i nix mehr gwusst hob. Bin erst wieder aufgwacht, als da Flößer mi grad im Lech versenken wollt. Mei Glück, dass a so gnädig war und mir die Handfesseln vorher glöst hot.«

»Des müss ma anzeign, Liebster.« Maria fuchtelt aufgeregt mit den Händen. »Da Bairich hot ma droht, mi umzubringen, wenn i was sag. Und unser Kindle will er a umbringen. Aber jetzad, wo du wieder do bist, hob i koa Angst mehr.«

»So«, sagt Korbinian nur und mustert Maria kalt.

»Was is denn bloß los mit dir?«

»I werd nix zur Anzeige bringen, von dem i nix woaß. Und gsehn hob i nix, gar nix.«

»Aber i kann doch bezeugn, was der Bairich ma…«

»Stad bist«, fährt Korbinian sie an. »Seit Monate versuch i, di zum sehn. I hob di lieb wia sonst nix auf da Welt und wollt mi mit eigne Augn überzeugn, dass an dem Gerede von de Leit nix dran is.«

»Was moanst denn?« Maria steigen die Tränen in die Augen. Wo ist ihr sanfter, verständnisvoller Geliebter? Ihr vertrauter Freund? »I versteh di it, Korbinian.«

»Im Dorf redn die Leut von unsrer Liebschaft und von unserm Kind. Sie sagn, du hosts wegmachn lassn und bist deshalb so krank. I hobs it glaubn wolln …«

»Es stimmt a gar it. Wirklich, nia tät i unserm Kind …«

»Lüg mi it a no an. It des a no. Was du gmacht host, is a Todsünd, Maria.«

»Bitte«, fleht Maria. »I konns da doch erklären. Des Kind is ja no da, is immer no in mir.«

»Jetzt glangts.« Korbinians Gesicht ist verzerrt von Wut und Trauer. »Wenn du die Wahrheit sagn tätst, müsstest hochschwanger vor mir stehn. Stattdessen passt no in dei altes Kleid. Bei aller Lieb, des konn i dir it verzeihn.«

»Frag halt die Birgit, die konn dir sagn, dass i nix als die Wahrheit red«, schluchzt Maria. Doch Korbinian hört nicht mehr hin. Er hat mit eigenen Tränen zu kämpfen und ist zum Fenster hinaus, ehe Maria ihn aufhalten kann.

»Da Korbinian is fort«, erfährt Maria am übernächsten Tag von Birgit, als diese aus der Käsküche im Dorf zurückkommt. Auf dem Rückweg hat sie einen Abstecher zu Korbinians Eltern gemacht. »Sei Mutter sagt, er is für immer weggangen.«

Das Klingeln des Handys, das in der Gesäßtasche ihrer Jeans steckte, weckte Annika. Benommen rieb sie sich die Augen und gähnte. Noch nicht richtig wach dachte sie über ihren Traum nach – und empfand tiefstes Mitleid für Maria. Das Kind in Marias Bauch, das aufgehört hatte zu wachsen, war ihr ein großes Rätsel. Und was war mit Korbinian? Wieso hatte er Maria nicht richtig zugehört? So rannten die Liebenden doch sehenden Auges in ihr Unglück.

Nur mit enormer Willensanstrengung gelang es Annika, sich aus der Vergangenheit zu lösen. Maria und die anderen waren so lebendig in ihrem Kopf, so greifbar. Im Zimmer war es dämmrig. Sie sehnte sich nach klarem Tageslicht, nach klaren Gedanken und öffnete die Vorhänge. Merkwürdigerweise konnte sie sich nicht daran erinnern, sie vor ihrer Abreise zugezogen zu haben.

Nach einer heißen Dusche fühlte Annika sich etwas besser, dennoch überschatteten der Gedanke an den Krebs und die Enttäuschung über Victor alles andere. In der Küche brühte sie sich eine Kanne Tee auf und gab reichlich Kandiszucker hinein. Anschließend überprüfte sie lustlos das Display ihres Handys. Wider Erwarten stammte der Anruf, von dem sie wach geworden war, nicht von Victor. Auch nicht von einem ihrer Brüder oder ihrer Mutter. Die Vorwahl war eine hiesige, die Nummer sagte ihr nichts. Annika drückte die Wiederwahltaste. Nach dem dritten Läuten meldete sich Wilhelm Waltner.

»Fräulein Burgdorfer, grüß Gott. Schön, dass Sie mich gleich zurückrufen. Ich wollte mich noch einmal für das Abendessen neulich bedanken. Es war mir eine Freude, Ihre Eltern und Herrn Rautenstein kennenzulernen.« Höflich, wie es seinem Naturell entsprach, schloss Waltner auch Annikas Vater mit ein, dessen Benehmen alles andere als glorreich gewesen war.

Annika antwortete mit einer belanglosen Floskel. Für mehr fehlte ihr die Kraft.

»Es ist so«, fuhr der Makler fort. »Falls Sie schon Gelegenheit hatten, einen Blick auf die Besitzchronik Ihres Hofes zu werfen, sind Ihnen möglicherweise die handschriftlichen Anmerkungen aufgefallen. Zufällig habe ich erfahren, dass diese von unserem Herrn Pfarrer stammen, der sich anscheinend früher einmal mit der Hausgeschichte auseinandergesetzt hat. Vielleicht möchten ja Sie oder auch Herr Rautenstein einmal mit ihm darüber sprechen?«

»Das ist sehr interessant, Herr Waltner. Vielen Dank.«

Am anderen Ende der Leitung entstand eine Pause. Annika fragte sich, ob der alte Herr einfach aufgelegt hatte. War sie zu kurz angebunden gewesen?

Da erklang erneut seine Stimme aus dem Telefon. »Fehlt Ihnen etwas, Fräulein Burgdorfer? Verzeihen Sie, wenn ich so direkt frage, aber Sie klingen bedrückt.«

»Das stimmt.« Annika schniefte. Bei ihrer ersten Begegnung, während der Hausbesichtigung, war Wilhelm Waltner ihr merkwürdig erschienen, was sie nun nicht mehr nachvollziehen konnte, zumal sie wusste, dass lediglich ihre Ähnlichkeit mit ihrer Großmutter Lissi ihn erschreckt hatte. Am liebsten hätte sie dem freundlichen alten Herrn ihren ganzen Kummer anvertraut.

»Besuchen Sie mich«, schlug Waltner ihr vor, als hätte er ihre Gedanken gelesen. »Trinken Sie ein Tässchen Kaffee mit mir.« Er nannte seine Adresse und gab ihr eine kurze Wegbeschreibung. Apfeldorf war ein hübsches Dorf, in dem Annika sich auskannte. Sie würde sein Haus mühelos finden. »Wissen

Sie, wenn es Ihrer Oma Elisabeth nicht gut ging, pflegte Ihre Urgroßmutter immer zu sagen: *Ein verschmorter Braten verdirbt zwar den Sonntag, doch wird's auch allerweil wieder Montag.*«

Kaum eine halbe Stunde später saß Annika in Waltners geblümtem Ohrenbackensessel. Ihr Gastgeber war ein ebenso geduldiger wie aufmerksamer Zuhörer. So kam es, dass sie dem alten Herrn sowohl von Victor als auch von ihren Träumen und den Problemen mit ihrem Vater erzählte. Das Wiederaufflammen seiner Krebserkrankung sparte sie jedoch aus. Er würde auf keinen Fall wollen, dass ein Fremder davon wusste – wo schon die eigenen Kinder nichts hätten erfahren sollen.

Während Annika redete, kam der Kuckuck dreimal aus der Uhr und verkündete die volle Stunde.

»Eine ungewöhnliche Geschichte.« Waltner fuhr sich mit der rechten Hand versonnen über sein glattes Kinn. Er hatte sich beim Rasieren geschnitten, zwei kleine Wunden verrieten ihn.

»Ungewöhnlich ist gut«, lachte Annika kläglich. »Eher unglaublich.«

»Ihre Maria möchte vielleicht etwas mitteilen. Das könnte ich mir durchaus vorstellen. Ich meine, der Mensch fliegt zum Mond, er schießt Satelliten ins Weltall und schickt unbemannte Drohnen in den Krieg. Das ist für meine Begriffe unglaublich. Weshalb sollte da nicht die Vergangenheit auf einem für uns unerklärlichen Weg ihr Recht einfordern?«

»Denken Sie das wirklich?«

»Absolut. Ich kann gut verstehen, wenn diese Dinge Ihnen Sorgen bereiten. Obwohl ich, als ich Ihnen vom Kauf des Bodelhofs abriet, selbstverständlich keine derartige Entwicklung im Kopf hatte.«

»Weshalb wollten Sie mich denn eigentlich vom Kauf abhalten?«

»Mir war unwohl, Sie allein in dem großen alten Kasten zu wissen.«

»Dabei kann ich durchaus auf mich aufpassen.« Annika dachte an ihren Vater, der ihr offenbar immer noch nicht zutraute, sich allein in der Welt zurechtzufinden.

»Das bezweifle ich nicht. Und Sie dürfen mir meine Sorge bitte nicht krummnehmen. Sie sind ein so liebes Geschöpf, Fräulein Burgdorfer, da will man Ihnen unwillkürlich zur Seite stehen.«

»So wirke ich also auf die Menschen in meiner Umgebung.«

»Bitte, fassen Sie meine Worte als großes Kompliment auf. Wenn ich Ihnen obendrein einen Rat geben darf? Sprechen Sie mit Ihrem Vater. Zwar habe ich ihn nur kurz kennengelernt, doch trotz seines bärbeißigen Benehmens war seine Liebe zu Ihnen augenfällig.« Waltner warf einen Blick auf die Uhr. »Sagen Sie, haben Sie Hunger?«

Wie um das Stichwort aufzugreifen, knurrte Annikas Magen vernehmlich.

»Ah, dachte ich es mir doch.« Waltner verschwand in der Küche und begann dort zu hantieren. Schubladen wurden geöffnet und geschlossen; Geschirr klapperte; etwas fiel zu Boden. Nicht lange, und der Gastgeber kam mit zwei vollen Tellern ins Wohnzimmer zurück. »Ich hoffe, belegte Brote sind Ihnen recht.«

»Herzlichen Dank.« Annika machte sich mit gutem Appetit über die Brote her. Seit ihrem Streit mit Victor hatte sie nichts mehr gegessen.

»Darf ich Sie fragen, Herr Waltner, was Sie von Victor halten?«

Der alte Herr schob sein letztes Brot, belegt mit Schinken und Käse, auf Annikas leeren Teller. »Er hat Ihnen sicherlich übel mitgespielt. Nur zu, essen Sie ruhig auf. Allerdings – wenn ich das richtig verstanden habe – hat er Sie nur deshalb angelogen, um etwas über seinen Vater herauszufinden. Er konnte nicht wissen, dass er sich in Sie verlieben würde. Und er ist doch heftig in Sie verliebt, nicht wahr? Zumindest hatte ich bei unserem Abendessen ganz den Eindruck.«

»Wir können uns gut leiden«, bestätigte Annika. »Das heißt, wir konnten uns gut leiden.« Gegen ihren Willen klopfte ihr Herz bei der Vorstellung, Victor könnte in sie verliebt sein, einige Takte schneller. Und erst jetzt begriff sie: Sein Verrat traf sie deshalb so tief, weil sie ebenfalls in ihn verliebt war.

Nach dem Essen brach Annika auf. Sie bedankte sich herzlich und drückte Herrn Waltner fest die Hand.

»Kommen Sie jederzeit wieder, liebes Fräulein Burgdorfer«, sagte er. »Ich habe mich sehr über Ihren Besuch gefreut.«

»Bitte, nennen Sie mich Annika.«

Wilhelm Waltner winkte seiner Besucherin nach, bis ihr Wagen um die Ecke verschwunden war. Dann sanken seine Schultern herab. Er hatte gelogen, denn er glaubte nicht ein Wort, was die Maria-Geschichte anbelangte. Obendrein war er nicht mutig genug gewesen, ihr zu sagen, was er herausgefunden hatte.

17

»Hast du gut aufgepasst, Millo?« Edeltraud Reiter öffnete die Box des Kälbchens. Der kleine Stier war sechs Wochen alt und ein so niedlicher Kerl, dass Kathrin ihm – entgegen der Gewohnheit auf dem Hof – einen Namen gegeben hatte. Millo schien erfreut über die Besucherin und stupste mit der feuchten Schnauze gegen Edeltrauds Bauch. Obwohl die Sonne bereits unterging, trug Kathrins Mutter immer noch einen Schlafanzug.

Während Millo genüsslich am Heu knabberte und hochkonzentriert einzelne Halme aus dem Haufen zupfte, wühlte Edeltraud im Heu herum; zusehends nervöser. Als Millo gerade dazu überging, ihren Hals abzulecken, fand sie die versteckte Flasche Korn. In weniger als einer halben Stunde war die Schnapsflasche bis auf den letzten Tropfen geleert.

Kathrin und ihr Vater fanden die Mutter schnarchend neben dem ebenfalls dösenden Millo. Der Anblick war alltäglich und Edeltrauds Mann so vertraut, dass er allenfalls noch ein leichtes Stirnrunzeln auszulösen vermochte. Und Kathrin ließ sich wie stets nicht anmerken, wie sehr der Zustand ihrer Mutter sie noch immer traf.

Auch an diesem Abend wäre alles nach Schema F verlaufen, Vater und Tochter hätten Edeltraud untergehakt und sie hoch in ihr Bett gebracht, wenn nicht Daniel Hohen unverhofft den Stall betreten hätte, einen riesigen Rosenstrauß im Arm und eine geschliffene Entschuldigung auf den Lippen.

Kathrin glaubte es bereitwillig, als er ihr weismachte, dass sein grobes Benehmen auf dem Bodelhof allein seiner Angst geschuldet gewesen war. Sie verzieh ihm sofort.

»Sag mal, weshalb hast du Annika eigentlich nie von deinen Versuchen erzählt, Kontakt mit der Geisterwelt aufzunehmen?« Daniel streichelte ihren Arm. Sie lagen in Kathrins Zimmer in ihrem schmalen Bett. Der Raum, in dem sie sich längst nicht mehr wohl fühlte, strahlte Kinderzimmeratmosphäre aus. Die Möbel stammten noch aus Kathrins Jungmädchenzeit. Hier war die Zeit stehengeblieben, als Heike gestorben war. Am Schrank hingen Poster von *Aqua*, den *Backstreet Boys* und der *Kelly Family*, die, längst vergilbt, den Jahren getrotzt hatten. »Sie ist doch deine beste Freundin.«

»Meine beste Freundin …«, wiederholte Kathrin nachdenklich. »Ich mag Anni wirklich gerne, wir kennen uns schon seit ewigen Zeiten, aber manches Mal hat sie mich schwer enttäuscht.«

»Enttäuscht?« Heimlich frohlockte Daniel. »Das kann ich mir gar nicht recht vorstellen.«

»Doch, so war es. Mit fünfzehn habe ich mich zum ersten Mal verliebt. In einen Jungen aus Annikas Klasse. Ein geschlagenes Jahr lang habe ich ihn aus der Ferne angehimmelt und Annika die Ohren vollgeheult. Für mich war die große Liebe zu Paul eine Art Phantasiewelt, in die ich mich nach dem Tod meiner Schwester geflüchtet habe. Bis Annika sich auf dem Sommerfest unserer Schule betrunken und mit Paul herumgemacht hat.«

»Echt?«

»Sie hat ihre Zunge in seinen Mund gesteckt. Ich habe es selbst gesehen. Hinterher tat es ihr natürlich schrecklich leid.«

»Weshalb bist du dann wegen unserer Küsserei beim Schlosswirt vor Annika zu Kreuze gekrochen?«

»Na ja, die Sache mit Paul ist lange her und in Annis Augen wohl gar nicht mehr wahr. Wir waren fast noch Kinder, und ich habe damals auch kein großes Drama daraus gemacht. Nüchtern hätte sie so etwas außerdem nie getan.«

»Du bist wirklich großherzig, so wie du sie in Schutz nimmst. Dabei verstehe ich gut, wenn du ihr seither nicht mehr völlig vertrauen kannst.«

»Das stimmt. Ich vertraue ihr schon lange nicht mehr alles an.« Kathrin schüttelte den Kopf. »Dass ich Kontakt zu Heike suche, geht Annika obendrein auch gar nichts an. Es ist mir, wie soll ich sagen, zu intim.«

»Kann ich nachfühlen.« Daniel kitzelte mit den Zehen Kathrins Kniekehle. »He, ich wollte dich mit dem Thema nicht herunterziehen.«

»Ich habe ihr das nie gesagt«, Kathrin hatte sich noch längst nicht alles vom Herzen geredet, »aber ich könnte jedes Mal an die Decke gehen, wenn sie zu wissen glaubt, wie ich oder meine Eltern uns wegen Heikes Tod fühlen. Dabei hat sie nicht den Hauch einer Ahnung, denn ihr Vater ist schließlich am Leben geblieben.«

»Ich fühle mich geehrt, dass du mir das alles anvertraust.« Daniel küsste Kathrin. So viel aufgestauter Groll. Das lief noch weitaus besser als erhofft.

»Und ich bin froh, dass es dich gibt«, entgegnete Kathrin und schmiegte sich an Daniel. Die Kelly Family lächelte vom Poster gut gelaunt auf das Paar herab; die langen Haare der Bandmitglieder glänzten, als wären sie eben noch mit einer Intensivspülung behandelt worden.

Kathrin Reiter dachte einen Augenblick darüber nach, die Poster endlich abzuhängen und die verwohnten Möbel auszumustern. Vielleicht hing der flüchtige Gedanke damit zusammen, dass sie noch nie Männerbesuch in ihrem Kinderzimmer gehabt hatte.

*

Am Sonntag fühlte Annika sich sehr viel besser. Dankbar dachte sie an Herrn Waltner. Der alte Herr hatte einen großen Teil dazu beigetragen.

Sie frühstückte ausgiebig, Victors leeren Platz konsequent ignorierend, und schlief am Mittag eine Stunde tief und traumlos. Am Nachmittag schrieb sie binnen einer Stunde einen Entwurf für ihre nächste Kolumne, der ihr erstaunlich leicht von der Hand ging. Hinterher stöberte sie, um ihre innere Unruhe zu bekämpfen, in dem großen Zimmer über dem ehemaligen Stall. Dort lagerten diejenigen ihrer Sachen, die noch keinen Platz gefunden hatten. Annika sah alte Ansichtskarten durch und las Liebesbriefe, die sie als Teenager geschrieben und nie abgeschickt hatte.

Die Türklingel unterbrach sie.

»Victor.« Er trug Jeans und T-Shirt und sah sehr vertraut aus.

»Hallo Annika. Ich …«

»Du willst deine Sachen holen?«

»Ja, auch. Aber in erster Linie müssen wir dringend miteinander sprechen.«

»Ich will nichts hören.«

»Bitte, du musst wissen …«

»Ich muss gar nichts!« Sie ignorierte seine augenscheinliche Verzweiflung und ließ ihn nicht weiter zu Wort kommen. »Zieh die Haustür hinter dir zu, wenn du fertig bist. Ich bin so lange draußen.« Annika flüchtete sich in den Dämmerschatten des Sandsteinanbaus, den sie bei den bisherigen Renovierungsarbeiten weitgehend außer Acht gelassen hatte, weil es am Haus selbst so viel zu tun gab. Das niedrige Gebäude umfasste etwa fünfzig Quadratmeter. Ein großer Mann wie Victor hätte darin nicht aufrecht stehen können.

Annika sah sich um. Durch winzige Holzfenster, deren Scheiben allesamt zerbrochen waren, fiel spärliches Licht in den Anbau. Die Mauern aus Sandstein fühlten sich klamm an, wie eine in der Abendkühle vergessene Decke. Soweit Annika wusste, war der Anbau beinahe so alt wie das Haus selbst. Mehr als zwei Drittel des Bodens bestanden aus festgetretener Erde. Dort, wo der Anbau ans Haus anschloss, war der Boden auf einer Fläche von vielleicht zehn Quadratmetern mit Bruchsteinen gepflastert. Annika dachte kurz darüber nach, ob hier früher einmal schwere Gerätschaft aufbewahrt worden war, die ohne den festen Untergrund ins Erdreich eingesunken wäre.

Um sich von Victors Anwesenheit im Haus abzulenken, zählte sie die Bruchsteine samt den kleinsten Splittern und kam auf die Zahl einhundertsiebenunddreißig. Danach fiel ihr nichts mehr ein, womit sie sich hätte beschäftigen können. Sie setzte sich auf den festgetretenen Erdboden und hoffte zum ersten Mal auf einen Traum aus der Vergangenheit, der sie Victor vorübergehend vergessen ließe. Vergebens.

»Maria?« Annika empfand die eigene Stimme als störend laut in dem leeren Gebäude. Sie tippte mit den Fußspitzen nervös auf den Boden. Ob Victor schon fort war?

Bis ihr die Beine einzuschlafen begannen, machte Annika noch so spektakuläre Entdeckungen wie die einiger Mauselöcher und der dazugehörigen Mäuseköttel. Und Spinnweben natürlich, wohin sie sah. Wahrscheinlich wohnten in dem Anbau auch Fledermäuse, denn sie hatte die Tiere schon beim Ein- und Ausfliegen beobachtet. Schließlich stand sie auf. Victor hatte lange genug Zeit gehabt, seine Sachen zu packen. Sicher war er längst weg.

Annika betrat das Haus durch die angelehnte Terrassentür. Ihre Beine kribbelten von den Oberschenkeln bis zu den Zehenspitzen, als würden Ameisen darin wühlen.

Von oben waren deutlich Schritte zu vernehmen. Sie hatte sich geirrt – er war noch da. Sie stieg die Treppe hoch und öffnete die Tür zu seinem ehemaligen Zimmer. »Du hattest wirklich lange genug Zeit …« Ihre Worte fanden in dem leeren Raum keinen Empfänger. Victors Sachen waren verschwunden.

Sprachlos starrte Annika auf die zusammengeklappte Ausziehcouch und die ordentlich ausgeklopften und hindrapierten Zierkissen. Einen irritierenden Atemzug lang dachte sie daran, wie Victor sie auf der Bettcouch geliebt hatte. Da hörte sie aus ihrem Schlafzimmer Geräusche.

Empört stürzte Annika nach nebenan – was fiel ihm ein! – und fand sich Kathrin gegenüber, die eine Gießkanne in der Hand hielt.

»Anni, du bist zurück? Ihr wolltet doch erst am Montag heimkommen?«

»Ich bin schon seit gestern wieder da. Was auch immer zwischen Victor und mir war, es ist vorbei.«

»O nein, das tut mir leid.« Kathrin streichelte Annika tröstend über den Rücken. »Was ist denn passiert?«

»Hast du ein bisschen Zeit? Wir könnten am Lech spazieren gehen. Ich brauche frische Luft.«

Kurz darauf hing Kathrin an Annikas Lippen, als diese die Wahrheit über Victor enthüllte. Das Wiederauftreten der Erkrankung ihres Vaters verschwieg Annika, darüber mochte sie selbst mit der besten Freundin nicht reden.

»Ich weiß nicht, in was ich da hineingeraten bin, Kathi. Victor als Sohn eines Geisterjägers … Langsam, aber sicher macht es mir richtig Angst.«

»Das kann ich verstehen. Hört sich alles völlig surreal an, oder? Und Victor, dass der dir ein solches Theater vorgespielt hat und obendrein noch mit dir in die Kiste gehüpft ist – was für eine Sauerei!«

»Ich hätte das nie von ihm gedacht.«

»Ich auch nicht«, nickte Kathrin. »Allerdings …«

Ein Schwanenpaar erhob sich majestätisch vom Wasser in

die Lüfte und zog mit lautem Flügelschlag über die Köpfe der beiden Frauen hinweg.

»Was wolltest du gerade sagen?«

»Ganz ehrlich, sosehr Victor dich auch verarscht hat, die Geschichte ist faszinierend. Ein Geisterjäger in Kinsau, dazu deine Träume von Maria … Überleg doch mal, Anni, wer bekommt im Leben schon eine solche Chance?«

»Was für eine Chance?«

»Kontakt mit jenen zu haben, die nicht mehr da sind.«

»Also …« Annika war sprachlos. »Von dir hätte ich eher gedacht, du würdest nach der Geschichte keinen Fuß mehr in mein Haus setzen.«

»Es ist schon unheimlich, das gebe ich zu.« Kathrin hakte sich bei Annika unter. »Trotzdem meine ich, du erlebst etwas ganz Besonderes. Hast du denn wieder von Maria geträumt?«

»Ja.« Annika fröstelte. Die Luft war kalt, der Sommer verabschiedete sich. »Auf der Fahrt nach Matrei und auch nach meiner Rückkehr. Seit ich zurück bin, habe ich obendrein das Gefühl, mit dem Haus sei eine Veränderung vorgegangen. Als wäre es, hm, aufgewacht. Hört sich blöd an, ich weiß. Aber ich kann es nicht besser beschreiben. Vermutlich reagiere ich überempfindlich auf jedes nichtige Geräusch. Ich bin auch völlig übermüdet. Oder es liegt schlicht daran, dass Victor nicht mehr da ist. Ich war in letzter Zeit ja kaum allein.«

»Sag mal, würde es dich nicht reizen, Marias Geschichte wahrhaftig auf den Grund zu gehen? Ich meine, über deine Träume hinaus?«, wagte Kathrin einen Vorstoß. »Wir könnten eine Art Séance veranstalten. Vielleicht will sie sich mitteilen.«

»Das ist nicht dein Ernst.« Annika blieb stehen und starrte die Freundin entgeistert an. »Eine Séance *veranstalten*? Und vielleicht noch Gebäck und Plätzchen dazu reichen? Ich habe genug mit der Tatsache zu kämpfen, dass es in meinem Haus allem Anschein nach spukt. Dem auch noch Vorschub zu leisten ist wirklich das Letzte, wonach mir der Sinn steht.«

»Ich dachte nur, das könnte dir helfen. Entschuldigung. Was hast du dann vor? Willst du ausziehen?«

»Nein. Ich lasse mich nicht vertreiben. Eventuell rede ich mal mit dem Pfarrer. Der hat kurzzeitig im Haus gewohnt und sich auch mit der Hausgeschichte befasst.«

»Ich bin jedenfalls da, wenn du mich brauchst.«

»Danke, Kathi.« Annika zögerte. »Victor hat heute seine Sachen abgeholt«, gestand sie leise.

Kathrin sah sie aufmerksam an. »Was hat er denn gesagt?«

»Ich habe ihn nicht zu Wort kommen lassen und bin bloß froh, dass er weg ist.«

»Weißt du denn, wie du ihn erreichen kannst? Falls du wegen der ganzen Sache doch noch einmal mit ihm sprechen musst?«

»Ich kenne weder seine Adresse noch seine Handynummer. Im Rückblick war ich ganz schön blöd. Aber er hat ja bei mir gewohnt, da brauchte ich ihn nicht anzurufen … Jedenfalls, mit Victor bin ich durch, das darfst du mir glauben. Da fällt mir ein, was ist eigentlich mit Daniel? Weißt du, ob der wieder abgereist ist?«

»Vermutlich.« Kathrin zuckte die schmalen Schultern und versuchte, Gleichgültigkeit in ihre Stimme zu legen. »Sicher weiß ich es nicht.«

Nachdem Kathrin sich mit einer innigen Umarmung verabschiedet hatte, stattete Annika ihrem Gewächshaus einen Besuch ab. Sie überlegte, welche Blumen sie im nächsten Jahr ziehen, welches Gemüse sie setzen, welche Samen sie kaufen wollte. Reine Verzögerungstaktik, denn sie hatte es alles andere als eilig, ins Haus zu kommen.

Auch wenn sie sich Kathrin gegenüber lässig gegeben hatte, brach Victors Abwesenheit ihr schier das Herz. Sie war unglaublich wütend, und dennoch vermisste sie ihn. Vielleicht könnte sie nachher im Internet nach seiner Adresse suchen. Einfach so, zur Sicherheit, ohne dass jemand davon erfahren musste.

Als Annika sich endlich einen Ruck gab und das Gewächshaus hinter sich ließ, sah sie auf dem Weg ins Haus ein Kuvert aus dem Briefkasten lugen. Der Umschlag im DIN-A4-Format war unbeschriftet. Sie nahm ihn mit hinauf in ihr Schlafzimmer. Bewusst verzichtete sie auf den heißen Tee, den sie gerne getrunken hätte. Draußen wurde es dunkel, und sie mochte sich im Moment nicht in der Küche aufhalten.

In dem Kuvert befanden sich mehrere Fotos, ein schmales Briefkuvert und einige eng beschriebene Blätter. Obenauf klebte ein gelbes Post-it. Sie erkannte Victors Schrift auf Anhieb.

Lies bitte zuerst den Brief.

Annika hielt das Kuvert unschlüssig in Händen und überlegte ernstlich, es am nächsten Tag mitsamt Inhalt im Küchenofen zu verheizen.

Dann öffnete sie Victors Brief.

Liebe Annika,
ich kann Deine Reaktion gut verstehen, dennoch hatte ich sehr gehofft, dass Du heute mit mir sprechen würdest. Denn ich habe Dich sträflich lange im Unklaren darüber gelassen, was auf dem Bodelhof vor sich geht. Annika, es ist gefährlich, die Augen weiterhin vor dieser Sache zu verschließen!

Ich habe für Dich fotokopiert, was mein Vater 1981 über Deinen Hof geschrieben hat. Ich bitte Dich inständig: Lies seine Zeilen. Ebenso sollst Du erfahren, dass ich mit einem Fachmann des Parapsychologischen Instituts in Passau gesprochen habe. Er hat eindringlich davor gewarnt, dem Spuk auf dem Bodelhof in irgendeiner Form Vorschub zu leisten.

Ich weiß, ich hätte Dich auf der Stelle warnen müssen, doch ich war egoistisch und wollte unbedingt wissen, was weiter auf dem Hof geschehen würde. Außerdem war ich davon überzeugt, Dich beschützen zu können. Und ein weiterer Grund, der wichtigste, wie ich inzwischen erkannt habe: Ich wollte Dich auf keinen Fall verlieren. Das war dumm von mir, denn gegen Maria, die sich in Deinen Kopf, in Deine Träume und in Deine Gedanken schleicht, komme ich nicht an.

Die beigelegten Fotos sind jene Aufnahmen, die ich am Tag unserer ersten Begegnung gemacht habe. Die Digitalkamera konnte nichts Ungewöhnliches festhalten, der alte analoge Apparat hingegen schon. (Mein Vater hat irgendwo aufgeschrieben, weshalb seiner Meinung nach die Digitalkameras bei der Geisterfotografie versagen. Ich habe in seinen Aufzeichnungen darüber gelesen und glaube, er hielt einen Zusammenhang mit den elektronischen Bildwandlern, die in modernen Kameras verbaut werden, für wahrscheinlich.)

Falls Du mich sprechen möchtest, ich wohne momentan in der Schlosswirtschaft. Um herauszufinden, wie es weitergehen soll. Und in der Hoffnung, Dich wiederzusehen.

Es tut mir furchtbar leid!

Dein Victor

Obwohl Annika nicht den leisesten Schimmer hatte, wie sie mit weiteren Offenbarungen umgehen sollte, brachte sie es nicht über sich, den Inhalt des Kuverts einfach links liegen zu lassen. Sie wickelte sich fest in ihre Bettdecke, seufzte einmal tief und begann zu lesen.

Im Schlafzimmer wurde es kälter. Annika spürte es – und ignorierte es beharrlich. Dennoch wagte sie kein einziges Mal, von den Seiten in ihrer Hand aufzublicken.

15. Dezember 1981
Bodelhof, Gemeinde Kinsau
Landkreis Landsberg am Lech, Deutschland

Der Bodelhof wurde 1690 erbaut. Zweihundert Jahre lang blieb er im Besitz der Familie Bodel, ehe er an die Familie von Bruckenheim veräußert und fortan nicht länger als Landwirtschaft genutzt wurde. Es war ein schwieriges Unterfangen, die Genehmigung der Eigentümer für meine Forschung zu erhalten. Zwar urlauben die von Bruckenheims offenbar nur in den warmen Sommermonaten auf dem Anwesen, dennoch standen sie meinem Anliegen anfangs skeptisch gegenüber. Was unter anderem daran liegen mag, dass ich bisher lediglich ein einziges Referenzobjekt in meinem Heimatland Rumänien vorzuweisen habe. Nun, jeder Weg beginnt mit einem ersten Schritt, auf den ein zweiter und ein dritter Schritt folgen.

Der für die Zustimmung der Familie schlussendlich ausschlaggebende Faktor war – meinem Dafürhalten nach – folgender: In der Familie von Bruckenheim wurde über viele Jahre hinweg eine Geschichte weitergegeben, der zufolge eine Tochter des Hauses Ende des neunzehnten Jahrhunderts immer wieder von einer Geistererscheinung auf dem Bodelhof gesprochen und auch Kontakt zu jener Erscheinung hergestellt haben soll. Wenn man der Überlieferung Glauben schenken darf, so sah besagte Tochter des Hauses, Vera von Bruckenheim, den Geist einer Frau. In dieser Schilderung ist die sich materialisierende Gestalt eine junge Person mit Namen Maria. Das Mädchen Vera soll die Frau zwischen den Jahren 1899 und 1911 regelmäßig sowohl in Tagträumen als auch in manifestierter Gestalt gesehen haben.

Ich bin überaus gespannt, ob und was ich selbst zutage fördern werde. Allerdings bedeutet die Aufnahme meiner Forschungsarbeit zugleich die Trennung von Magda, die ich in den vergangenen Wochen so lieb gewonnen habe, dass ich sie in meinem Leben nicht mehr missen möchte.

16. Dezember 1981

Ich habe meine bescheidene Gerätschaft aufgestellt und bin mit aller Intensität darauf konzentriert, meinen Geist zu öffnen. Auch die Empfänglichkeit, was das Nahen der Jenseitigen anbelangt, ist eine Frage der Übung. Und ich stehe gerade erst am Anfang.

24. Dezember 1981

Es ist der Heilige Abend, und während die Menschen hinter hell erleuchteten Fenstern um den Weihnachtsbaum sitzen, verbringe ich meinen Festabend auf dem Bodelhof. Zu meiner Enttäuschung (entgegen meinem festen Vorsatz war meine Erwartungshaltung doch sehr hoch) hat sich bislang nicht die Spur eines übersinnlichen Phänomens im Haus abgezeichnet.

In einem Topf auf dem alten Holzofen in der Küche dampft der Zimtglühwein, den ich zur Feier des Tages genießen möchte. Ich sehne mich nach Magda und beschließe, das nächste Weihnachtsfest mit ihr gemeinsam zu feiern. Um den fehlenden Baum zu ersetzen, zünde ich Kerzen an.

Nachtrag am nächsten Morgen: So aufmerksam ich sonst jedes Detail registriere, bin ich nicht darauf vorbereitet, als die Kerzen allesamt verlöschen.

Annika las den letzten Satz, las ihn noch einmal und noch einmal. Es fühlte sich an, als wolle sich Liviu Dimitris Schrift in ihre Netzhaut brennen. Sie dachte zurück an den Abend, als Victor die Teelichte in der Küche angezündet hatte.

Ihre Augen brannten.

Er hatte es gewusst.

25. Dezember 1981

Heute Morgen sah ich mich in der Küche der Gestalt einer alten Frau gegenüber. Deutlich war ein Messer in der Hand des Geistwesens erkennbar. Ich mag auf dem Holzweg sein, doch diese Tatsache ließ mich sogleich an ein Verbrechen denken, das sich hier im Haus möglicherweise ereignet hat und nie Aufklärung fand. Vielleicht kam auch ein Mensch durch einen tragischen

Unfall zu Schaden / zu Tode. Meines Erachtens weist das Messer eher in Richtung eines Mordes. Hat die Frau jemanden umgebracht? Findet ihre Seele deshalb keine Ruhe?

2. Januar 1982

Zwischenzeitlich durfte ich mehrfach dem Geist jener obig beschriebenen Frau begegnen, der sich sowohl tagsüber als auch nachts materialisierte. Die Erscheinung war häufig mit Klopfgeräuschen verbunden, die aus dem Dach zu kommen schienen, manchmal auch einhergehend mit plötzlicher Düsternis und Kälte. Meine kühnsten Hoffnungen wurden übertroffen. Ich hätte nicht zu träumen gewagt, solche Ergebnisse zu erzielen, wiewohl ich meine instinktiven Ängste im Moment des Geschehens nicht unterdrücken konnte. Es stellt sich überdies natürlich die Frage, inwiefern den Lebenden durch das Geistwesen Beeinträchtigung oder Gefahr droht / drohen könnte.

Zwar decken sich meine Beobachtungen nicht mit denen der Vera von Bruckenheim, die den Geist einer jungen Frau beschrieben haben soll, doch möchte ich zum jetzigen Zeitpunkt keinesfalls ausschließen, dass es sich unter Umständen um dieselbe Person in verschiedenen Lebensepochen handelt.

3. Januar 1982

Die Familie von Bruckenheim beschäftigt einen Hausmeister, dem die Instandhaltung des Hofes übers Jahr obliegt. Ich durfte den Mann – mit bürgerlichem Namen heißt er Peter Gruber, wird jedoch von allen Pepe genannt – zwischenzeitlich kennenlernen. Pepe, der etwa in meinem Alter sein dürfte, kümmert sich seit nunmehr zwei Jahren um den Hof. Er hat großes Interesse an meiner Arbeit gezeigt, das mir weit über ein normales Maß hinauszugehen schien. Obendrein wirkte er auf mich bedrückt, so dass ich ihn schließlich geradeheraus danach fragte, ob er etwas auf dem Herzen habe. Ich lag richtig. Peter Gruber hat sich mir anvertraut. Welch eine Bürde für den jungen Mann! Welch ein Glück für meine Forschung! Pepe schilderte mir anschaulich eine immer wiederkehrende Spukerscheinung, die ihn quält, seit er die Hausmeistertätigkeit auf dem Bodelhof aufgenommen hat.

Er sieht, was auch ich zwischenzeitlich erblicken durfte: eine alte Frau, die in der Hand ein Messer mit scharfer Schneide hält.

Peter Gruber ist überzeugt, dass die Erscheinung eng mit der Vergangenheit und dem Hof verknüpft ist; ja, seiner Meinung nach hat sich einst etwas Schreckliches auf dem Hof ereignet. Das spricht für meine Theorie eines Verbrechens.

Ich habe Pepe in seiner Annahme bestärkt, die Erscheinung des Geistwesens könne durchaus mit dem Versuch einer Kontaktaufnahme durch die Jenseitigen verknüpft sein. Darüber wollte er schier verzweifeln, was selbstverständlich nicht in meiner Absicht lag. Dennoch, die jenseitige Welt ist kein Spiel. Sie existiert und nimmt manchmal ebensolchen Einfluss auf unser Befinden wie das Wetter oder die Nachrichten in Funk und Fernsehen.

4. Januar 1982

Peter Gruber hat mich abermals aufgesucht. Ich fragte ihn, weshalb er die Arbeit auf dem Hof nicht kündige, da sie ihm doch sehr arg zusetze. Er sagte schlicht, das könne er nicht.

6. Januar 1982

Heute ist Dreikönigstag und zugleich mein letzter Tag auf dem Bodelhof. Ich habe den Geist der alten Frau noch zwei weitere Male erblicken dürfen; sowohl in der Küche wie auch in dem darüberliegenden Raum im ersten Stock. Die letzte Sichtung des Geistwesens war insofern außergewöhnlich, als die Frau das besagte Messer nicht mehr in der Hand hielt. Ihre Hände lagen schützend über ihrer Leibesmitte. Obwohl das Alter, welches die Erscheinung zu diesem Lebenszeitpunkt erreicht haben muss, eine Schwangerschaft ausschließt, war es eben jener Begriff, der mir in den Sinn kam. Und intuitiv halte ich daran fest.

Auf meinen Versuch, die Erscheinung anzusprechen – ich habe sie beim Namen Maria genannt (falls es sich bei der Frau zugleich um den Geist jener Maria handelt, die Vera von Bruckenheim über Jahre hinweg gesehen haben will) –, erhielt ich keine erkennbare Reaktion. Gleichwohl lag am nächsten Morgen eine Kinderdecke auf meinem Kopfkissen, die ich im

Haus zuvor nicht bemerkt hatte. Mit hoher Wahrscheinlichkeit befindet sich besagte Decke auch nicht im Besitz der Familie von Bruckenheim, denn sie war – kaum, dass ich mir die schlafmüden Augen rieb – verschwunden. (Womöglich liege ich mit einer oder mehreren Schwangerschaften der Frau in jüngeren Lebensjahren nicht gänzlich falsch. Die Kinderdecke scheint mir eine unmittelbare Reaktion auf meinen Versuch, das Geistwesen anzusprechen. Ob der vermutete Mord/Unfall in Zusammenhang mit einem Kind stand?)

Ich freue mich auf das Wiedersehen mit Magda, die ich noch heute fest in meine Arme schließen will. Zugleich bedaure ich, dass meine Forschungen auf dem Hof an diesem Punkt ein Ende finden. Mit Erlaubnis der Familie von Bruckenheim will ich in Bälde zurückkehren, in der Hoffnung, noch weitere erstaunliche Ergebnisse zu erzielen.

Ich habe Peter »Pepe« Gruber alles Gute gewünscht und ihm – etwas anderes konnte ich mit meinem Gewissen nicht vereinbaren – geraten, sich dem Sog des Hofes nach Möglichkeit zu entziehen. Der junge Mann (falls er denn wirklich so empfänglich für die jenseitige Welt ist, wie es den Anschein haben will) scheint mir dem nicht gewachsen.

Der Familie von Bruckenheim werde ich eine Niederschrift zukommen lassen, die eine ausführliche Beschreibung des Geistwesens auf dem Bodelhof beinhalten soll. (Unter Umständen wäre auch ein Interesse des Parapsychologischen Instituts in Bukarest denkbar.)

Abschließend bleibt der Familie zu raten, den übersinnlichen Vorgängen auf dem Hof mit wachem Geist zu begegnen. Es scheint mir tiefer Kummer in den Wänden, Decken und Balken des Hauses widerzuhallen. Kummer, der, so Gott will, vielleicht ein Ende findet, wenn die Zeit reif ist.

Annika fror bis ins Mark. Die gelesenen Zeilen waren wie ein Traum, und doch waren sie Wirklichkeit. Sie wusste, dass auf den beiliegenden Fotos etwas zu sehen sein würde, andernfalls hätte Victor sie ihr nicht gegeben. Ihr Unwille, die Bilder zur

Hand zu nehmen, hätte nicht größer sein können, wenn es sich um Klapperschlangen gehandelt hätte.

Die ersten drei Aufnahmen zeigten Ansichten der Küche. Auf jedem Bild war ein heller Fleck zu sehen, und es brauchte wenig Phantasie, um darin die Umrisse eines Menschen zu erkennen. Der Fleck befand sich einmal vor der Terrassentür, einmal am Küchentisch und einmal im Erker. Das vierte Bild war im Schlafzimmer aufgenommen worden. Annika selbst war darauf zu sehen, wie sie gerade lebhaft auf etwas deutete. Neben ihr, deutlicher als auf den Küchenbildern, war der Umriss einer Frauengestalt erkennbar. Sie erinnerte sich noch gut an die Situation, in der das Bild entstanden war. Victor hatte auf den Auslöser gedrückt, als sie ihn gerade auf den phantastischen Lechblick hingewiesen und ihm von ihrer Vorliebe für eiskalte Flussbäder erzählt hatte.

18

Annikas Wangen glühten. Sie hatte dringend aus dem Haus gemusst. Sie stand auf ihrer Terrasse und starrte hoch in den Himmel, der im Dämmerlicht eine gelbliche Färbung annahm; eine deutliche Warnung vor drohendem Hagel und Sturm.

Es war noch nicht völlig dunkel, daher war vermutlich kaum Zeit vergangen, seit sie Dimitris Aufzeichnungen gelesen und sich die Bilder angesehen hatte. Es hätten aber auch viele Stunden sein können, denn Annika war jedes Zeitgefühl abhanden gekommen. Sie kicherte, während brausender Wind ihr heißes Gesicht kühlte und ihr um die Ohren pfiff. Vielleicht stand sie unter Schock. Ziemlich sicher sogar. Wieder kicherte sie. Hysterisch.

Erst jetzt hatte sie voll und ganz begriffen, weshalb Victor auf den Bodelhof gekommen war. Doch darüber konnte sie nicht nachdenken, denn ihr Kopf verharrte in Schockstarre. Annika reckte das Kinn in den schärfer werdenden Wind und hieß ihn willkommen. Hieß willkommen, dass er ihre Augen brennen und ihre Zähne klappern ließ. »Ein Baum fällt vom Uhu«, murmelte sie vor sich hin. »Uhufamilie organisiert Bananenfest im Wattmeer.« Es war ein Spiel, das sie mit ihren Brüdern erfunden hatte. Sätze mit möglichst wenig Sinn zu bilden, ausgehend vom letzten Wort im Satz. Damit lenkte sie sich ab, während der Sturm an Gewalt zunahm.

Bloß nicht nachdenken. Nicht über Liviu Victor Dimitri. Nicht über den Geist der alten Frau. Nicht über ihre Zukunft auf dem Hof.

»Meermädchen gesteht Liaison mit Außerirdischem. Außerirdisches Leben im Burger einer namentlich nicht genannten Fast-Food-Kette entdeckt. Entdeckung von überdurchschnittlich intelligenten Kaffeebohnen. Bohnensalat spricht bei Rückführung plötzlich indonesisch. Indonesischer Rauhaardackel lebt zurückgezogen in einem Palmenbaumhaus. Baumhausinhaber plädiert nach Plünderung eines Ameisenhaufens auf Freispruch.«

Im Haus knallte es laut. Das Geräusch übertönte den aufziehenden Sturm. Annika stand stocksteif, ihre Arme baumelten wie die leblosen Glieder einer Puppe am Körper herab. Was auch immer am Tag der Hofbesichtigung seinen Anfang genommen hatte, schritt seinem Höhepunkt entgegen. Sie fühlte es deutlich. Seit ihrer Rückkehr aus Matrei war die Luft im Haus knisternd aufgeladen, die Wände schienen zu flüstern und die Böden von unsichtbaren Schritten zu erzählen, die hinter Annika durch die Räume glitten.

Erst als schwere Regentropfen mit zunehmender Wucht vom Himmel klatschten, ging sie zurück ins Haus. Eine Veränderung war in ihr vorgegangen. Es machte ihr nichts mehr aus, sich allein in der Küche aufzuhalten, denn die Furcht begleitete sie ohnehin auf Schritt und Tritt. Im Flur, im Schlafzimmer, im Bad, im Lesezimmer oder in der Küche – ganz egal. Annika meinte, die Anwesenheit des Geistwesens, wie Dimitri die von ihm gesichtete Erscheinung bezeichnet hatte, als unsichtbaren, kalten Ascheregen auf der Haut zu spüren. Sie zweifelte nicht mehr daran, dass ihre kleine Nichte Hanna die Frau gesehen hatte, die auf dem Bodelhof umging.

Die Frau. Den Geist. Das Gespenst.

Erneut verspürte sie den Drang, hysterisch zu kichern. Es war an der Zeit, sich einzugestehen, dass es eine Verbindung zwischen ihren Träumen von Maria und jenem Geistwesen geben musste. Und doch gelang es Annika nicht, beides in Einklang zu bringen. Maria lag ihr am Herzen, sie fühlte mit ihr, sie mochte sie. Beim Gedanken an den Geist empfand sie hingegen kaltes Grausen.

Spätabends telefonierte Annika über zwei Stunden lang mit Kathrin und brachte die fassungslose Freundin auf den neuesten Stand. Ihr Bett, in das sie sich mit dem Telefon verkrochen hatte, wurde ihr mehr und mehr zum Zufluchtsort. Da sie sich in den einsamen Räumen des Bodelhofs nirgendwo mehr sicher fühlte, tat es ihr wohl, sich die Bettdecke wie einen Schutzschild um den Körper zu hüllen.

Natürlich hatte sie darüber nachgedacht, den Hof zu verlassen. Die Haustür hinter sich abzuschließen und diesem Kapitel ihres Lebens, das mehr und mehr aus dem Ruder zu laufen drohte, ein Ende zu setzen. Sie hatte das Anwesen nicht gekauft, um sich fortan den Rest ihres Lebens vor Geistern zu fürchten und von toten Menschen zu träumen. Aber letztendlich brachte sie es nicht über sich, einfach zu gehen. Der Hof war Annikas großer Traum. Ein weit größerer Traum noch als ihre Kolumne, die sie leichtsinnig gefährdete, indem sie sich von Maria so sehr vereinnahmen ließ. Doch wie verlockend der Gedanke an Flucht in Nächten wie dieser auch sein mochte, sie würde ihren Platz nicht räumen, wollte ihr Zuhause nicht aufgeben.

Während Annika mit Kathrin telefonierte, rauschte es zwischendurch in der Leitung – das Gewitter nahm an Heftigkeit zu, der sintflutartige Regen ging in einen Hagelsturm über.

»Schlaf gut.« Annika legte auf, froh darüber, dass ihr Verhältnis zu Kathrin sich stetig besserte. Sie fühlte sich der Freundin sehr nahe, fast war es so, als hätte es die Entfremdung durch die Münchener Jahre nie gegeben. Allerdings empfand Annika, nachdem Kathrins Stimme aus dem Hörer verklungen war, umso heftiger die lastende Einsamkeit in ihrem Haus.

Der Sturm wütete die ganze Nacht. Es krachte und donnerte, wie sie es lange nicht mehr erlebt hatte. Annika wälzte sich unruhig auf ihrer Matratze und tat kein Auge zu. Zweimal flackerte die Nachttischlampe neben ihrem Bett und ließ sie vor einem möglichen Stromausfall zittern.

Als das Licht ihr treu blieb, quälten andere Nachtmären die Schlaflose – Dimitris Aufzeichnungen, die Sorge um ihren Vater, der Streit mit Victor. Hätte es den Ausflug auf die Hütte nicht gegeben, wäre Victor noch bei ihr. Verstohlen wünschte Annika sich, die Wahrheit über ihn nie erfahren zu haben; wünschte sich die Geborgenheit seiner Umarmung. Andererseits wusste sie natürlich, dass Victors Entscheidung, ihr endlich reinen Wein einzuschenken, die richtige und einzig mögliche gewesen war.

Bei Sonnenaufgang hatte das Unwetter sich verzogen, und Annika entkam dem Gedankenkarussell, das sich die ganze Nacht im Kreis gedreht hatte. Draußen zeigte die Welt sich in frischem Glanz. Die Straßen dampften und brachten den unverwechselbaren Geruch nach warmem Asphalt, unschuldiger Reinheit und duftender Verheißung mit sich. Auf Bäumen und Pflanzen lockten glitzernde Regentropfen Käfer und Raupen zum übermütigen Spiel.

Annika öffnete die Fenster in ihrem Schlafzimmer, atmete tief durch und reckte das Gesicht dem ersten Tageslicht entgegen. Unter ihren Augen lagen violette Ringe, doch ihr Entschluss stand fest. Sie würde die Dinge in Angriff nehmen und zuallererst mit ihrem Vater sprechen, denn die quälende Sorge um ihn ließ ihr keine Ruhe.

Wenig später parkte Annika ihren Wagen vor ihrem Elternhaus. Wie üblich war die Garage nicht abgeschlossen, was Erika zuzuschreiben war, die nichts als das Gute in ihren Mitmenschen sehen mochte. So konnte ihre Tochter die benötigten Utensilien zusammensuchen.

Als sie kurz darauf leise an das Schlafzimmerfenster ihrer Eltern klopfte, hämmerte ihr Herz gewaltig.

»Annika.« Ihr Vater öffnete das Fenster. Sein Gesicht war zerknittert. Wie erhofft war ihre Mutter, die mit dem tieferen Schlaf gesegnet war, nicht aufgewacht. »Was ist passiert?«

»Ich habe dein Angelzeug eingepackt.« Ihr Herz quoll über vor Liebe zu diesem Mann, der sich so sehr verändert hatte und doch immer der Held ihrer Kindertage bleiben würde. »Zieh dich an, lass uns fischen fahren. Du hast bestimmt wieder eine Jahreskarte für den Lech?«

»Bist du betrunken?«, kam die barsche Frage.

Flüchtig dachte Annika an die beiden Polizisten am Matreier Bahnhof, die wahrscheinlich das Gleiche angenommen hatten. Sie war momentan nicht in Bestform, so viel stand fest. Zu jedem anderen Zeitpunkt hätte sie ihr Vorhaben an diesem Punkt aufgegeben und sich verletzt zurückgezogen. Nicht so an diesem frühen Morgen.

Sie hatte Angst.

Sie brauchte ihren Vater.

Und sie würde den Teufel tun, sich von ihm abweisen zu lassen.

»Ich bin stocknüchtern. Komm schon, die Sonne geht auf. Schreib Mama einen Zettel, damit sie sich keine Sorgen macht.«

Franz Burgdorfer schloss wortlos das Fenster.

»Nicht heulen, Mädel.« Zehn Minuten später ging er in voller Fischermontur auf seine Tochter zu, die wie ein Häufchen Elend unter dem Apfelbaum im Garten saß. Über dem Arm trug er einen alten Parka. »Zieh den an. In deinem roten Pulli verscheuchst du die Fische, ehe wir überhaupt drunten sind am Lech.«

Zum ersten Mal seit langer Zeit waren Vater und Tochter mehr als wenige Minuten allein zusammen; seit so langer Zeit, dass sich keiner von beiden mehr daran erinnern konnte.

Annika saß auf dem Boden, ihre Finger spielten mit einigen Kieselsteinchen, während sie mit den Augen den Blinker verfolgte, den ihr Vater durchs Wasser zog. Sonnenstrahlen fielen vom Himmel und ließen den rot-goldenen Köder aufblitzen. Ein wenig verlor sich die Anspannung des Vorabends und der langen, schlaflosen Nacht.

»Komm her.« Als der erste Fisch anbiss, winkte Franz seine Tochter heran und drückte ihr seine Angelrute in die Hand, um ihr den Drill, das Einholen des Fangs, zu überlassen. Das war streng genommen nicht erlaubt, denn Annika hatte keinen Angelschein, und ihr Vater riskierte schlimmstenfalls seine eigene Angelerlaubnis. Doch da kein anderer Fischer zu sehen war, sahen sie das nicht so eng. Früher, zu Annikas Kinderzeiten, hatten sie es nicht anders gemacht.

»Der wehrt sich gewaltig!« Der Fisch hatte den Köder weit draußen im Fluss geschluckt. Annika geriet ins Schwitzen, bis die ansehnliche Regenbogenforelle mit einem Maß von sechsundvierzig Zentimetern im Kescher landete.

»Ich weiß von dem Krebs«, sagte sie unvermittelt, als ihr Vater den Fisch abgeschlagen hatte und sich ans Ausnehmen machte. »Ich weiß, dass er wieder da ist.«

»So.« Dieses einzige, kleine Wort kam über seine Lippen. Sonst nichts. Er fuhr nicht aus der Haut, er brüllte sie nicht an.

»Uli hat unabsichtlich eine Unterhaltung zwischen dir und Mama mit angehört. Daher weiß er es, genau wie Max und ich es jetzt wissen. Weshalb wolltest du uns das verheimlichen?«

»Es ändert die Sache nicht, wenn ihr euch Sorgen macht.«

»Ich finde schon. Wir sind deine Familie. Wir möchten dir beistehen.« Annika traute ihren Augen nicht, als es im Gesicht ihres Vaters kaum merklich zuckte. Schmunzelte er?

»Seit sie mir den Kehlkopf entfernt haben, warte ich darauf, dass der verdammte Krebs zurückkommt. Ich wusste immer, er würde es tun. Für mich ist es fast eine Erleichterung.«

»So etwas darfst du nicht sagen.« Annika fühlte sich wie der unterlegene Bandenchef in einem der alten Mafiafilme, die

Franz Burgdorfer so sehr liebte. Bleischuhe an den Beinen bei aufgehender Sonne und steigender Flut. »Was ist es … was ist es für ein Krebs?«

»Hodenkrebs.« Annikas Vater hatte die Forelle gesäubert und den Fang in einer Leinentasche verstaut, die er in flaches Wasser legte und an einem Ast festmachte. »Wir haben es euch Kindern nicht gesagt, weil wir die Diagnose selbst erst vor kurzer Zeit erfahren haben.«

»Musst du operiert werden?«

»Schon, aber das ist keine große Sache. Man kann ambulant operieren, dauert nur etwa dreißig Minuten, bis der Hoden entfernt ist.«

»Entfernt?«

»Einen von zwei«, bestätigte Franz. »Erst hinterher wissen wir, ob der Tumor bösartig war und ob er gestreut hat.«

»Was wieder Chemo bedeuten würde?«

»Vielleicht.«

Fassungslos sah Annika zu, wie ihr über die Jahre aufbrausend und cholerisch gewordener Vater in aller Gemütsruhe seine Angel auswarf. »Hast du keine Angst, Papa?«, fragte sie leise.

»Das quälende Warten ist vorbei. Jetzt kann ich kämpfen, kleine Schnuppe.«

Kleine Schnuppe. So hatte er sie nicht mehr genannt, seit sie ein junges Mädchen gewesen war. Annika stand auf und überwand die Distanz, die sich über viele Jahre zwischen ihnen aufgebaut hatte, mit wenigen Schritten. »Verflucht, Papa«, flüsterte sie. »Wo hast du bloß die ganze Zeit über gesteckt?« Sie nahm ihn in die Arme. Er roch nach Fisch, Innereien und frischem Blut.

Zögerlich, als hätte er die einfache Geste über die Jahre verlernt, strich Franz Burgdorfer seiner Tochter über den Kopf.

»Wie geht es Mama damit?«

»Mit dem Krebs? Sie ist erstaunlich guter Dinge. Bemüht

ihren Draht zum lieben Gott und behauptet steif und fest, der Krebs hätte nicht gestreut. Mir wäre dennoch lieb, wenn ihr Kinder eurer Mutter nicht sagen würdet, dass ihr von meiner Krankheit wisst. Sie ist der Meinung, ihr könntet damit nicht umgehen, und möchte es euch erst sagen, wenn alles gut überstanden ist. Du kennst sie ja, sie will euch beschützen.«

»Nicht anders als du«, flüsterte Annika.

»Außerdem freut sie sich seit Jahren auf die Urlaubsreise mit ihren Kegeldamen, die wollen wir ihr mit der Sorge um ihre Familie nicht vermiesen.«

»In Ordnung.« Am liebsten hätte Annika ihr Leben lang nie wieder von dem höllischen Wort *Krebs* gehört, geschweige denn davon gesprochen.

Mit der zweiten Forelle war das Fanglimit für einen Tag erreicht, und Franz packte seine Angelausrüstung zusammen.

»Papa? Bleiben wir noch ein wenig? Ich möchte dir etwas sagen. Und es wäre mir ebenfalls recht, wenn du Mama davon nichts erzählen würdest.«

Annika wusste nicht, ob es richtig war, ihren Vater in die Vorgänge auf dem Bodelhof einzuweihen. Vermutlich nicht. Schließlich war er der größte Skeptiker, was ihr neues Zuhause anbelangte. Doch sie war so glücklich über die spürbare Veränderung, die in ihm vorgegangen war, dass sie sich regelrecht in der Zeit zurückversetzt fühlte. Für sie als Fünfjährige war ihr Papa derjenige gewesen, dem sie alles anvertrauen konnte. Nicht anders empfand Annika es jetzt, auch wenn ihr Verstand es besser wusste.

Berauscht von diesem Gefühl legte sie vor ihrem Vater eine umfassende Beichte über den Bodelhof ab – dabei hatte sie nicht einmal etwas verbrochen.

»Papa? Schau mich bitte nicht so an.« Im gleichen Moment wusste Annika, es war ein großer Fehler gewesen, ihm alles zu sagen.

»Ich habe dich gewarnt! Habe ich dich nicht gewarnt?« Franz Burgdorfer hob eine Handvoll Kieselsteine auf und schleuderte sie ins Wasser. Wütend sah er aus. Und zutiefst schockiert.

»Das konnte doch wirklich niemand vorhersehen«, beschwichtigte Annika ihren Vater, der vor ihren Augen wieder zu dem grimmigen und verdrießlichen Mann wurde, der er die letzten Jahre gewesen war. Als hätte es die gemeinsamen friedlichen Stunden am Wasser nie gegeben. Schon rechnete sie damit, ihn gleich auf und davon gehen zu sehen.

Doch da überraschte er seine Tochter neuerlich, indem er nicht aus der Haut fuhr. Keineswegs.

Er begann mit einer Erzählung.

»Als Junge hatte ich einen besten Freund. Wir hingen ständig zusammen, waren unzertrennlich. Deine Kinderfreundschaft mit Kathrin hat mich oft daran erinnert.« Franz sprach gepresst.

»Einen besten Freund? Weshalb kenne ich ihn nicht? Du hast nie von ihm geredet. Habt ihr euch zerstritten?« Annika hielt das für denkbar, falls ihr Vater mit seinem Freund ähnlich hart umgesprungen war wie mit seiner Familie.

»Ruhig Blut, Mädel. Es gibt einen einfachen Grund, weshalb du nichts von ihm weißt. Mein Freund hat als Hausmeister auf dem Bodelhof gearbeitet. Klingelt da was bei dir?«

»Echt? Das kann nicht sein, oder doch?«

»Doch.«

»Dieser Freund von dir … er war der junge Mann, den Dimitri in seinen Aufzeichnungen über den Hof erwähnt? Das ist nicht dein Ernst.«

»Er hieß Peter, sein Spitzname war Pepe, wie du ja bereits weißt. Nebenbei: Falls sich dieser Victor noch einmal bei dir blicken lässt, sag mir Bescheid. Ich drehe ihm mit Freuden den Hals um.«

»Das wird nicht nötig sein.« Annika fragte sich, ob ihr Vater gegenüber Victor wirklich handgreiflich werden würde. Trotz seiner Launen war er kein gewalttätiger Mensch.

»Stell dir einen ausgesprochenen Spaßvogel vor. So war Pepe, wie Gott ihn schuf. Hatte nur Unsinn im Kopf. Sein Frohsinn war ansteckend. Einmal – wir waren noch keine zehn Jahre alt – haben wir zwei geschlagene Wochen lang einen Staudamm gebaut, bis die Äcker einiger Bauern überflutet waren. Das gab richtig Ärger.«

»Was ist mit ihm passiert?« Annika flüsterte, weil der Schimmer in den Augen des Vaters und die Ahnung des Kommenden schon jetzt schmerzten.

»Nachdem Pepe Hausmeister auf dem Bodelhof wurde, begannen seine Wahnvorstellungen. Absonderlich und befremdlich. Ich fand es grauenvoll, denn von da an war er verändert. Sein Frohsinn war wie weggeblasen. Sein Leuchten, das die Menschen unwiderstehlich zu ihm hinzog – erloschen. Hinzu kam, dass er, mich ausgenommen, niemandem von seiner Qual erzählte. Und ich war nicht die rechte Person, um dergleichen zu verstehen oder vernünftig damit umzugehen. Der spinnt, habe ich gedacht, habe mich gesorgt – und habe dichtgehalten.«

Unbeeindruckt von den beiden Menschen am Flussufer und dem dramatischen Austausch, der zwischen ihnen stattfand, ließ sich ein Buntspecht auf dem Ast einer Birke nieder und hämmerte munter drauflos. Franz Burgdorfer beobachtete den Vogel eine Zeit lang, ehe er weitersprach.

»Dann kam Dimitri auf den Hof, ein selbsternannter Geisterforscher und der Vater dieses Saukerls, der dich aufs Glatteis geführt hat. Fakt ist – weiß der Himmel, wie es dazu kam –, Pepe hat sich dem Ausländer anvertraut. Wenn ich eher gewusst hätte, Annika, um wen es sich bei deinem Hausgast handelt … Ich hatte schon gleich, als ich Victor Rautenstein die Hand geschüttelt habe, ein ungutes Gefühl bei dem Burschen.«

In Annika flammte Widerspruch auf, den sie eiligst unterdrückte. Victor hatte nicht verdient, vor ihrem Vater in Schutz genommen zu werden.

»Jedenfalls … Der Ausländer hat Pepe in seinem Wahn bestärkt. Nachdem Dimitri fort war, verbrachte er immer mehr Zeit auf dem Hof, blieb auch über Nacht, obwohl die Familie von Bruckenheim das nicht gestattet hatte. Er war überzeugt davon, mit dem Jenseits in Verbindung zu stehen.«

»Es spukt wirklich auf dem Hof, Papa. So blöd es sich anhört. Alles spricht dafür, nicht zuletzt meine eigenen Träume.«

»Du ziehst aus«, entschied Franz Burgdorfer für seine Tochter. »Wir verkaufen den Hof. Nein, wir lassen ihn abreißen.«

»Auf keinen Fall.« Annika wurde bewusst, welch großen Fehler sie damit begangen hatte, sich ihrem Vater in einem Anflug nostalgischen Kleinmädchengefühls anzuvertrauen. Gerade, da seine Reaktion vorhersehbar gewesen war.

»Widersprich nicht, Mädel. Nicht in dieser Angelegenheit. Das ist kein Spiel. Ich leihe mir den Transporter vom Meier, dann können wir einen Teil deiner Sachen noch heute Nachmittag holen.«

»Ich bin froh, dass du mir zugehört hast, Papa. Diese Stunden mit dir haben mir gutgetan. Aber ich werde nicht ausziehen. Und davon, den Hof abzureißen, kann keine Rede sein.«

Franz Burgdorfers Hautfarbe nahm die gewohnte Zornesröte an. Annika zog die Schultern ein, um sich gegen das bevorstehende Donnerwetter zu wappnen.

Doch dazu kam es nicht.

»Pepe hat sich erhängt.« Die kehlkopflose Stimme ihres Vaters, die Gefühle normalerweise nur unzureichend transportieren konnte, war emotionsgeladen. »Wegen des Bodelhofs habe ich meinen besten Freund verloren. Und wegen dieses verfluchten Ausländers.«

Wunderblume

… (Mirabilis jalapa) leitet ihren wundersamen Namen von dem Phänomen unterschiedlicher Blütenfarben ab. Man stelle sich vor, dass ein und dieselbe Pflanze verschiedenfarbige Blüten ausbilden kann (nicht muss) und selbst eine einzige Blüte manchmal mit einem Farbrausch aus Weiß, Gelb und Rosa überzeugt. Erstaunlich, nicht wahr? Verlockend, den Zauber der Wunderblume einmal selbst zu erleben. Ich für meinen Teil möchte im nächsten Sommer eine Wunderblume in meinem Garten bewundern dürfen. Statt der Samen kann man übrigens auch die Wurzel der Wunderblume überwintern – sofern es gelingt, sie heil aus dem Erdreich zu befreien. Wenn Sie die Wunderblume aber verschenken möchten, so rate ich Ihnen ab, denn in der Blumensprache steht die zauberhafte Pflanze für Furcht – und die wollen wir schließlich nicht verbreiten.
Bis zur nächsten Woche grüßt herzlich

Ihre Annika Burgdorfer

Auszug aus Grasgrün –
Streifzug durchs Gartenjahr

19

Von: a.reiser@redaktion-isabella.de
An: annika.burgdorfer@t-online.de
Betreff: Grasgrün
Datum: 12.09.13 08:59:44

Liebe Annika,
aufgrund der im vergangenen Quartal erfreulich hohen Anzeigenfülle wurde in der letzten Redaktionskonferenz beschlossen, Grasgrün aus Platzgründen vorläufig nur noch in jeder zweiten Ausgabe erscheinen zu lassen.

Herzliche Grüße aus München
Anette

Mit freundlichen Grüßen
Anette Reiser
Redaktionsleitung
IsaBELLA Zeitschriftenverlag

PS: Vielleicht magst Du Dich trotzdem an einige Vorabentwürfe setzen, so dass wir einen Blick darauf werfen können.

Annika las die E-Mail mehrere Male und war überzeugt, sich den versteckten Unterton nicht einzubilden.

Von: annika.burgdorfer@t-online.de
An: a.reiser@redaktion-isabella.de
Betreff: RE: Grasgrün
Datum: 12.09.13 09:42:12

Liebe Anette,
kommt Grasgrün nicht gut an?
Ich wäre Dir für ein offenes Wort dankbar.
Lieber Gruß
Annika

Von: a.reiser@redaktion-isabella.de
An: annika.burgdorfer@t-online.de
Betreff: Es ist noch kein Meister vom Himmel gefallen
Datum: 12.09.13 10:02:35

Liebe Annika,
die Entscheidung, den Turnus der Kolumne herunterzufahren, beruht auf besagter Anzeigenfülle. Grasgrün fährt auch nicht die erhoffte Resonanz ein. Wir haken momentan nach, woran es hapert, denn aus irgendeinem Grund trifft Grasgrün den Nerv der IsaBELLA-Leserinnen nicht. Ob Du über Verbesserungen nachdenken solltest? Aber ja! Es ist noch kein Meister vom Himmel gefallen. Wäre für alle Beteiligten schade, die Kolumne einzustampfen, für die Du so unbeirrt gekämpft hast.
Herzliche Grüße
Anette

Mit freundlichen Grüßen
Anette Reiser
Redaktionsleitung
IsaBELLA Zeitschriftenverlag

Annika hätte heulen mögen. Ihre Kolumne kam bei den Lesern nicht an. Und daran trug sie selbst Schuld, denn das einstige Herzensprojekt war ihr in den letzten Monaten immer gleichgültiger geworden. Zu sehr vereinnahmten sie die Vorgänge auf ihrem Hof.

Nach dem gemeinsamen Angelausflug hatte ihr Vater sie unbedingt nach Hause holen wollen. Die Geborgenheit ihres alten Kinderzimmers war zwar verlockend, für Annika jedoch kein Grund gewesen, den Hof zu verlassen. Es hatte ja keinen Sinn, sich wie ein verlorenes Küken unter die Fittiche der Eltern zu flüchten, wenn es im Leben stürmisch wurde. Der Bodelhof war jetzt ihre Heimat, für die sie sich mit ganzem Herzen entschieden hatte.

Ich kann hier nicht weg.

Selbst wenn ich wollte?

Ich kann hier nicht weg.

Annika fragte sich, was Victor wohl gerade machte. Ob er mit dem Gedanken spielte, nach Erlangen heimzukehren, nachdem er über eine Woche lang keine Reaktion auf seinen Brief erhalten hatte? Kurz erwog sie, bei Kathrin nachzuhaken, was der Dorfklatsch zu berichten wusste. Schnell verwarf sie diesen Gedanken. Der Mann ging sie nichts mehr an.

Annika schaltete den Laptop ab und stieg die noch unfertige Treppe hinunter. Das Licht im Schlafzimmer ließ sie an, wie sie überhaupt dazu übergegangen war, die Lampen auch am helllichten Tag im ganzen Haus brennen zu lassen. Es war irrational und völlige Geldverschwendung, aber sie fühlte sich dann sicherer. Die unterste Treppenstufe knarrte laut unter ihrem Gewicht und ließ sie zusammenfahren.

Trotz des trüben Wetters zog es Annika nach draußen. Um den alten Mauern des Bodelhofs und ihrer Angst für eine Weile zu entkommen, beschloss sie, eine ausgiebige Runde durch den Garten zu drehen, nach den Pflanzen im Gewächshaus zu sehen und hinterher friedlich in der Hollywoodschaukel unten am Lech zu sitzen.

Sie war eben in ihre Turnschuhe geschlüpft, da wurde ihr schwindlig. Das Unwohlsein kam aus dem Nichts, während die Deckenlampe im Flur zu flackern begann und gleichzeitig weiße Lichter vor ihren Augen flimmerten. Annika tat einige unsichere Schritte auf das Schuhschränkchen zu und hielt sich schwankend daran fest. Über dem Schränkchen hing ein gerahmter Spiegel. Als der Schwindel nachließ, hob sie den Blick, in der sicheren Erwartung, ihr eigenes bleiches Gesicht im Spiegel zu sehen. Stattdessen starrten ihr die hellen Augen einer alten Frau entgegen. Ein einzelner, verängstigter Ton kam erstickt über Annikas Lippen. In einer intuitiv abwehrenden Geste griff sie nach dem Antoniuskreuz, das um ihren Hals lag. Schon ließ der Schwindel sie neuerlich Achterbahn fahren. Ein Wind, unwirklich und zugleich an Herz und Seele rührend, fuhr ihr durchs Haar. *Sieh hin!*

Die Worte waren in ihrem Kopf. *Sieh hin!*

Ein Messer, gehalten von runzligen Fingern, blitzte vor Annikas Augen auf. Sie kippte um.

Der Himmel trägt sein fahles Gewand. Grau in Grau, wohin man blickt. Maria steht neben Bairich auf der Beerdigung ihres Schwiegervaters. Die Trostlosigkeit ihrer Umgebung spiegelt die Ödnis ihrer Seele. Ihre Gefangenschaft ist beendet, eines Tages hat Bairich die Tür aufgeschlossen und gesagt: »Schaug zu, dassd was duascht aufm Hof.« Die wiedergewonnene Freiheit hat Maria ihren Eltern zu verdanken. Das zumindest will sie glauben. Lange haben Mutter und Vater sich von Bairich mit Lügen abspeisen und fortschicken lassen. Doch sie sind immer wieder gekommen. Zuletzt jeden Tag. Bis Maria die Kammer verlassen durfte. Da will sie keinen

Undank zeigen und ihnen vorwerfen, zu lange gezögert zu haben. Das kann sie nicht. Selbst wenn sie manchmal so denkt.

Korbinian ist fort, seit über einem Jahr hat Maria kein Lebenszeichen von ihm erhalten. Sie hat nachgeforscht, hat mit seiner Mutter gesprochen und mit seinen Geschwistern. Niemand will ihr etwas sagen. Korbinians Familie gibt Maria die Schuld für den Weggang des Sohnes. Sie sind ihr gram, nehmen wie alle anderen an, dass Maria Korbinians Kind hat wegmachen lassen, um den Bodelerben zu ehelichen.

Bairich ist neben Birgit der Einzige, der die Wahrheit kennt. Zumindest, soweit er sie begreifen kann, soweit Maria sie zu begreifen vermag. Unter ihren Kleidern sieht man den gerundeten Leib nicht. Doch er ist da, nach wie vor. An dem Tag, an dem der Blitz Arthur Bodel auf der Kuhweide erschlagen hat, haben Marias Blutungen eingesetzt. Zum ersten Mal seit alldem. Selbst da ist das Kindlein in ihr geblieben. Sie weiß es, denn sie kann es spüren, wenn sie ihren Bauch sorgsam abtastet. Ist sie ehrlich zu sich – und meist ist sie es nicht –, dann weiß sie auch: Es ist längst nicht mehr lebendig. Dennoch hat sie Wolle gefärbt und daraus eine weiche Decke für das Kind gemacht.

Maria graut vor der Zukunft. Eine Zukunft ohne Korbinian; eine Zukunft an Bairichs Seite, der seinen Triumph nur unzulänglich verbergen kann. Im Grunde ist dies der Tag, auf den er sein Leben lang gewartet hat. Endlich ist er Herr auf dem Bodelhof, endlich hat er Macht. Was Maria betrifft, so hat Bairich eine abergläubische Furcht vor seiner Frau entwickelt, die ihr Kind nie geboren hat. Weil er ihr gesagt hat, er würde es umbringen? Maria fühlt, wie sein Aberglaube sein Begehren regelrecht anfacht. Wie er sich verstohlen bekreuzigt, ehe er zu ihr aufs Bett steigt und sie von hinten nimmt, ihre Brüste umklammert, ohne dabei jemals ihren Bauch zu berühren.

Maria hat darüber nachgedacht, ihrer Mutter die Wahrheit zu sagen. Oder dem Pfarrer in der Beichte. Doch sie bringt es nicht übers Herz. Das Kindlein ist ihr Geheimnis, ist der Teil von Korbinian, der ihr geblieben ist. Vielleicht würde sie reden, wenn das Verhältnis zu ihren Eltern besser wäre. Doch die Beziehung zu ihnen hat stark gelitten. Maria war ein Jahr lang in der Kammer weggesperrt. Sie spricht es nicht aus, dabei glaubt sie tief in ihrem Inneren, dass vieles anders gekommen wäre, wenn die Eltern früher gehandelt hätten; sie nicht ungefragt mit Bairich verlobt hätten. Wenn sie mehr mit ihr geredet hätten. Dann hätten sie möglicherweise von der Liebe zwischen Maria und Korbinian gewusst, und Marias Welt wäre nicht in Tausende scharfe Scherben zersprungen.

~~~

Mitten am Nachmittag holt der Bodelbauer seine Frau ins Haus und zerrt sie in die Stube. Dort schlägt er sie hart ins Gesicht. Maria stürzt zu Boden. Sie hat sich nichts zuschulden kommen lassen, daher ist ihre Angst noch größer.

»I hob nix gmacht«, beteuert sie flehend.

Bairich lacht so laut, dass sein Feuermal hüpft. Dann prügelt er Maria, bis sie überzeugt ist, den Tag nicht zu überleben.

Erst als es an der Stubentür klopft, zieht der Bauer seine Frau hoch und drückt sie auf einen Stuhl.
~~~

Ein Mann kommt herein. Er scheint auf Marias schlimmen Anblick gefasst.

»I hob beschlossn, di malen zum lassn«, erklärt Bairich zufrieden. »Sie is bereit«, sagt er zu dem Maler.

Trotz der Schmerzen hält Maria mäuschenstill. Sie muss, denn Bairich bleibt im Raum, bis die Zeichnung fertig ist.

Manchmal kommen dem Froschgesicht besonders perfide Einfälle, sie zu quälen. Es ist nicht das erste Mal. Marias Blick geht durch das Fenster hinaus in Richtung Fluss.

Bairich hängt die Zeichnung in der Stube auf. Fortan blickt Marias gequältes Antlitz zu jeder Mahlzeit auf das Gesinde herab. Selbst die Tränenspuren auf dem Gesicht der Bäuerin, in das sich viel zu frühe Falten graben, hat der Künstler festgehalten.

Nach dem Tod des alten Bauern sind neue Knechte und Mägde auf den Hof gekommen. Im Blick der Männer und Frauen erkennt Maria nichts als Mitleid. Bairichs Ziel ist erreicht. Die Zeichnung macht jede Achtung, die das Gesinde noch vor ihr hatte, zunichte. Deutlicher wäre mit Worten nicht auszudrücken, dass Maria auf dem Bodelhof nichts zu sagen hat.

Von Stund an hasst Maria die Stube mit der abscheulichen Zeichnung darin, wie sie Bairich hasst.

Am späteren Vormittag fuhr Wilhelm Waltner, unterwegs zu einer Hausbesichtigung in Schongau, am Bodelhof vorbei. Er sah Licht hinter allen Fenstern brennen und schickte Annika in Gedanken einen Gruß.

Waltners Kundschaft war an dem gepflegten Sechziger-Jahre-Reihenhaus in Zentrumsnähe nur mäßig interessiert.

Seine Maklernase verriet ihm das, schon als er das junge Paar ins Haus bat. Nach dem Rundgang fand er seinen Eindruck bestätigt: Das würde nichts werden.

Da er Hunger hatte und sich den Tag durch einen verschmerzbaren Fehlschlag nicht verderben lassen wollte, gönnte er sich ein Mittagessen in seinem bevorzugten Wirtshaus. Wilhelm Waltner war dort seit Jahrzehnten Gast. Auf seinem Stammplatz mit wunderschönem Blick auf die Schongauer Stadtmauer mit ihren alten Wehrgängen ließ er sich sein Leibgericht – Rahmschnitzel mit Kroketten – schmecken.

Auf dem Heimweg stach ihm die Festbeleuchtung des Bodelhofs ins Auge. Weshalb bloß ließ Annika die Lampen tagsüber brennen? Spontan beschloss Waltner, ihr einen Besuch abzustatten. Seit sie ihm ihr Herz ausgeschüttet hatte, war er in Sorge. Er fand, dass ein junger Mensch wie sie es nicht verdient hatte, einen solchen Ballast mit sich herumzuschleppen.

Zwar hatte er ihr gegenüber bereitwillig eingeräumt, ihre Geschichte für glaubwürdig zu halten, doch das stimmte nicht. In seinen Ohren klang das nach einem psychischen Problem. Reagierte Annika auf diese Weise auf die überstürzte Trennung von ihrem Exfreund? Erika hatte den jungen Mann bei Annikas Essenseinladung kurz erwähnt. Oder setzte ihr die unglückliche Liebe zu Victor Rautenstein so sehr zu? Der alte Herr dachte daran, wie kleine Kinder sich häufig einen Spielkameraden, eine Art Phantasiefreund erfinden. Kam Maria für Annika, im übertragenen Sinn, eine ähnliche Bedeutung zu?

Auf dem Weg zum Haus entdeckte Waltner wuchernde Kamille zwischen den Ritzen der Wegplatten. Er liebte dieses bescheidene Pflänzlein, seine sanfte Farbe, seinen Geruch, und hätte sich beinahe hinuntergebeugt, um daran zu riechen. Doch das wäre ihm unhöflich erschienen. Was, wenn Annika gerade aus dem Fenster sah? Überhaupt war es äußerst untypisch für ihn, ungebeten vor der Tür zu stehen. Entsprechend zögerlich drückte er auf die Klingel und wartete. War das, was er dort im Flur erkennen konnte, eine hingestreckte menschliche Gestalt? War das Annika?

Der Makler säumte nur einen Augenblick, ehe er entschlossen zur Tat schritt. Seinem Neffen sei Dank führte er ein Kartenhandy mit sich. Waltner wählte eine Nummer, die er nie zuvor angerufen hatte, nichtsdestoweniger aber im Schlaf aufzusagen wusste.

»Burgdorfer.«

»Herr Burgdorfer, guten Tag, Wilhelm Waltner am Apparat.« Seine Nervosität ließ den Makler ungewohnt schnell sprechen. »Ich rufe an, weil ich Ihrer Tochter eben einen Besuch abstatten möchte und sie nicht öffnet. Sicher ist es falscher Alarm, ich will Sie keinesfalls beunruhigen, aber es brennen alle Lichter, und mir scheint, als liege eine Person im Hausflur. Vielleicht könnten Sie …«

»Meine Frau hat irgendwo einen Zweitschlüssel. Ich komme.« Franz Burgdorfer legte auf.

Die Minuten verstrichen viel zu langsam. Immer wieder spähte Waltner ins Haus, um sich zu überzeugen, dass die reglose Gestalt am Boden nicht bloß eine Ausgeburt seiner Phantasie war.

Endlich fuhr ein Wagen vor.

»Meine Frau ist einkaufen. Ich musste ewig suchen.« Annikas Vater reckte die Hand mit dem Schlüssel.

»Schnell«, bat Wilhelm Waltner und trat zur Seite, um ihn vorbeizulassen.

Franz Burgdorfer steckte den Schlüssel ins Schloss und stieß die Tür auf. Das Bild, das sich ihnen bot, sollten beide Männer nicht wieder vergessen. Annika lag in einem grauen Jogginganzug mit Turnschuhen an den Füßen hingestreckt im Flur, ihr rotes Haar ergoss sich wie eine Lache Blut um ihren Kopf. Ihre

Augen standen offen und zuckten, ohne jedoch das Erscheinen ihres Vaters und Wilhelm Waltners wahrzunehmen.

»Annika? Mädel, was ist geschehen?« Franz fiel neben seiner Tochter auf die Knie. »Sprich mit mir!« Er packte sie bei den Schultern und schüttelte sie, während in seinem Kopf das Bild Victor Rautensteins entstand, der an einer Autobahnraststätte vergeblich versucht, Annika zu wecken. So hatte seine Tochter es ihm geschildert.

»Bewegen Sie sie nicht!« Waltner war stolz auf den Erste-Hilfe-Kurs für Fortgeschrittene, den er alljährlich auffrischte. »Wir wissen nicht, was ihr fehlt. Ich rufe den Notarzt.« Auf den Gedanken, Annikas Zustand könnte mit den Geschehnissen im Haus zusammenhängen, kam er nicht.

»Nein. Bleiben Sie einen Moment bei ihr.«

»Wir sollten wirklich keine Zeit verlieren, Herr Burg…« Der Einwand des alten Herrn blieb ungehört. Weil er nicht untätig sein wollte, fühlte Waltner Annikas Puls, während ihr Vater im Haus rumorte, um schließlich mit einer Gießkanne zurückzukehren.

»Das können Sie nicht machen!«, protestierte Wilhelm Waltner.

»Und ob.« Ohne viel Federlesens kippte Franz kaltes Wasser über den Kopf seiner Tochter.

»Ja, sind Sie denn von allen guten …«

Annikas unsteter Blick wurde fest. Erst unsicher, dann anklagend hefteten ihre braunen Augen sich auf ihren Vater.

»Hast du mir gerade eine Ladung kaltes Wasser ins Gesicht geschüttet?«, fragte sie entgeistert und kam ohne Hilfe auf die Beine. »Was zum Teufel ist hier los?« *Sieh hin!*

Da waren sie wieder. Diese beiden Worte. Schwebten durch ihr Denken und riefen ihr ins Bewusstsein, was sie gesehen hatte – Maria auf der Beerdigung ihres Schwiegervaters, des Bodelbauern; Maria, der Niedertracht ihres Mannes hilflos ausgeliefert; Maria, die den Raum hasste, in dem sich heute die Küche befand.

Langsam erinnerte Annika sich auch, was dem Traum vorausgegangen war. Der Schwindel, die sich regenden Schatten und das Aufblitzen eines Messers. Bisher hatte sie nur geträumt, nachdem sie eingeschlafen war. Dieses Mal war es gegen ihren Willen geschehen. Annikas Augen wurden dunkel vor Furcht, und sie war einen Moment lang nahe daran, sich panisch in die Arme ihres Vaters zu werfen.

»Sind Sie gestürzt, Annika?« Wilhelm Waltner war hoch besorgt. »Entschuldigen Sie das kalte Wasser, Ihr Vater … Sie sollten in ein Krankenhaus, vielleicht haben Sie eine Gehirnerschütterung.«

»Das glaube ich nicht.« Franz fasste Annika beim Arm. »Geht's dir gut?«

»Ja. Ich brauche nicht ins Krankenhaus.«

»Es ist der verdammte Hof, nicht wahr?«

»Ich habe geträumt«, gestand sie ein.

»Du bleibst keine Minute länger hier. Ich habe es dir schon gesagt, aber du wolltest ja nicht hören. Jetzt sieh dir an, was dabei herausgekommen ist.«

»Mir war nur schwindlig, Papa. Ich habe geträumt, das ist alles.« Sie klang nicht überzeugt.

»Nur schwindlig! Nur geträumt! Deshalb hast du mit zuckenden Augen am Boden gelegen, ja? Ich möchte gar nicht wissen, was deine Mutter dazu sagen wird.«

»Sie muss es ja nicht erfahren.«

»So oder so, du kommst mit.«

»Nein.« Annika klang entschieden. Wenn ihr Vater sie gebeten hätte, wäre ihre Antwort vielleicht anders ausgefallen.

»Doch.« Franz machte einen entschlossenen Schritt auf seine Tochter zu.

Wilhelm Waltner verfolgte die Auseinandersetzung angespannt. »Verzeihen Sie meine Einmischung, Herr Burgdorfer«, räusperte er sich. »Ich kann Ihre Besorgnis gut verstehen.«

»Sie verstehen meine Besorgnis?«

»Er weiß auch von den Träumen«, sagte Annika leise.

»Glauben Sie nicht, dass allein Ihre Tochter die Entscheidung über ihren Aufenthaltsort treffen kann?«

»Himmelherrgott!« Franz baute sich vor Waltner auf. »*Meine Tochter* – das ist der springende Punkt. Ich habe jedes Recht, denn ich bin ihr Vater!«

Wilhelm Waltner trat von einem Fuß auf den anderen. Er fand selbst, dass Annika nicht auf den Hof gehörte. Aber sie war kein unmündiges Kind. Franz Burgdorfer durfte so nicht mit ihr umspringen. Erneut fühlte er seinen Mund trocken werden, dieses Mal vor Wut – und in eine solche Verlegenheit kam er wahrlich nur selten.

Mit aller Entschiedenheit sah der alte Herr Franz Burgdorfer fest ins Gesicht. »Sie sind Annikas Vater«, sagte er. »Und ich bin ihr Großvater.«

Sie schafften es irgendwie in die Küche.

Alle drei.

Wilhelm Waltner, Annika und ihr Vater.

Versammelten sich am Tisch.

Fieberhafte Unruhe lag in der Luft. Annikas Auszug aus dem Bodelhof war vorläufig kein Thema mehr.

»Sprechen Sie«, blaffte Franz. »Wie kommen Sie zu dieser haarsträubenden Behauptung?«

»Als Ihre Tochter uns zum Abendessen eingeladen hatte, ertappte sie mich mit der Jacke Ihrer Frau. Annika, können Sie sich daran erinnern?«

»Schon.«

»Was wollten Sie mit Erikas Jacke?«

»Ich habe nach Haaren gesucht, um eine DNA-Analyse in Auftrag geben zu können.«

»Das ist doch völlig absurd. Ich kannte Vater und Mutter meiner Frau, an deren Elternschaft nie der leiseste Zweifel bestand.«

»Wie kommen Sie denn darauf, Herr Waltner, Sie könnten der Vater meiner Mutter sein?« Annika hatte sich ein Handtuch um die nassen Haare geschlungen. Der alte Mann tat ihr leid. Die Begriffe Senilität und Altersdemenz jagten einander in ihrem Kopf.

»Ich sehe, Sie beide glauben mir nicht, was nur verständlich ist. Bitte, lassen Sie mich etwas ausholen und bei unserem Kennenlernen, bei der Hausbesichtigung, beginnen. Damals ist mir sogleich Annikas Ähnlichkeit mit ihrer Großmutter Elisabeth ins Auge gestochen. Ich habe Sie sogar darauf angesprochen, Annika, wissen Sie das noch?«

»Natürlich. Aber eine Erklärung für Ihre Behauptung ist …«

»Haben Sie Geduld. Was mich damals aus der Fassung brachte, war Ihre Mimik. Sie haben die rechte Augenbraue hochgezogen.«

»Ich kann die linke Braue nicht heben«, bestätigte Annika.

»Eben.« Wilhelm Waltner versuchte ein zögerliches Lächeln. »Das ist angeboren, stimmt's?« Er hob die rechte Braue. »Ich kann die linke Braue auch nicht hochziehen. Konnte ich noch nie.«

Annika starrte den alten Herrn sprachlos an.

»Wenn Sie wirklich über einen positiven Vaterschaftstest verfügen«, unterbrach Franz Burgdorfer, »möchte ich ihn sehen.«

»Selbstverständlich.« Waltner erhob sich auf der Stelle. »Ich fahre nach Hause, hole das Papier und bin gleich wieder zurück.«

Eine knappe halbe Stunde später hatten Annika und Franz Burgdorfer es schwarz auf weiß.

Mit einer Wahrscheinlichkeit von über 99,8 Prozent gilt die Vaterschaft als erwiesen.

»Geht es dir gut, Papa?« Annikas Vater standen Schweißperlen auf Stirn und Kopfhaut.

»Es gibt keinen Beweis, dass die Analyse tatsächlich mit den Haaren meiner Frau durchgeführt wurde. Außerdem könnte das Dokument eine Fälschung sein.«

»Absolut richtig«, bestätigte Waltner zuvorkommend. »Wenn das Ihr Wunsch ist, geben Sie gerne einen weiteren Test in Auftrag.«

»Ich möchte erst einmal die ganze Geschichte hören«, verlangte Franz Burgdorfer grimmig. »Sie behaupten, Erikas Vater zu sein – und somit der Liebhaber meiner verstorbenen Schwiegermutter. Verstehe ich Sie richtig?«

Annika beugte sich gespannt vor, als Waltner zu erzählen begann.

»Wir haben uns ineinander verliebt, da war Elisabeth zwanzig Jahre alt, ich selbst vier Jahre jünger. Es war gleich an meinem ersten Tag als Lehrbub in der Schreinerei ihres Vaters. Ich saß Lissi am Mittagstisch gegenüber, und wir erlebten, was wahrlich keine Übertreibung ist, die hochgerühmte Liebe auf den ersten Blick. Natürlich kam ich als ernsthafter Anwärter um Elisabeths Hand nicht in Frage. Ich war zu jung und obendrein noch völlig mittellos. Obwohl wir uns so gut wie keine Hoffnung auf eine gemeinsame Zukunft machen durften, haben wir uns heimlich getroffen. Beide sind wir nachts ausgerissen und kilometerweit zu Fuß gelaufen, um einander einen kurzen Moment in den Armen halten zu können. Manchmal ist es mir gelungen, das Fahrrad meines Vaters zu stibitzen, das machte es leichter.«

Franz schob mit den Händen die Haut an seiner Stirn zusammen, wie er es häufig tat, wenn er aufgeregt war. Offenbar gelang es ihm nicht, die Vorstellung einer leidenschaftlich verliebten Lissi mit der Erinnerung an seine freundliche und gesetzte Schwiegermutter in Einklang zu bringen.

»Schwer zu glauben, nicht wahr, dass so alte Knochen wie ich auch einmal jung gewesen sind«, nickte Waltner.

»Bitte, erzählen Sie weiter«, bat Annika ungeduldig. Vorübergehend – das war das Wunderbare an der Sache – vergaß sie ihre eigene vertrackte Situation.

»Einen herrlichen Sommer lang trafen wir uns unten am Lech«, berichtete Waltner. »Mit Herbsteinbruch verlegten wir unsere Stelldicheins in die Scheunen der Bauernhöfe. Mal in Kinsau, mal in Apfeldorf. Ein warmes Plätzchen fanden wir immer. Die Nächte im Heu waren unvergleichlich schön.« Der alte Mann hüstelte verlegen. »Dann kam der schreckliche Tag, der Elisabeths und mein Leben von Grund auf verändern sollte.«

In Annika stieg die Erinnerung an etwas hoch, das Waltner ihr einmal erzählt hatte. »Es hat gebrannt?«, fragte sie leise.

»Es hat gebrannt«, bestätigte Wilhelm Waltner und blinzelte eine Träne fort, die sich in dem faltigen Netz um seine Augen verfangen hatte. »Lissi hatte daheim eine Kerze stibitzt. Wir zündeten sie an und freuten uns an ihrem sanften Licht, ehe wir die Kerze über unserem Beisammensein völlig vergaßen. Als wir das Feuer entdeckten, war es längst zu spät, den Brand zu löschen. Wir schafften es nach draußen – anders als die Bäuerin, die in den Flammen den Tod fand.«

»Das ist eine entsetzliche Geschichte.« Annika mochte sich gar nicht vorstellen, wie groß die Verzweiflung Wilhelm Waltners und ihrer Großmutter gewesen sein musste.

»Nach dem Brand war alles anders. Lissi und ich konnten einander nicht mehr in die Augen sehen. Zu schwer lastete unser Gewissen, obwohl keiner von uns je zur Rechenschaft gezogen wurde. Ich brach meine Lehre ab, und Lissi lernte Anton Mayerle kennen, den sie binnen kürzester Zeit heiratete. Natürlich ist mir damals zu Ohren gekommen, dass sie bald nach ihrer Hochzeit Mutter einer kleinen Tochter geworden ist, doch ich habe nie nachgerechnet. Mein Schmerz war so groß, dass mir gar nicht der Gedanke kam, ich könnte der Vater des Kindes sein.«

»Sie werden meiner Frau um Gottes willen nichts davon sagen«, verlangte Franz.

»Ich werde mich vollständig nach Ihrer Einschätzung der Situation richten, Herr Burgdorfer.« Waltner sprach so voller Demut und Hoffnung, dass Annika jähes Mitleid für den alten Mann empfand. Nach und nach sickerte etwas in ihr Bewusstsein: Sie bekam gerade einen Großvater geschenkt.

»Wir müssen natürlich den richtigen Zeitpunkt abwarten, um es Mama beizubringen«, mischte sie sich vermittelnd ins Gespräch.

»Wir werden sehen. Für heute ist es genug der Aufregung. Pack deine Sachen, Mädel.«

Annika packte ihre Sachen nicht. Dabei war sie dicht davor, denn es war unendlich verlockend, endlich den Weg des geringsten Widerstands einzuschlagen und dem Ort zu entfliehen, der ihr so zusetzte. Sie müsste sich nicht mehr fürchten, nicht mehr mit aufgestellten Nackenhaaren durchs Haus schleichen, als sei sie selbst ein Geist. Aber jetzt einfach so aufzugeben, das konnte und wollte sie nicht. Sie würde nicht wie ein getretener Hund den Schwanz einziehen und sich verjagen lassen.

Ihre Weigerung brachte ihren Vater derart in Rage, dass er sie minutenlang anbrüllte. Der Choleriker Franz Burgdorfer war zurück.

»Sie können Ihre Tochter nicht zwingen.« Wilhelm Waltner stellte sich auf Annikas Seite.

»Ihre Enkelin kann ich nicht zwingen, das ist es doch, was Sie meinen!«, höhnte Franz und stapfte zornig aus dem Haus.

Wieder einmal sah Annika ihn entschwinden; mit allem

Schmerz und allem Kummer, der damit verbunden war. Und so zerbrach neuerlich das kurzzeitige Einvernehmen zwischen Vater und Tochter.

*

»Was willst du von mir?« Victor stand in der Küche seiner Mutter. Es war sein erster Besuch bei ihr, seit sie ihm die Wahrheit über seinen Vater enthüllt hatte. Weder Jacke noch Schuhe hatte er ausgezogen, denn er wollte nicht bleiben. Er war nur gekommen, weil ihre Nachricht auf seiner Mailbox dringlich geklungen hatte.

Magda Rautenstein band sich ihre Küchenschürze um. »Ich mache Grießnockerl. Isst du mit?«

»Ich bin bestimmt nicht zum Essen gekommen. Also, was willst du?«

»Es ist dein Lieblingsgericht.« Sie bettelte nicht, aber die Hoffnung in ihrer Stimme war nicht zu überhören.

»Na gut.« Obgleich seine Mutter ihn sein Leben lang belogen hatte, was unverzeihlich war, fühlte Victor sich allein durch ihre Gegenwart getröstet. Annikas Verlust setzte ihm zu. Ständig sah er ihr Gesicht vor sich und meinte, ihre lachende Stimme zu hören. Es hatte gedauert, bis Victor zu einer eindeutigen Selbstdiagnose gelangt war, denn bis dahin war ihm Liebeskummer fremd gewesen.

»Ich wollte dir etwas geben«, sagte Magda unvermittelt. »Ein Foto deines Vaters.«

Victor starrte lange und schweigend auf die Aufnahme, die einen Mann in den Vierzigern zeigte. Wenigstens in dieser Hinsicht hatte sie ihm die Wahrheit gesagt. Das Foto zeigte eine ältere Version seiner selbst mit dunklen Haaren, in denen erste graue Strähnen schimmerten.

»Was hast du vor, Victor? Werde ich weiter nichts von dir hören, als hättest du dich in Luft aufgelöst?«

»Was ich mache, geht dich nichts an«, entgegnete Victor hart. Seine Wut war unvermittelt wieder da. Er war noch nicht so weit, seiner Mutter die Absolution zu erteilen. Obendrein tat es gut, mit seiner gereizten Stimmung – die von seiner Sorge um Annika herrührte – nicht hinter dem Berg halten zu müssen. »Ich habe es mir anders überlegt, ich bleibe nicht zum Essen.«

Ohne die Lügen seiner Mutter wäre er nie in die beschissene Lage gekommen, Annika ebenfalls belügen zu müssen. Seine Logik war etwas chaotisch, doch im Moment besaß sie für ihn absolute Gültigkeit.

20

»Mir ist da etwas zu Ohren gekommen.« Ludwig Reichel, der Kinsauer Bürgermeister, senkte die Stimme. »Es geht um die Annika, die ist wieder allein drunten auf dem Bodelhof.«

Es war Sonntag. Die alteingesessene Kinsauer Runde hatte sich um den Stammtisch beim Schlosswirt versammelt.

»Von meinen Brautleuten höre ich oft die seltsamsten Geschichten, wie sie einander gefunden haben.« Der Standesbeamte August Preuer schüttelte den Kopf. »Aber die Liebeleien von der Annika Burgdorfer können da alleweil mithalten.«

»Wie darf man das verstehen?« War es unchristliche Neugierde, die Herrn Pfarrer Braunhans trieb?

»Ich probier es mal zu erklären. Erst ist der Münchener nach Kinsau gekommen, der, mit dem die Annika die letzten Jahre beieinander war.«

»Hohen heißt der. Mit dem hat sie in München zusammengewohnt.«

»Genau. Reich soll der sein, hab ich gehört, aber ob das stimmt … Jetzt wohnt dieser Hohen jedenfalls hier beim Wirt. Und kürzlich ist dann der zweite Mann, der erst bei der Annika auf dem Hof einzogen ist, auch beim Schlosswirt aufgeschlagen und wollte ebenfalls ein Zimmer haben.«

»Victor heißt dieser *zweite Mann*. Ein netter Kerl übrigens«, nahm die Wirtin Charlotte, die den Herren die Bierkrüge füllte, vorweg. »Alte Klatschweiber«, fügte sie noch hinzu, laut genug, dass die Stammtischler sie verstehen konnten. Charlotte durfte sich das erlauben.

»Komm zum Punkt, August«, rügte der Bürgermeister. »Hier geht's doch gar nicht um die Männer und das Liebesleben von der Annika.«

»Um was denn dann?«

»Ja, Herr Pfarrer, wie soll ich sagen, wir haben uns doch schon einmal über den Spuk drunten auf dem Bodelhof unterhalten. Weißt du's noch?«

Der Pfarrer nickte.

»Inzwischen schaut es so aus, als hätte die junge Burgdorferin richtige Probleme. Knallen soll es manchmal ganz laut in dem Haus, und die Annika träumt komische Sachen von Leuten, die vor Jahrhunderten mal da auf dem Hof gelebt haben.«

»Woher wisst denn ihr das alles?« Braunhans drohte scherzhaft mit dem erhobenen Zeigefinger, doch seinen Stammtischkumpanen entging nicht, wie blass der Geistliche um die Nase war.

»Mei, wir reden halt miteinander«, meinte August Preuer. »Und soweit ich weiß, hat das Mädl vom Reiter-Bauern einen guten Draht zur Annika, schon immer gehabt.«

»Wenn ihr schon über die Annika tratschen müsst, könntet ihr wenigstens darüber nachdenken, wie man ihr vielleicht helfen kann«, ließ sich die Wirtin von der Bar vernehmen, wo sie eben drei Teller mit knusprigen Sandwiches abstellte.

»Scharfe Ohren hat sie schon, die Charlotte, das muss man ihr lassen«, grinste Ludwig Reichel, dem der Anblick der Wirtin ebenso wie deren Hüftschwung gefiel. Obwohl sie vier Kinder geboren hatte, war Charlotte die straffe Figur erhalten geblieben.

»Scharfe Ohren, da hast du recht. Und manchmal auch eine recht scharfe Zunge.« Johann, der Wirt, eben bei der Tür hereingekommen, grinste frech und zwickte seine Frau ins Hinterteil.

»Also gut, was kann man tun?«

»Abreißen«, nuschelte der Pfarrer und sah, kaum war das Wort über seine Lippen, unangenehm berührt aus.

»Hochwürden, du bist ein alter Depp. Der Hof ist verkauft, und abgerissen wird da gar nichts. Wir haben dir schon einmal gesagt, das hättest du dir früher überlegen müssen.«

»Also, meine Frau hat einen Lorbeerkranz über dem Bett hängen und stellt Lorbeersträuße in die Zimmer unserer Enkelchen, wenn die mal über Nacht bei uns bleiben«, erklärte Sepp Michels leicht verlegen.

»Ist ja schön für die Bettina, ein Faible für Dekoration hat sie schon immer gehabt, deine Frau – Porzellanrehe und so etwas, gell? Aber was willst du uns damit eigentlich sagen?«

»Lorbeer dient zum Schutz …« Sepp senkte die Stimme. »Na ja, ihr könnt es euch doch denken, vor Geistern halt.«

»Stimmt das?«, wandte sich Reichels an den Pfarrer.

»Im Volksglauben sagt man so.«

»Dann haben wir ja schon die Lösung. Charlotte, wie schaut's aus? Dein Jüngster ist doch letztens mit ein paar anderen Kindern drunten bei der Annika gewesen, um die Geister zu sehen. Da könnten sie ihr zur Entschuldigung doch gleich mal so ein Lorbeerkränzle vorbeibringen.«

»Woher ihr das schon wieder wisst …«, rügte die Wirtin kopfschüttelnd.

»Und du segnest das Kränzle vorher gescheit mit Weihwasser, gell, Herr Pfarrer?«

*

Annika war froh, als Erika ihren Koffer packte. Wenige Tage, nachdem sich Wilhelm Waltner als ihr möglicher Großvater entpuppt hatte, wagte sie kaum noch, ihrer Mutter in die Augen zu sehen. Erika hatte einen sechsten Sinn für Geheimnisse – und darüber hinaus die beneidenswerte Fähigkeit, sie dem betreffenden Geheimnisträger souverän aus der Nase zu ziehen.

Gottlob stand die Irlandreise der Pfaffenwinkler Kegeldamen bevor, auf die alle Beteiligten seit Jahren sparten. Annika war nicht sicher, wie lange sie ihrer Mutter andernfalls standgehalten hätte. Offenbar war ihr Vater ein besserer Schauspieler, als sie ihm zugetraut hätte. Ihm war die Sache mit Waltner nicht anzumerken. Auch nicht die Sorge um seine Tochter. Er zeigte sich besser gelaunt als seit Jahren und machte ihrer Mutter den Abschied damit leicht. Obendrein überspielte er gekonnt die Tatsache, dass er nicht mit Annika sprach.

»Mama, wir müssen langsam aufbrechen. Der Bus fährt in einer halben Stunde«, erinnerte Uli.

»Ich werde euch vermissen, meine Lieben.« Erika seufzte, sah einen Moment lang traurig aus, dann durchbrach ein Lächeln den Trennungsschmerz.

»Du hast dir den Urlaub verdient.« Ulrich nahm seine Mutter fest in die Arme.

»Genießt die Zeit in Irland.« Annika legte ihre Stirn an Erikas. »Lasst es euch gut gehen. Und du meldest dich, wenn ihr angekommen seid?«

»Klar, Anni. Wo bleibt denn bloß Max? Er wollte doch rechtzeitig da sein, um mich zum Bus zu bringen.«

»Schon zur Stelle.« Max stürzte herein und kassierte prompt einen verärgerten Schubs von seinem älteren Bruder.

»Es hätte ihr den Urlaub verdorben, wenn sie dich vorher nicht mehr gesehen hätte«, schimpfte Uli leise.

»Komm, Frau. Die Kinder laufen dir in den zwei Wochen schon nicht weg.« Franz schob Erika, die Annika und Ulrich noch einmal rasch an sich drückte, mit sanftem Nachdruck zur Tür. Max folgte seinen Eltern mit dem Koffer zum Auto. »Bleib nicht auf dem Hof, Mädel«, flüsterte Franz seiner Tochter im Vorbeigehen zu. Es war das Erste, was er dieser Tage zu ihr sagte. »Bitte nicht.« Damit brachte er ihren Entschluss beinahe ins Wanken.

»Und verhungern werden wir auch nicht«, rief Uli der Mutter hinterher. Annika wertete es als gutes Zeichen, dass sein Humor hie und da wieder aufblitzte. Er schien einen Weg gefunden zu haben, mit Franz' neuerlicher Krebserkrankung umzugehen. »Hoffe ich zumindest«, zwinkerte er seiner Schwester zu.

»Wir könnten auch den Grill noch mal anfeuern, solange das Wetter mitspielt«, schlug Annika vor. »Damit du ganz sicher nicht verhungern musst, kleiner Bruder.«

»Gute Idee.« Ulis Antwort klang halbherzig, denn beiden war klar, dass es ohne Victor nicht das Gleiche sein würde.

Draußen ertönte die Autohupe, woraufhin die Geschwister gemeinsam ans Fenster traten. Ihre Mutter erwartete frenetisches Abschiedswinken, da durften sie sich nicht lumpen lassen.

Auf dem Rückweg zum Bodelhof – Annika war zu Fuß unterwegs – spielte ein kalter Wind mit dem Herbstlaub und wirbelte die raschelnden Blätter umher wie Buntwäsche in der Maschine. Ein rostrotes Blatt verfing sich in Annikas Schal, woraufhin sich ein angedeutetes Lächeln um ihre Mundwinkel tupfte, als hätte ein Maler den Pinsel geschwungen. Sie mochte den Herbst, der in diesem Jahr überpünktlich zur Stelle war. Obwohl oder vielleicht auch gerade weil die Monate, in denen das Laub sich färbte, glänzende Kastanien am Wegrand lagen und rauchige Holzfeuer auf den Feldern der Bauern brannten, unbestreitbar eine melancholische Jahreszeit waren. Insbesondere in diesem Herbst, in dem die Grenzen zwischen Vergangenheit und Zukunft verschwammen und ihr Leben auf den Kopf stellten, empfand sie es so.

Beim Betreten des Hauses griff die Angst mit kalten Klauen nach ihr. Zu ihrer Erleichterung hieß der Flur sie freundlich willkommen. Es war warm im Haus, offenbar strahlte der Küchenofen, den sie seit dem frühen Morgen fleißig geheizt und vor dem Weggehen mit Kohle gefüttert hatte, noch Restwärme ab.

Was jetzt?

Bis zur Abgabe ihrer Kolumne blieb massig Zeit. Die zweimonatliche Erscheinung machte ihr die Arbeit sehr viel leichter. Da sie zwischenzeitlich Farbe und Lasur für die Treppe besorgt hatte, spielte Annika mit dem Gedanken, diese Arbeit endlich in Angriff zu nehmen. Eigentlich sprach nichts dagegen, ihre Brüder und Victor hatten die Schleiferei ja bereits erledigt.

Victor … Was wäre es für eine Erleichterung gewesen, den Namen aus ihrer Erinnerung löschen zu können. *Tilgen. Ausradieren. Delete.*

Die Vollendung der Treppe war genau die richtige Aufgabe. Eben wollte Annika nach oben gehen, um sich ihre alten Arbeitskleider überzuziehen, da spürte sie einen Hauch im Nacken. Fremden Atem, so fehl am Platze, dass sie wie zu Stein erstarrte und sich keinen Millimeter mehr zu rühren vermochte. Eine einzelne Träne rann ihr über die Wange und verlor sich im Stoff ihres Pullovers, denn Annika wusste, sie war allein im Haus. Und doch stand da jemand dicht hinter ihr. Eine Person, deren Atem sie auf der Haut spüren konnte. Sie brauchte bloß ihren Mut zusammenzunehmen, sich umzudrehen und der Wahrheit ins Gesicht zu sehen …

Nein, lieber weglaufen. So schnell und so weit ich kann.

Noch während Annika dies dachte, sackten ihr die Beine weg. Ihre Beine, die eher als ihr Verstand begriffen: Sie hatte keine Chance.

Viele Jahre sind vergangen.

Maria fährt ruckartig hoch. Sie ist auf ihrem Sessel eingenickt, die Näharbeit aus den erschlafften Händen geglitten. Draußen dämmert es. Nebel steigt von den

Senken und Tälern der Umgebung auf. Sie hört das Rauschen des Flusses, der für die Jahreszeit ungewöhnlich viel Wasser führt. Durch das Fenster sieht sie zwei Elstern im Gemüsebeet hocken und im Dämmerlicht keckernd den nahenden Winter beklagen.

Wie magisch angezogen wandern ihre Hände – fahl und fleckig, die Nagelränder eingerissen und an manchen Stellen blutig – zu dem sanft gerundeten Leib und kommen darauf zu liegen. Leise beginnt sie zu singen.

Schlaf ein, mein Kind, schlaf ein,
behüt' von treuen Engelein,
beschirmt von Gottes gnädgem Schein.

Ihre Stimme ist rau und brüchig. Sie weiß, ihre Kraft lässt nach. Mit jedem Atemzug strömt das Leben aus ihr heraus, gleich dem weichen Abendlicht, das Zwielicht und Schatten weichen muss, bis schlussendlich auch das letzte Flecklein hellen Tages vergeht.

Schlaf ein, Kindlein, schlaf ein,
Schutz und Schirm seien dein,
in jedem süßen Träumelein.

Sie könnte den Doktor zu sich bestellen. Doch lieber hängt sie ihren Erinnerungen nach. Glück und Leid, Liebe und Hass – wie nahe liegen diese Gefühle doch beieinander. Und nur ein Lüftchen, ein schicksalhafter Windhauch entscheidet über Triumph oder Niederlage eines Menschenlebens.

Sie fragt sich, weshalb der Herr im Himmel ihr eine solche Marter auferlegt hat. Weshalb fährt dieser grausame, rächende Gott, dem sie in der Kirche huldigt, seit sie denken kann, Tag für Tag auf sie nieder und hält Gericht?

Tränen perlen ihr über die Wangen. Sie schmeckt das salzige Nass auf den spröden, gesprungenen Lippen. Ihr gelöstes Haar ist stumpf und glanzlos.

All die Jahre verlorenen Lebens. Seit dem Tag ihrer Vermählung ist sie nicht mehr glücklich gewesen, nicht mehr, seit sie *ihn* verloren hat. Jetzt ist es zu spät.

Liebe. Erlösung. Frieden. Ihre Hoffnung darauf ist verloren. Wieder streichelt sie den schwangeren Bauch, während ihre Lippen tonlos seinen Namen formen.

Schlaf ein, Kindchen, schlaf ein,
die Mutter wacht am Bette dein,
immer wird sie bei dir sein.

Das Messer liegt in ihrem Nachttisch. Maria holt es hervor und wiegt es in den Händen.

Annikas Glieder schmerzten. Sie hätte nicht zu sagen vermocht, wie lange sie auf dem kalten Fliesenboden gelegen hatte, aber so wie sie sich fühlte, waren es Stunden.

Sie begann zu weinen, denn nun konnte sie es nicht länger leugnen. In ihrem Traum hatte Annika zum ersten Mal eine ältere, von Krankheit gezeichnete Maria gesehen und die Frau wiedererkannt, die ihr aus dem Spiegel im Flur entgegengeblickt hatte.

Maria war der Geist. Der Geist war Maria.

Eine Magd und Bauersfrau aus dem achtzehnten Jahrhundert spukte auf dem Bodelhof. Im ersten Moment empfand Annika beißende Angst. Vorsichtig setzte sie einen Fuß vor den anderen, um langsam in Richtung Haustür zu gehen. Die Erkenntnis, nicht länger bleiben zu können, schien unumstößlich. Doch mit einem Mal blieb sie stehen. Sie konnte den Hof nicht verlassen, denn längst steckte sie viel zu tief drin in der Geschichte.

Und dann, als sie Marias schweres Leben noch einmal vor ihrem inneren Auge ablaufen sah, passierte etwas. Von jetzt auf gleich war alles anders, denn Annika begriff: Sie brauchte den Geist der alten Maria ebenso wenig zu fürchten, wie sie die Träume der jungen Maria gefürchtet hatte, der sie sich nahe fühlte wie einer Schwester. Ihr drohte keine Gefahr. Vielmehr dämmerte ihr, dass die unglückliche Frau aus einem vergangenen Jahrhundert ihre Hilfe brauchte.

»Maria?«, fragte Annika mit belegter Stimme. »Ist es das? Kann ich dir helfen?« Die Worte hingen unnütz im leeren Raum. »Ich weiß nicht, wie dein Leben letztlich geendet hat.« Sie räusperte sich. »Wenn ich kann, will ich dir helfen. Aber dazu muss ich wissen, was ich tun soll. Kannst du dich mir … auf irgendeine Art und Weise mitteilen?« Annika spitzte die Ohren und drehte sich mit bangem Herzen einmal um die eigene Achse. Nichts war zu sehen, nichts zu hören. Zehn Minuten verstrichen, und ihre Anspannung ließ nach. Sie lachte erleichtert über sich selbst. Natürlich, so einfach war es nicht. Geister ließen sich nicht einfach herbeirufen. Zumindest nicht auf diese Weise. Vermutlich. Da schlug die Küchentür, zuvor nur angelehnt, mit einem Knall zu. Das Geräusch setzte sich fort und fand sein Echo in den übrigen Räumen. Im Flur, im Lesezimmer, im ersten Stock. Im gesamten Haus schlugen Türen wie von Geisterhand.

»Okay.« Annika griff sich ihre Handtasche vom Küchentisch. »Ich verstehe!«, rief sie laut und rannte durch die Terrassentür nach draußen. Der Geräuschpegel hinter ihr nahm zu, die Taktfrequenz der schlagenden Türen steigerte sich noch. Die Brust war ihr eng, als sie um das Haus herum zu ihrem Auto rannte und sich auf den Fahrersitz sinken ließ. Hektisch fingerte sie in ihrer Handtasche nach dem Schlüsselbund und brauchte mehrere Anläufe, bis der Zündschlüssel im Schloss steckte.

Deutlicher hätte Marias Antwort nicht ausfallen können. Das erbetene Zeichen war für Annikas Geschmack zwar etwas drastisch ausgefallen, doch jetzt war es an ihr zu handeln. Maria brauchte ihre Hilfe. Sie legte den Gang ein und drückte aufs Gaspedal.

Unter den Scheibenwischern ihres Wagens klemmte ein Lorbeerkranz.

21

Die Schlosswirtin kämpfte mit einem breiten Laubrechen auf dem Vorplatz der Schlosswirtschaft gegen die herbstliche Blätterflut. Zwischen den Blättern leuchteten sattbraune Kastanien, die Charlotte aufhob und in einem Eimer sammelte. Am Wochenende wollte sie mit ihrem Mann zum nahe gelegenen Wildgehege fahren, um dort die Rehe zu füttern und etwas Zeit mit ihm allein zu verbringen, was bei vier Kindern und jeder Menge Arbeit nur selten möglich war. Als das Auto auf den Hof geschossen kam, hielt sie verdattert inne.

Annika bog viel zu schnell auf den Parkplatz. Aufstiebender Kies kratzte am Lack ihres alten BMW, bis der Wagen quietschend und ächzend zum Stehen kam.

»Annika.« Charlotte sah der Besucherin entgegen. »Du bist ja käsebleich. Ist etwas passiert?«

»Entschuldige, ich wollte euren Parkplatz nicht umgraben.« Annikas Scherz geriet zittrig. Es war ihr anzusehen, wie aufgewühlt sie war. Ihr Entschluss stand fest. Noch hallte das Schlagen der Türen in ihrem Kopf wider, dennoch hielt sie ihre Entscheidung, die absolut nichts mit ihren Gefühlen für Victor zu tun hatte, für rational und vernünftig. So redete sie sich ein, denn schließlich prädestinierte seine Vorgeschichte Victor Rautenstein wie keinen anderen, ihr beizustehen. Obendrein hatte er seine Hilfe mehrfach angeboten, sie geradezu aufgedrängt.

»Annika? Alles in Ordnung, Mädel?« Die Schlosswirtin legte eine Hand an Annikas Wange.

»Hm?«

»Du warst gerade so abwesend, dass ich es mit der Angst zu tun bekommen habe. Möchtest du mit mir hineinkommen und etwas trinken? Eine heiße Zitrone oder Schokolade vielleicht?«

»Danke, Charlotte. Eigentlich bin ich hier, um mit Victor zu sprechen, Victor Rautenstein. Wohnt der noch bei euch?«

»Schon.« Die Schlosswirtin lehnte den Laubrechen an die Hauswand, streckte den müden Rücken durch und sah Annika prüfend ins Gesicht. »Ein netter Kerl, der Victor. Mit dem ist gut auszukommen. Weißt du ja selbst. Wie ich gehört habe, hat er eine Weile bei dir auf dem Hof gewohnt …«

»Das stimmt.« Annika hielt Charlottes ebenso besorgtem wie interessiertem Blick stand. Sie wollte nicht mehr sagen als nötig. Zwar war die Schlosswirtin alles andere als eine Klatschtante, aber bei der Arbeit hinter dem Kneipentresen kam sie zwangsläufig mit den Leuten ins Gespräch. Und es lag wahrlich nicht in Annikas Absicht, die Gerüchteküche im Dorf anzufeuern. »Kann ich zu Victor hinaufgehen?«

»Sicher. Das zweite Zimmer auf der linken Seite, das mit dem Frauenschuh an der Tür. Ich kann dir allerdings nicht sagen, ob er im Moment da ist.«

»Danke, Charlotte.«

»Keine Ursache.« Die Wirtin zögerte. »Ich weiß ja nicht, ob das für dich von Belang ist«, rief sie Annika hinterher. »Doch im Glockenblumenzimmer nebenan wohnt Daniel Hohen.«

Annika stieg die breiten Steinstufen hoch in den ersten Stock. So vertraut ihr das Gebäude war, seit sie als Jugendliche die ersten Schlosswirt-Partys besucht hatte, hier oben war sie noch nie gewesen. Von einem langen Flur, den Charlotte mit üppig wachsenden, erst auf den zweiten Blick als unecht zu erkennenden Pflanzen bestückt hatte, gingen die Gästezimmer ab. Der besagte Frauenschuh an der Tür zu Victors Gästezimmer entpuppte sich als feine Malerei, die nicht erst gestern entstanden war, wie die schwer zu entziffernde Jahreszahl 1958 verriet. Annika betrachtete den Gelben Frauenschuh, ein Wahrzeichen Kinsaus, der in den Lechauen prächtig gedieh und an den Festtagen der Jungfrau Maria ein gerne verwendeter Blumenschmuck in der Kirche gewesen war, bis man ihn unter strengen Naturschutz gestellt hatte. Die Pflanze war außerdem Bestandteil des Kinsauer Wappens. Noch vor gar nicht langer Zeit hätte Annika in einem solchen Moment darüber nachgedacht, den Frauenschuh zum Thema ihrer nächsten Kolumne zu machen. Stattdessen kreisten ihre Gedanken um die Frage, ob Victor da sein und ob sie ihm gleich gegenüberstehen würde.

Annikas Magen hüpfte, als sie an die Tür klopfte.

»Victor?«

Es blieb still im Zimmer.

»Victor?«

Entweder er wollte sie nicht sehen. Oder er war tatsächlich nicht da. Die Vorstellung, er könne zwischenzeitlich seine Meinung geändert haben und nicht mehr mit ihr sprechen wollen, gefiel Annika nicht. Ganz und gar nicht. Einen Moment lang fühlte sie sich in die Hütte in Matrei zurückversetzt, empfand dieselbe kalte Wut.

Innerlich kämpfte sie mit ihrem aufsteigendem Zorn, während gleichzeitig die Sehnsucht an ihr zerrte. Denn, so einfach und so kompliziert war es – sie vermisste Victor. Und sie brauchte seine Hilfe.

Probehalber drückte Annika die Klinke zu seinem Zimmer hinunter. Er hatte nicht abgeschlossen. Sie schob die Tür ein Stück weit auf und spähte in den Raum.

Vor dem Fenster stand ein hellblauer Polstersessel, der leer war, genau wie das schmale Bett. Victor hatte als Sitzgelegenheit den Boden gewählt. Dort saß er ganz entspannt, sein Kinn ruhte auf der Brust. Um ihn verstreut lagen mehrere gebundene Bücher. Am weinroten Einband erkannte Annika, worum es sich handelte, denn eines davon hatte Victor ihr auf der Hütte zeigen wollen – es waren die Aufzeichnungen seines Vaters; das Lebenswerk Liviu Victor Dimitris.

»Victor?«, wisperte Annika und beugte sich vorsichtig zu ihm hinunter. Er schlief tief und fest, die offenen Haare fielen ihm ins Gesicht. Der Anblick rührte sie. In seinem grauen Trainingsanzug, mit bloßen Füßen, unschuldig träumend, sah er viel jünger aus, als sie ihn kannte. Dabei war ihr sein zerzauster Anblick am frühen Morgen vertraut. Sie hatte ihn in weitaus intimeren Situationen als dieser erlebt. Annika beschloss, ihn schlafen zu lassen.

Sie griff sich eines der Bücher und setzte sich in den Polstersessel beim Fenster. Sie wusste nicht, wie Victor auf ihr Eindringen reagieren würde. Doch es kümmerte sie auch nicht, denn in Anbetracht seiner zahlreichen Lügen war sie der Ansicht, einiges bei ihm gutzuhaben. Zumal in Dimitris Büchern vermutlich Informationen zu finden sein würden, die sie brauchen konnte. Informationen, die möglicherweise helfen würden, Maria zu … erlösen. Sagte man so? Und war es überhaupt das, was sie wollte?

Wie auch immer, Annika schlug das Buch auf.

Für einen Moment flogen ihre Gedanken ins Nebenzimmer. Weshalb war Daniel immer noch hier? Sie verstand es nicht, und im Grunde war es ihr egal. Ihr Blick ruhte noch einmal auf dem schlafenden Victor, ehe sie zu lesen begann.

6. Juli 1991
Karmisa-Haus, Bezirk Sankt Veit an der Glan
Kärnten, Österreich

Das Karmisa-Haus, 1890/1891 erbaut, wurde 1921 um einen Anbau im Osten und im Jahr 1975 um einen im Westen erweitert. Während das Karmisa-Haus sowohl in den späten Jahren des neunzehnten Jahrhunderts als auch in den frühen Jahren des zwanzigsten Jahrhunderts eine Weberei und einen Stoffwarenladen mit darüberliegender Wohnung beherbergte, wurde das Gebäude in späterer Zeit ausschließlich als Einfamilienhaus genutzt.

Die jetzigen Besitzer (das Ehepaar Rolter) haben das Karmisa-Haus im vergangenen Jahr erworben, Anfang 1990. Nach umfassenden Renovierungsarbeiten zogen die Eheleute mit ihrem sechsjährigen Sohn und den vierjährigen Zwillingstöchtern in das neue Familiendomizil ein.

Die Hoffnung der Familie, fortan friedvolle Stunden im schönen Karmisa-Haus zu verleben, sollte sich leider bald zerschlagen. In der Tat waren der Familie lediglich zwei ruhige Wochen im neuen Heim vergönnt, bis die Kinder zum ersten Mal Alarm schlugen. Die drei Geschwister berichteten sowohl in gemeinsamen als auch in voneinander gesonderten Gesprächen von einem großen, schrecklich entstellten Jungen mit gelben Pusteln im Gesicht. Dieser solle sich regelmäßig an ihrer Seite aufhalten und wiederholt versucht haben, sie bei den Händen zu fassen. Die Zwillingsmädchen erzählten den Eltern, der Junge sei besonders häufig im Wohnzimmer anzutreffen, wiewohl er auch in den Kinderzimmern ein regelmäßiger Besucher wäre.

Der sechsjährige Sohn der Familie gab auf die sanfte Nachfrage der Mutter unter anderem zur Antwort: Der Junge lebt schon lange nicht mehr.

Die Eltern berichteten mir von mannigfachen psychotherapeutischen Sitzungen, die mit den Kindern abgehalten wurden. Einer der zurate gezogenen Experten diagnostizierte Geborgenheits- und Kontaktdefizite bei den Geschwistern, resultierend aus dem Umzug in die fremde Umgebung. In direkter Konsequenz leitete der Fachmann den Phantasiejungen ab – was wiederum die Eheleute Rolter nicht glauben mochten, denn sowohl der Sohn als auch die Töchter haben sich den neuen Gegebenheiten mühelos angepasst, besuchen den örtlichen Kindergarten/die Grundschule und sind dort gut integriert.

Sich keinen Rat mehr wissend verlegten die Eltern die Kinderzimmer aus dem ursprünglichen Teil des Hauses in den später hinzugekommenen Ostanbau. Fortan wurde nächtens keines der Kinder mehr belästigt, was auf einen Zusammenhang zwischen jenem Jungen und dem ursprünglichen Haus aus dem Jahr 1890/1891 schließen lässt. Dafür spricht außerdem, dass sich die Kinder tagsüber weiterhin mit den ungewollten Kontaktversuchen des »Pusteljungen«, wie sie ihn nennen, konfrontiert sehen. Die Wahrnehmungen der Geschwister beschränken sich dabei auf die Küche und das Wohnzimmer, die sich im ältesten Teil des Hauses befinden. Orte, an denen die Kinder sich zumindest zeitweise aufhalten.

Die Eheleute Rolter sind in langen Gesprächen zu der Entscheidung gelangt, ihren Kindern vor allen anderen – noch vor diversen Experten und Therapeuten – Glauben schenken zu wollen. Obwohl weder die Mutter noch der Vater je etwas Übernatürliches in dem Karmisa-Haus wahrgenommen haben, wurde ich zwischenzeitlich hinzugebeten.

Die Eltern sind mit ihren Kindern für die Dauer meines Aufenthalts zu Verwandten übergesiedelt, so dass ich mich in Ruhe dem Phänomen widmen kann.

Ich hoffe inständig, vor allem der drei Geschwister wegen, im Fall des Pusteljungen helfen zu können.

8. Juli 1991

Heute, zwei Tage nach meiner ersten ausführlichen Eintragung, kann ich den Eindruck der Eheleute Rolter nur bestätigen. Das Karmisa-Haus scheint vordergründig frei von paranormalen Vorgängen. Vordergründig, schreibe ich, denn noch …

Annika, die das linke Bein unter das rechte gezogen hatte, veränderte die unbequem gewordene Sitzposition, ohne die Augen von dem Bericht zu lösen. Die Lektüre war so spannend, dass sie nicht auf Victor achtete, der durch die kurze Bewegung aus dem Schlaf schreckte.

»Das ist nicht wahr, oder?«

Ihr blieb fast das Herz stehen, als er sie unvermittelt ansprach. Dennoch war sie um Gelassenheit bemüht. »Du könntest nicht verdutzter aussehen, wenn du neben Queen Elizabeth aufgewacht wärst.«

»Für den Fall, ich träume nicht … Du bist vermutlich nicht bloß gekommen, um blöde Sprüche zu klopfen?« Victor stand auf, kämmte sich die widerspenstigen Haare mit den Fingern nach hinten und blieb unschlüssig im Raum stehen. »Es ist jedenfalls gut, dass du da bist.«

»Stimmt. Wir müssen dringend miteinander reden«, sagte Annika. Und nach einer kleinen Pause: »Entschuldige mein ungebetenes Eindringen.«

»Schon in Ordnung.« Victors schlafmüde Augen verrieten seine Gefühle.

»Ich bin nicht deinetwegen gekommen«, betonte Annika. »Es geht um den Hof.«

»Dachte ich mir.«

»Ich will wissen, was du weißt. Ob und was dein Vater – außer den Kopien, die du mir in den Briefkasten gesteckt hast – noch über den Bodelhof geschrieben hat. Und was dieser Professor vom Parapsychologischen Institut in Passau dir zu sagen hatte. Du hast ihn in deinem Brief erwähnt.«

»Einverstanden.« Victor hob die Hände. »Natürlich werde ich dir davon erzählen. Ich hätte dir am liebsten schon auf der Hütte alles gesagt …«

»Aber da hab ich dir nicht zuhören wollen, ich weiß. Ehrlich gesagt, Victor, wäre ich heute auch nicht hier, wenn mir eine Wahl bliebe. Schätze, das ist verständlich, nachdem du mich so … so hintergangen hast.«

»Es tut mir leid, Annika.« Victor senkte den Kopf. »Ich kann es nun nicht mehr ändern.«

»Lassen wir das.« Annika wischte das Thema mit einer scharfen Handbewegung fort. »Ich habe eben in den Aufzeichnungen deines Vaters über das Karmisa-Haus in Österreich gelesen.«

»Das war die Sache mit dem Narbenjungen, oder?«

»Mit dem Pusteljungen.« Annika war erleichtert, dass er ihr kommentarlos durchgehen ließ, sich an den Aufzeichnungen seines Vaters vergriffen zu haben. »Ich bin nicht bis zum Ende gekommen. Wie ging die Geschichte aus, weißt du das?«

»Hm, ich meine schon. In den letzten Monaten blieb mir reichlich Zeit, die Nase in die Bücher meines Vaters zu stecken.«

»Und zwar immer dann, wenn du angeblich mit deiner Abschlussarbeit beschäftigt warst.«

»So ist es.« Victor sah Annika an. Das schmerzliche Bedauern in seinen kieselgrauen Augen ging ihr durch Mark und Bein. Außerdem fiel ihr zum ersten Mal auf, dass er von Dimitri ganz selbstverständlich als seinem Vater sprach, obwohl er den Mann nie kennengelernt hatte. Es rührte sie. »Was das Karmisa-Haus anbelangt – mein Vater ist seinerzeit zwei Wochen lang dort geblieben. Er konnte keine paranormale Aktivität feststellen, fand aber in einem Archiv die Meldung vom Tod eines Webergesellen, der Anfang des zwanzigsten Jahrhunderts in dem Haus starb. Der junge Mann hatte die Pocken. Zum Zeitpunkt seines Todes war sein Gesicht von eitrigen Pusteln bedeckt.«

»Wie furchtbar.«

»Furchtbar – und vermutlich der Ursprung des Geistes, den die Kinder beschrieben haben.«

»Dein Vater war davon überzeugt, obwohl er – der erfahrene Geisterforscher – die Erscheinung nicht sehen konnte? Er hat den Kindern geglaubt?«

»Du denkst an Hanna, stimmt's?«

»Der Gedanke liegt nahe. Sie hat die Frau noch vor mir gesehen.«

Victor stutzte. »Vor dir? Moment, was soll das heißen?«

»Das heißt ganz einfach, dass ich sie, Maria, auch gesehen habe. Im Spiegel.« Annika merkte selbst, wie trotzig ihre Antwort klang.

»Und damit kommst du so nebenbei? Verflucht, Annika, so dumm kannst du nicht sein!«, polterte Victor los. »Hast du eigentlich den leisesten Schimmer, wie gefährlich …«

»Halt den Mund!« Die Selbstverständlichkeit, mit der er sich das Recht nahm, sie anzubrüllen, ließ bei Annika ebenfalls einige Sicherungen durchbrennen. »So sprichst du nicht mit mir, verstanden!«, schrie sie ihn aus vollem Hals und mit hochrotem Gesicht an. Es tat unwahrscheinlich gut, sich auf diese Weise Luft zu verschaffen. Auf der Hütte war sie beherrscht gewesen. Jetzt nicht mehr. »Wenn die Umstände mich nicht zwingen würden, wäre ich weiß Gott froh, deine Gegenwart nicht länger ertragen zu müssen!«

»Das musst du auch nicht! Was bin ich für ein Trottel, mich überhaupt um dich zu sorgen! Dir auch noch meine Hilfe aufzudrängen!«

»Ein saublöder Trottel, das bist du!« Annika stieß ihn gegen die Brust. »Es ist deine verdammte Pflicht, mir zu helfen. Ohne dein Auftauchen …«

»Klar, ich soll dir helfen, aber ertragen magst du meine Gegenwart nicht! Toll! Ohne mein Auftauchen wäre der Hof vermutlich ohnehin nicht das verdammte Gruselkabinett, das er ist! Da lache ich doch!«

»Red nicht …«

Ein lautes Klopfen aus dem Nebenzimmer unterbrach den Streit.

Annika und Victor starrten sich an wie zwei vom Ringrichter ausgebremste Boxer.

»Da wohnt dein Ex«, sagte Victor erheblich leiser.

»Weiß ich.«

»Wir waren zu laut.«

»Anders kann man sich schlecht anschreien.«

Um Victors Mundwinkel zuckte es.

Annika zog missbilligend die Augenbraue hoch – und brach im nächsten Moment in heftiges Gelächter aus.

Victor fiel prustend ein.

Sie lachten aus vollem Hals, hielten sich wiehernd die Bäuche und fanden kein Ende, während Lachtränen aus ihren Augenwinkeln purzelten. Es war befreiend.

Im Nebenzimmer blieb es unterdessen ganz still.

»Lass uns mit Pfarrer Braunhans sprechen«, schlug Annika vor, nachdem sie Victor über alle Geschehnisse, die sich seit Matrei ereignet hatten, in Kenntnis gesetzt hatte. Der Lachanfall hatte die Luft gereinigt. »Er hat kurze Zeit auf dem Hof gelebt und sich mit seiner Geschichte beschäftigt. Von ihm stammen die handschriftlichen Anmerkungen auf der Chronik.«

»Gute Idee. Kennst du den Mann persönlich?«

»Selbstverständlich.« Annika warf Victor einen scheelen Blick zu. »Was denkst du denn?«

»Was soll ich denken? Dass ich deine sonntäglichen Kirchgänge irgendwie verpasst habe und du eigentlich ein braves, engagiertes Mitglied im Damenkränzchen der Gemeinde bist … Sag mal, du verarschst mich doch?«

»Stimmt«, kicherte Annika. Sie konnte sich nicht erklären, weshalb sie sich plötzlich so ungemein aufgekratzt fühlte. Wo in der Zwischenzeit so vieles geschehen, so vieles in Schieflage geraten war. »Wenn ich ehrlich bin, kann ich mich tatsächlich nur vage an den Pfarrer erinnern. In der Grundschule hat er den Religionsunterricht gehalten. Ist lange her.«

»Jedenfalls muss er dann schon eine ganze Weile im Amt sein. Wo finden wir ihn?«

»Entweder im Reichlinger Pfarrhaus, da hat er seinen Wohnsitz. Oder in einer der Kirchen, für deren Gemeinden er zuständig ist. Also in Kinsau, Rott, Reichling oder Apfeldorf. Vielleicht auch im Pfarrsekretariat.«

»Es scheint ja nicht ganz einfach zu sein, den guten Hirten aufzuspüren.«

»Keine Bange, so schwierig wird's nicht. Ich schlage vor, wir fahren nach Reichling und fragen im Pfarrsekretariat nach.

Dort ist man in der Regel darüber informiert, wo er sich aufhält. Was ich wiederum von meiner Mutter weiß, die ein großer Fan von Herrn Braunhans ist.«

»Geistliche mit Fanclub.« Victor schüttelte amüsiert den Kopf. »Gib mir drei Minuten. Ich ziehe mich um, dann können wir los.«

»Ich warte draußen auf dem Parkplatz.« Annika zog die Zimmertür hinter sich zu. Statt gleich nach unten zu gehen, blieb sie noch ein Weilchen stehen, um sinnend den Frauenschuh an der Tür zu betrachten. Es war wie verhext, sie kam nicht umhin, an Victor zu denken; sich vorzustellen, wie er sich dort drinnen gerade umzog. Mit glühenden Wangen schalt sie sich für die voyeuristische Phantasie.

Geräusche aus dem Nebenzimmer rissen sie aus ihren Gedanken. Annika spitzte die Ohren, denn sie erkannte eindeutig Daniels Stimme. Es war unangenehm und irritierend, ihren Ex so nah zu wissen. Weshalb verschwand er nicht einfach, wo er sich doch auch nicht mehr für sie zu interessieren schien? Rasch machte Annika sich auf den Weg nach unten, um Daniel nicht noch unvermittelt auf dem Flur zu begegnen. Sie würde drei Kreuzzeichen machen, wenn er endlich abreiste und aus ihrem Leben verschwand.

Im Weggehen hörte sie Daniel lachen. Es folgte die sehr viel leisere Entgegnung einer Frau. Ganz kurz fragte Annika sich, wer ihm da wohl in die Falle gegangen war.

*

Lord I lift Your name on high,
Lord I love to sing Your praises.
I'm so glad You're in my life,
I'm so glad You came to save us.
You came from heaven to earth to show the way,
from the earth to the cross, my depts to pay,

from the cross to the grave,
from the grave to the sky,
Lord, I lift Your name on high.

»Recht modernes Kirchenlied«, fand Victor. »Zu meiner Schulzeit sang man auf Deutsch.«

»Zu meiner Schulzeit war an weibliche Ministranten noch nicht einmal zu denken«, entgegnete Annika flüsternd, da die Musik leiser wurde und der Gesang abebbte. »Der Pfarrer ist zwar nicht mehr der Jüngste, aber anscheinend geht er mit der Zeit.«

Mit Hilfe der dienstbeflissenen Pfarrsekretärin war es Annika und Victor gelungen, den Geistlichen aufzuspüren – im Rotter Pfarrheim, wo eben ein Treffen der zur Kirchengemeinde gehörigen Ministranten und Ministrantinnen stattfand.

Lord I lift Your name on high,
Lord I love to sing Your praises.
I'm so glad You're in my life,
I'm so glad You came to save us.

Musik und Gesang schwollen noch einmal an. Die Jungen und Mädchen tanzten zum Refrain von *Lord I lift Your name on high* mit bunten Bändern, die Annika aus der rhythmischen Sportgymnastik kannte. Während die Ministrantinnen sichtlich Spaß hatten, zogen mehrere Ministranten – wenn der Pfarrer nicht hinsah – abschätzige Grimassen. Auf den Fensterbänken brannten Duftkerzen. Es roch nach einer Mischung aus Apfel und Vanille, Schweiß und zu vielen Menschen, die sich zu lange in einem ungelüfteten Raum bewegten.

Offenbar stellte der Bändertanz eine Art Abschluss dar, denn gleich nachdem das Lied verklungen war, wurden die Bänder eingesammelt und die Kerzen gelöscht.

»Bis zum nächsten Mal«, rief der Pfarrer in die Runde. »Ich bedanke mich bei euch für den schönen und lustigen Nachmittag.«

»Auf Wiedersehen!«

»Tschüss, Herr Pfarrer.«

Die Ungezwungenheit, mit der die Kinder und Jugendlichen sich verabschiedeten, ließ erahnen, wie beliebt der Geistliche war. Trotz der bunten Bänder, über die einige Ministranten gerade feixend herzogen.

»Moritz, Anna, Julia und Sophie – ihr vergesst nicht, dass ihr für die Sonntagsmessen eingeteilt seid?«

»Wo denken Sie hin?«, grinste ein älterer Junge. »Das geht in Ordnung!«

Im Weggehen schnappte Annika auf, wie einige Ministranten Pfarrer Braunhans als das »Braunhanserl« betitelten. Sie meinte sich zu erinnern, dass es den Spitznamen schon zu ihrer Schulzeit gegeben hatte, eine vorwitzige Verballhornung des Nachnamens.

»Muntere Bande, diese Jungs und Mädels.« Nachdem der Nachwuchs fort war, wandte der Pfarrer sich Annika und Victor zu. Er trug legere Freizeitkleidung, beige Stoffhose, Hemd und Pullunder. Obwohl Annika sich nicht mehr gut an ihn erinnern konnte, erkannte sie den Kleidungsstil des Geistlichen – immer etwas hinter der Zeit – wieder. Braunhans' schmale, sportliche Figur und sein aschblondes Haar mit silbrigem Schimmer machten den fragwürdigen Kleidergeschmack indes wieder wett. Er war ein etwas angestaubter, aber durchaus attraktiver Mann mit gepflegtem Kinnbärtchen. »Sie wollen zu mir?«

»Das stimmt.« Annika gab dem Geistlichen die Hand. »Im Pfarrbüro hat man uns gesagt, Sie würden vermutlich etwas Zeit haben.«

Pfarrer Braunhans runzelte die Stirn. »Wir kennen uns, junge Frau, liege ich richtig?«

»Das ist wahr. Obwohl es geraume Zeit her ist, dass ich bei Ihnen im Religionsunterricht die Schulbank gedrückt habe.«

»Burgdorfer, nicht wahr? Annika Burgdorfer?«

»Sie haben ein erstaunlich gutes Gedächtnis.« Annika konnte nicht wissen, dass sie beim Stammtisch des Herrn Pfarrers bereits mehrfach im Mittelpunkt des Interesses gestanden hatte.

»Sudoku. Trainiert die grauen Zellen«, schmunzelte Braunhans, vermochte jedoch nicht überzeugend darüber hinwegzutäuschen, dass ihm Annikas Auftauchen alles andere als angenehm war.

»Das ist Victor Rautenstein«, stellte Annika vor.

»Guten Tag, Herr Pfarrer Braunhans.« Victors Benehmen war vorbildlich. »Ich hoffe, wir kommen nicht ungelegen.«

Annika dachte kurz daran, wie sehr Victor ihre Mutter Erika von Anfang an begeistert hatte. Kein Wunder, benahm er sich doch wie der personifizierte Traum jeder Schwiegermutter. »Wie Annika schon sagte – wir wären Ihnen sehr verbunden, wenn Sie sich ein wenig Zeit für uns nehmen könnten.«

»Wie darf ich Ihnen beiden denn behilflich sein? Lassen Sie mich raten: Sie möchten gerne in der Kinsauer Kirche heiraten. Die jungen Paare von heute sind ja sehr viel heimatverbundener, als man gemeinhin annehmen würde. Sich im Heimatort der Braut oder des Bräutigams trauen zu lassen ist sozusagen groß in Mode. Ich für meinen Teil …«

»Es geht um den Bodelhof«, unterbrach Annika den Redeschwall des Pfarrers, ehe dieser sich weiteren Unsinn aus den Fingern saugen konnte. In Wahrheit hatte Braunhans keinen Augenblick lang geglaubt, es mit einem heiratswilligen Pärchen zu tun zu haben. Zu seinem Pech war ihm das anzusehen. »Sie haben früher dort gelebt und sich mit der Geschichte des Hauses befasst.«

»Das ist lange her und kaum der Rede wert.« Der Pfarrer

warf demonstrativ einen Blick auf seine Armbanduhr. »Es tut mir leid, aber die Damen des Landfrauenbunds erwarten mich zum Stecken der frischen Kränze für die Gemeindegräber. Ich bin bei dergleichen nicht besonders geschickt, um der Wahrheit die Ehre zu geben, aber im Grunde geht es auch mehr darum, den Frauen Gesellschaft zu leisten.«

»Wenn das so ist, könnten wir vielleicht einen anderen Termin …«

»Lass gut sein, Victor«, fiel Annika ihm ins Wort. »Die Kegeldamen halten sich momentan allesamt in Dublin auf, wo sie vermutlich gerade die Saint Patrick's Cathedral oder die City Hall besichtigen. Weißt du, meine Mutter ist eine von ihnen und hat sich seit Monaten auf den Urlaub gefreut.«

»Und?«, hakte Victor nach, der nicht begriff, worauf Annika hinauswollte.

»Man könnte es auch so sagen: Die Damen des Kegelvereins sind quasi deckungsgleich mit den Mitgliedern des Landfrauenbunds«, erklärte Annika. »Nicht wahr, Herr Pfarrer?«

»Bitte gehen Sie. Ich habe Ihnen beiden nichts zu sagen.«

»Wir verstehen voll und ganz, wenn Sie nicht über den Bodelhof sprechen möchten«, unternahm Victor einen zweiten Anlauf. »Dennoch, Herr Pfarrer, brauchen wir Ihre Hilfe. Annika ist in Not, das sollten Sie vielleicht wissen«, appellierte er an den Geistlichen.

»In Not? Was soll das heißen?«

»Wissen Sie, was auf dem Hof vor sich geht? Falls ja, dann wissen Sie vermutlich auch, weshalb ich in Not bin.« Annika merkte selbst, wie aggressiv sie klang. Es machte sie wütend, dass Braunhans, der möglicherweise etwas Wichtiges über den Bodelhof zu sagen hatte, sich dermaßen querstellte.

»Wir wollen Ihnen lediglich einige Fragen zu Ihrer Zeit auf dem Hof stellen«, beschwor Victor. »Mehr nicht.«

»Also gut«, seufzte Braunhans. »Nebenan gibt es eine kleine

Küche. Gehen Sie vor. Ich komme gleich nach. Dann können wir reden.«

»Ob er vorhat zu türmen?«, raunte Annika auf dem Weg in die Küche.

»Vermutlich will er sich kurz sammeln.« Victor musste trotz seiner Anspannung grinsen. In seiner Phantasie blitzte ein Bild des Pfarrers auf – Braunhans hektisch durch ein enges Toilettenfenster flüchtend und dabei stecken bleibend, während die Beine hilflos über dem Spülkasten zappeln.

»Vermutlich hast du recht. Weglaufen würde ihm nicht helfen. Er ist ja leicht zu finden.« Annika erwiderte Victors Lächeln und fragte sich, woran er dachte. In ihrem Inneren forschte sie nach der ohnmächtigen Wut auf ihn, die er wahrlich verdient hatte. Was sie fand, war ein spontanes Gefühl der Freude über seine Gesellschaft, das sie innerlich Achterbahn fahren ließ und noch viel besser war als die ersten Bissen Zuckerwatte, ehe die pappige Süße den Magen verklebt. Und das mochte etwas heißen, denn Annika liebte Zuckerwatte, seit sie Mund und Nase als kleines Mädchen zum ersten Mal in das spinnwebenzuckrige Vergnügen getaucht hatte. Dabei wollte sie Victor doch überhaupt nicht mehr mögen.

»Ich nehme an, es geht um den vermeintlichen Spuk auf dem Hof? In Kinsau reden die Leute darüber.« Der Pfarrer hatte offenbar beschlossen, seine Karten mangels Alternative offen auszuspielen. Er zog sich einen Stuhl an den Tisch und bedeutete seinen Besuchern, sich auf die schmale Eckbank zu setzen, die für die winzige Küche immer noch viel zu ausladend war. Es ließ sich aufgrund der Enge nicht vermeiden, dass Annikas und Victors Oberschenkel sich berührten. »Ich vermute, deshalb sind Sie hier?«

»Wir sind hier, um herauszufinden, wodurch Ihr Interesse für die Hofgeschichte geweckt wurde. Auf der Besitzchronik haben Sie handschriftlich so manches vermerkt. Vor allem aber würden wir gerne erfahren, weshalb Sie bereits nach drei Monaten wieder aus dem Hof ausgezogen sind.«

»Das ist Ihnen aufgefallen, ja? Das Gebäude hat keinen großen Komfort aufzuweisen. 1998, als die Gemeinde Kinsau den Bodelhof gekauft hat, war das nicht anders, was mir wiederum nicht behagte.«

»Aber das war nicht der Grund für Ihren Auszug?«

»Der Grund für meinen Auszug … Wenn ich hoffen dürfte, damit durchzukommen, würde ich mich nur zu gerne in diese dem Herrn weiß Gott nicht gefällige Notlüge flüchten. Doch die Ausrede werden Sie mir nicht abkaufen, das sehe ich Ihnen beiden an.«

»Sie scheinen für Lügen tatsächlich kein besonderes Talent zu haben. Eigentlich eine gute Eigenschaft für einen Geistlichen.«

»Ich bin leicht zu durchschauen, das stimmt schon.« Der Pfarrer atmete tief durch. »Wo fange ich an? Ich spreche nicht gerne darüber. Als der Kinsauer Pfarrhof 1998 brannte, war ich bereits seit einem guten Jahrzehnt Gemeindepfarrer. Bereitwillig zog ich nach dem Unglück auf den Bodelhof. Damals gab es noch eine von der Pfarrei angestellte Haushälterin. Sie hieß Angelina Liebst und war sowohl für mein leibliches Wohl als auch für die im Haus anfallenden Arbeiten zuständig.«

»Hat sie ebenfalls auf dem Hof gewohnt?«

»Nein. Aber sie hat sich oft bis in den Abend hinein dort aufgehalten, bis sie gewiss sein konnte, dass ich nichts mehr brauchen würde. Sie war eine sehr zuverlässige Person mit einer kleinen Tochter, die sie häufig mit zur Arbeit brachte. Das Mädchen war damals etwa acht Jahre alt.«

»Hatte ihr Mann nichts dagegen, dass sie mit der Tochter häufig so spät nach Hause kam?«, fragte Victor.

»Angelina Liebst war unverheiratet und auch nicht liiert, als sie 1990 im fortgeschrittenen Alter von vierundvierzig Jahren

Mutter einer Tochter wurde. Den Namen des Vaters hat sie nie genannt. Lange wurde im Diözesanrat darüber diskutiert, ob man sie deshalb nicht entlassen müsse, doch ich habe mich für die Frau eingesetzt, und schlussendlich wog mein Wort genug.« Braunhans zwirbelte sein Kinnbärtchen. »Frau Liebst durfte bleiben. Sie war zehn Jahre älter als ich und eine Seele von Mensch. Ich hatte sie und ihre Tochter gerne um mich.« Der Geistliche starrte die Wand hinter Annika und Victor an, während er sich die Worte mühsam abzuringen schien. Dabei brachte er es nicht fertig, seinen Besuchern in die Augen zu sehen.

»Es war großherzig von Ihnen, die Entlassung der Haushälterin zu verhindern«, versicherte Victor, dem sein sichtlich gequältes Gegenüber leidtat. »Es gab Anfang der Neunzigerjahre jede Menge Geistliche, die solch eine gefallene Frau nicht mehr weiter beschäftigt hätten.«

»Was hatte es mit Angelina Liebst auf sich, dass Sie uns von ihr erzählen?« Annika vermochte ihre Neugier kaum zu zügeln.

»Ja.« Braunhans knetete seine Hände. »Um zum Punkt zu kommen: Der Hof löste bei Frau Liebst Wahnvorstellungen aus. In ihrer Not hat sie sich mir anvertraut.«

»Wahnvorstellungen, Herr Pfarrer?«

»Genau genommen waren es Träume. Angela träumte von dem Haus, wie es vor langer Zeit einmal gewesen war. Und von seinen Bewohnern, seinen früheren Bewohnern. Insbesondere von einer Frau namens Maria.« Bei seinen letzten Worten ließ der Pfarrer seine Besucher nicht aus den Augen.

Ein Zucken in Annikas Gesicht verriet sie.

»Ich wusste nie, was es mit Frau Liebsts Träumen auf sich hatte. Ob die Träume tatsächlich von dem Haus herrührten, meine ich, oder doch vielmehr ihrer Phantasie entsprangen.« Braunhans sah Annika direkt an. »Eine Zeit lang tendierte ich zu der Annahme, die Gerüchte über den Spuk auf dem Hof –

die ich bei einem solch alten Gebäude im Übrigen nicht für ungewöhnlich halte – hätten meine Haushälterin beeinflusst. Doch sicher war ich mir nie. Während meiner Recherche stieß ich auf die Besitzchronik des Anwesens und musste feststellen, dass Frau Liebst aus irgendeinem Grund die Namen dieser Leute kannte. Zufall? Dafür wollte ich es allzu gerne halten. Und nun muss ich feststellen: Sie träumen auch.«

»Ja.« Annikas Universum schwankte. Eine Haushälterin, eine Angestellte der Kirche obendrein, die wie sie von Maria Bodel geträumt hatte … Ihre Gedanken rasten.

Obwohl sie ohnehin eng beieinander saßen, schob Victor sich noch ein winziges Stück näher an sie heran, in der Hoffnung, ihr durch seine Nähe den Rücken zu stärken und Trost zu spenden. »Wie ist es weitergegangen, Herr Pfarrer?«, fragte er.

»Ich selbst habe auf dem Hof kaum etwas Außergewöhnliches wahrgenommen. Zweimal habe ich Geräusche vom Dachboden gehört, die klangen wie das Salutschießen unseres Böllerschützenvereins. Aber solche Knallgeräusche können auf alle möglichen Arten zustande kommen. Es mochte auch bloß der Wind sein, der den Schuss eines Jägers bis ans Haus trug. Frau Liebst jedoch ist es auf dem Hof immer schlechter gegangen. Sie baute sichtlich ab. Geistig, meine ich damit. Immer häufiger und immer länger verfiel sie in Zustände, die mich an eine tiefe Trance denken ließen und in denen sie angeblich Maria Bodels Leben sah.«

»Was haben Sie unternommen, um ihr zu helfen?«

»In meinen Augen drohte die Frau vollkommen wahnsinnig zu werden. Also beantragte ich den Umzug in eine andere Unterkunft der Pfarrei.«

»Sie haben Ihrer Haushälterin zuliebe einen weiteren Umzug in Kauf genommen?« Victor fragte sich, ob Pfarrer Braunhans wirklich ein so nobler Mensch war oder ob es dafür einen anderen Grund geben mochte.

»Es ging nicht anders. Frau Liebst wäre sonst verrückt geworden. Drei Monate nach meinem Einzug packte ich wieder meine Sachen. Doch die Mörderin ließ Angela auch weiter keinen Frieden.«

»Die Mörderin?«, echoten Annika und Victor schockiert.

»Maria Bodel«, nickte Braunhans. »Das wussten Sie nicht? Ich komme gleich dazu. Nachdem wir den Hof hinter uns gelassen hatten, hoffte ich auf eine Besserung im Befinden meiner Haushälterin, doch die trat nicht ein. Vielleicht können Sie sich meine Verzweiflung vorstellen, als Angela diesem Wahnsinn auch weiterhin Tür und Tor öffnete. Sie hielt Marias Seele für verdammt, dazu verurteilt, ihr schändliches Tun auf diese Weise der Nachwelt zu offenbaren.«

»Was …« Annikas Mund, trocken wie Zunder, weigerte sich, die Worte zu formen.

»Was hat Maria Bodel getan, dass Ihre Haushälterin sie für eine Mörderin hielt?«, fragte Victor an Annikas Stelle.

»Sie hat ihr Kind umgebracht.«

»Es geht schon wieder.« Annika sank zurück auf die Eckbank. Sie hatte einige Minuten für sich gebraucht. Erst an der frischen Luft war ihr Kopf etwas klarer geworden. »Ich verstehe nicht, weshalb Maria ihr Kind umgebracht haben soll. Für mich hat es sich in meinen Träumen nie so dargestellt. Vielleicht können Sie uns noch etwas mehr dazu sagen, Herr Pfarrer?«

»Leider nein. Frau Liebst hat sich damals für einen radikalen Bruch mit ihrem bisherigen Leben entschieden. Sie hat gemeinsam mit ihrer Tochter Deutschland den Rücken gekehrt.«

»Sie ist also vor Maria geflüchtet.« Annikas Gedanken rasten. »Sie haben so viel für die Frau getan. Hatten Sie weiterhin Kontakt mit ihr?«

»Nein, sie hat auch mit mir gebrochen. Meinem Dafürhalten nach hat dieser Entschluss sie letztlich gerettet. Ich habe einige

Monate später lediglich einen Brief von ihr erhalten. Daher weiß ich, dass ihre Träume erst zu diesem Zeitpunkt ganz aufgehört hatten.«

»Vielleicht könnten wir mit Frau Liebst sprechen. Wissen Sie denn, wo sie jetzt lebt?«

»Nein, leider nicht.« Braunhans schüttelte bedauernd den Kopf. »Sie ist nach Kanada ausgewandert. Den Brief, auf dem ihre damalige Adresse sicherlich vermerkt war, habe ich nicht aufbewahrt.«

»Hat sie in dem Brief erwähnt«, Victor warf einen Seitenblick auf Annika, »wann und wie Maria Bodel am Ende gestorben ist? Annika sieht Marias Leben in chronologischer Abfolge, wie Szenen eines Films.«

»Das kann ich Ihnen nicht sagen. Ich war seinerzeit sehr froh, eine Sache ausgestanden zu haben, mit der ich nicht recht umzugehen verstand. Natürlich tat es mir leid, meine langjährige Haushälterin zu verlieren. Sie und ihre Tochter waren für mich als Geistlichen zu einer Art Ersatzfamilie geworden, wenn ich so sagen darf. Aber letztendlich war es sicher besser so.«

»Haben Sie vielen Dank für Ihre Aufrichtigkeit. Es tut mir leid, dass wir uns aufdrängen mussten.«

»Schon gut.« Braunhans wirkte erleichtert. »Verlassen Sie den Bodelhof, Frau Burgdorfer, bleiben Sie nicht an diesem unseligen Ort«, riet er zum Abschied eindringlich. »Ich weiß nicht, was dort ist – aber es ist böse, davon bin ich überzeugt.«

»Eine Frage noch, wenn Sie erlauben …« Victor hatte eben im Kopf etwas nachgerechnet. »Frau Liebsts Träume haben sich innerhalb von drei Monaten so heftig ausgewirkt, dass Sie um ihre geistige Gesundheit fürchten mussten?«

»Das stimmt.«

»Dann geht es bei dir schon wesentlich länger.«

»Du meinst, ich werde etwas langsamer verrückt?«, pflaumte Annika ihn an.

»So habe ich das nicht gemeint.«

»Aber gedacht!«

»Nein, auch nicht …«

»Ich hätte ebenfalls noch eine letzte Frage«, schritt Pfarrer Braunhans ein. »Woher wussten Sie beide, dass die Anmerkungen auf der Chronik von mir stammten?«

»Wilhelm Waltner hat mich darauf hingewiesen. Er ist der Makler, der mir das Haus verkauft und später die Hausunterlagen gebracht hat.« *Und vermutlich ist er auch mein Großvater.*

»Wilhelm Waltner, verstehe. Ich kenne ihn gut. Ein armer Mann«, bemerkte Braunhans arglos. »Hat den Brand seines Elternhauses nie so recht verkraftet.«

22

»Ist es dir auch aufgefallen?«, fragte Victor, als sie nach Kinsau zurückfuhren.

»Was denn?«

»Er hat von seiner Haushälterin als Frau Liebst gesprochen, aber zwei- oder dreimal ist ihm ihr Vorname herausgerutscht.«

»Stimmt, jetzt, wo du es sagst. Der Vorname der Frau lautet Angelina, aber der Pfarrer hat sie Angela genannt. Vielleicht haben sie mit der Zeit einen vertrauteren Umgang miteinander entwickelt, als die Öffentlichkeit gutgeheißen hätte – zumal Angelina ein uneheliches Kind hatte.«

»Mag sein«, nickte Victor. »Braunhans hat ja selbst von einer Art Ersatzfamilie gesprochen. Wirst du seinem Rat folgen?«

»Seinem Rat, den Hof zu verlassen? Nein.« Annika schüttelte den Kopf. »Entschuldige übrigens, dass ich dich vorhin so angegiftet habe, als du die Sache mit dem Verrücktwerden angesprochen hast. Ich weiß, das war blöd.«

»Kein Problem, Annika. Aber du willst wirklich zurück? Obwohl wir das von Maria jetzt wissen?«

»Was wissen? Dass sie eine Mörderin war? Ich kann das nicht glauben. Mit ihrem Baby war etwas nicht in Ordnung, aber deshalb hat sie es doch nicht umgebracht. Obendrein bin ich inzwischen davon überzeugt, dass mir von Maria keine Gefahr droht.«

»Und wenn sie später wieder schwanger wurde?«

»In meinem letzten Traum war sie längst zu alt, um Kinder zu bekommen. Außerdem hat sie Korbinians Kind auch da noch in sich getragen.«

»Dir ist schon klar …« Victor fürchtete, einen weiteren Streit vom Zaun zu brechen.

»Was?«

»Na ja, eigentlich kann das nicht sein, das mit dem Kind, das wissen wir beide. Sie wird es vermutlich irgendwann verloren haben und wollte das nicht wahrhaben. Vielleicht war sie dadurch so traumatisiert, dass sie ein späteres Kind, empfangen von Bairich, nicht am Leben lassen konnte.«

»Ich weiß nicht recht, ich halte sie dazu nicht imstande …«

»Jedenfalls haben wir mittlerweile genug herausgefunden, um daraus den Rückschluss zu ziehen, dass du auf dem Hof nicht allein sein solltest. Falls du wirklich darauf bestehst, die Sache bis zum Ende – welchem Ende auch immer – durchzuziehen, lass mich bitte zurückkommen. Auch wenn dir meine Gesellschaft zuwider ist.«

»Damit du noch mehr über deinen Vater herausfinden kannst? Das käme dir gelegen, schon klar.«

»Um dir beizustehen, verflucht! Den sarkastischen Ton kannst du dir sparen. Ich würde dem Hof auf der Stelle den Rücken kehren, wenn du ebenfalls dazu bereit wärst.«

»In Ordnung.«

»Wirklich? Du gibst den Hof auf?«

»Nein. Komm zurück, wenn du meinst. Aber das bedeutet nicht, dass wir beide …«

»Das habe ich auch nicht gedacht. Ehrlich nicht.«

»Ich werde unsere *Wohngemeinschaft* nur umständehalber hinnehmen«, betonte Annika. »Weil wir beide das Rätsel um Maria lösen wollen.«

»Verstehe.« Victor zeigte nicht, dass ihre Worte ihn trafen. »Als Nächstes sollte ich dir unbedingt erzählen, was ich bei dem Gespräch in Passau erfahren habe.«

»Das würde ich wirklich gerne wissen.«

»Lass uns kurz oben beim Schlosswirt Station machen. Ich

hole meine Sachen, bezahle das Gästezimmer bei Charlotte – und anschließend reden wir in Ruhe über Dr. Lutz.«

»Wir könnten beim Schlosswirt was essen und uns dort unterhalten. Wäre im Moment vermutlich angenehmer als daheim auf dem Hof ...«

»Klasse Idee.«

»Einmal mit extra Zwiebeln, einmal ohne Majo.« Die Schlosswirtin servierte die Schinkensandwiches mit gewohnt freundlichem Lächeln. »Fein, dass ihr euch wieder zusammengerauft habt. Ich finde, ihr seid ein nettes Paar. Das sind die anderen beiden natürlich auch«, beeilte sie sich hinzuzufügen. »Es hat in dem Fall wohl so sollen sein.«

»Wir sind kein Paar, Charlotte«, wehrte Annika ab, ehe ihr aufging, was die Wirtin außerdem gesagt hatte. »Welche anderen beiden? Wie hast du das eben gemeint?«

»Schon gut.« Charlotte hob die Hände. »Ich war in Gedanken bei den laufenden Bestellungen und habe etwas durcheinandergebracht. Ich wünsche einen guten Appetit. Lasst es euch schmecken.«

»Danke schön.« Victor biss herzhaft in sein Sandwich.

Annika sah der Wirtin grübelnd nach. »Sie hat sich sonderbar benommen, findest du nicht?«

»Ich kenne sie ja kaum.«

Wie die Schlosswirtin vermutlich annahm, war es dem Umstand des Nebenzimmers geschuldet, dass Victor Daniels Frauenbesuch nicht hatte entgehen können. Allerdings hatte er die Frau nie gesehen und hegte lediglich den vagen Verdacht, Kathrin Reiter an der Stimme erkannt zu haben. Und sollte er Annikas beste Freundin fälschlich beschuldigen, mochte er sich ihre Reaktion gar nicht erst ausmalen. Andererseits wiesen auch Charlottes Worte in diese Richtung.

Er war nicht sicher. So hielt er den Mund und sagte nichts.

Annika hob grüßend die Hand, als eine Gruppe alter Bekannter, Mitglieder der örtlichen Theatergruppe, zur Tür hereinkam. Sie hatte ihr Sandwich restlos verputzt und wischte sich die Brösel um ihren Mund mit der Serviette ab. Insgeheim hoffte sie, dass niemand herüberkommen und sie in ein Gespräch verwickeln würde. Sie brannte darauf zu erfahren, was Victor in Passau herausgefunden hatte. Zu ihrer Erleichterung setzten die Theaterleute sich an die Theke.

»Dann lass mal hören.«

»Passau?« Die Frage war überflüssig, aber Victor war noch dabei, seine Gedanken zu sortieren.

»Deshalb sitzen wir hier, oder?«

»Stimmt. Also, wie du bereits weißt, bin ich an jenem Tag, an dem ich angeblich in der Unibibliothek war, nach Passau gefahren und habe dort Dr. Lutz vom Parapsychologischen Institut kennengelernt. Lutz ist ein steifer älterer Herr mit eckigem Gesicht und gutem Benehmen.«

»Klingt nicht so wahnsinnig sympathisch.«

»Dachte ich zuerst auch. Er hat sich aber als sehr umgänglich erwiesen. Zu Beginn unseres Gesprächs erzählte er mir von der Gründung des Parapsychologischen Instituts im Jahr 1980.«

»Man möchte fast nicht glauben, dass es so etwas in Deutschland tatsächlich gibt.«

»Eine solche Einrichtung? Geht mir ähnlich – und vor ein paar Monaten hätte ich es wahrscheinlich auch nicht geglaubt. Deshalb war ich baff, als ich von Lutz erfuhr, dass das Institut obendrein staatlich gefördert wird. Schon seit seiner Gründung, stell dir vor.«

»Das klingt alles danach, als wären wir nicht die einzigen Bundesbürger, die es mit paranormalen Vorgängen zu tun bekommen. Was kommt als Nächstes, *Akte X*?«

»Laut Dr. Lutz gehen in Passau täglich zwischen fünf und fünfzehn Anfragen ein. Auf das Jahr hochgerechnet sind das …«

»Verdammt viele«, nickte Annika versonnen. »Ich bin platt. Das hätte ich nie und nimmer gedacht.«

»Lutz und seine Leute haben es nicht selten mit verzweifelten Menschen zu tun; mit regelrechten Hilferufen.«

»Und was geschieht, nachdem die Leute sich dort gemeldet haben?«

»Die Fälle werden in einer täglichen Sitzung besprochen und anschließend bearbeitet. Manchmal wird auch eine Untersuchung vor Ort angestellt. Lutz sagt, dass über siebenundneunzig Prozent der Fälle auf natürliche, nicht selten auch auf psychopathologische Ursachen zurückzuführen sind.«

»Also auf so etwas wie Verhaltensstörungen?«

»Genau.«

»Was ist mit den übrigen drei Prozent? Spukt es da wirklich?«

»Scheint so. Der Doktor hat sich da richtiggehend in Begeisterung geredet. Ich bin kaum noch zu Wort gekommen. Jedenfalls weiß ich jetzt, dass außersinnliche Wahrnehmungen sich Lutz zufolge auf unzählige Arten und Weisen entfalten und auch manifestieren können; und dass Psychokinese – das Spezialgebiet des Doktors – meist in Zusammenhang mit dem als Poltergeist bezeichneten Phänomen steht.«

»Was denkt er über unseren Fall? Den hast du ihm doch sicher geschildert, oder?«

»Natürlich. Einen Aspekt fand er besonders interessant. Nämlich, dass bereits mehrere Personen mit Maria in Berührung gekommen sind. Schließlich wissen wir inzwischen von einer ganzen Reihe. Angefangen bei der Tochter der Familie von Bruckenheim über meinen Vater und den Hausmeister Pepe – bis hin zu dir.«

»Und Hanna.«

»Ja, deine Nichte vermutlich auch. Das nimmt Lutz zumindest an, denn ich habe ihm von dem Vorfall mit Hanna erzählt.« Victor rieb sich über den hellen Bart. »Ein Gutes hat die Sache:

Eine psychopathologische Störung lässt sich aufgrund dessen so gut wie ausschließen«, sagte er mit einem Anflug von Galgenhumor. »Maria existiert – irgendwie – und das nicht nur in deinem Kopf.«

»In meinem Kopf … Und was ist mit dir? Du hast bislang lediglich das Erlöschen der Kerzen mit eigenen Augen gesehen, oder?«

»Und deinen Trancezustand an der Raststätte«, ergänzte Victor. »Für meinen Geschmack hat das gereicht.«

»Hat der Doktor noch etwas gesagt?«

»Nicht viel, zumindest nicht zum Bodelhof. Aber er hat eine sehr vorsichtige Ferndiagnose abgegeben: Maria *könnte* gefährlich sein. Mehrere Personen, die involviert waren und noch sind, bedeuten immer eine denkbar ungünstige Konstellation.«

»Weshalb?«

»Sie lassen auf ruhelose Seelen schließen, die schon seit längerer Zeit umgehen. Mitunter können sie zur Bedrohung für die Lebenden werden.«

»Wie ist das zu verstehen? Ich nehme doch an, eine ruhelose Seele kann keine Lebenden umbringen?« Sie dachte an das Aufblitzen des Messers.

»Nein, das natürlich nicht.« Victor las die unausgesprochene Frage in Annikas Gesicht. »Zumindest nicht, hm, wie soll ich sagen … nicht direkt. Lutz hat mir da etwas anvertraut … Ich vermute, aufgrund der Tatsache, dass er meinen Vater kannte und schätzte.«

»Weshalb flüsterst du jetzt?«

»Entschuldige, das war unbewusst. Ehrlich, mir läuft eine Gänsehaut den Rücken hinunter, wenn ich daran denke, was der Doktor mir gesagt hat.«

»Spann mich nicht auf die Folter.«

»Wir haben vorhin über die drei Prozent der Fälle gesprochen, die tatsächlich auf paranormalen Vorgängen beruhen.

Seit seiner Gründung wurden durch das Institut zahlreiche solcher Fälle untersucht. Bei wiederum weniger als zwanzig Prozent davon war der Spuk auf ruhelose Seelen zurückzuführen, die auf Lebende übergriffen.«

»So wie Lutz das auch in unserem Fall vermutet?«

»Genau … Ich will dich nicht ängstigen, Annika, wirklich nicht …«

»Das tust du nicht. Erzähl weiter!«

»Lutz und seine Leute tun alles dafür, das Folgende unter Verschluss zu halten, um es nicht eines Tages in den Medien wiederzufinden. Er hat es mir unter dem Siegel höchster Verschwiegenheit anvertraut. Lutz und sein Team sind davon überzeugt, dass einige Menschen dem enormen Druck, der sich durch solche Übergriffe aus der Jenseits- oder Zwischenwelt aufbaut, nicht standhalten können. Manche werden schlichtweg verrückt, andere tun sich etwas an.«

»Wie Pepe.« Annika sah Victor fest in die Augen. »Das war noch nicht alles, oder? Was noch?«

»Vierzehn der Fälle, die durch das Parapsychologische Institut seit 1980 betreut wurden, endeten in unfassbaren Tragödien.« Victor wich ihrem Blick aus.

»Was für Tragödien?«

»Die Betroffenen haben ihre Familien umgebracht. Männer ihre Ehefrauen, Frauen ihre Kinder.«

Annika blieb die Luft weg. »Verstehe ich dich richtig? Willst du sagen, das waren Fälle, über die in den Nachrichten als klassische Familientragödien berichtet wurde? Morde aus vorgeblichen Motiven wie Trennung, Jobverlust oder finanziellen Problemen?«

»Meist werden obendrein noch Depressionen als ausschlaggebende Ursache genannt«, bejahte Victor im Flüsterton.

»Glaubst du das?«

»Ich weiß nicht so recht. Ich möchte das nicht glauben. Seit ich die Wahrheit über meinen Vater kenne, wünsche ich mir, ihn einmal sprechen zu können. Er hat sich sein Leben lang mit dem Übersinnlichen befasst. Vermutlich wäre es ihm ein Leichtes, uns zu helfen.«

»Bestimmt.« Annika bemühte sich, Victor ihr Mitleid nicht allzu deutlich spüren zu lassen. Es war nicht fair, dass er seinen Vater nie hatte kennenlernen dürfen. Und das nicht nur wegen Liviu Dimitris Expertise, was die Welt der Geister anbelangte.

»Lutz hat mir empfohlen, einen Spezialisten zurate zu ziehen. Es gibt anscheinend gut zwei Dutzend seriöser Fachleute, die weltweit auf dem Gebiet der Parapsychologie forschen, wie mein Vater es getan hat. Lutz hat mir einige Namen und Telefonnummern aufgeschrieben.«

»Weshalb sieht Dr. Lutz sich die Sache nicht selbst an? Hast du ihn darum gebeten?«

»Schon, aber er hält sich für den Falschen. Seine Studien beschäftigen sich schwerpunktmäßig mit Psychokinese. In Passau haben sie zwar auch einen Sachverständigen für Fälle wie unseren, doch Lutz riet mir im Vertrauen, es besser mit einem Externen zu versuchen. Die Leute, die er mir aufgeschrieben hat, sollen echte Kapazitäten auf ihrem Gebiet sein.«

»Stellt sich die Frage, was man mit einer solch ruhelosen Seele überhaupt anfangen kann. Sie erlösen? Was hat er denn dazu gesagt?«

»Man kann sie erlösen. Gelingt erfahrungsgemäß aber eher selten. Lutz durfte einige Male miterleben, wie eine Seele durch kirchlichen Exorzismus, wie sagte er noch gleich …, zum Herrn heimging. Sehr viel seltener haben die Betroffenen dem Spuk selbst ein Ende gesetzt.«

»Wie?« Annika hing gebannt an Victors Lippen. »Wie macht man das?«

»Man findet heraus, weshalb die Seele keinen Frieden findet, und schafft Abhilfe.«

»Dann müssen wir genau das tun.«

»Wenn es so einfach wäre … Dr. Lutz hat mir nämlich auch gesagt, wie häufig das seit Gründung des Parapsychologischen Instituts gelungen ist«, bremste Victor ihren Eifer. »Genau drei Mal.«

»Niemand zwingt dich, die Sache bis zum Ende durchzustehen«, brauste Annika auf. »Du kannst jederzeit deine Koffer packen.« Victors letzte Worte hatten sie aus der Fassung gebracht, mehr noch als die anderen Dinge, die er ihr erzählt hatte – weil sie dazu angetan waren, die in ihr keimende Hoffnung schlagartig zunichtezumachen. »Es ist deine Entscheidung.«

»Schon klar.« Victor bedeckte Annikas kleine, sommersprossige Hand mit seinen langgliedrigen Fingern. Wider besseres Wissen – denn ihm war durchaus bewusst, dass eine solche Berührung gegen die Übereinkunft verstieß, die sie miteinander getroffen hatten. Doch obwohl er riskierte, vollends aus Annikas Leben geworfen zu werden, strich er mit dem Daumen zaghaft über ihren Handrücken. »Ich habe nicht gesagt, dass wir es nicht wenigstens versuchen können.«

Statt eines Donnerwetters entzog Annika ihm einfach ihre Hand. Mehr nicht. »Ich …« Sie räusperte sich, musste husten und räusperte sich erneut. »Ich denke, ehe wir einen dieser sogenannten Experten auf den Hof holen, sollten wir noch mehr über Maria herausfinden.«

»Und wie wollen wir das anstellen?«

»Was hältst du davon«, gänzlich unerwartet zuckte ein spitzbübisches Lächeln um ihre Mundwinkel, »morgen einen Ausflug nach München zu machen?«

Spät am Tag dampfte Nebel vom Lech herauf und hüllte den Bodelhof in ein graues Tuch. Im Haus waren alle Lichter angeschaltet, während sich die wenigen Autos draußen auf der Straße mit Nebelscheinwerfern im Schritttempo vorwärtskämpften.

Annika und Victor saßen im Lesezimmer des Bodelhofs zusammen. Beide hatten die gemütliche Gaststube der Schlosswirtschaft nur ungern verlassen, doch nach und nach waren die Gäste weniger und die Augen der Wirtsleute müde geworden. Immerhin war der morgige Ausflug nach München, wenn es auch mehrerer Anläufe bedurft hatte, jetzt in trockenen Tüchern.

»Du beäugst deine Umgebung wie einen Schwerverbrecher.« Trotz des müden Scherzes konnte Annika Victors Unwohlsein nachvollziehen, denn noch bis vor kurzer Zeit war es ihr keinen Deut besser ergangen. »Ich bin überzeugt, uns droht auf dem Hof keine Gefahr, auch wenn es eine ganze Weile gedauert hat, bis ich das verstanden habe. Maria will unsere Hilfe, mehr nicht.«

»Wir könnten ihr doch auch von einem der Gästezimmer im Schlosswirt aus helfen.«

»Nein«, sagte Annika entschieden. »Das würde womöglich so aussehen, als wollten wir den Hof und Maria im Stich lassen.«

»Ich weiß nicht … Seit ich das Haus vorhin wieder betreten habe, fühle ich deutlich die veränderte Atmosphäre. Angst. Beklommenheit. Und außerdem, wenn wir wirklich nichts zu befürchten haben, warum hat sich Pepe dann umgebracht?«

»Wahrscheinlich hat er nicht verkraftet, was er gesehen hat, aber das muss doch nicht in Marias Absicht gelegen haben«, verfocht Annika ihre Überzeugung.

»Sag, was du willst, mir jagt der Hof inzwischen jedenfalls eine Gänsehaut über den Rücken.«

»Kannst du dir vorstellen, dass es für mich auch nicht gerade angenehm war, als alle Türen im Haus gleichzeitig zu schlagen anfingen? Zwar war ich gottfroh um das erbetene Zeichen, dankbar dafür, endlich zu verstehen, weshalb das alles geschieht. Doch als ich in meiner Handtasche nach dem Autoschlüssel gesucht habe, kam mir dennoch einen winzigen

Moment lang der Gedanke, besser nie wieder einen Fuß auf das Grundstück zu setzen. Sosehr ich den Bodelhof liebe. Aber dann ist das Auto angesprungen …«

»… und du hast begriffen, dass du deinen Hof und Maria nicht im Stich lassen wirst?«

»Ja. Danach bin ich auf direktem Weg zum Schlosswirt gefahren, um mit dir zu sprechen.«

»Maria Bodel in allen Ehren – ich werde heute Nacht trotzdem kein Auge zutun. So gut ich hier vor einiger Zeit auch mal geschlafen habe.« Victor blätterte in den Aufzeichnungen seines Vaters, damit sie ihm nicht an der Nasenspitze ansah, was er dachte. Denn damals hatte er sie nachts noch in den Armen gehalten.

Annika, die ebenfalls eines von Dimitris gebundenen Büchern auf dem Schoß hielt, konnte sich ebenso wenig konzentrieren. Zu drückend war das große, schweigende Haus geworden; als zu beunruhigend empfand sie jedes Knarren und jedes Ächzen im Gebälk, in Erwartung des Kommenden.

»Wenn du dich ohnehin unwohl fühlst, scheint mir der Nachlass deines Vaters kaum die geeignete Bettlektüre.« Annika lächelte schwach und stellte dabei fest, wie gut ihr Victors Nähe tat. Sie konnte ihm nicht mehr böse sein.

»Was hältst du davon, wenn wir hier unten im Lesezimmer schlafen? Du legst dich auf die Couch, und ich mache mich auf dem Boden lang.«

»Mir wäre wohler«, gab Victor freimütig zu. »Aber ich überlasse selbstverständlich dir das Sofa.«

»Dann machen wir es so.« Obwohl Annika den Spuk nicht länger zu fürchten glaubte, weil Maria ihnen nicht schaden würde, hatte der Gedanke an ihr einsames Schlafzimmer auch ihr schwer im Magen gelegen.

»Ich gehe eben meinen Schlafsack holen. Soll ich dein Bettzeug mitbringen?«

»Ja, das wäre nett. Victor?«, hielt Annika ihn zurück.

»Hm?«

»Danke für dein Hiersein.«

»Wir stehen das zusammen durch.« Seine Stimme wurde weich. »Du brauchst dich nicht zu bedanken.«

»Doch. Weißt du, es stimmt nämlich gar nicht …« Annika zögerte.

»Was denn?«

»Deine Gesellschaft ist mir nicht zuwider. Ganz und gar nicht.«

Beflügelt von Annikas Worten machte Victor sich auf den Weg hinauf in den ersten Stock. Wenig später kehrte er mit feuchten Händen zurück. In den verlassenen Räumen hatten sich ihm die Nackenhaare gesträubt.

Annika stand zwischenzeitlich am Fenster und telefonierte. Sie hielt den Hörer so zwischen Ohr und Schulter geklemmt, dass sie beide Hände frei hatte, um mit den Fingern beiläufig Kreise und Linien auf die beschlagenen Fensterscheiben zu zeichnen.

Victor sah ihr zu, während er ihre Bettdecke und ihr Kopfkissen auf der Couch zurechtlegte. Anschließend richtete er sein Nachtlager. Ohne Zweifel war es Kathrin, die sich am anderen Ende der Leitung erst von Pfarrer Braunhans und anschließend von Dr. Lutz und dem Parapsychologischen Institut erzählen ließ. Zwar schilderte Annika das Gespräch mit dem Pfarrer nur in groben Zügen und erwähnte außerdem jene Dinge nicht, die Lutz Victor unter dem Siegel der Verschwiegenheit anvertraut hatte, dennoch machte das Telefonat Victor nervös. Mit einem mulmigen Gefühl schlüpfte er schließlich in seinen Schlafsack und schloss die Augen.

Eine gefühlte Ewigkeit später beendete Annika das Telefonat und legte sich ebenfalls hin. »Schläfst du?«, fragte sie leise.

»Nein.« Victor war es nicht gewohnt, bei Licht einzuschlafen. Was aber nicht ursächlich für jene Schlaflosigkeit war, die das Weiß seiner Augen mit roten Äderchen sprenkelte.

»Danke für die Decke.« Annika hatte sich wie eine kleine Feldmaus darunter zusammengerollt. »Ich habe mit Kathrin telefoniert. Sie hat das mit dem Parapsychologischen Institut und Dr. Lutz kaum fassen können – dass es so etwas überhaupt gibt. Kein Wunder eigentlich, ich muss ja auch erst mal verdauen, was du mir da berichtet hast.«

»So.« Victor verkniff sich den Hinweis darauf, wie unklug es unter Umständen gewesen war, Kathrin Reiter noch weiter in die Geschichte einzuweihen. Dennoch musste er fair bleiben und dem Umstand Rechnung tragen, dass Annika nichts von seinem Verdacht einer Affäre zwischen Kathrin und Daniel wusste. Und falls Kathrin wirklich die Frau war, mit der Hohen angebändelt hatte, musste auch das nicht zwangsläufig etwas Schlechtes bedeuten. Victor wusste letztendlich nicht, was oder ob Daniel Hohen überhaupt etwas im Schilde führte. Immerhin bestand die Möglichkeit, dass er und Kathrin sich aufrichtig ineinander verliebt hatten und nur noch auf den rechten Moment warteten, um Annika einzuweihen. Möglich war es, aber er glaubte nicht daran.

»Was ist?«

»Nichts.« Victor konnte nichts dagegen tun, das Telefonat mit Kathrin hatte ihn verstimmt.

»Wie du meinst.« Annika zog sich die Decke hoch bis zum Kinn. »Gute Nacht, Victor.«

»Gute Nacht.«

Um ein Uhr nachts zerriss aufkommender Wind die Nebelfelder um den Bodelhof in schwerelose Fetzen, die sich nach und nach auflösten. Der Mond beschien die Szenerie und ließ die letzten Nebelreste in seinem kalten Licht gespenstisch aufleuchten. Das wütende Fauchen kämpfender Katzen war zu hören.

Annikas Fingerzeichnungen auf den Fensterscheiben wurden von Schwitzwasser, das in kleinen Tropfen über die Scheiben perlte, unkenntlich gemacht. Sie hatte keine Minute geschlafen.

Auch um zwei Uhr lag sie noch wach und dachte nach. Über alles und nichts. Menschen, die ihr Leben in den letzten Jahren und Monaten begleitet hatten, kamen ihr in den Sinn. Annika sah sich im Gespräch mit ihren Redaktionskolleginnen bei *Isa*BELLA, ehe ihre Gedanken übergangslos zu Wilhelm Waltner und anschließend zur Trennung von Daniel schweiften. Ihre müden Augen brannten. »Verdammt«, sagte sie leise und setzte sich auf. Der mangelnde Schlaf zermürbte sie, doch sobald sie die Augen schloss, fürchtete sie den nächsten Traum von Maria, die in der Dämmerung hinter ihren Lidern wartete. Dafür hatte sie noch keine Kraft.

Annika griff nach der Wasserflasche, die neben dem Sofa auf dem Boden stand. Dabei streifte ihr Blick Victor. Er lag auf dem Rücken und starrte mit offenen Augen ins Licht der Deckenlampe.

»Du kannst also auch nicht schlafen.«

»Schlafen?« Er streckte sich schwerfällig und hielt die Handflächen gegen das Licht der Deckenlampe. »Leichter gesagt als getan. Hast du etwas dagegen, wenn ich das Licht ausschalte?«

Die Kirchturmglocke im Dorf schlug drei Uhr.

»Mach ruhig.« Annika stand auf und ging zum Fenster. »Der Nebel hat sich verzogen. Wir haben Vollmond. Sieht unheimlich schön aus.«

»Oder schön unheimlich.« Victor war neben sie getreten und wischte mit dem Ärmel seines Pullovers, den er anbehalten hatte, über die nassen Scheiben.

»Ich fühle mich ein wenig wie in einem Evakuiertenlager. Dabei scheint das Haus, anders als wir, tief zu schlafen.«

»Du meinst, ich habe mit meinen Ängsten übertrieben? Darüber bin ich weiß Gott froh«, stellte Victor nachdrücklich fest. »Ich schlage vor, wir lüften einmal gründlich durch und sehen dann zu, dass wir eine Mütze Schlaf bekommen.«

Der Durchzug tat gut. Die Nachtluft brachte einen Hauch der kühlen Mondnacht mit ins Zimmer.

»Ich kann immer noch nicht einschlafen«, klagte Annika etwas später. Vom Dorf her klang das Läuten der Kirchturmglocke zu ihnen. Es war vier Uhr.

»Apropos Evakuiertenlager«, bemerkte Victor und knüpfte nahtlos an ihr vorheriges Gespräch an. »Habe ich dir mal davon erzählt, wie ich in New Orleans den Hurrikan Katrina miterlebt habe?«

»Nein.« Annika schob sich ihr Kissen in den Rücken und zog die Beine an. »Lass hören.«

»In und um die Stadt herrschte Ausnahmezustand. Einen Hurrikan von solcher Stärke erlebt man auch in den USA nicht alle Tage. Und Katrina machte New Orleans stellenweise dem Erdboden gleich, du hast die Bilder sicher noch vor Augen. Wir – eine vom Zufall gemischte Gruppe aus Einheimischen und Touristen – suchten Zuflucht im Louisiana Superdome, dem Football-Stadion der Stadt. Keine schöne Erfahrung. All die Menschen … es lässt sich schwer beschreiben. Wir hatten Essen und Feldbetten, andere hat es weitaus schlimmer getroffen, dennoch kam ich mir vor wie ein eingepferchtes Schwein. Modernes Lüftungssystem hin oder her, mir fehlte die Luft zum Atmen.«

»Weshalb warst du damals in New Orleans? Hast du Urlaub gemacht?«

»Ich war für ein halbes Jahr …«

Die Kirchturmglocke schlug zur Viertelstunde. Auf dem

Dachboden krachte es laut. Das donnernde Rumpeln klang, als wolle der Dachstuhl auf der Stelle bersten.

»Scheiße«, entfuhr es Victor. »Das darf nicht wahr sein.«

»Bleiben wir ruhig. Das ist nicht das erste Mal.« Dennoch spannte Annikas Körper sich an wie eine Bogensehne.

»Würde ich gern«, kam es gepresst von Victor, dessen Herz noch ein Stück tiefer sank, als über ihnen Schritte zu vernehmen waren. »Und wenn das ein Einbrecher ist?« Doch daran mochte er selbst nicht glauben.

»Horch.« Annikas Stimme zitterte doch ein wenig. »Die Stufen, sie knarren.«

Jemand kam die Treppe herunter.

Annika hielt nichts mehr auf der Couch. Sie kauerte sich mit kreidebleichem Gesicht neben Victor auf den Boden. Legte Maria es darauf an, ihnen Angst einzujagen? Weshalb sollte sie das tun? Es gab für Annika und Victor kein Gestern und kein Morgen mehr. Nur ihrer beider Erschauern, als sie sich keuchend aneinanderklammerten und den Schritten lauschten, die sich vom Flur weiter in das wenig genutzte Wohnzimmer bewegten, um vor der geschlossenen Tür zum Lesezimmer zu verharren.

Mit einem hässlichen Knirschen bewegte sich die Klinke.

*

Am Mittag des nächsten Tages saß Franz Burgdorfer mit seinen Söhnen am Esstisch, als ein unvermuteter Gast an der Tür schellte.

»Es wäre Anni sicher nicht recht, dass er hier ist«, gab Ulrich zu bedenken, doch da hatte sein Vater Daniel Hohen bereits zum Essen eingeladen. Es gab Spaghetti Carbonara, die Erika vor Antritt ihrer Urlaubsreise portionsweise eingefroren hatte – ebenso wie Hühnchenfrikassee, Speckknödelsuppe, Kartoffelauflauf, Lasagne und Rindergulasch; nicht zu vergessen den süßen Reispudding, den ihr Mann zur Nachspeise so gerne mochte.

»Deine Schwester hat sich von mir getrennt«, wandte Daniel freundlich ein. »Heißt das, wir dürfen in Zukunft nicht mehr miteinander sprechen? Das scheint mir etwas übertrieben.«

Uli wechselte einen Blick mit Vater und Bruder, dann zuckte er die Schultern. »Wie ihr meint.« Insgeheim empfand er es trotzdem als Affront, sich ohne Annikas Wissen mit ihrem Ex an den Mittagstisch zu setzen. Andererseits hatte er Hunger, zudem interessierte ihn, was Hohen wollte.

»Darf ich offen zu euch sein?« Nachdem er sich zweimal freudig bedankt hatte, kam Daniel zur Sache. Sein Auftauchen zur Mittagszeit war kein Zufall, er hatte auf diese Einladung spekuliert. Aus den gemeinsamen Jahren mit Annika war ihm bekannt, wann bei den Burgdorfers gegessen wurde. Punkt zwölf Uhr setzte man sich – so man denn da war – gemeinsam an den Tisch. Wie sehr diese von Erika initiierte Gepflogenheit allen in Fleisch und Blut übergegangen war, sah man daran, dass selbst in ihrer Abwesenheit pünktlich gegessen wurde.

»Schieß los.« Max langte nach dem Nudellöffel, weil sonst keiner den Anfang machte, und lud die Teller voll. »Du bist vermutlich wegen Annika hier, oder?«

»Ganz recht. Ich mache mir Sorgen um sie. Große Sorgen«, fügte er mit gedämpfter Stimme an, »selbst wenn es mir nicht mehr zusteht.«

»Was soll das heißen?« Franz ließ die Gabel, die er eben hatte zum Mund führen wollen, wieder sinken.

»Ich fürchte um Annikas Gesundheit. Um ihre geistige Gesundheit. Ist euch denn nicht aufgefallen, was der alte Kasten mit ihr macht? Sie wird verrückt in dem Haus.«

»Woher willst du das wissen?« Max' Blick war voller Argwohn. »Ausgerechnet du?« Anders als sein Bruder empfand er in Daniels Gesellschaft kein schlechtes Gewissen. Was Hohen allerdings über seine Schwester sagte, ließ ihn aufhorchen. Max erinnerte sich gut an den Grillabend, an dem Annika von ihren Träumen erzählt hatte. Das war ihm damals sowohl unterhaltsam als auch unbedenklich erschienen. Seine große Schwester war eben ein phantasiebegabter Mensch. »Annika hat doch seit eurer Trennung vermutlich kein Wort mehr mit dir gesprochen«, monierte er. »Tut mir echt leid, aber woher willst du wissen, wie es ihr geht?«

»Ausgerechnet ich, schon klar«, murmelte Daniel bitter.

»Falls du gekommen bist, weil du auf eine Versöhnung hoffst, muss ich Max leider recht geben«, stieß Franz Burgdorfer ins selbe Horn.

»Nein.« Daniel rief das Wort ein wenig zu laut, wodurch er seine Betroffenheit hinreichend zur Geltung brachte. »Ihr versteht mich falsch«, fuhr er leiser fort. »Ich bin nicht hier, weil ich über Umwege auf eine Versöhnung mit Annika hoffe. Tatsache ist, ich habe mich in letzter Zeit häufig mit Kathrin Reiter getroffen. Daher weiß ich recht gut, wie es um Annika steht.«

»So ein Unfug«, lachte Max. »Du kannst Kathrin gar nicht leiden – und sie dich noch viel weniger«, platzte er heraus.

»Ich nehme dir das auch nicht ab, Daniel.« Uli schüttelte bedächtig den Kopf. »Du im engen Austausch mit Kathrin, das kann ich mir nicht vorstellen.«

»Es ist auch lediglich die Sorge um Annika, die uns verbindet. Ihr könnt mir glauben, Kathrin ist von der Sache ziemlich mitgenommen – und ich ebenfalls.« Daniel fuhr sich durch die Haare. Tiefe Besorgnis stand ihm ins gutaussehende Gesicht geschrieben. »Annika ist mir immer noch wichtig. Tatenlos abzuwarten, während sie solche Probleme hat, das kann ich nicht.«

»Es reicht.« Franz schob seinen halbvollen Teller weg. Ihm war der Appetit vergangen. »Rede Klartext mit uns, Daniel.«

»Nichts lieber als das. Annika wird von Wahnträumen heimgesucht, die ihr heftig zusetzen.«

»Wie wäre es mit etwas, das wir noch nicht wissen«, stichelte Max. »Ihre Träume sind doch wohl harmlos, von Wahn kann da keine Rede sein.«

»Das sehe ich ein wenig anders«, mischte sich Uli mit ungutem Gefühl ein. »Die Träume machen Anni fertig.«

»Ihr wisst davon?« Franz Burgdorfer sah seine Söhne überrascht an.

»Schon. Eigentlich dachten wir, Mama und du wärt diejenigen, die nichts davon erfahren sollten.«

»Eure Mutter hat keine Ahnung.«

»Dann wisst ihr vermutlich auch von der Geschichte mit dem Dorfpfarrer?«, unterbrach Daniel den kurzen Austausch zwischen Vater und Söhnen. Ihm war nicht anzumerken, dass er innerlich kochte, weil der erhoffte Knalleffekt ausgeblieben war. Gott sei Dank hielt er noch einen Trumpf in der Hinterhand.

»Dorfpfarrer?« In Max' Augen stand ein großes Fragezeichen.

»Meinst du Pfarrer Braunhans?« Ulrich bedachte Daniel mit einem abschätzigen Blick. »Was soll der bitte mit Annika zu tun haben?«

»Er hat früher auf dem Bodelhof gelebt«, erklärte Daniel.

»Das stimmt«, bestätigte Franz mit wachsendem Unwohlsein. Jede Erwähnung des Bodelhofs erinnerte ihn schmerzlich an seinen Freund Pepe und dessen viel zu frühen Tod.

»Und wenn schon. Worauf willst du hinaus?« Langsam verlor Max die Geduld.

»Kathrin traut sich nicht, mit euch darüber zu sprechen, deshalb bin ich hier.«

»Weshalb sollte das Mädel sich nicht trauen? Sie geht seit Kindertagen bei uns ein und aus.«

»Da fragst du den Falschen. Ich habe keinen Einblick in Kathrins Gedankenwelt. Mir geht es um Annika.«

»Was ist jetzt mit dem Pfarrer?« Max fläzte auf seinem Stuhl, und sein Ton gab deutlich zu verstehen, was er von Daniels Besorgnis hielt.

»Nachdem er auf den Bodelhof gezogen war, träumte seine Haushälterin – die ja den ganzen Tag über für den Pfarrer auf dem Hof arbeitete und werkelte – seltsame Dinge. Genau wie Annika. Bald verfiel sie in Trancezustände, aus denen sie nicht zu wecken war.«

Franz Burgdorfer wurde blass um die Nase. Insgeheim schalt er sich einen jämmerlichen Feigling, denn trotz seiner großen Sorge um Annika hatte er es irgendwie fertiggebracht, seine Augen vor der Tatsache zu verschließen, dass seine Tochter vermutlich in Gefahr schwebte.

»Dem Wahnsinn gefährlich nahe ist die Frau schließlich ins Ausland geflohen.«

»Das glaube ich dir nicht.« Max wippte mit dem Stuhl. »Du willst andeuten, dass Annika ebenfalls verrückt werden könnte, aber das ist völliger Quatsch.«

»Ist es nicht«, widersprach Ulrich seinem Bruder. »Welchen Grund hätte Daniel, sich so eine Geschichte auszudenken? Zudem können wir ja einfach bei Kathrin nachfragen, ob er die Wahrheit sagt. Oder bei Annika selbst. Was ist mit dir, Papa, weißt du zufällig noch, ob die Pfarrhaushälterin damals ins Ausland ging?«

»Schon.« Franz hatte Mühe, seine rasenden Gedanken beisammenzuhalten. »Die Frau war Mutter eines unehelichen Kindes, das war damals ein rechter Skandal. Ihr Fortgehen wurde im Dorf erleichtert aufgenommen, denn viele waren der Ansicht, sie übe einen schlechten Einfluss auf den Pfarrer aus.«

»Sag nicht, du glaubst Daniels haarsträubende Geschichte? Wir sind doch nicht im Märchen«, erwiderte Max aufgebracht. »Häuser machen Menschen nicht verrückt, selbst alte Häuser wie der Bodelhof nicht!«

»Es ist herrlich einfach, seine Augen vor allem zu verschließen, was man nicht versteht«, konterte Daniel. »In Passau gibt es ein sogenanntes Institut für Parapsychologie. Dieser Victor, der übrigens inzwischen wieder bei Annika haust, hat sich dort beraten lassen. Damit ihr mal seht, wie ernst den beiden das Ganze ist.«

»Ich weiß nicht recht ...« Uli sah unschlüssig von einem zum anderen.

Nachdem Max eine Weile wütend auf Daniel gestarrt hatte und sonst keiner mehr ein Wort sagte, stand dieser auf. »Ich bin gekommen, weil ihr in der Position seid, Annika zu helfen. Ich bin es nicht. Bitte, lasst sie nicht im Stich«, beschwor er sie eindringlich.

»Das werden wir nicht«, versprach Uli leise.

»Haltet ihr mich auf dem Laufenden, wie es ihr geht? Ich wäre euch sehr dankbar.«

»Musst du nicht langsam mal zurück nach München?«, fragte Max.

»Nein, das hier ist wichtiger. Ich bleibe in Kinsau, bis die Sache ausgestanden ist. Es mag eine törichte Hoffnung sein, aber vielleicht – wenn Annika wieder ganz bei sich ist und klar denken kann – gibt sie mir noch eine Chance.«

»Wir lassen dich wissen, wie es ihr geht.« Franz Burgdorfer gab Daniel die Hand.

»Ich kann euch Ärzte vermitteln. Psychologen und Therapeuten, die sich mit Fällen wie Annikas auskennen.«

Franz nickte, ehe er grimmig aus dem Esszimmer stapfte. Max folgte seinem Vater, so dass es Uli überlassen blieb, den Gast zur Tür zu bringen.

»Danke fürs Mittagessen«, verabschiedete sich Daniel. Im Gehen musste er sich ein Grinsen verkneifen. Er war überaus zufrieden mit sich. Auch wenn er nur eine vage Vorstellung davon hatte, wie er sich letztlich an Annika rächen würde, tat es ihm doch unendlich gut, sich Stück für Stück weiter in ihr Leben zu bohren wie eine fette Made ins Fleisch. In ihrer vermeintlich besten Freundin und deren gut verborgenem Hass auf Annika hatte er das perfekte Werkzeug gefunden. Nach wie vor war Kathrin Reiter völlig besessen von der Vorstellung einer weiteren Séance auf dem Bodelhof. Sie sog alles, was Annika ihr erzählte, wie ein Schwamm in sich auf – um es dann an Daniel weiterzugeben, der ihr noch das kleinste Detail aus der Nase zog. Er musste lediglich aufpassen, sich nicht noch einmal derart von ihrem Wahn anstecken zu lassen, wie es bei der Séance auf dem Bodelhof geschehen war, als er tatsächlich für einen Moment geglaubt hatte, einen Geist zu sehen.

Ulrich blieb nach Hohens Besuch grübelnd zurück, während Max die Sache erst einmal beiseiteschob. Franz Burgdorfer hingegen fasste einen Entschluss. Auch wenn sie sich noch so sehr dagegen sträuben mochte, Annika musste den Hof verlassen. Noch heute. Er hatte schon viel zu lange gezögert. Eher würde er sie einsperren oder schlimmstenfalls tatsächlich vorübergehend in psychiatrische Behandlung geben, als zuzusehen, wie sie dem Wahnsinn verfiel, der auf dem alten Hof lauerte. Bei seinem Freund Pepe war er blind gewesen, hatte nichts verstanden und daher nicht gehandelt. Bei seiner Tochter würde ihm das nicht passieren, selbst wenn er noch immer keine Ahnung hatte, welch böses Geheimnis die Mauern des Bodelhofs bargen.

Franz Burgdorfer griff sich eine dicke Jacke vom Haken und machte sich auf den Weg zu seiner Tochter. Er war wild entschlossen.

23

Als Annikas Vater sein Ziel wenig später erreichte, fand er den Bodelhof verlassen vor, denn Annika und Victor waren längst auf der Autobahn in Richtung München unterwegs.

Der frühe Nachmittag präsentierte sich grau in grau. Es nieselte leicht, als könnte der Himmel sich weder für noch gegen einen ordentlichen Guss entscheiden. Annika betätigte den Scheibenwischer, um ihn ab- und kurz darauf wieder anzustellen. Über einen modernen Regensensor verfügte ihr alter BMW nicht. Quietschend fuhren die Wischerblätter über die Scheibe. Die A96 war mit einem dünnen Wasserfilm bedeckt. Neben der Autobahn boten kahle Bäume und Sträucher einen trostlosen Anblick; der Müll am Straßenrand und meterhohe Betonmauern, die dem Lärmschutz der dahinter liegenden Gemeinden dienten, machten es nicht besser.

»Ich möchte wissen, was zum Teufel es mit dem Messer auf sich hat.« Victor durchbrach das Schweigen. »Ich kann mir nicht helfen, meinem Gefühl nach ist es Dreh- und Angelpunkt der Geschichte.«

»Womit wir wieder bei dem Mord wären, von dem die Haushälterin des Pfarrers meint, Maria hätte ihn begangen.«

»Was du aber nach wie vor nicht glauben willst?«

»Wen soll sie denn umgebracht haben? Ihr Kind jedenfalls nicht«, schimpfte Annika. »Sorry, ich wollte dich nicht anfahren«, entschuldigte sie sich gleich darauf kleinlaut. »Es scheint mir einfach abwegig. Ich bin überzeugt, dass Maria Bodel nie ein Kind geboren hat – wie hätte sie ihr Kind da umbringen sollen?«

»Ich weiß es nicht. Entweder hat die Haushälterin des Pfarrers sich geirrt – oder du irrst dich.«

»Maria ist keine Mörderin«, sagte Annika fest.

»Mir hätte eher eingeleuchtet, wenn sie ihren Mann ermordet hätte. Bairich hat ihr Leben verpfuscht und sie obendrein gequält.«

»Seinetwegen hat sie Korbinian verloren«, bestätigte Annika grimmig. »Ohne Bairichs Intrige wäre alles anders gekommen. Sie hätte Grund genug gehabt, ihren Mann um die Ecke zu bringen, aber aus der Chronik geht etwas anderes hervor.«

»Nämlich, dass Bairich Bodel seine Frau um Jahre überlebt und obendrein ein weiteres Mal geheiratet hat.«

»Eben … Die nächste Abfahrt ist unsere.«

Annika setzte den Blinker. »Bleibt außerdem noch das Rätsel um das Familienwappen. In der Chronik ist vermerkt, dass Bairich Bodel das Wappen 1747 durch ein Messer mit blutiger Klinge hat ergänzen lassen. Weshalb hat er das bloß getan? Wir hätten Braunhans danach fragen sollen.«

»Ich meine, es ist ein deutlicher Hinweis. In irgendeiner Form muss er mit dem Mord in Zusammenhang stehen. Und dass ein Mord geschehen ist, davon sind wir in der Zwischenzeit beide überzeugt, oder?«

»Ich denke schon. Zumal den Aufzeichnungen deines Vater zu entnehmen ist, dass er das ebenfalls geglaubt hat.« Annika warf einen Blick auf das stumm geschaltete Navigationsgerät und bog an der nächsten Kreuzung links ab, um dann der geraden Landstraße zu folgen.

»Das Messer wurde nach Marias Tod in das Familienwappen aufgenommen. Entweder wollte Bairich ein Mahnmal setzen, oder er hatte ein schlechtes Gewissen, das er auf diese Weise zum Ausdruck brachte.«

»Ein schlechtes Gewissen, weil er einen Mord bereute …

Falls es nicht sogar umgekehrt war und er seine Untat auf dem Wappen voller Stolz verewigt hat.«

»Das würde passen, wobei wir auch dann noch im Dunkeln darüber tappen, wen er umgebracht haben könnte. Und wenn du nicht obendrein den Eindruck hättest, dass es sich bei dem Messer um Marias Messer handelt.«

»Das passt alles nicht zusammen«, gab Annika zu. »Wir sind bald da. Lass mich noch kurz eine Sache festhalten: Bairich Bodel ist nicht vor dem Versuch zurückgeschreckt, seinen Knecht Korbinian kaltblütig aus dem Weg räumen zu lassen. Maria hingegen hat meines Wissens nie jemandem etwas zuleide getan.«

»Zumindest niemandem, der zu ihrer Zeit gelebt hat«, berichtigte Victor. »Denk an das Schicksal des Hausmeisters, den Freund deines Vaters. Er ist an seinen Träumen zerbrochen. Und wer weiß schon, ob der Pfarrhaushälterin das gleiche Los beschieden gewesen wäre, hätte sie damals nicht die Flucht ins Ausland angetreten. Braunhans konnte obendrein ja auch nicht sagen, was aus ihr geworden ist.«

»Vielleicht sind wir nach unserem Besuch etwas schlauer.« Annika parkte vor einer eingewachsenen Stadtvilla, die sich neben den teuer sanierten Nachbarhäusern ausnahm wie ein verarmtes Mittelschichtskind inmitten von Eliteschülern. »Da ist es.«

Die roséfarbene Stadtvilla im Münchener Vorort Grünwald zierten feine Stuckelemente an der Außenfassade und hohe Kassettenfenster, die vermutlich noch aus dem vorletzten Jahrhundert stammten. Trotzdem machte das Anwesen einen heruntergekommenen Eindruck – allerdings auch wieder nicht so sehr, dass man hätte annehmen können, das Haus läge niemandem am Herzen. Lose Zaunlatten wurden von dickem Draht an Ort und Stelle gehalten, das Herbstlaub war zu einem ordentlichen Haufen zusammengerecht, und die Haustür schmückte ein hübscher Tannenkranz mit getrockneten Orangenscheiben, Nelken und dunkelroten Beeren.

»Reich sind die Bewohner anscheinend nicht«, bemerkte Victor.

»Nein, sieht nicht so aus. Aber früher einmal, da waren sie es.« Annika dachte an den Erker auf dem Bodelhof. Der Umbau war sicherlich sehr teuer gewesen. »Mir ist bloß wichtig, dass sie überhaupt mit uns reden.«

Am Vortag beim Schlosswirt hatten Annika und Victor sich die Finger wundtelefoniert und sich dabei wie Bittsteller gefühlt, die mit zäher Hartnäckigkeit um eine Audienz im Königshaus ersuchen. Erst beim letzten Anruf war ihnen Erfolg beschieden gewesen.

»Dann sehen wir uns die Leute mal an.« Victor schellte an der altmodischen Klingel, die schrill aufjaulte und ihn kurz zusammenfahren ließ. Gleich darauf wurde der Türgriff sehr langsam – als koste es denjenigen, der sich daran versuchte, große Mühe – von innen herabgedrückt.

Die Besucher zuckten zusammen. Obwohl die Villa an einer befahrenen Straße lag und die Autos in stetem Fluss vorbeizogen, fühlten sowohl Annika als auch Victor sich in die gespenstische Stille der vergangenen Nacht zurückversetzt, nachdem die Schritte vor der Tür zum Lesezimmer verstummt waren und die Klinke sich knirschend bewegt hatte. Obwohl weiter nichts geschehen war, genügte allein die Vorstellung, was hätte sein können.

Annika lachte mit einer gehörigen Portion Erleichterung, als die Haustür aufschwang und den Blick auf einen hellhaarigen Jungen freigab. Die Fingerspitzen des Kindes reichten mit Mühe bis zur Klinke.

»Hallo.« Der Kleine steckte die Hände in die Hosentaschen und schenkte den Gästen ein fröhliches Grinsen. »Ich habe die Tür aufgemacht.«

»Danke schön.« Annika war entzückt von dem kleinen Burschen. »Das war sehr lieb …«

»Christian, ich habe gesagt, du sollst auf mich warten!« Eine zierliche Frau in Jeans und adretter Bluse folgte dem Kind. An der Hand hielt sie einen zweiten Jungen, der – seinen tapsigen Schritten nach zu urteilen – das Laufen gerade erst lernte. »Oh.« Bei Annikas und Victors Anblick blieb sie abrupt stehen. »Verzeihung. Ich wusste nicht, dass der kleine Schlawiner Ihnen schon geöffnet hat.« Die Frau fuhr dem größeren Jungen durchs Haar, während der kleinere sich an ihrem Bein festklammerte und das Gesicht schüchtern in den Stoff ihrer Hose presste. »Mein Name ist Emilia von Bruckenheim. Bitte, kommen Sie herein.«

Emilia stellte ihre Söhne Christian und Jonathan vor, ehe sie die Gäste durch einen langen Flur – ein Dreirad mit quietschgelber Klingel parkte dort neben einem knallroten Bobby-Car und einem grünen Spielzeugtraktor – in einen geräumigen Salon mit Flügeltüren und Fischgrätenparkett führte. Der Raum zeigte deutliche Alltagsspuren, was ihn umso wohnlicher machte. Das Parkett hatte Kratzer, und die Platte des Couchtisches war von einem unbekümmerten Künstler mit blauem Kugelschreiber verziert worden.

»Möchten Sie etwas trinken?« Emilia klaubte einige Stofftiere von der zerkratzten Ledercouch. »Setzen Sie sich.«

Annika ließ sich in die Polster sinken. Das geschundene Leder erinnerte sie an ein junges Kätzchen, das ihre Mutter Erika vor vielen Jahren mit nach Hause gebracht hatte. Binnen wenigen Tagen war das funkelnagelneue Sofa ähnlich arg zugerichtet gewesen wie die Couch der von Bruckenheims.

Die Hausherrin brachte ihre Söhne nebenan im Spielzimmer unter, wo die Jungs sofort hemmungslos sämtliche Spielsachen aus Kisten, Truhen und Aufbewahrungsboxen leerten. Ehe sie sich zu ihren Gästen setzte, trug sie Kaffee und Wasser auf. »Weshalb möchten Sie mit mir über Vera von Bruckenheim sprechen?«

»Zunächst einmal sind Sie die Einzige aus der Familie, die

sich überhaupt bereiterklärt hat, mit uns zu reden.« Victor wusste Emilia von Bruckenheim nicht so recht einzuschätzen. Sie war eine schöne Frau mit feinen Gesichtszügen und dunklem Haar. Ihr Heim strahlte Gemütlichkeit und Wärme aus, gerade weil man dem Mobiliar ansah, dass es nicht nur zu Dekorationszwecken herumstand. Und die beiden Kinder waren wonnig. Weshalb hatte er dennoch den Eindruck, als wäre Emilias Leben alles andere als in Ordnung?

»Ich bin von Natur aus neugierig«, lächelte die Gastgeberin. »Natürlich möchte ich gerne herausfinden, weshalb Sie sich für Vera interessieren. Die von Bruckenheims sind eine weitverzweigte Familie, aber eines haben sie alle gemein: Die Standesdünkel aus grauer Vorzeit sind ihnen bis heute erhalten geblieben, das sollten Sie vielleicht wissen.«

»Das klingt, als wären Sie nicht gut auf Ihre Familie zu sprechen.« Erst bei genauerem Hinsehen fielen Annika der große Fleck auf Emilias schicker Bluse und die vielen dunklen Haare darauf auf.

»Kann man so sagen.« Emilia hatte ihren Kaffee schwarz getrunken und die Tasse binnen kürzester Zeit geleert. Ihre Hand zitterte ein wenig, als sie sich nachschenkte. »Ich merke, wie neugierig Sie beide mich mustern. Wenn Sie über eine mögliche Familienähnlichkeit mit Vera von Bruckenheim grübeln, muss ich Sie enttäuschen.«

»Wir haben keine Ahnung, wie Vera ausgesehen hat.« Röte spielte auf Annikas Wangen. »Daher habe ich mich gerade tatsächlich gefragt, ob Sie Ihrer Vorfahrin möglicherweise ähnlich sind. Bitte entschuldigen Sie.«

Emilia bedeutete mit einem milden Kopfschütteln, dass der kleine Fauxpas nicht der Rede wert war. »Ich bin eine angeheiratete von Bruckenheim. Eine Ähnlichkeit zwischen Vera und mir ist ausgeschlossen.«

»Dann ist Ihr Ehemann Veras Nachfahre?«

»Ja.« Emilia sackte förmlich in sich zusammen.

Annika und Victor sahen sich an. Etwas stimmte hier nicht.

»Werden wir Ihren Mann noch kennenlernen, Frau von Bruckenheim?«, fragte Annika vorsichtig.

»Nein.« Ängstlich blickte Emilia in Richtung Spielzimmer, während ihr Tränen über die Wangen liefen. »Die Jungen sollen mich nicht weinen sehen.« Sie rieb sich mit dem Handrücken grob über die Augen. »Mein Mann ist vor neun Monaten bei einem Verkehrsunfall ums Leben gekommen. Glauben Sie mir, wenn meine Söhne nicht wären, ich hätte längst aufgegeben. So kämpfen wir drei uns eben irgendwie durch.«

»Unser herzliches Beileid, Frau von Bruckenheim.« Impulsiv beugte Annika sich über den Tisch und drückte die Hand ihrer Gastgeberin. Der jüngere Sohn konnte erst wenige Monate alt gewesen sein, als sein Vater gestorben war. »Wenn es Ihnen lieber ist, werden wir selbstverständlich gehen.«

»Nein, das möchte ich nicht.« Emilia wischte sich ein letztes Mal über die feuchten Augen. »Ich bin froh über Ihr Hiersein. Mein Mann hat sich außerordentlich für Geschichte und Werdegang seiner Familie interessiert, daher ist mir der Name Vera von Bruckenheim vertraut.« Die junge Witwe zupfte an ihren Haaren. »Vielleicht sollten Sie wissen, dass die von Bruckenheims mich nie richtig akzeptiert haben. Ich stamme aus einer Arbeiterfamilie und bin der Familie nicht fein genug. Ihnen kommt das merkwürdig vor, das sehe ich an Ihren ungläubigen Blicken. Leider bleiben solche Standesdünkel auch in der heutigen Zeit nicht allein den europäischen Königshäusern vorbehalten. Nach dem Tod meines Mannes kannten die von Bruckenheims mir gegenüber keine Zurückhaltung mehr und wurden richtig garstig. Selbst das Haus wollten sie mir – und damit auch ihren Enkelsöhnen – wegnehmen, doch da hat ihnen das Testament meines Mannes einen Strich durch die Rechnung gemacht.«

»Das ist unerhört.« Victor empfand rechtschaffene Empörung darüber, wie mit der jungen Witwe und ihren Kindern umgesprungen worden war.

»Zwischenzeitlich habe ich den Kontakt zur Familie meines Mannes gänzlich abgebrochen, auch wenn mir das für Christian und Jonathan leidtut. Meine Eltern leben nicht mehr, so dass die zwei Jungs ohne Großeltern aufwachsen müssen«, fuhr Emilia fort. »Aber genug davon. Lassen Sie uns über Vera sprechen. Sie hat meinen Mann fasziniert, denn immerhin war sie das schwarze Schaf der Familie.«

»War sie das?« Victor beugte sich ein wenig vor. »Inwiefern?«

»Vera von Bruckenheim war verrückt. Zumindest stimmte etwas nicht mit ihr. Allerdings lässt sich von heute aus betrachtet nicht mehr sicher sagen, was ihr wirklich gefehlt hat. Vermutlich litt sie unter einer Psychose.«

»Wissen Sie, inwiefern Veras Verrücktheit zum Ausdruck kam?«, fragte Annika gespannt.

»Es begann damit, dass sie während der Sommeraufenthalte auf dem Landsitz der Familie von Alpträumen heimgesucht wurde. Schon als junges Mädchen behauptete Vera, dass es sich dabei nicht um normale Alpträume handle, wie wir sie alle von Zeit zu Zeit erleben, sondern um richtiggehende Visionen aus der Vergangenheit.«

»Mit dem Landsitz der Familie meinen Sie den Bodelhof in Kinsau?«, vergewisserte Victor sich.

»So ist es, Herr Rautenstein. Und wie das Leben spielt, leben nun, viele Jahre später, Sie beide auf dem Bodelhof und erforschen die Geschichte des Hauses …« Emilia zupfte wieder an ihren Haaren, wobei sie einzelne Haare regelrecht ausriss, ohne sich dessen bewusst zu sein. Offenbar war dies keine ganz neue Angewohnheit, denn als aufmerksamer Beobachter erkannte man lichte Stellen in ihrem schönen Haar. »Wie sind Sie auf die von Bruckenheims gestoßen?«

»Der Makler hat uns den Namen der ehemaligen Besitzer genannt und darüber hinaus erwähnt, dass die von Bruckenheims bis heute in München leben. Den Vorfahren Ihres Mannes ist unter anderem ein wundervoller Stilbruch in der Küche zu verdanken.«

»Stilbruch?«

»Die Familie hat einen Erker einbauen lassen.«

»Verstehe«, nickte Emilia. »Und wie kommen Sie nun ausgerechnet auf Vera? Es gab damals sicherlich noch weitere Familienmitglieder mit interessantem Lebenslauf.«

»Offen gesagt«, Annika atmete tief durch, »wir wussten bereits von den Träumen, die Vera heimgesucht haben. Und genau darüber möchten wir gerne mehr herausfinden.«

»Dann geht es Ihnen gar nicht um die Geschichte des Hauses?« Emilia schien die Neuigkeit gelassen hinzunehmen. Lediglich die schnelle Bewegung, mit der sie unsanft an einer Haarsträhne zog, verriet ihre Irritation. »Das hätten Sie mir ruhig sagen können. Mein Mann hätte Ihnen mit Freuden stundenlang von Vera erzählt.« Aus dem Nebenzimmer war helles Kinderlachen zu hören. Sofort hörte Emilia auf, sich die Haare auszuzupfen. »Die beiden Jungs sind ihm so ähnlich«, murmelte sie fast unhörbar. »Entschuldigung.« Sie sprach in normalem Tonfall weiter, fand aber nicht den richtigen Anknüpfungspunkt. »Wo waren wir stehengeblieben? Vera verfiel ihrem Wahn jedenfalls zusehends, und die Frau begann sie zu verfolgen.«

»Von welcher Frau sprechen wir gerade?«, unterbrach Victor sacht.

»Habe ich das nicht gesagt?« Emilia sah verwirrt aus. »Vera hat in ihren Alpträumen das Leben einer Frau aus früherer Zeit gesehen. Später ist diese Erscheinung dann nicht mehr nur auf die Träume beschränkt geblieben. Mein Mann hat häufig gerätselt, ob der Bodelhof möglicherweise etwas an sich hatte, das Veras Phantasie über das normale Maß hinaus anregte. Denn zumindest anfangs träumte sie nur während der Sommermonate auf dem Hof.«

»Möglich wäre es«, erwiderte Victor mit Bedacht. »Der Bodelhof hat zweifellos etwas Besonderes an sich, und das nicht nur wegen seines beeindruckenden Alters.«

»Vielleicht möchten Sie uns irgendwann einmal mit Ihren Kindern besuchen kommen«, schlug Annika spontan vor. »Im Moment ist der Hof noch nicht der richtige Ort für zwei lebhafte Jungen, aber das wird sich ändern.«

»Sie kennen nicht zufällig den Namen der Frau, von der Vera träumte?« Victor rutschte unruhig auf seinem Platz hin und her. Annika erging es nicht besser. Ihr Magen kribbelte.

»Doch, klar. Die Frau, von der Vera angeblich heimgesucht wurde, hieß Maria.«

»Was passierte weiter mit Vera?«, fragte Annika bedrückt. »Konnte sie später ein normales Leben führen? Hat die Heimsuchung irgendwann aufgehört?«

»Leider nicht. Kurz nach ihrem zwanzigsten Geburtstag wurde Vera in ein renommiertes Sanatorium eingeliefert, nachdem ihr Verstand immer häufiger abdriftete und sie nicht mehr ansprechbar war. Von da ab blieben ihr nur noch wenige Jahre. Sie starb mit Mitte zwanzig an einer Bronchitis, vermutlich infolge ihrer geschwächten Abwehrkräfte, denn sie kam ja kaum jemals an die frische Luft. Obwohl die Familie einen Haufen Geld für das Sanatorium bezahlte, glich Veras Leben einer Haft unter härtesten Bedingungen. Die Medizin steckte in vielerlei Hinsicht noch in den Kinderschuhen. Vera wurde mit hanebüchenen Diätvorschriften und hohen Medikamentendosen behandelt.« Sie lächelte traurig. »Mehr weiß ich über Vera nicht. Alles, was ich Ihnen erzählen konnte, weiß ich von meinem Mann.«

»Vera von Bruckenheim muss eine unglückliche Frau gewesen sein. Aber ich verstehe nicht recht, weshalb die Familie

Ihres Mannes mit uns nicht über sie sprechen wollte.« Annika sah sie fragend an.

»Es ist, so verrückt es sich anhört, wohl eine Sache des guten Rufs. Die Dinge lägen anders, wenn noch sehr viel mehr Zeit vergangen wäre. So aber fürchten die von Bruckenheims, Veras Wahnsinn könnte einen Schatten auf den Familiennamen werfen. Als mein Mann die ersten Nachforschungen über Vera anstellte, war seine Familie entschieden dagegen.«

»Dann ist diese Familie wirklich aus der Zeit gefallen. Psychische Krankheiten gelten doch längst nicht mehr als Schande. Oder gab es vielleicht noch einen anderen Grund?«, rätselte Victor.

»Nicht, dass ich wüsste. Können Sie sich vorstellen, was seine Eltern gesagt haben?«

Annika und Victor schüttelten den Kopf.

»Sie meinten, in Zeiten hochentwickelter gentechnologischer Möglichkeiten käme es einer Katastrophe gleich, wenn sich je herausstellen sollte, dass einige Familienmitglieder Veras Krankheit möglicherweise in sich tragen. Soweit mein Mann in Erfahrung bringen konnte, wurde Veras Befindlichkeit schon zu ihren Lebzeiten streng unter Verschluss gehalten. Man hat sie sogar unter falschem Namen in das Sanatorium eingeliefert.«

»Das klingt nach hanebüchenem Unsinn. Vera war sicher nicht verrückt«, platzte Annika heraus. »Zumindest glaube ich das nicht. Ich wüsste zu gerne, was für ein Mensch sie war und wie sie ausgesehen hat.«

»Das dürfte schwierig werden«, drosselte Victor ihren Überschwang.

»Vielleicht auch nicht, zumindest nicht, was Veras Aussehen anbelangt«, lächelte Emilia. »Zu Anfang war ich nicht sicher, ob ich Ihnen beiden die … Egal, ich hole sie eben.«

Damit ließ die junge Witwe ihre erstaunten Gäste allein. Annika hörte sie im Nebenzimmer mit ihren Kindern sprechen, ehe sie kurz darauf wieder ins Wohnzimmer trat und eine gerahmte Fotografie auf den Tisch legte. »Bitte schön, Sie sehen Vera von Bruckenheim, aufgenommen im Jahr 1905«, sagte sie gelassen.

»Erkennst du den Aufnahmeort?« Victor wurde ganz aufgeregt. »Das Foto wurde auf dem Bodelhof gemacht, oder nicht?«

»Ja, ich denke schon. Das müsste der ehemalige Salon sein.« Annika interessierte sich jedoch zunächst nur für das Mädchen auf dem Bild. Vera von Bruckenheim sah jung und hübsch aus, obwohl die verblichene Fotografie ihren Zügen eine gewisse Strenge verlieh. Doch das mochte täuschen. Ihr Haar war hell und lockig. In ihren Augen glänzten Lebhaftigkeit und ein Hauch Nervosität. Zur damaligen Zeit war eine solche Porträtaufnahme sicher eine Besonderheit gewesen.

»Darf ich?« Annika hob das Foto vorsichtig hoch, um es eingehend zu betrachten, da stach ihr etwas ins Auge. Sie schluckte. Vera von Bruckenheim war vom Fotografen auf einen filigranen Stuhl platziert worden. Neben ihr stand ein Tischchen mit frischen Blumen. An der Wand hinter ihr hing eine gerahmte Zeichnung. Darauf war eine weinende Frau abgebildet, der Qual und Leid ins erschöpfte, tränenfeuchte Antlitz geschrieben standen. An der Identität der gezeichneten Person bestand für Annika kein Zweifel. Es handelte sich zweifellos um Maria Bodel – um jene Zeichnung, die entstanden war, nachdem Bairich seine Frau übel zugerichtet hatte.

Annika gab einen kurzen, halberstickten Laut von sich, ehe sie zusammenklappte. Der Übergang zwischen der Villa in Grünwald und dem Bodelhof des achtzehnten Jahrhunderts geschah unvermittelt.

Maria liegt auf dem Bett. Sie wundert sich. Sie hört Geräusche, fremde Geräusche. Dabei ist es in den letzten Jahren fürchterlich still geworden auf dem Hof. Ihre Eltern sind lange tot, auch einige ihrer Geschwister. Und

Birgit, die gute Seele, hat damals, kurz nach dem Dahinscheiden des alten Bauern, das Zeitliche gesegnet.

Es gibt kein Gesinde mehr auf dem Bodelhof. Keine Knechte und keine Mägde. Sie werden nicht mehr gebraucht, denn Bairich hat den Hof heruntergewirtschaftet, könnte das Gesinde gar nicht mehr entlohnen.

Nach den ersten Jahren ihrer Ehe, für Maria voller Drangsal und Gewalt, hat er aufgehört, sich für seine Frau zu interessieren. Dass sie ihm nie einen Erben gebären konnte, ist ihm gleichgültig geworden. Er sieht durch sie hindurch, kümmert sich nicht um ihr Tun oder Lassen. Sie verlässt ihre Kammer kaum. Dreißig Jahre sind vergangen. Dreißig Jahre. Nicht einmal das Essen muss Maria ihrem Mann noch kochen. Eines Tages hat sie einfach mit allem aufgehört, hat ihre Arbeit niedergelegt, ihre Pflichten ruhen lassen – und Bairich hat es stillschweigend geduldet. Inzwischen ist sie ohnehin zu schwach, um mehr zu tun, als wenige Schritte durchs Zimmer zu laufen, und selbst das erschöpft sie unendlich schnell.

»Bist also wirklich wieder da?«, hört Maria Bairichs Stimme von unten. »I hobs it glaubn wolln.«

Jemand entgegnet etwas. Sie kann die Worte nicht verstehen.

»Die flackt oben.« Wieder Bairichs Stimme. Sie kennt ihn, hört schwache Genugtuung heraus. »Bist spät dran, die machts nimma lang. Aber wennst moanst, gehst halt nauf zu ihr. Mir is des wurscht, von mir aus pack se a ei und nimm se mit. I glaub bloß, in dem Zustand wirst se a du nimma ham wollen.«

Schritte auf der Treppe. Die unterste Stufe knarrt am lautesten. Maria erinnert sich an früher, an ihre heimlichen Treffen mit Korbinian. So nah ist der Tod, und doch beginnt ihr altes Herz heftig zu pochen.

Die Tür wird aufgedrückt. Und er steht da.

Maria sieht jähes Erschrecken über sein Gesicht huschen.

»Du«, sagt sie, und die eigene Stimme klingt ihr fremd in den Ohren.

»Maria.« Er tritt näher, langsam und zaghaft, als würde er sich nicht recht an sie herantrauen. Die Jahre haben ihm weit weniger zugesetzt als ihr. Das braune Haar ist grau geworden. Er trägt furchige Falten im noch immer schönen Gesicht, doch Lachfalten finden sich nicht darunter. Maria spürt: Er war nie glücklich. Genau wie sie.

»Weshalb kommst du jetz? Ausgrechnet jetz?«, fragt sie ihn. Obwohl ihre Liebe auch nach all den Jahren nicht inniger und tiefer sein könnte, muss sie ihm den Vorwurf machen. »I leid an Schwindsucht, Korbinian. Scho lang. Und bald sterb i.«

»Mei Schwester hot mir gschriebn, wias um di steht. Maria, i …« Er setzt sich auf die Kante des Bettes, greift ihre bleiche Hand. »Bitte, i woaß, i sollt di it bedrängen … Vergib mir, aber i muss wissn, weshalb du des damals tan host. Weshalb du unser Kind weggmacht host. Es lasst mir seit drei Jahrzehnte koa Ruh.« Er sieht sie an, seine Augen sind feucht. Schön ist sie nicht mehr, eigentlich erkennt er seine Maria in dem alten, verhutzelten Weiblein kaum, und doch liebt er sie.

»Das hob i it.« Ihre Augen lodern, darin entdeckt er sie wieder. »Wenn du mir bloß zughört hättest damals.«

»Jetzad hör i da zu, Maria.« Er sieht sie so eindringlich an, dass ihrem gebeutelten Körper unter seinem Blick heiß und kalt wird.

»Hilf ma«, bittet sie und schlägt die Decke um. »Zieh mei Hemd hoch.«

»Maria …«

»Machs.«

Er tut es. Die Haut an ihrem Bauch ist fahl, wie ihre Hände, wie ihr Gesicht. Doch es ist die deutlich sichtbare Rundung ihres Leibes, die Korbinian zum Zittern bringt.

»I woaß it, wia des hot gschehn können. Unser Kind hot aufghört zum wachsen, und seither trag i's in mir.«

»Des ko it sei.«

»Es is aber so«, sagt Maria sanft, nimmt seine Hände und legt sie auf ihren Bauch. »Fühlst dus?«

Ja, er fühlt es. Den Jahren zum Trotz fühlt Korbinian sein Kind im Leib der alten Frau, die seine Maria ist. Da bereut er bitterlich das getane Unrecht, wie er die vergeudeten Jahre schon lange bereut.

»Lieber Gott, Maria …« Er kann nicht weitersprechen, wird von heftigem Schluchzen geschüttelt. »Des darf it sei! Weshalb hots ausgrechnet für uns zwoa so kommen müssn? Mir ham doch nia im Lebn a Unrecht begangen.«

»A Unrecht wars von mir, den Bairich zum heiraten. I hob it gwusst, was i tu. Diese Schuld nimm i ganz alloa auf mi.«

»I versteh doch, dass da koa Wahl bliebn is. Jetz versteh i ois.« Korbinian ringt um Fassung. »Maria, i lieb di. Hob nia aufghört damit. Bitte, komm mit mir. I hob ma drunt am Bodnsee a Lebn aufbaut, mir goht's it schlecht. Und i machs da so schee wia i ko auf deine letztn Tage.«

»Für uns isses zu spät, Liebster.« Maria schüttelt den Kopf. Es strengt sie an. Das Wiedersehen strengt sie an. »So vui Zeit hob i nimma. I spürs, dass i bald scheiden werd von dieser Erd, jetz, wo du die Wahrheit kennst. Du musst mir etwas versprechen. I bitt di von Herzn drum.«

»Alles«, sagt Korbinian.

»In meim Nachttisch liegn a kleine Decke und a Messer mit scharfer Schneide. I hob des Messer so oft in da

Hand ghabt die letzten Jahre. Wenn i hoamgangen bin zum Herrn, Korbinian, nimm des Messer und schneid unser Kindlein aus mir raus. Wickels weich in die Decke. I wills im Arm halten, wenn i bestattet werd.«

Korbinians Haut wird so fahl, wie es Marias längst ist.

»Des ko i it.« Er ringt die Hände. »Bei aller Lieb, Maria, des bring i it über mi, dein Bauch mit am Messer …«

»Bitte«, fleht sie. »I werd koan Friedn ham, wenn i mei Kind it in meine Arme woaß.«

Korbinian steht auf und tritt ans Fenster. Lange sieht er schweigend hinunter auf den Lech.

»In Ordnung. I machs. Weil i was guat zum machen hob und weil i di verstehn ko. Und weil i di lieb.«

»Schwörst dus mir?«

»Ja.«

~~~

Bairich hat sein Ohr an die Tür gelegt. Wie schon einmal vor so vielen Jahren belauscht er die Liebenden. Maria ist ihm längst herzlich egal, ihn treibt die Neugierde. Und als er hört, was seine Frau Korbinian zu sagen hat, zerbricht die gleichgültige Teilnahmslosigkeit, in der er seine Tage mittlerweile verbringt.

Seit Jahrzehnten quält ihn die Frage, was sein Eheweib damals getan hat, um das weitere Fortschreiten der Schwangerschaft zu verhindern.

Bairich kann kaum erwarten zu erfahren, was sich im faltigen Bauch der alten Hexe wirklich verbirgt.
~~~

24

»Mama, was ist mit der Frau?« Christian schlang die kurzen Arme fest um Emilia. Sein jüngerer Bruder kletterte auf ihren Schoß. Ihrem sechsten Sinn folgend hatten die Kinder ihr Spiel unterbrochen und die Nähe zu ihrer Mutter gesucht.

»Ich weiß es nicht.« Emilia sah Victor kaum weniger verstört an als ihre beiden Söhne. »Ich werde einen Krankenwagen rufen.«

»Bitte, tun Sie das nicht. Frau von Bruckenheim, wenn ich Ihnen sage, dass Annika träumt, wie es Vera einst tat … würden Sie mir glauben?«

»Vermutlich nicht.« Emilia drückte ihre Söhne an sich. »Ihre Freundin ist seit einer Viertelstunde nicht mehr ansprechbar. Sie braucht Hilfe.«

»Nicht die Art von Hilfe, die man ihr in einem Krankenhaus geben kann. Bitte, gewähren Sie Annika etwas Zeit. Es kann eine Weile dauern, aber dann wacht sie wieder auf.«

»Dieser Zustand, in dem sie sich befindet, passiert ihr das häufiger? Hat sie vielleicht eine Form von Epilepsie oder …«

»Nein«, unterbrach Victor ungewollt schroff. Die Situation zerrte an seinen Nerven. »Es mag schwer zu glauben sein, aber es ist so, wie ich es gesagt habe. Annika träumt von der Vergangenheit, sie träumt das Leben der Bauersfrau Maria Bodel. Sie braucht keine Hilfe, denn sie wird von allein aufwachen.« Inbrünstig betete er darum, sich nicht zu irren. Was, wenn es dieses Mal etwas anderes war und sie nicht wieder wach wurde? Doch wenn Annika sich nicht in einem Klinikbett wiederfinden sollte, musste er Ruhe bewahren. »Ihr Mann, Frau von Bruckenheim, lag mit seiner Ahnung, der Bodelhof könnte Auslöser für Veras Phantasien gewesen sein, gar nicht verkehrt. Die Sache ist zu kompliziert, um sie Ihnen auf die Schnelle zu erklären, und obendrein nicht für alle Ohren geeignet …«

»Mama?« Der kleine Christian zupfte aufgeregt am Ärmel seiner Mutter. »Mama?« Der Junge machte den Anschein, als wäre ihm soeben etwas Wichtiges eingefallen.

»Was denn, mein Schatz?«

»Wenn die Frau schläft, müssen wir sie doch ins Bett legen«, erklärte der Junge mit ernstem Gesichtchen.

Emilia seufzte, ihre Hand wanderte zu ihren Haaren, um sogleich wieder herabzusinken. »Ja, das müssen wir wohl«, nickte sie schließlich und streichelte ihrem Sohn über den Kopf. »Können Sie Ihre Freundin tragen? Wir bringen sie nach oben ins Gästezimmer.«

»Haben Sie vielen Dank.« Victor war erleichtert, denn zumindest die Sorge, Annika demnächst im Krankenhaus besuchen zu müssen, war ihm genommen. Er hob die Träumende auf seine Arme und folgte dem zappelnden Christian hinauf.

Derweil verfolgte Annika ein lange vergangenes Leben; ein Leben, in dem Bairich Bodel sein Ohr an eine Tür legte und konzentriert lauschte.

»Keine Bange.« Der kleine Christian war seiner nervösen Mutter ausgebüxt, während diese den jüngsten Sohn bettfertig machte, und grinste Victor an. »Sie wacht gleich auf.«

»Meinst du?« Die unschuldige Ankündigung des Jungen tat Victor gut. Annika träumte seit weit über einer Stunde, und der Zeiger der Uhr stürmte unerbittlich vorwärts. Victors Zweifel, ob sie nicht doch in ein Krankenhaus gehört hätte, wuchsen von Minute zu Minute. Er überlegte ernstlich, ihr einen Kübel Wasser über den Kopf zu kippen, wie es ihr Vater getan hatte.

»Hey.« Annika war wach, ehe er zur Tat schreiten musste.

Christian klatschte in die Hände und warf Victor einen kumpelhaften »Hab ich es dir nicht gesagt«-Blick zu. Der konnte nicht an sich halten und küsste Annika erst auf beide Wangen, dann auf den Mund. Was immer sie darüber denken mochte – es war ihm gleichgültig. Christian sauste los. »Mama!«, hörten sie ihn draußen auf dem Flur mit voller Lautstärke plärren. »Mama! Die Frau ist wieder aufgewacht! Du brauchst dir keine Sorgen mehr machen!«

»Der Kleine versteht vieles von dem, was vor sich geht.« Annika lächelte, während ihr Tränen übers Gesicht liefen.

»Ein schlauer Bursche. So klein er sein mag, ist er schon der Mann im Haus.« Victor wischte ihre Tränen fort und wartete auf ihren Protest, der nicht kam. »Was ist mit Maria?«, fragte er leise. »Kannst du es mir erzählen?«

»Korbinian ist endlich zurückgekommen.« Annika schluchzte. »Es ist so furchtbar traurig, denn Maria wird bald sterben.«

Ehe Victor nachhaken konnte, klopfte es an der Tür, und Emilia von Bruckenheim trat ein. »Gott sei Dank, Sie sind wirklich wach.« Die Erleichterung war ihr anzusehen. »Lassen Sie mich kurz etwas sagen.« Sie schien sich das Folgende gut überlegt zu haben. »Was auch immer auf dem Bodelhof – und mit Ihnen – vor sich geht, hätte meinen Mann zweifellos brennend interessiert. Ich hingegen habe im Moment für dergleichen nicht die Kraft. Daher bitte ich Sie aufrichtig, mir nichts mehr zu erzählen und nicht mehr über Vera zu sprechen. Wenn Sie möchten, übernachten Sie in unserem Gästezimmer. In den Nachrichten wird vor Straßenglätte gewarnt, vielleicht fahren Sie heute Nacht besser nicht mehr.« Emilia atmete tief durch. Sie war fast am Ende ihrer kleinen Rede angelangt. »Ich wäre Ihnen aber dankbar, wenn Sie morgen aufbrechen könnten, ehe meine Kinder aufwachen. Die Jungs spüren, wie sehr die Geschichte mich aufregt, und das möchte ich nicht.«

»Frau von Bruckenheim, wir wollen Ihnen keinesfalls zur Last fallen«, beteuerte Annika.

»Sie haben mehr als genug für uns getan«, stimmte Victor zu. »Wir werden heim nach Kinsau fahren oder in einem Hotel übernachten. Was ist dir lieber, Annika?«

»Auf keinen Fall möchte ich gleich zurück auf den Hof«, entgegnete Annika entschieden. »Nicht, ehe ich Gelegenheit hatte, in Ruhe nachzudenken.«

»Bitte, mein Angebot war aufrichtig gemeint.« Emilia zupfte vereinzelte Haare aus dem Pferdeschwanz, den sie sich zwischenzeitlich gebunden hatte. »Bleiben Sie hier, übernachten Sie im Gästezimmer. Sie dürfen mir glauben, wenn meine Situation eine andere wäre, ich täte nichts lieber, als Ihren Schilderungen zu lauschen. Vielleicht später einmal … Ich habe gegenüber im Bad Zahnbürsten und Handtücher für Sie bereitgelegt. Wenn Sie nur dafür Sorge tragen, den Kindern morgen früh nicht zu begegnen.«

»In Ordnung«, entschied Annika. »Wir bleiben. Vielen Dank für alles, Frau von Bruckenheim.«

»Schlafen Sie gut und leben Sie wohl.« Emilia zog die Tür hinter sich zu.

*

Es war dunkle Nacht, als Franz Burgdorfer zum vierten Mal an diesem Tag vor dem Bodelhof stand. Über ihm regnete es Sternschnuppen im Minutentakt, doch Annikas Vater schenkte dem spektakulären Meteoritenschauer, für den der frisch aufgeklarte Himmel ideale Sichtverhältnisse schaffte, keine Beachtung. Er war nicht willens, auch nur eine Handbreit von seinem Vorsatz abzuweichen, den er nach Daniel Hohens mittäglichem Besuch gefasst hatte. Annika musste den Hof verlassen.

Franz war unsicher, ob ihre Abwesenheit als gutes oder schlechtes Zeichen zu werten war. Auf ihrem Handy war Annika nicht zu erreichen, was nicht unüblich war – auch wenn der Vater nicht wusste, dass seine Tochter es sich wegen des Telefonterrors ihres Exfreunds angewöhnt hatte, ihr Handy häufig abzuschalten, obwohl sie ja längst eine andere Nummer hatte. Deshalb hatte Franz dieses Mal den Ersatzschlüssel mitgebracht, der ihm schon einmal gute Dienste geleistet hatte. Es ließ ihm einfach keine Ruhe, er musste sich Gewissheit verschaffen, ob das Haus wirklich leer war. Schon einmal hatte seine Tochter bewusstlos im Flur gelegen, und nun war es an ihm sicherzustellen, dass sie nicht wieder mit den Dämonen des Bodelhofs kämpfte.

Nie zuvor war Franz Burgdorfer allein auf dem Hof gewesen. Tief in sich gekehrt streifte er durch die stillen Räume, die trotz Annikas Einrichtung – Geschirr, Kräutertöpfchen und Laptop – geradeso wirkten, als schliefen sie seit wenigstens einhundert Jahren.

Da Annikas Vater das Haus nach Pepes Tod nur noch in Ausnahmefällen betreten hatte, kannte er sich nicht gut aus. Es dauerte deshalb seine Zeit, bis er den jeweiligen Lichtschalter fand. Die Erleichterung, die ihn in jedem Raum von neuem erlöst aufatmen ließ, sobald das Licht erstrahlte, mochte er sich selbst nicht eingestehen. Nach seinem ersten Rundgang konnte er ausschließen, dass Annika im Haus etwas zugestoßen war. Sie befand sich nicht auf dem Hof. Einen zweiten Rundgang widmete er daher dem Andenken seines Freundes Pepe, dem diese Räume zur persönlichen Hölle geworden waren. In Annikas Schlafzimmer wehten bei geschlossenen Fenstern die Vorhänge. Nach einem kurzen Anfall von Panik – es fühlte sich an, als ginge jemand geradewegs an ihm vorbei – schloss Franz Burgdorfer unsanft die Tür hinter sich.

»Mit mir nicht«, knurrte er harsch und knipste die mitgebrachte Taschenlampe an. Vielleicht, um sich die eigene Furchtlosigkeit zu bestätigen, stieg er hoch auf den Dachboden, wo es kein elektrisches Licht gab. Der Lampenstrahl glitt über altes Dachgebälk und längst vergessenen Hausrat früherer Besitzer. In einer Ecke entdeckte er die gusseiserne Badewanne, die Annika so gerne für sich herrichten wollte. Franz schüttelte verständnislos den Kopf, denn er konnte beim besten Willen nicht nachvollziehen, was seine Tochter an dem alten Kram fand. Die Gänsehaut, die seinen Körper von Kopf bis Fuß überzog, ignorierte er beharrlich.

Erst als er wieder nach unten stieg, gestattete er sich die Erinnerung an den lauten Knall, den sie alle gehört hatten, als Annika Erika und ihn durchs Haus geführt hatte – ja, er rechnete beinahe mit einem ähnlichen Vorfall, doch alles blieb ruhig.

Franz schaltete die Lichter aus, ehe er die Haustür sorgfältig abschloss und zu seinem Wagen ging. Es blieb ihm nichts anderes übrig, als morgen wiederzukommen und derweil weiter zu versuchen, seine Tochter auf ihrem Handy zu erreichen. Vielleicht würde er auch ihre Freundin Kathrin anrufen. Er verstand gar nicht, warum ihm der Gedanke erst jetzt kam.

Hätte Franz beim Wegfahren einen Blick in den Rückspiegel seines Wagens geworfen, wäre ihm vermutlich das Blut in den Adern gestockt. Hinter jedem Fenster des Hauses brannte Licht. Hell erleuchtet lag der Bodelhof in der Dunkelheit.

*

»Und dann bin ich aufgewacht.« Annika hatte Victor ausführlich von Korbinians Heimkehr und dem Versprechen erzählt, das Maria ihm abgenommen hatte. Auch von Bairichs heimlichem Lauschen. Es schien ihr bedeutsam.

»Glaubst du, er wird es tun? Ihr den Bauch aufschneiden?«

»Ich halte ihn für einen Mann, der sich an ein Versprechen unbedingt gebunden fühlt. Aber ob er es letztendlich übers Herz bringen wird … Ich kann es nicht sagen.« Sie zuckte die

Schultern. »Ich mag es mir auch gar nicht vorstellen, es ist einfach zu entsetzlich.«

»Das glaube ich.« Victor machte Anstalten, sich auf einem Teppich mit barockem Webmuster für die Nacht einzurichten.

»Du brauchst nicht auf dem Boden zu schlafen«, sagte Annika unvermittelt. Ihre Stimme klang belegt.

»Das macht mir nichts aus.« Er hob den Blick zu ihrem Gesicht. »Was hast du?«

»Bitte …«, sie sah ihn sehnsüchtig an. »Könntest du mich einfach in den Arm nehmen und festhalten?«

Victor nickte langsam, kam zu ihr ins Bett und breitete die gesteppte Bettdecke über sie beide. Annika schmiegte ihren Kopf in seine Armbeuge, was er als unverhofftes Glück empfand. Ihr Atem durchdrang den Stoff seines Hemds und legte sich warm auf seine Haut. Nach einer Weile wagte er, ihren Nacken zu streicheln. Seine Finger beschrieben kleine Kreise.

»Mhmm.« Annika schob ihr Bein über seines. Die Nachttischlampe hüllte sie beide in einen Kokon aus Licht. »Nicht aufhören.«

Mit pochendem Herzen und der Sorge, jeden Moment den entscheidenden Schritt zu weit zu gehen, schob Victor seine Hand unter ihren Pullover und kraulte ihren Rücken. Ihr wohliges Seufzen bestärkte ihn, und in einem Anflug von Wagemut öffnete er den Verschluss ihres BHs. Annika drehte sich ein wenig, so dass er mit beiden Händen ihre Brüste umschließen konnte. Ihre harten Brustwarzen drückten sich gegen seine Handinnenflächen, und heiße Begierde drohte ihn auf der Stelle ganz und gar mit sich zu reißen. »Was tue ich da, zum Teufel?«

»Was auch immer es ist, hör nicht auf damit.« Annika ließ ihn nicht aus den Augen, während sie aus ihren Kleidern schlüpfte und sich anschließend daranmachte, auch ihn auszuziehen. »Okay für dich?«

Er beantwortete ihre Frage, indem er sein Gesäß ein wenig anhob, damit sie ihn von Jeans und Boxershorts befreien konnte.

»Lass uns heute Nacht nicht denken.« Sie küsste ihn, fuhr mit ihrer Zunge an seinen Zähnen entlang, um sich dann über Brust und Bauch zu seinen Oberschenkeln vorzuarbeiten. Ihre feuchte Zunge war eine quälend süße Folter. Als sie seinen harten Penis unverhofft in den Mund nahm, sog er scharf die Luft ein. Sein ganzer Körper zuckte unter der lustvollen Attacke, und er konnte ein lautes Stöhnen nicht unterdrücken.

»Psst.« Sie ließ von ihm ab, um kurz darauf seinen Mund mit einem gierigen Kuss zu verschließen. »Leise sein«, wisperte sie und biss ihn in die Lippe.

»Ganz leise«, entgegnete er so heiser, dass er seine eigene Stimme nicht wiedererkannte. Vollkommen nackt, wie sie auf ihm saß, brachte sie ihn schier um den Verstand. Victor richtete sich ein wenig auf, um abwechselnd an ihren Brüsten zu saugen und zu lecken.

»Erbarmen«, stöhnte Annika und drängte seinen Oberkörper mit sanfter Gewalt zurück aufs Bett, wo sie seine Hände festhielt, während sie sich zugleich quälend langsam auf ihn sinken ließ, bis sie ihn zur Gänze in sich aufnahm. Als beide dem Höhepunkt zustrebten, versanken sie in einen nicht enden wollenden Kuss, und das Stöhnen des einen fand sein Echo im Mund des anderen.

Was Annika und Victor in dieser Nacht teilten, war mehr als bloßer Sex. Sie huldigten einander mit ihren Körpern und berührten dabei Herz und Seele gleichermaßen. Im Augenblick völliger Verschmelzung sanken sie ineinander und gestanden sich dort, wo es keine Worte gab, was sie füreinander empfanden.

Noch vor dem Morgengrauen strichen Annika und Victor die Laken glatt und richteten das Bett, um sodann auf leisen

Sohlen aus dem schlafenden Haus zu schleichen; nicht ohne eine Nachricht für Emilia von Bruckenheim zu hinterlassen. Ihr Ziel, etwas über das Leben der Vera von Bruckenheim herauszufinden, hatten sie erreicht. Obendrein waren sie einander so nahe gekommen, wie es nach der Trennung am Matreier Bahnhof nicht mehr denkbar erschienen war.

An der ersten Tankstelle kaufte Victor sich einen heißen Kaffee und eine Dose Fanta für Annika. Die Straßen lagen weitgehend verlassen, als eine letzte Sternschnuppe vom Himmel fiel und den Meteoritenschauer beendete, den Franz Burgdorfer am Vorabend so schnöde missachtet hatte. Nur hie und da glimmte schon Licht hinter den Fenstern der Häuser und Wohnungen.

In stillschweigender Übereinkunft sprachen sie für den Moment weder von Maria noch von Korbinian und auch nicht von Vera.

»Die letzte Nacht war schön, oder?«, fragte Annika in der Gewissheit, dass Victor ähnlich empfand.

»Ich würde mir wünschen, noch viele solcher Nächte mit dir verbringen zu dürfen.« Victor, der am Steuer saß, sah kurz zu ihr hinüber, ehe er sein Augenmerk wieder auf die Straße richtete. »Ich spreche nicht von einer Affäre, falls du das denkst.« Äußerlich blieb er ruhig, obwohl ihm das Herz in die Hose rutschte und er Mühe hatte, sich noch auf den Verkehr zu konzentrieren. »Was ich für dich empfinde, ist mehr als flüchtige Leidenschaft. Ich bin bestimmt nicht gut darin, eine Beziehung zu führen – ich habe es nie wirklich versucht –, aber wenn du bereit wärst, das Wagnis mit mir einzugehen …«

Annika blickte zum Seitenfenster hinaus. Er konnte, obwohl er einen weiteren kurzen Blick zu ihr riskierte, nicht erkennen, was sie dachte.

»Annika?«, fragte er zögerlich. »Weshalb sagst du nichts?«

»Ich muss darüber nachdenken«, antwortete sie in Gedanken. »Lass uns ein anderes Mal darüber sprechen, Korbinian.«

Liebe Leserinnen,
seit wir Anfang September die ersten Schokoladennikoläuse in den Supermarktregalen entdeckt haben – Holzhammermethode! –, bewegen wir uns Schritt für Schritt auf Weihnachten zu. Vierzehn Wochen sind es noch bis zum Fest. Manche schreiten mit ruhiger Gelassenheit voran, wieder andere spurten dem Jahresende mit fliegender Hast entgegen. Im großen Sonderteil, der dieser IsaBELLA-Ausgabe beiliegt, finden sich zahlreiche Bastel- und Dekorationsideen rund um stimmungsvolle Herbstdekoration und das kommende Weihnachtsfest. Tipps für Eilige sind ebenso darunter wie Anleitungen zum Selbermachen von herbstlichen Kränzen, weihnachtlichen Serviettenringen und originellen Adventskalendern.
Und sollten Sie momentan auf der Suche nach der passenden Herbst- und Wintergarderobe sein, lassen Sie sich auf unseren Modeseiten inspirieren. (Aufgenommen wurde die Fotostrecke mit dem norwegischen Model Maia Indstom. Im Interview spricht die erfolgreiche Powerfrau von der Eröffnung ihres QI-Eishotels in Island und dem steinigen Weg dorthin.)
Zum Schluss noch eine Ankündigung der Redaktion. In den vergangenen Monaten haben

wir viele Meinungen und Anregungen zu unserer Kolumne »Grasgrün – Streifzug durchs Gartenjahr« erhalten. Die Quintessenz daraus: Die IsaBELLA-Leserinnen wünschen sich mehr praktische Anleitung und ruhig auch mal etwas Ausgefalleneres rund ums Thema Garten. Um diesen Wünschen zu entsprechen, wird es »Grasgrün« in dieser Form ab Januar 2014 nicht mehr geben. Stattdessen bauen wir mit dem kommenden Frühjahr unsere Gartentipps und auch die Rubrik Expertenrat aus. Auf diese Weise werden wir in Zukunft in jeder Ausgabe mehrere Zuschriften besprechen können. Unser Gartenteam, Karin Köhnig und Tilmann Weiz, freut sich auf Ihre Briefe oder E-Mails an:

IsaBELLA Zeitschriftenverlag,
Postfach 5640-X2D,
Expertenrat »GARTEN«,
89221 München
oder
t.weiz@redaktion-isabella.de
k.koehnig@redaktion-isabella.de

Ich wünsche Ihnen goldene Herbstwochen und schon heute eine besinnliche Vorweihnachtszeit, der Sie mit der nötigen Gelassenheit entgegengehen können. Bis zum Wiederlesen grüßt herzlich

Anette Reiser
Chefredakteurin

Vorwort der IsaBELLA-
Septemberausgabe 2013

25

Nachdem sie im aufkommenden Berufsverkehr steckengeblieben waren, passierten Annika und Victor um acht Uhr morgens das Kinsauer Ortsschild.

Victor war bedrückt, denn anscheinend hatte sie gar nicht bemerkt, ihn beim falschen Namen – obendrein beim Namen von Maria Bodels Geliebtem – genannt zu haben. Er fragte sich, ob es solche Verwirrtheitszustände gewesen waren, die Peter Gruber in den Tod getrieben hatten; vor denen die Pfarrhaushälterin ans andere Ende der Welt geflüchtet war; und die Vera von Bruckenheim zu einem unglücklichen Tod im Sanatorium verdammt hatten.

»Ich schüre gleich den Ofen an und schalte den Boiler im Bad ein, damit wir nachher heiß duschen können. Mein Handy sollte ich auch mal anstecken, der Akku ist schon eine ganze Weile leer.« Annika wirkte heiter und gelassen wie lange nicht mehr, als sie auf ihr Haus zuging, Im Vorbeigehen zog sie eine Handvoll Briefe und eine an sie adressierte *Isa*BELLA-Ausgabe aus dem Postkasten. Vermutlich eine der letzten Ausgaben, in denen *Grasgrün* noch erschien. »Merkwürdig«, meinte sie zu Victor. »Das Ende meiner Kolumne ist besiegelt, und es kümmert mich kaum. Noch dazu freue ich mich unbändig übers Heimkommen, obwohl wir immer noch nicht wissen, wie wir Maria helfen können. Das passt alles nicht zusammen, was meinst du?«

»Offen gesagt, als ich vorhin im Auto mit dir sprechen wollte, … über uns beide als Paar, da schienst du nicht recht bei der

Sache zu sein …« Victor hätte am liebsten auf der Stelle umgedreht und den Hof weit hinter sich gelassen.

»Wir beide als Paar?« Die Fragezeichen sprangen ihr förmlich aus den Augen.

»Wie auch immer.« Er winkte ab. »Lass uns ein andermal darüber reden.«

Im Haus war es kalt und still. Obwohl sie nur eine Nacht fort gewesen waren, hatte sich eine Atmosphäre der Verlassenheit über die Räume gelegt.

»Brennt auf Anhieb.« Annika klatschte in die Hände, als das Feuer im Küchenofen bereitwillig zu knistern begann. Sie war voller Energie, was Victor nur zu gerne auf die miteinander verbrachte Liebesnacht zurückführen wollte. Im Gegensatz dazu fühlte er sich kraftlos und erschöpft. Ihm ging nicht aus dem Sinn, wie sie ihn Korbinian genannt hatte. Das Echo ihrer Stimme schien noch immer in seinem Kopf widerzuhallen.

»Geh mal einen Schritt vom Ofen weg, du verbrennst dich noch.« Erschrocken sah Victor, wie nahe sie beim Feuer stand. »He, hörst du mich nicht?« Er packte sie beim Arm und riss sie vom Wamsler fort, ehe die Hitze ihre Kleider versengen konnte. Annika stolperte wie eine Puppe an seine Seite. »Was ist los mit dir?«

»Weshalb hältst du mi vom Kochen ab? Sie kemma doch glei heim vom Feld.«

Wo auch immer Annika gerade gewesen war, das Klingeln des Telefons holte sie in die Gegenwart zurück. »Ich gehe schnell ran.« Ihre Stimme klang völlig normal.

Victor seufzte schwer, als ihm klar wurde, wer am anderen Ende der Leitung war. Ausgerechnet Kathrin. Und ausgerechnet jetzt. Er hatte das Gefühl, gleich durchdrehen zu müssen. Vor der Unterbrechung durch das Telefon war Annikas Stimme eindeutig dialektgefärbt gewesen. So hatte er sie noch nie sprechen hören, einmal ganz abgesehen davon, wie wenig Sinn ihre Worte ergeben hatten.

»Mein Vater, ernsthaft?«, fragte Annika am Telefon ungläubig, woraufhin Victor versuchte, sich auf das Telefonat der Freundinnen zu konzentrieren. Anscheinend hatte Franz Burgdorfer gestern spätabends bei Kathrin angerufen, weil Annikas Handy den ganzen Tag ausgeschaltet und sie zu Hause nicht anzutreffen gewesen war.

»Wenn du Zeit und Lust hast, komm doch nachher einfach vorbei«, sagte Annika eine gefühlte Stunde später. »Dann erzähle ich dir alles ausführlich. Morgen? Klar, das passt mir auch.«

»Ausführlich?«, fragte Victor, als sie den Hörer auflegte. Der leise Spott, den er beabsichtigt hatte, klang nicht durch, denn Annikas Aussetzer jagten ihm eine Heidenangst ein. Im Auto war es nur ein falscher Name gewesen, doch nach dem Vorfall von vorhin ließ es sich nicht mehr leugnen – Annika zeigte erste Anzeichen geistiger Umnachtung, die sie selbst gar nicht zu bemerken schien. Was zum Teufel sollte er tun?

»Kathrin kommt morgen mal vorbei. Mein Vater hat gestern wohl spät bei ihr angerufen und einen ziemlichen Wirbel verursacht, weil ich nicht zu Hause war. Das ist ungewöhnlich für ihn. Ich rufe ihn besser mal an.« Sie ging hinüber ins Lesezimmer, um dort zu telefonieren.

»Das ging ja schnell.« Verwundert sah Victor auf, als sie kaum zwei Minuten später wieder bei ihm in der Küche stand.

»Er ist im Krankenhaus. Ich hatte Uli am Telefon. Unsere Mutter hat ihn aus ihrem Dubliner Hotelzimmer angerufen, um sich zu vergewissern, dass er den Termin wirklich wahrnimmt. Er muss für einige Tests über Nacht dort bleiben, was ihn scheinbar schier wahnsinnig macht. Du kennst ihn ja mittlerweile ein bisschen …«

Victor erging es auf dem Bodelhof kaum besser. Auch er

wurde schier wahnsinnig dabei, Annika regelrecht zu belauern, um nur ja keinen ihrer möglichen Aussetzer zu verpassen. Obwohl nichts Beunruhigendes mehr geschah, ließ er sie nicht aus den Augen, bis sie am Abend im Lesezimmer übermüdet einschlief. Und auch dann noch bewachte er ihren Schlaf.

Am Morgen saßen Victor und Annika beim Frühstück. Beide hingen ihren Gedanken nach. Victor ließ die Sorge, ob sie ihn vielleicht schon im nächsten Satz wieder beim falschen Namen nennen oder sich zu nahe an den Ofen stellen würde, keine Ruhe.

»Da läuft jemand über die Wiese.« Annika sah die Frau zuerst, die vom Fluss her über herbstgelbes, von Raureif überzogenes Gras stapfte. »Ich glaube, die will zu uns.«

Während die Frau sich zügig dem Hof näherte, begannen weiße Flocken gemächlich durch die Luft zu trudeln; unentschlossen, ob ihre Zeit schon gekommen war.

»Der erste Schnee.« Victor trat hinter Annika und zog sie in eine feste Umarmung. »Hast du unsere Besucherin erkannt?«

»Nein, du?«

»Auch nicht. Oder warte mal … Das kann doch unmöglich Emilia von Bruckenheim sein?«

Tatsächlich war es die junge Münchener Witwe, die sich wenig später scheu in der Küche umsah, ehe sie sich – ihre schlichte Umhängetasche auf dem Schoß – mit Annika und Victor an den Küchentisch setzte. »Mein Mann hätte viel darum gegeben, dieses Haus einmal zu sehen …« Emilia rührte ihren Tee mit dem Löffel. »Meine Jungs sind bei einer Freundin. Ich habe Ihnen ja gesagt, dass ich keine Familie mehr habe. Aber einige gute Freunde, die gibt es Gott sei Dank«, erklärte Emilia ungefragt. Ihre Nase schwebte über der dampfenden Teetasse. »Sicher fragen Sie sich, weshalb ich hier bin.« Sie hob den Blick.

»Das stimmt.« Victor empfand kribbelige Anspannung. »Ihr Besuch am frühen Morgen kommt unerwartet.«

»Natürlich sind Sie uns willkommen«, beeilte sich Annika zu versichern.

»Ich hätte nicht geglaubt, Sie beide überhaupt noch einmal wiederzutreffen«, entgegnete Emilia, die nervösen Finger in ihrem dunklen Zopf vergrabend. »Von meinem Schlafzimmerfenster konnte ich sehen, wie Sie gestern in aller Herrgottsfrühe abgefahren sind. Damit wollte ich es gut sein lassen, doch die Sache mit Vera hat mir den ganzen Vormittag über keine Ruhe gelassen. Vielleicht, weil ich mich meinem Mann dadurch wieder nahe gefühlt habe ... So oder so, ich habe die Kinder am Mittag bei meiner Freundin abgeliefert und mich auf Vera von Bruckenheims Spuren begeben.«

»Und Sie haben etwas herausgefunden?«, fragte Annika angespannt.

»O ja, das kann man wohl sagen. Ich weiß jetzt, weshalb meine Schwiegereltern so heftig reagiert haben, als mein Mann sich für Veras Lebensgeschichte zu interessieren begann. Es geht dabei nicht um fehlerhaftes Erbgut, das darf ich Ihnen versichern.«

»Und deshalb sind Sie hergekommen?«

»Ich weiß nicht, ob die Sache überhaupt etwas mit den Träumen zu tun hat, die Vera heimgesucht haben – und nun auch Sie, Annika. Im Grunde besteht für mich nicht die geringste Veranlassung, mich in die Sache einzumischen. Aber was ich herausgefunden habe, scheint mir so ungeheuerlich, dass ich einfach mit jemandem darüber sprechen muss.«

»Ganz egal, ob es für uns von Bedeutung ist oder nicht«, sagte Annika, »erzählen Sie es uns.«

»Ich habe weiter oben im Dorf geparkt.« Emilia trank ihre halbvolle Teetasse mit einem Schluck aus. »In der Nähe des Bushäuschens ... Ich bin schon frühmorgens angekommen und am

Fluss entlanggelaufen, weil ich mir nicht sicher war, was ich da eigentlich tat. Dann habe ich den Hof gesehen und ihn erkannt. Sie müssen wissen, es existieren Kinderzeichnungen von Vera, auf denen das Haus abgebildet ist. Könnte ich vielleicht einen Kaffee bekommen?«

»Natürlich.« Victor sprang beflissen auf. Emilias Anwesenheit und ihre labile Befindlichkeit, das alles schien ihm sehr merkwürdig.

»Was haben Sie herausgefunden?«, fragte Annika behutsam.

»Gestern Nachmittag bin ich zum ersten Mal wieder zu meinen Schwiegereltern gefahren, nachdem sie vor einem halben Jahr versucht haben, uns das Haus wegzunehmen. Ich weiß nicht, was ich mir erhofft oder erwartet habe, jedenfalls wollte ich mit ihnen über Vera sprechen. Was soll ich sagen – sie haben mich nicht einmal empfangen. Ich stand wie eine Idiotin vor diesem prunkvollen Eingangsportal und musste der Hausdame mein Anliegen schildern, nur um mich dann abweisen zu lassen.«

»Das klingt grässlich.« Am liebsten hätte Annika die Besucherin tröstend in den Arm genommen.

»Wenn die Eltern Ihres Mannes nicht über Vera sprechen wollten, was haben Sie dann herausgefunden?« Victor gelang es nicht, seine Neugier länger im Zaum zu halten.

»Die Hausdame – so nennen die Bruckenheims ihre fleißige Fee, die Köchin, Putzfrau und Haushälterin in einem ist – hat gesehen, dass ich in Tränen aufgelöst war, und bat mich über den Seiteneingang in die Küche. Ich weiß selbst nicht, wieso ich darauf kam, aber ich habe ihr von Ihnen beiden und der Sache mit Vera erzählt.«

»Und da hat sie Ihnen offenbart, etwas darüber zu wissen?«, riet Annika ins Blaue.

»Ja.« Vor Emilia auf dem Tisch lagen zwischenzeitlich eine

Menge dunkler Haare. »Mir war zwar bekannt, dass die Familie dieser Frau schon seit Generationen für die von Bruckenheims arbeitet, aber ich bin nie auf den Gedanken gekommen, sie einmal danach zu fragen. Mein Mann schon, wie ich erfahren habe, bloß hat sie ihm nichts verraten wollen.«

»Was hat sie Ihnen erzählt?« Unter dem Tisch griff Victor nach Annikas Hand.

»Ich will versuchen, mich auf die Fakten zu beschränken. Vera hatte einen älteren Bruder, Sebastian. Er besuchte eine höhere Schule, so dass die Geschwister einander meist nur während der Ferien auf dem Bodelhof zu sehen bekamen. Sebastian hat seine Schwester missbraucht. Sie wurde mit gerade mal dreizehn Jahren schwanger und gebar unter dem Deckmantel des Schweigens ein Kind. Der Sohn wurde ihr weggenommen und von der Familie Maler adoptiert – den treuen Bediensteten der von Bruckenheims. Bis heute erhalten die Malers jährlich eine gewisse Summe, damit das Schweigen gewahrt bleibt.«

»Schweigegeld.« Victor stieß die Luft aus. »Was für eine Sauerei.«

»Veras Träume begannen, nachdem ihr Bruder sie geschwängert hatte. Frau Maler nimmt an, dass Veras Tod im Sanatorium der Familie damals nicht ganz ungelegen kam. Ihr Bruder war zu der Zeit ein aufsteigender Stern am politischen Himmel Kaiser Wilhelms.«

»Nicht zu fassen.« Annika war aufgestanden und ging unruhig in der Küche auf und ab. »Der Bruder ist nie zur Rechenschaft gezogen worden?«

»Nein. Er hat relativ spät, in seinen Vierzigern, geheiratet und noch fünf eheliche Kinder gezeugt.«

»Und die Hausdame, die Ihnen das alles anvertraut hat, ist somit eine Nachfahrin von Veras Sohn, verstehe ich das richtig?«, fasste Victor zusammen.

»Sie haben da etwas gesagt, Emilia, was mir wichtig erscheint«, warf Annika ein. »Veras Träume begannen erst, nachdem ihr Bruder sie geschwängert hatte, nicht wahr?«

»Laut Frau Maler schon.«

»Und was, wenn …« Annika sah Victor aufgeregt an. »Was ist, wenn nur diejenigen Frauen von Maria träumen, die schon einmal schwanger waren? Schon einmal ein Kind in sich getragen haben wie Maria selbst?«

»Das kann nicht sein.« Victor schüttelte entschieden den Kopf. »Das würde bloß auf die Pfarrhaushälterin Angelina Liebst zutreffen und weder auf meinen Vater noch auf den Hausmeister Pepe und natürlich auch nicht auf deine Nichte.«

»Ich denke doch. Überleg dir mal, was genau wir darüber wissen.« Vor Aufregung gestikulierte Annika wild mit den Händen. »Dein Vater hat vermutlich den Geist der alten Maria gesehen, aber nie von ihr geträumt. Ebenso Hanna. Und auch von Peter Gruber ist uns nur die Erscheinung eines Geistwesens bekannt. Es wäre doch zumindest möglich, dass er nie auf die gleiche Art und Weise von Maria geträumt hat wie Vera, Angelina und ich.«

»Entschuldigung«, unterbrach Emilia. »Bis hierhin kann ich Ihnen nicht mehr folgen. Wenn dieses schändliche Familiengeheimnis Ihnen geholfen haben sollte, freut mich das.« Sie stand auf.

»Bleiben Sie noch«, bat Annika. »Es tut mir leid, wenn wir uns eben in Mutmaßungen verloren haben. Ich werde Ihnen gerne alles über Maria erzählen, was wir wissen. Ich finde, das ist das Mindeste, nachdem Sie uns so selbstlos geholfen haben.«

»Nicht ganz selbstlos.« Ein feines Lächeln spielte auf Emilias Gesicht. »In gewisser Weise habe ich das auch für meinen Mann getan. Er hätte seine Neugier nach Ihrem Besuch auf keinen Fall zügeln können. Jetzt muss ich zurück zu meinen Söhnen. Lassen Sie mich wissen, wie die Geschichte ausgeht.« Emilia von Bruckenheim griff in ihre Umhängetasche und zog einige laminierte Blätter hervor. »Veras Bilder. Ich finde, Sie beide sollten sie bekommen.« Damit entschwand sie durch die Terrassentür.

Nach Emilias Aufbruch sahen Annika und Victor die Bilder durch, die samt und sonders Ansichten des Bodelhofs zeigten. Ganz zuunterst fanden sie jene Zeichnung von Maria Bodel, die Bairich einst hatte anfertigen lassen, um seine Frau zu demütigen.

26

Am frühen Nachmittag warf Victor seinen Laptop an. Stundenlang hatte er mit Annika über Emilias überraschenden Besuch vom Vormittag gesprochen, sie hatten bis zur Erschöpfung Theorien aufgestellt und wieder verworfen. »Ich suche mal im Internet nach diesem Sebastian von Bruckenheim«, sagte er jetzt. »Wer weiß, vielleicht finde ich was Interessantes über seine Lebensgeschichte.«

»Gute Idee. Ich gehe gleich duschen, meinen wirren Kopf etwas klar bekommen.« Sie wählte die Nummer ihres Elternhauses. »Ich will nur eben noch meinen Vater fragen, wie es ihm im Krankenhaus ergangen ist.« Annika erreichte wieder nur ihren Bruder Uli.

»Er wird erst am späteren Nachmittag entlassen. Dann versuche ich es nachher noch mal. Ach, und wenn du schon dabei bist, google doch auch mal nach *Kind bleibt viele Jahre lang im Mutterleib*«, scherzte sie mit müden Augen.

»Mach ich, gleich nach *Baby verpasst Geburtstermin um Jahrzehnte*«, entgegnete Victor und wartete unwillkürlich auf einen lauten Knall vom Dachboden, der ihnen Marias Missmut über die Frotzelei verkünden würde. »Wobei, im Ernst, das ist vielleicht gar keine schlechte Idee. Wir haben noch nie in Bezug auf Marias Kind nachgeforscht.«

Wenig später hörte er, wie das Wasser in der Dusche angedreht wurde. Er hatte versucht, es sich nicht anmerken zu lassen, aber seine Sorge um Annika war nach wie vor groß. Hoffentlich würde das Stöbern im Internet ihm ein wenig Ablenkung verschaffen. Es war alles sehr viel gewesen in letzter Zeit. Nachdem er über Sebastian von Bruckenheim nicht viel mehr als Geburts- und Sterbedatum sowie die Namen seiner Frau und seiner Kinder hatte herausfinden können, griff er Annikas scherzhaft gemeinten Vorschlag auf und gab Folgendes in die Suchleiste ein: *Kind viele Jahre lang im Mutterleib.*

Die Suchmaschine lieferte unfassbare 542.000 Ergebnisse. Victor sah die ersten Treffer durch und fand zahllose Informationen, hauptsächlich darüber, was Föten schon im Mutterleib lernen und was sie von der Außenwelt bereits mitbekommen. Anscheinend ähnelte der erste Schrei eines Neugeborenen häufig dem Stimmmuster seiner Mutter. Beim Thema der *kindlichen Frühförderung im Mutterleib* schüttelte Victor ungläubig den Kopf. Nach kurzer Überlegung lautete seine nächste Anfrage: *Totes Kind bleibt im Mutterleib.*

Dieses Mal sah die Ergebnisliste tatsächlich vielversprechend aus. Er fand einige Berichte über Fälle von Zwillingsschwangerschaften, in denen der Körper des einen Zwillings den des anderen Zwillings vollständig resorbiert hatte. Schwach erinnerte er sich, zu diesem Thema einmal eine Dokumentation im Fernsehen gesehen zu haben.

Und dann entdeckte er ihn, den Artikel mit der reißerischen Überschrift: *Baby blieb 46 Jahre lang im Mutterleib.* Er hatte Mühe, seine Hände ruhig zu halten, um den Drucker anzuschließen. Schließlich gelang es ihm trotz seiner Aufregung, diesen und einige Folgeartikel zum Thema auszudrucken. Kaum hatte er sich eingelesen, riss das Läuten an der Tür ihn aus seiner Versenkung. Er hieb sich mit der Faust fest in die Handfläche. Aber immerhin ahnte er jetzt, was mit Marias Kind geschehen war. Er brannte darauf, Annika die Artikel zu zeigen. Da fiel ihm auf, wie lange sie schon duschte. Er erschrak.

»Hallo Victor.« Kathrin begrüßte ihn mit Küsschen auf beide

Wangen. Sie trug einen Rucksack und wirkte so gut gelaunt, wie er sie noch nicht erlebt hatte. »Ich hätte ja nie geglaubt, dass sie dir verzeiht.«

»Hi.« Victor trat zur Seite, um die Besucherin einzulassen. Ihre Bemerkung ließ er unkommentiert. »Stimmt, du wolltest heute ja vorbeikommen.«

»Komme ich ungelegen? Soll ich wieder gehen?« Sie klang eine Spur beleidigt.

»Quatsch, komm rein.« Natürlich passte ihm ihr Besuch nicht, aber das konnte er ihr natürlich nicht ins Gesicht sagen. »Ich will nur eben nach Annika sehen.« Schon eilte er in Richtung Badezimmer davon.

»Weshalb?« Kathrin folgte ihm auf dem Fuß. »Was ist los mit ihr?«

»Gar nichts. Sie steht bloß unter der Dusche – für meinen Geschmack schon etwas zu lange. Sie duscht sonst nie länger als zehn Minuten.« Victor klopfte an die Badezimmertür. »Annika? An-ni-ka!« Vermutlich hörte sie ihn wegen des laufenden Wassers nicht.

»Wie lange duscht sie schon?«

»Eine halbe Stunde bestimmt.«

»Beruhige dich, du bist ganz blass um die Nase«, beschwichtigte Kathrin. »Dann duscht sie heute eben mal länger. Oder glaubst du, sie träumt wieder?« Ihre Stimme klang lauernd.

»Keine Ahnung. Lass uns besser mal nachsehen.«

Kathrin drückte probehalber die Klinke. »Ist abgeschlossen.«

Von drinnen war weiter das monotone Plätschern des Duschwassers zu hören. »Annika müsste ganz einfach unter der Dusche singen, dann wüssten wir, dass sie wohlauf ist.«

»Sie singt aber nicht unter der Dusche«, sagte Victor patzig. Kathrin ging ihm auf die Nerven. Fairerweise musste er zugeben, dass dies erst so war, seit er sie verdächtigte, eine Affäre mit Daniel Hohen zu haben. Zuvor war sie ihm sympathisch gewesen. Wahrscheinlich hatte er sich ohnehin nur eingebildet, ihre Stimme zu erkennen. »Warte kurz, ich komme gleich wieder.« Im früheren Stall und späteren Salon der von Bruckenheims war reichlich Werkzeug deponiert, das Uli und Max für die Renovierungsarbeiten brauchten. Victor wurde schnell fündig.

»Was hast du vor?« Kathrin musterte skeptisch das Brecheisen in seiner Hand.

»Wonach sieht es denn aus? Schau nicht so, ich werde Annika den Schaden an der Tür schon bezahlen.« Er setzte das Brecheisen an. »Machst du dir eigentlich gar keine Sorgen?«

»Falls Anni wieder von dieser Frau träumt, finde ich es eher aufregend«, gab Kathrin zu.

»Klingt ja fast so, als würdest du sie beneiden. Das ist ziemlich dumm von dir«, konnte Victor sich nicht zurückhalten. »Da drinnen läuft seit einer gefühlten Ewigkeit die Dusche. Wenn Annika träumt, ist ihr Zustand mit einer Trance oder Ohnmacht gleichzusetzen. Dämmert es dir langsam?«

»O nein!« Anscheinend war ihr wirklich nicht klar gewesen, wie bedrohlich die Situation für Annika werden konnte. »Beeil dich!«

Victor stemmte sich ächzend gegen das Brecheisen.

»Du hättest sie nie allein unter die Dusche gehen lassen dürfen, wo du wusstest, wie gefährlich …«

»Halt bloß den Mund«, knurrte Victor.

Die Tür sprang krachend auf. Das Badezimmer hing voller Dampf. Von den Wänden perlte Kondenswasser. Victor spürte Kathrin so dicht hinter sich, dass sie ihm fast auf die Füße trat. Ein schriller, erschrockener Schrei aus der Dusche ließ die Eindringlinge zusammenfahren.

»Himmel Herrgott«, schimpfte Annika und streckte den Kopf aus der Dusche. »Was soll das? Ihr habt mich fast zu Tode erschreckt.« Sie drehte das Wasser ab und wickelte sich in ein großes Handtuch.

»Wir haben uns Sorgen gemacht. Du warst so lange unter der Dusche, da …«

»Er hat überreagiert«, korrigierte Kathrin und verdrehte die Augen. »Ich fand es ja gleich ein wenig übertrieben, die Tür mit einem Brecheisen aufzuhebeln …«

»Solche Angst hattest du um mich?« Annikas Blick wurde weich, als sie Victor ansah. Nass wie sie war, umschloss sie ihn für einen kurzen Moment mit den Armen und hinterließ feuchte Flecken auf seinen Kleidern.

»Hab ich was verpasst? Seid ihr jetzt fest zusammen?«, fragte Kathrin verwirrt. »Davon hast du mir am Telefon aber nichts erzählt.«

»Ich weiß es nicht, offen gesagt«, erklärte Annika aufgeräumt. »Darüber haben wir noch nicht gesprochen.«

In Victor zog sich alles zusammen. Es blieb dabei – sie hatte nichts von dem mitbekommen, was er ihr im Auto gesagt hatte.

»Ich fand Victors Reaktion zwar ein wenig übertrieben, aber ich habe mir schon auch Sorgen um dich gemacht«, beteuerte Kathrin etwas schmallippig.

»Auch eine nasse Umarmung gefällig?«, grinste Annika.

»Nein danke.« Kathrin wich schnell aus. »Du hast also nicht von Maria geträumt?«, vergewisserte sie sich.

»Schon wieder? Nein, ich bin vollauf damit beschäftigt, den gestrigen Traum zu verarbeiten … Weshalb kommt er denn it?«

»Hä?«

»Wer kommt nicht?« Sofort war Victor an ihrer Seite und suchte ihren Blick.

»Korbinian müsst längst da sei.« Annika sah durch ihn hindurch. Als ihre Beine einbrachen, reagierte er gerade schnell genug, um sie aufzufangen.

»Ich fass es nicht!«, rief Kathrin. »Sie träumt wieder.«

»Bist du noch ganz dicht? Du scheinst ja richtiggehend begeistert.« Victor war nahe dran, Annikas bester Freundin den Hals umzudrehen.

»Unsinn.«

»Okay«, mahnte er sich selbst zur Ruhe. »Ich lege Annika im Lesezimmer auf die Couch.«

Kaum war Victor zur Tür hinaus, zog Kathrin ihr Handy aus der Tasche und drückte die Kurzwahltaste. Während das Klingelzeichen ertönte, wippte sie nervös mit den Füßen. »Ich bin auf dem Hof«, flüsterte sie, als abgenommen wurde. »Annika träumt wieder. Etwas geht vor sich, das ganze Haus scheint den Atem anzuhalten. Ich werde noch einmal versuchen, den Kontakt ins Jenseits herzustellen.«

»Verstehe.« Daniel Hohen legte auf.

*

Zehn Tage überlebt Maria das aufwühlende Wiedersehen. Zehn Tage, in denen Korbinian kaum von ihrer Seite weicht. Dann stirbt sie, sein Gesicht vor Augen, als er sie einen Herzschlag lang verlässt, um Wasser für sie zu holen.

Marias letzter Gedanke gilt dem Kindlein, das sie bald in den Armen halten wird.

~~~

Korbinian wäscht die Tote, salzige Tränenspuren auf dem Gesicht, da betritt Bairich die Kammer.

»Schaugt aus, als bräucht ma niemand fürs Aufbahren, wo du jetzad da bist.« Er vermeidet es, die Verstorbene anzusehen. Wie sie daliegt, starr und bleich, jagt sie ihm Schauder über den Rücken.

»I mach des.«

»Guat. Wär mir recht, wennst a glei die Totenwach übernimmst. Host se ja doch amol gern ghabt, gell.«

Korbinian nickt grimmig.
~~~

»I bleib dem Hof daweil fern. War mir no nia ganz geheuer mit so am Leichnam unter meim Dach.«

»Sie war dei Frau«, knurrt Korbinian.

»Gmocht hots mi nia«, entgegnet Bairich.

»Glaub it, Bauer, i wüsst it, wer mi damals vor da Hochzeit ausm Weg gräumt hot. Wenns nach dir ganga wär, dann wär i im Lech abgsoffen wia a räudiger Hund. Die Maria hot recht ghabt damals – mir hättn di anzeign solln.«

»I an deiner Stell tät keine schlafenden Hunde wecken«, sagt Bairich drohend und geht.

Korbinian spricht mit der Toten, erzählt ihr von seinem Leben, schiebt auf, was zu tun ist, und bittet sie immer wieder um Verzeihung. Rauft sich die Haare und weint. Hat Angst. Dann ist es Nacht geworden, und der Nachttisch scheint ihn höhnisch anzulachen.

Er stellt Kerzen auf, er betet.

Gegrüßet seist du Maria, voll der Gnade,
der Herr ist mit dir,
du bist gebenedeit unter den Frauen,
und gebenedeit ist die Frucht deines Leibes Jesu,
der in uns den Glauben vermehre.

Korbinian nimmt das Messer heraus, legt es auf den Nachttisch.

Er hat keine Ahnung, wie es sich anfühlt, menschliche Haut zu durchschneiden. Hat keine Ahnung, ob es bluten wird; ob ein Leichnam bluten kann.

Heilige Maria, Mutter Gottes,
bitte für uns Sünder
jetzt und in der Stunde unseres Todes.

Zögerlich umfasst er Marias Leib, den er zur Gänze entkleidet hat, rollt ihn zur Seite. Breitet ein dickes Laken über Marias Seite des Bettes und legt sie darauf. Er erinnert sich, wie schön sie in ihrer Jugend war, wie sehr er sie geliebt hat. Erinnert sich an ihr Lachen.

Ehre sei dem Vater
und dem Sohn
und dem Heiligen Geist
wie im Anfang so auch jetzt
und in alle Zeit und in Ewigkeit
Amen.

Korbinian beugt sich über Maria und küsst zart ihre erkalteten Lippen. Er kann das Zittern seiner Hände nicht kontrollieren.

»Bei Gott, Maria, i machs jetz, weil i's dir gschworen hob, weil i di gliebt hob und weil i a des Kindle von Herzen gern gliebt hätt.« Mit diesen Worten drückt er seine Lippen auch auf den schwangeren Bauch, greift nach dem Messer und öffnet ihren Leib.

27

Sturmgeläut an der Haustür schreckte Franz Burgdorfer auf. Nach dem Untersuchungsmarathon in der Klinik war er selbst erst vor wenigen Minuten nach Hause gekommen.

»Wir müssen auf der Stelle etwas unternehmen.« Daniel platzte schwer atmend ins Haus und marschierte direkt ins Wohnzimmer. »Kathrin hat mich eben angerufen. Annika ist nicht ansprechbar. Ich weiß nicht, was da vor sich geht, aber ich werde nicht zulassen, dass sie ihre Gesundheit oder gar ihr Leben aufs Spiel setzt. Ihr hättet viel eher etwas unternehmen müssen!«, wetterte er.

»Das bedeutet, Anni ist wieder da? Ich habe vorgestern zu ihr gehen wollen, aber …«

»Sie ist gestern Morgen zurückgekommen. Du musst auf der Stelle dort unten nach dem Rechten sehen, Franz. Ich habe mich inzwischen beraten lassen, von kundigen Ärzten. Es klingt nicht schön, ich weiß, aber sie braucht medizinische Hilfe.«

»Alles ist besser, als sie zu verlieren«, entgegnete Franz bedrückt. »Du glaubst nicht, was ich mir für Sorgen um meine Tochter mache.«

»Dann fahr hin und überzeug dich selbst von ihrem Zustand.« Daniel legte eine Hand auf Franz' Schulter.

»Das werde ich.« Franz Burgdorfer war bereits auf dem Weg zur Tür und schlug die Ratschläge der Ärzte, sich nach all den Untersuchungen zu schonen, in den Wind.

»Hältst du mich bitte auf dem Laufenden?« Daniel warf ihm einen bittenden Blick zu.

»Das brauche ich nicht. Du kommst mit mir.«

»Wie du willst.« Daniel schlug die Augen nieder, um den Triumph darin zu verbergen.

*

»Da kommt wer! Ich mache auf!«

Victor saß neben Annika, deren Geist in der Vergangenheit weilte, auf der Sofakante und hielt die Ausdrucke aus dem Internet in der Hand. Am Rande registrierte er, dass Kathrin die Treppe herunterkam. Annikas Freundin war vor einer ganzen Weile zur Toilette gegangen und nicht wiedergekommen. Bloß, im ersten Stock gab es keine Toilette. Was hatte sie oben gemacht?

»Sie sollten sich schämen!« Franz Burgdorfer donnerte wie ein Bulldozer in den Raum und drängte Victor von der Couch, um bestürzt neben seiner Tochter auf die Knie zu sinken. Für einen Augenblick überlagerte Pepes Gesicht Annikas Antlitz, und Franz musste sich zusammenreißen, um nicht panisch zu werden. »Ihretwegen liegt sie hier«, schmetterte er Victor seine Anklage ins Gesicht. »Wegen Ihrem Vater habe ich meinen besten Freund verloren. Er trägt Schuld an Peters Tod, denn er hat ihn mit seiner Spinnerei in den Wahnsinn getrieben. Und jetzt sind Sie gekommen, um mir Annika zu nehmen.« Er klang verzweifelt, und seiner kehlkopflosen Stimme, die er sich über Jahre hart erarbeitet hatte, fehlte die Kraft.

»Das ist nicht wahr, Herr Burgdorfer. Ich sorge mich genau wie Sie um Annika. Vorgestern war sie schon einmal über eine Stunde in diesem Zustand. Es scheint, als würden die Abstände kürzer.«

»Und da fällt Ihnen nichts anderes ein, als einfach abzuwarten?«

»Sicher wird sie bald aufwachen. Ich habe das ja nun ein paarmal miterlebt.« Victor wollte Annikas Vater ebenso wie sich selbst beruhigen. Es fiel ihm schwer, die Vorwürfe einfach an sich abprallen zu lassen.

»Verschwinden Sie! Von nun an kümmere ich mich um meine Tochter.«

»Kommt nicht in Frage.« Victor verschränkte die Arme. »Ich denke nicht daran, Annika im Stich zu lassen.« Ein dezentes Räuspern bei der Zimmertür ließ ihn herumfahren. Dort stand Daniel Hohen neben Kathrin. »Was wollen Sie denn hier?«

»Ich will Annika helfen. Das hätte ich längst tun sollen.« Daniel baute sich vor Victor auf. Ein leichtes Stirnrunzeln ließ seinen Unmut darüber erkennen, dass dieser ihn überragte. »Wir übernehmen jetzt«, sagte er.

»Auf welchem Stern leben Sie denn?«, lachte Victor ungläubig. »Annika hat sich von Ihnen getrennt. Sie sollten gar nicht hier sein.«

»Wir mögen uns für den Moment auseinandergelebt haben, aber das bedeutet nicht, ich würde Annika nicht mehr lieben. Und wenn der ganze Zauber hier vorbei ist, wird sie erkennen, dass auch sie mich noch immer liebt.«

»Interessant.« Victor juckte es in der Hand, Hohen sein dämliches Maul zu stopfen. Er beherrschte sich, weil so niemandem geholfen wäre. »Sie sind ja völlig verblendet, Mann. Annika wünscht sich, dass Sie endlich ganz aus ihrem Leben verschwinden.«

»Verschwinden sollten Sie, wie Franz bereits vorgeschlagen hat.«

»Daniel.« Kathrin war dem Wortwechsel stumm gefolgt. »Anni hat Victor wirklich gern. Du darfst ihn nicht wegschicken. Und weshalb erzählst du, du würdest sie noch lieben?« Sie klang zutiefst gekränkt.

»Schon gut, wir reden später«, winkte Hohen ab. »Wenn es dir recht ist, Franz, werde ich mich zusammen mit Kathrin darum kümmern, dass ein Arzt kommt und sich Annika ansieht.

Ein Freund von mir ist ein ausgezeichneter Allgemeinmediziner mit der Fachrichtung Neurologie. Es dürfte allerdings eine gute Stunde dauern, bis er hier sein kann. Sollen wir lieber den Notarzt rufen, was denkst du?«

»Ruf deinen Freund an.« Franz Burgdorfer streichelte Annikas Hand, ohne sich erinnern zu können, wann er das zuletzt getan hatte. »Es kann nicht schaden, wenn ein Experte sie sich ansieht.« Er war so durcheinander, dass der Gedanke, es wieder mit einer Ladung Wasser zu versuchen, ihm nicht in den Sinn kam.

»Sie entschuldigen mich.« Kurz nach Daniel und Kathrin verließ auch Victor das Zimmer.

Annikas Vater würdigte sein Weggehen keines Blickes. Leise stieg Victor die Treppe hinauf, denn von oben erklangen Stimmen. Er war noch immer außer sich vor Sorge, wusste Annika aber bei ihrem Vater in guten Händen. Jetzt war er fest entschlossen herauszufinden, was zwischen Kathrin und Daniel Hohen vorging.

*

Bairich steht im Türrahmen und beobachtet Korbinian. Eine Gänsehaut überzieht seinen Körper, als der einstige Rivale einen steinernen, unfertigen Fötus aus Marias Leib holt und ihn haltlos weinend in den Armen wiegt. Das Kind ist männlichen Geschlechts und bräunlich gefleckt. Seine Knie sind angewinkelt, die Augen von feinen Lidern bedeckt, seine Gliedmaßen – Arme und Beine, Finger- und Zehenknospen – deutlich zu erkennen.

Korbinian scheint nicht mehr von dieser Welt. Seine blutigen Finger zeichnen ein Kreuz auf die Stirn des Steinkinds. »Josef sollst hoaßn, nach meim Vatter«, flüstert er und zieht, den steinernen Sohn weiter behutsam schaukelnd, eine Decke über Marias geschundenen Körper.

»I sorg dafür, dass er immer bei dir sei wird«, verspricht er.

Bairich denkt fieberhaft nach. Ein versteinertes Kind, wo hat man so was schon gehört! Welche Möglichkeiten sich dem Besitzer eines solchen Monstrums auftun würden! Man könnte es für viel Geld verkaufen. Oder, vielleicht besser noch, es für alle diejenigen ausstellen, die bare Münzen dafür springen lassen.

Auf leisen Sohlen schleicht er unbemerkt davon und kehrt ebenso unbemerkt zurück. In der Hand hält er einen Schürhaken.

Als Korbinian das Kind neben Maria betten will, schleicht er sich hinter ihn und zieht ihm den Schürhaken über den Schädel. Korbinian sackt zusammen. Noch einmal und noch einmal schlägt Bairich zu, dann rührt Korbinian sich nicht mehr.

Der Bodelbauer keucht heftig. Bereuen tut er den Mord nicht. Doch sieht er beklommen, dass das Steinkind, den Händen seines Vaters entglitten, aufs Bett gefallen und auf dem Bauch der Toten zum Liegen gekommen ist. Dort, wo es die letzten Jahrzehnte sicher im Mutterleib verbracht hat.

Mit Harke und Schaufel beladen geht Bairich nach draußen und hebt, beschienen vom Mondlicht, ein tiefes Grab im Gemüsebeet aus. Niemand sieht den Bodelbauern auf seinem verwaisten Hof. Niemand zweifelt später seine Geschichte an: Durch Korbinians Rückkehr frisch erstarkt, hat sich Maria, die Bodelbäuerin, mit ihrem Liebsten auf und davon gemacht.

*

»Du darfst mich nicht im Stich lassen. Ich brauche deine Unterstützung.« Daniel nahm Kathrin fest bei den Armen.

»Lass mich los! Was du unten gesagt hast, dass du Annika noch liebst und so … Weshalb klang das so überzeugend?«

»Verstehst du denn nicht, Liebes? Der Arzt wird in einer Stunde hier sein. Wir wissen nicht, wie gefährlich Annikas Bewusstlosigkeit ist, was diese Geschichte mit ihrem Hirn anstellt. Normal ist das jedenfalls nicht. Würde mich persönlich nicht wundern, wenn mein Freund dringend zu einer Einweisung in die Psychiatrie raten würde. Immerhin ist er Experte der Neurologie. Wenn es so weit kommen sollte, ist es wichtig, dass Franz auch meiner Meinung Bedeutung beimisst. Und das wird er, wenn er glaubt, ich liebe sie noch.«

»Deiner Meinung nach gehört Annika in die Psychiatrie? Ich habe langsam das Gefühl, mein Kopf platzt, Daniel. Ich glaube nicht, dass ihre Bewusstlosigkeit dergleichen rechtfertigt. Wir haben bei der letzten Séance schließlich beide den Geist gesehen, der hier umgeht. Und wir sind uns doch einig, nur ihr Bestes zu wollen?«

»Natürlich, Liebes. Komm her.« Daniel bedeckte ihren Nacken mit Küssen.

»Du weißt, ich mache mir auch Sorgen um Anni.«

»Das weiß ich doch. Noch ist ja auch gar nicht heraus, wie der Arzt ihren Zustand einschätzen wird«, beschwichtigte Daniel. »Ich glaube es zwar nicht, aber vielleicht ist ja alles harmloser, als es aussieht.«

»Das hoffe ich«, seufzte Kathrin schwer und zögerte einen Augenblick, ehe sie sich eng an Daniel schmiegte. »Was denkst du, wo wir im Moment ohnehin nur abwarten können … Jetzt wäre die Gelegenheit da, es noch mal mit einer Séance zu versuchen.« Die Sehnsucht nach ihrer toten Schwester hatte Kathrin Reiter fest im Griff. »Es ist zwar nicht mehr früh am Morgen, aber ich habe alles vorbereitet, soweit es möglich war.« Sie wies auf das Ouija-Brett und die Kerzen. Beides hatte sie aus ihrem Rucksack geholt. »Unten sind sie abgelenkt. Lass uns die Tür abschließen und es versuchen. Du hast doch versprochen, mir zu helfen.«

»Das kann ja wohl nicht wahr sein!«, wetterte Daniel. »Deine beste Freundin liegt in Trance – was auch immer ihr wirklich fehlt –, und du denkst an nichts anderes als an deine tote Schwester. Vielleicht trägt Annika am Ende einen schweren Hirnschaden davon. Wie kannst du da deine alberne Séance planen? Was bist du nur für ein Mensch?« Er gab vor, die Fassung zu verlieren, denn er fand es zunehmend schwieriger, Kathrin zu lenken. Mit ihrer törichten Hoffnung, Kontakt zu ihrer toten Schwester herzustellen, kam sie seinen Plänen in die Quere.

»Daniel …«

»Sag ehrlich, willst du deiner Freundin überhaupt helfen?« Daniel setzte ein betroffenes Gesicht auf und ließ sie nicht zu Wort kommen. »Und was bin ich für dich? Liebst du mich wirklich? Oder benutzt du mich nur als Mittel zum Zweck, damit ich mich mit dir in einen Kerzenkreis setze?«

»Natürlich liebe ich dich!« Kathrin warf sich rasch in seine Arme. »Etwas anderes darfst du nicht denken, du Dummer.«

»Dann lass uns gemeinsam dafür sorgen, dass Annika die bestmögliche Hilfe bekommt. Anschließend kümmern wir uns wieder um deine Séance, okay?«

»Okay.«

»Fragt sich nur, wer hier wem Mittel zum Zweck ist.« Kopfschüttelnd zog Victor sich von der Schlafzimmertür zurück. Drinnen war es still geworden. Vermutlich besiegelten die beiden ihre Abmachung mit einem langen Kuss. Er hatte genug gehört. Hut ab vor diesem Hohen, der sich so blendend darauf verstand, Menschen zu manipulieren. Victor zweifelte nicht daran, dass dessen einzige Absicht darin lag, sich in Annikas Leben zu drängen, um sich an ihr zu rächen. Der Kerl war ein astreiner Stalker, der den Umweg über Kathrin gewählt hatte, um an Informationen aus erster Hand zu gelangen. Wahrscheinlich gab es ihm einen Kick, auf vertrautem Fuß mit ihrem Vater zu stehen und dessen Gedanken mit seinen üblen Einflüsterungen zu vergiften. Für Hohen mussten Annikas Träume eine grandiose Fügung des Schicksals sein. Was Kathrin anbelangte, war Victor nicht sicher. Scheinbar war sie in Hohen verliebt und hatte obendrein eine Art Geisterbeschwörung ihrer toten Schwester im Sinn, für die sie seine Hilfe brauchte.

Ein Blick auf die Uhr im Flur verriet ihm, dass Annikas Zustand seit zweieinhalb Stunden andauerte. Das war länger als jemals zuvor. Beim Betreten des Lesezimmers fand er sie ebenso reglos auf der Couch, wie er sie verlassen hatte. Etwas aber war verändert, denn Franz Burgdorfer wurde mittlerweile von seinen Söhnen flankiert.

»Eine schöne Scheiße«, sagte Max zur Begrüßung. Seine gewohnte Unbekümmertheit schien ihm beim Anblick der träumenden Annika abhandengekommen zu sein.

»Ich schätze, Daniel und Vater haben recht.« Uli rieb sich die Schläfen. »Sie braucht einen Arzt, und vielleicht ist ein Neurologe gar keine schlechte Wahl …«

»Spinnst du? Ein Neurologe ist keine schlechte Wahl? Falls du damit andeuten willst, Annika sei irgendwie durchgeknallt«, widersprach Max, »dann ist das völliger Humbug. Sie mag zwar gerade nicht ansprechbar sein, aber das bedeutet doch noch lange nicht, dass mit ihrem Hirn etwas nicht stimmt. Sonst könntet ihr auch gleich einen Psychiater hinzuziehen.«

»Entschuldigt, ich habe auch etwas zu sagen«, mischte sich

Victor ein. »Annika muss weg vom Hof, das denke ich auch. Was allerdings diesen Hohen betrifft …«

»Der Arzt meint, er kann in einer knappen Stunde vor Ort sein«, fiel Daniel Victor ins Wort, der eben mit Kathrin ins Zimmer getreten war. »Was wollten Sie gerade über mich sagen?« Er warf Victor einen giftigen Blick zu.

»Ich wollte sagen, dass Sie ein durchtriebener Hund sind und man Ihnen nicht trauen darf. Sie haben eine Affäre mit Kathrin mit dem einzigen Ziel, sich an Annika zu rächen, weil die Sie verlassen hat. Sie spekulieren auf eine Zwangseinweisung, habe ich recht?«

»Das ist doch Blödsinn«, lachte Uli ungläubig. »Sorry, Victor, aber das kann unmöglich sein.«

»Natürlich kann das nicht sein«, ergriff Franz Burgdorfer Daniels Partei. »Daniel ist ein Ehrenmann, und unsere Kathrin ist ein gutes Mädel. Sie sollten sich schämen, derart infame Gerüchte in die Welt zu setzen.« Er sah Victor voller Verachtung an.

»Ich habe die zwei schon seit einer Weile in Verdacht. Als ich oben beim Schlosswirt wohnte, lag Hohens Zimmer neben meinem. Man konnte seine weibliche Besucherin nicht überhören. Mehrmals habe ich mich beim Klang der Stimme an Kathrin erinnert gefühlt. Obendrein hat auch die Wirtin so etwas angedeutet.«

»Sie sind ein abscheulicher Lügner.« Daniels Brustkorb schien sich vor Empörung geradezu aufzublasen.

»Ach ja? Weshalb habe ich dann eben ein eindeutiges Gespräch mit angehört, das Sie mit Kathrin im Schlafzimmer geführt haben? Begreifst du eigentlich nicht, Kathrin, dass der Typ dich nach Strich und Faden verarscht?«

Kathrin schüttelte mit aufeinandergepressten Lippen den Kopf.

»Du versuchst dich tatsächlich als Geisterbeschwörerin deiner Schwester, stimmt's? Und Daniel hat versprochen, dir dabei zu helfen.« Obwohl Annikas beste Freundin förmlich in sich zusammensackte, konnte Victor darauf keine Rücksicht nehmen.

»Heike? Ohne Witz?« Max gaffte Kathrin halb empört, halb mitleidig an. »Du willst deine Schwester von den Toten auferstehen lassen?«

»Nur, um ein einziges Mal mit ihr zu sprechen«, flüsterte Kathrin kaum hörbar.

»Dann ist es wahr?« Uli hatte ebenfalls Lunte gerochen. »Du hast eine Affäre mit Daniel?«

»Nein, hat sie nicht!«, fuhr Hohen wütend dazwischen. »Was denkt ihr bloß über uns?«

»Und wenn es doch stimmt?«, fragte Kathrin mit brennenden Wangen. »Wäre es denn so furchtbar schlimm, wenn wir uns ineinander verliebt hätten? Daniel will nur das Beste für Anni, das weiß ich.«

»Ist das so, Junge?« In Franz Burgdorfers Gesicht zuckte es. Er ließ Hohen nicht aus den Augen.

»Ihr kennt mich seit Jahren«, wich Daniel geschickt aus. »Was wisst ihr andererseits über diesen Victor? Vertraut ihr ihm tatsächlich mehr als mir, der ich Annika von Herzen liebe?« Jetzt wurde er melodramatisch, um das drohende Kippen der Stimmung zu verhindern. »Dieser Mann hat Annika von Anfang an belogen und zum Narren gehalten. Ich hingegen war immer ehrlich, zu ihr genau wie zu euch.«

»Sorry, Victor, aber ich glaube Daniel.« Uli strich sich müde über die Stirn. »Es stimmt, wir kennen ihn sehr viel länger als dich, und ich habe nicht vergessen, wie unendlich traurig Annika war, als sie von der Hütte in Österreich zurückkam und ich sie daheim abgesetzt habe. Du hast ihr sehr wehgetan – und vor allem hast du sie schon einmal übel belogen.«

»Eben.« Hohen hatte wieder Oberwasser. »Vielleicht sollten

wir Herrn Rautenstein alle zusammen hinausbegleiten, was denkt ihr?«

»Tut mir den Gefallen, Jungs«, brummte Franz Burgdorfer.

»Es wird wirklich besser sein, wenn du gehst.« Uli sah Victor entschuldigend an. »Wir kümmern uns gut um Annika, versprochen.«

»Stopp«, unterbrach Max mit lauter Stimme. »Seid ihr alle übergeschnappt? Es kann nicht euer Ernst sein, Victor aus dem Haus werfen zu wollen! Das steht keinem von euch zu. Und was ist mit dir los, Kathi?«

»Du hast schon wieder behauptet, Annika zu lieben«, klagte Kathrin und bekam einen Schluckauf, so heftig musste sie weinen. »Das sagt er doch nicht nur, um euch auf seine Seite zu ziehen. Ich glaube dir nicht mehr, Daniel. Sag mir die Wahrheit! Ich mag naiv sein, aber ganz für blöd verkaufen kannst du mich nicht!«

»Worauf willst du hinaus?« Hohen sah Kathrin fassungslos an. »Natürlich liebe ich Annika. Ich habe nie etwas anderes behauptet.«

»Hast du wohl!« Hektische rote Flecken zeigten sich auf ihren Wangen. »Du hast gesagt, dass du mich schon begehrt hast, als du noch mit Annika zusammen warst.«

»Die Frau ist doch irre.«

»Du hinterhältiges Schwein.« Kathrin schien so tief verletzt, dass für einen Moment alle im Raum Mitleid mit ihr hatten.

»Jetzt sag die Wahrheit, Kathi.« Max trat vor sie hin. »Es stimmt, was Victor erzählt hat, oder? Daniel und du, ihr habt was miteinander …?«

Sie nickte und warf sich ihm schluchzend in die Arme. »Er hat mich über Annika ausgehorcht, und ich dumme Kuh hab alles weitergetratscht, was ihr in letzter Zeit widerfahren ist. Aber ich hab ehrlich geglaubt, Daniel meint es gut. Er wollte sich erst zu unserer Liebe bekennen, wenn es Anni besser geht«, stieß sie hervor.

»Wie konntest du nur so blöd sein?«, schimpfte Max. »Das darf doch echt nicht wahr sein!«

Victor kniete sich derweil neben die träumende Annika. Er war zutiefst erleichtert, dass die Sache sich aufzuklären schien. Den Rest sollten die anderen regeln, er hatte das dringende Bedürfnis, Annikas leblose Hand ganz fest zu halten. Stillschweigend rückte Franz Burgdorfer zur Seite, um Victor Platz zu machen. Näher würde er einer Entschuldigung vermutlich nicht kommen.

»Lass mich mal los, Kathrin.« Max schob die Weinende von sich, fixierte Daniel und verpasste ihm einen Kinnhaken, der sich gewaschen hatte. »Verschwinde, du elender Dreckshund. Und wag es nicht, meiner Schwester oder Kathrin noch einmal nahe zu kommen.«

»Ich habe nicht mit Kathrin geschlafen«, versuchte Daniel es ein letztes Mal und hielt sich den schmerzhaft pochenden Kiefer. Niemand sah ihn mehr an. Lediglich Max machte sich die Mühe, ihn mit offensichtlicher Befriedigung in Richtung Tür zu schubsen.

»Max, hör auf!« Uli hielt ihn zurück. »Der verklagt dich doch wegen Körperverletzung.«

»Allerdings.« Daniels Gleichgewichtssinn hatte unter dem rechten Haken gelitten. Taumelnd stand er im Türrahmen. »Ich verklage euch alle, die ganze Bande!« Er spuckte aus. Sein Speichel war von blutigen Schlieren durchzogen.

»Raus!« Franz Burgdorfer erhob sich. Irgendetwas an der Haltung des älteren Mannes bewegte Hohen, seinen Posten endlich verloren zu geben und sich fluchend aus dem Staub zu machen. »Dich möchten wir hier ebenfalls nicht mehr sehen, Kathrin«, sagte Annikas Vater.

Kathrin nickte so langsam, als wäre sie schwer von Begriff.

Dann stürmte sie kopflos aus dem Haus und hätte um ein Haar den älteren Herrn umgestoßen, der eben auf den Klingelknopf drückte.

»Geht es Ihnen nicht gut, junge Frau?«, fragte Wilhelm Waltner, doch da war Kathrin schon an ihm vorüber.

*

Als in den folgenden Jahren Mediziner und Gelehrte auf den Bodelhof kommen, die Bairichs Geldtruhe bis zum Rand füllen, um einen Blick auf das Steinkind von Kinsau werfen zu dürfen, ahnen sie nicht, wie nahe sie den Gräbern der Kindseltern sind. Im Dorf munkelt man, der Bodelbauer habe seine Seele dem Teufel verkauft, der ihm seinen Nachttopf jeden Morgen bis zum Rand mit Goldstücken fülle.

Bairich versteht es, die Quelle seines Reichtums vor den Kinsauern geheim zu halten. Die Mediziner und Gelehrten halten sich an seine Vorgabe, nicht mit den Menschen am Ort über das Steinkind zu sprechen. Er setzt die Aufhebung seiner Ehe mit Maria durch und heiratet noch einmal. Dank dem Wohlstand, den das steinerne Kind ihm beschert, kann er seine blutjunge Braut frei wählen. Er zeugt einen Sohn.

Nach seinem Tod wird er auf dem Kirchhof bestattet. Ein Mörder, der das ungesühnte Verbrechen mit in geweihte Erde nimmt.

28

»He, du weinst ja.« Victor war allein mit Annika, als sie zu sich kam. Franz Burgdorfer und seine Söhne hatten den kurz zuvor eingetroffenen Arzt noch an der Haustür abgewimmelt. Niemand wollte mehr, dass ein Freund Daniel Hohens Annika untersuchte. Jetzt hörte Victor die Männer lautstark über die ihnen unbegreifliche Affäre zwischen Hohen und Kathrin diskutieren.

»Es ist zu Ende. Maria und Korbinian sind tot«, sagte Annika tonlos.

»Verstehe«, nickte Victor. Ihm war übel. »Seit wann bist du wach?«

»Schon seit der Sache mit Daniel und Kathrin.«

»Tut mir ehrlich leid, Annika. Wenn ich es dir früher gesagt hätte …«

»Schon gut. Du warst dir ja nicht sicher. Vermutlich hätte ich dir ohnehin nicht geglaubt.«

»Weißt du, ich habe deinen nicht ganz ernst gemeinten Rat befolgt, im Internet danach zu googeln, was Marias Kind widerfahren ist. Stell dir vor, ich bin tatsächlich auf einige Artikel gestoßen. Ich hab noch nicht alle lesen können, aber ich glaube, ich weiß, was mit Marias Kind geschehen ist.«

»Es ist in ihrem Leib versteinert.« Annikas Tränen bildeten Bächlein auf ihren Wangen.

»Woher weißt du das? Hast du das in deinem Traum gesehen?«

Sie nickte.

»Das bedeutet, Korbinian hat seinen Schwur gehalten? Er hat Marias Bauch aufgeschnitten?«

»Ja. Nachdem sie tot war, hat er den gemeinsamen Sohn aus ihrem Leib geholt. Die Qual auf dem Gesicht dieses Mannes werde ich mein Lebtag nicht mehr vergessen können.«

»Mein Gott, wenn ich das höre, kann ich verstehen, weshalb Maria Bodel im Tod keine Ruhe findet.«

»Das ist noch nicht alles.« Annika setzte sich auf. »Bairich hat Korbinian hinterrücks erschlagen, als dieser seinen Sohn weinend in den Armen wiegte. Es war unfassbar grausam. Der Bodelbauer hatte es auf das Steinkind abgesehen. Er war pleite und witterte das große Geld. Es ist schrecklich, Victor, aber Bairich hat am Ende sogar recht behalten mit seiner Einschätzung. Er hat die beiden Leichen verscharrt und überall rumerzählt, Maria und Korbinian wären miteinander auf und davon. Keiner ahnte, was geschehen war, während Bairich Bodel sich an dem steinernen Kind eine goldene Nase verdiente, ein blutjunges Mädchen heiratete und sogar noch einen Sohn zeugte.«

»Puh.« Victor fuhr sich mit beiden Händen durch die Haare, dann zog er die ausgedruckten Artikel unter der Couch hervor. »Wollen wir die hier durchsehen, solange dein Vater und deine Brüder noch am Diskutieren sind?«

»Auf jeden Fall.« Annika wischte sich tapfer die Tränen vom Gesicht und rückte zur Seite, damit Victor sich neben sie setzen konnte. Gemeinsam begannen sie zu lesen.

Baby blieb 46 Jahre lang im Mutterleib

Im Jahr 2002 trug sich in Marokko eine medizinische Sensation zu: die Entdeckung eines steinernen Fötus, der unglaubliche 46 Jahre lang im Mutterleib verblieben war. Weltweit sind nur sehr wenige solcher »Lithopaedion«-Fälle belegt.

Bis zum voraussichtlichen Geburtstermin verlief die Schwangerschaft der Marokkanerin Zahra Aboutalib unauffällig. Mit Wehen kam die Frau ins Krankenhaus, welches sie zwei Tage später wieder verließ, ohne ein Kind geboren zu haben. Die Wehentätigkeit nahm ab und hörte schließlich ganz auf, ebenso waren die Bewegungen des Kindes für die Mutter nicht länger spürbar. Zahra Aboutalib verarbeitete diese missglückte Schwangerschaft, indem sie die Existenz des Kindes in ihrem Leib vollständig verdrängte.

Fast ein halbes Jahrhundert sollte vergehen

Erst 46 Jahre später wurde Frau Aboutalib in die Universitätsklinik der Stadt Rabat eingeliefert. Sie klagte über starke Schmerzen im Beckenbereich, weshalb die Mediziner der Universitätsklinik eine Operation durchführten, im Verlauf derer sie die Bauchhöhle der Patientin öffneten. Was die Chirurgen völlig unerwartet im Bauch der Frau fanden, machte weltweit Schlagzeilen. Zahra Aboutalib hatte seit dem Jahr 1956 ein 3700 Gramm schweres, versteinertes Baby im Leib getragen. Es ist anzunehmen, dass der fossile Fötus um den eigentlichen Geburtstermin herum im Bauch der Mutter abstarb und in der Folgezeit versteinerte. Bemerkenswert ist obendrein, dass Frau Aboutalib in den annähernd fünf Jahrzehnten, während derer sie das Steinkind in sich trug, keinerlei Beschwerden hatte.

T.O.H.A. Presseblatt
01/2003 © Stefan Marloise

»Des Rätsels traurige Lösung«, sagte Victor.

»Ja.« Annika griff seine Hand und hielt sie fest. »Was hast du noch?«

Steinkind von Sens

Das Steinkind von Sens war ein Lithopaedion, das 28 Jahre nach dem natürlichen Geburtstermin aus dem Leib seiner Mutter geholt wurde.

Madame Colombe Chatri aus Sens (Burgund), die Gattin des Schneiders Loys Carita, zeigte im Jahr 1554 im Alter von 40 Jahren alle Anzeichen einer normalen Schwangerschaft. Diese endete ordnungsgemäß mit dem Durchbruch des Fruchtwassers und Wehen, doch das Kind wurde nicht geboren. Colombe Chatri überlebte dieses Vorkommnis, war aber die nächsten drei Jahre bettlägerig und litt auch später unter Schmerzen. Obwohl sie das ungeborene Kind als harte Schwellung in ihrem Leib fühlte, erreichte sie ein Alter von 68 Jahren.

Nach ihrem Tod im Jahr 1582 ließ der Witwer sie von Claude le Noir und Iehan Coutas sezieren. Sie fanden im Leib der Mutter ein großes eiartiges Gebilde vor, das sie nur mit Gewalt aufbrechen konnten. Nachdem sie festgestellt hatten, dass sich im Inneren der Schale ein voll ausgetragenes, aber petrifiziertes Baby befand, zogen sie etliche Ärzte zur Untersuchung heran, darunter auch Jean d'Ailleboust. Zugleich lockte der Fall zahlreiche Neugierige an, und in dem Verlangen, das Kind aus seiner Schale zu befreien und näher studieren zu können, zerstörten die Beteiligten die harte Umhüllung, ehe diese genauer untersucht werden konnte. Auch wurde dabei die rechte Hand des Kindes abgebrochen.

Das Kind, ein Mädchen, war in hockender Stellung mit leicht nach rechts geneigtem Kopf fixiert. Die Fontanellen waren offen, und das Baby hatte einen einzigen Zahn.

Die Entdeckung dieses Lithopaedions löste eine Sensation aus. D'Ailleboust verfasste eine Beschreibung des Kindes und der Autopsie, die noch 1582 von Jean Sauvine in Sens gedruckt wurde und sich bestens verkaufte. (…) D'Ailleboustss Theorie über die Entstehung des Steinkindes – das Blut der Mutter sei

zu trocken gewesen – fand bald ihre Kritiker. Schon de Provanchères fügte seiner Übersetzung eine Ergänzung bei, in der er die Ansicht verfocht, der Embryo sei mangels ausreichender Temperatur im Mutterleib ausgetrocknet. (…)
Quelle: wikipedia.de

Lithopaedion

Das Lithopaedion (altgriechisch: λιθοπαίδιον, λίθος lithos, für »Stein« und παιδίον paidion für »Kindchen«), auch Steinkind oder Steinfrucht, ist ein abgestorbener Fötus einer Bauchhöhlenschwangerschaft, einer Eileiterschwangerschaft oder eines Gebärmutterrisses, der nicht vom Körper resorbiert wurde (wie üblich bei Embryonen vor dem dritten Monat), sondern durch Aufnahme von Kalk eingekapselt und mumifiziert wurde. Die Existenz eines versteinerten Fötus im Körper der Mutter kann Beschwerden wie Beckenschmerzen verursachen, allerdings auch symptomlos verlaufen. Teilweise wird die Steinfrucht erst nach dem natürlichen Tod der Mutter entdeckt. Aufgrund möglicher Komplikationen ist eine chirurgische Therapie angebracht.

Die Lithopaedionbildung ist äußerst selten. Es wurden bisher weniger als 300 Fälle dokumentiert. Ein bekannter Fall ist das Steinkind von Sens.
Quelle: wikipedia.de

»Gibt es noch mehr Artikel?«

»Das ist der letzte. Beeilen wir uns, wir sollten deinen Vater und deine Brüder bald wissen lassen, dass du wach bist.«

Steinkind von Leinzell

1720 wurde im Leib einer über 90 Jahre alten Einwohnerin von Leinzell ein Lithopaedion entdeckt, das diese 46 Jahre lang mit sich getragen hatte. Das Steinkind von Leinzell gilt als eines der schönsten erhaltenen Lithopaedia. Eine erste Beschreibung des Fundes verfasste der Leibarzt des Königs Georg I., Johann Georg Steigerthal. 1854 war das Steinkind Gegenstand einer Dissertation von W. Kieser. Heute befindet sich das Steinkind von Leinzell in der Sammlung der Universität Tübingen.

Quelle: wikipedia.de

»Das Steinkind von Sens, das Steinkind von Leinzell …«

»Das Steinkind von Kinsau«, ergänzte Annika und hätte um ein Haar wieder geweint, als sie sah, wie eine einzelne Träne über Victors Gesicht purzelte und sich in seinem Bart verfing. »Weltweit weniger als dreihundert dokumentierte Fälle.«

»Vermutlich ist es ein großes Glück, dass Marias Kind nie entdeckt wurde und wahrscheinlich gar nicht mehr existiert.«

»Sie hätte ihren Sohn niemals als Exponat in einem Museum enden lassen wollen. Ihre Geschichte ist erzählt, vielleicht werden wir in Zukunft …«

»Warte mal.« In Victors Kopf bildete sich eine Gedankenkette. Sein Vater hatte in einem seiner frühen Fälle in der Schweiz einmal einen eingemauerten Leichnam entdeckt. Mit dem Fund der Knochen war der Spuk zu Ende gewesen. »Weißt du, wo Bairich die Toten verscharrt hat?«, fragte er aufgeregt.

»Ja, denn das ist schon ein außergewöhnlicher Zufall – ausgerechnet an der Stelle, wo wir beide uns zum ersten Mal begegnet sind.«

»Um Himmels willen! Du meinst, im Gemüsebeet?«

»Es scheint in der ganzen Zeit nie verlegt worden zu sein«, nickte Annika.

»Ich glaube, ich begreife endlich, weshalb Maria Bodel die Lebenden heimsucht. Du hattest recht: Es ist ein Hilferuf. Ein Hilferuf, um gefunden zu werden.«

»Wir sollen die Gebeine suchen?« Jetzt strömten doch wieder Tränen aus Annikas Augen.

»Um endlich richtig bestattet zu werden.« Victor nahm sie fest in die Arme. »Bald ist es vorbei.«

*

»Dürfte ich fragen, Herr Burgdorfer, was hier vor sich geht?« Nach der Szene, deren Zeuge er geworden war – ein Arzt, der gar nicht erst zur Patientin vorgelassen wird, und eine anschließende lebhafte Debatte –, fiel es Waltner schwer, gewohnt höflich zu bleiben. »Ich will Annika besuchen, da rennt mich ein junges Fräulein beinahe über den Haufen, und kurz darauf fährt der Notdienst vor. Geht es Annika gut?«

»Wie man es nimmt«, sagte Franz unwillig.

Waltner beschloss, es auf andere Weise zu versuchen. »Und Sie sind also Annikas Brüder?« Er schüttelte Ulrich und Max die Hand. »Es ist mir eine Freude, Sie beide kennenzulernen. Wir sind uns bisher noch nicht begegnet. Ich bin der Makler, der Ihrer Schwester das Haus verkauft hat. Darf ich mich vielleicht bei Ihnen erkundigen, wie es ihr geht?«

»Kommen Sie mit rein, dann sehen wir nach.« Max mochte den Alten auf Anhieb. »Ich fürchte, unser Vater kann Sie nicht leiden. Aber keine Sorge, da sind Sie nicht der Einzige.«

»Wenn du nur blöd daherreden kannst«, rügte Franz seinen Jüngsten. »Annika träumt wieder«, sagte er zu Waltner. »Das werden Sie sich ja schon gedacht haben.«

»Von wegen!« Uli, der voran ins Haus gegangen war, kam lächelnd zurück. »Sie ist aufgewacht, und es geht ihr gut. Wir sollen alle ins Lesezimmer kommen.«

»Na also.« Max strahlte übers ganze Gesicht. Prompt meldete sich sein unbekümmerter Frohsinn wieder zur Stelle. »War ganz unnötig, sich so aufzuregen.«

Wenig später hatte Annika im Lesezimmer die Aufmerksamkeit aller Anwesenden. Ihre Augen waren so rot, dass jedem klar war, wie heftig sie geweint haben musste. »Ich weiß, ich habe euch in den letzten Monaten so einige Sorgen bereitet, vor allem dir, Papa. Das tut mir leid. Und ich danke euch von Herzen, dass ihr mich nicht habt einliefern lassen. Das Thema stand ja wohl kurzzeitig mal im Raum.« Sie lächelte schwach. »Um die Geschichte des Bodelhofs und der Menschen, die einst hier gelebt haben, zu einem guten Ende zu führen, brauche ich eure Hilfe.«

»Du machst mich echt neugierig, Schwesterherz.« Max versuchte sich unbeholfen an einem Kratzfuß. »Ich will Euch gerne zu Diensten sein, Mylady.«

»Wunderbar. Solchen Eifer lobe ich mir. Wir brauchen Harken, Schaufeln und warme Kleider.«

»Um was zu tun?«, fragte Uli skeptisch, während sein Vater einem ganz ähnlichen Gefühl durch das Runzeln seiner Brauen Ausdruck verlieh.

»Wollt ihr einen Schatz heben?«, flachste Max.

Waltner sagte nichts.

»Keinen Schatz.« Annika sah die Anwesenden reihum an, nur Wilhelm Waltners Blick wich sie aus. »Draußen im Garten liegen zwei Tote begraben.«

29

»Ich schätze, das gesamte Beet misst etwa zwanzig Quadratmeter.« Nachdem er sich die Sache vor Ort angesehen hatte, fühlte Victor sich erst einmal entmutigt. »Ich hatte keine Ahnung, wie riesig dieses Beet ist. Wir müssen alles umgraben, wer weiß, wie tief. Oder kannst du die Stelle genauer bestimmen, Annika?«

»Es war Nacht, als Bairich das Grab im Schein des Mondes ausgehoben hat.«

»Dann stehen unsere Chancen nicht gut. Außer wir finden noch irgendeinen Anhaltspunkt.«

»Das ist doch Blödsinn.« Franz Burgdorfer war ungehalten, denn er hatte Angst. Pepes Gesicht, wie es kurz vor seinem Tod ausgesehen hatte, stand ihm klar vor Augen. Schmal und eingefallen. Am liebsten wäre Franz nach Hause aufs heimische Sofa geflüchtet, um sich von der Flimmerkiste berieseln zu lassen. Doch das kam nicht in Frage. Er würde Annika nicht im Stich lassen.

»Gehen wir es mal logisch an. Das Haus lag in Bairichs Rücken. Der Wind kam von links und trug das Rauschen des Flusses mit sich. Ehe er den Spaten in die Erde stieß, fegte er einen Haufen verschrumpelter Äpfel mit dem Fuß weg.«

»Äpfel.« Victor sah sich um. Seit dem nächtlichen Sternschnuppenregen war der Himmel klar. Mit etwas Glück hatte der Wettergott einige herbstlich schöne Tage in petto.

»Ich sehe keine Apfelbäume. Ihr?« Max blickte zu Vater und Bruder hinüber, die sich leise miteinander unterhielten.

Wilhelm Waltner beobachtete weiter still das Geschehen.

»Sie überlegen vermutlich, uns gleich alle miteinander einweisen zu lassen«, bemerkte Annika trocken.

»Versuchen wir mal, Bairichs Gedankengänge nachzuvollziehen«, schlug Victor vor. »Er hat Korbinian umgebracht, und seine tote Frau liegt mit aufgeschnittenem Leib in der Kammer. Wenn er den Dorfbewohnern später die Flucht der beiden vorgaukeln will, muss er schnell handeln.«

»Stimmt, er dürfte in großer Eile gewesen sein.«

»Ich habe zwar keine Ahnung, wovon genau ihr sprecht, aber wenn ich zwei Leichen verscharren wollte, würde ich das an einer Stelle tun, wo die Erde locker ist. Also nicht unter einem Baum, dessen Wurzeln das Erdreich durchziehen, und auch nicht unbedingt dort, wo der Boden recht steinig ist.« Max klinkte sich wieder in das Gespräch ein.

»Lockerer Boden und Falläpfel«, sagte Victor nachdenklich.

»Hier sind Baumstümpfe.« Max zeigte nach vorn. »Diese Bäume müssen schon vor einer ganzen Weile gefällt worden sein. Gut möglich, dass es Apfelbäume gewesen sind.«

»Davon gehen wir einfach aus, etwas anderes bleibt uns ohnehin nicht übrig«, sagte Annika. »Die Bäume standen dicht beieinander, und der Wind kam in jener Nacht vom Fluss.«

»Wie meistens«, warf Max ein.

»Ich bin leider kein Physiker, der die Fallrichtung von Obst errechnen könnte«, bedauerte Victor. »Ich schlage vor, wir lassen etwas Abstand zu den Baumstümpfen und graben einfach auf gut Glück.«

»Wir haben jedenfalls Schwein, dass der Boden noch nicht gefroren ist.« Franz und Ulrich hatten ihre Unterredung scheinbar beendet. Uli bohrte mit der Schuhspitze ein Loch in die Erde. »Ich habe eben mit Papa besprochen, dass es sinnvoll wäre, noch mehr Grabwerkzeug zu besorgen.« Außerdem hatte er seinem alten Herrn ins Gewissen geredet, weil dieser sich entgegen ärztlicher Anweisung nicht geschont hatte. Andererseits war es ihm natürlich um Annika gegangen.

»Es wird bald dunkel. Lasst uns heute die Vorbereitungen treffen und morgen mit dem Graben beginnen, was denkt ihr?«, schlug Franz Burgdorfer vor.

Victor, Annika und Max wollten impulsiv widersprechen, besannen sich aber eines Besseren. Franz hatte recht.

»In Ordnung. Im Dunkeln können wir wirklich nicht graben«, gab Max zu. »Dann erzähl uns wenigstens, Anni, wer die Toten sind, nach denen wir suchen«, schlug er vor. »Ist es die Frau, von der du träumst? Wer noch?«

»Marias Geliebter wurde nach ihrem Tod ermordet und zusammen mit ihrem Leichnam verscharrt. Daher rührt der Spuk auf dem Hof. Sie will endlich Frieden.«

»Mädel!« Franz nahm seine Tochter beiseite. »Das Leben und der Tod dieser Frau … Denkst du, es ist das, was auch Pepe gesehen hat?«

»Es stand zumindest ganz sicher mit Maria und Korbinian in Zusammenhang, Papa.«

»Dann wird es gut und richtig sein, die Toten zu bergen.«

Annikas Vater und Brüder verabschiedeten sich. Uli und Max wollten noch weiteres Werkzeug für die morgige Grabung organisieren, während Franz sich endlich zu Hause ausruhen sollte. Annika musste hoch und heilig versprechen, nachzukommen und die Nacht bei ihrer Familie zu verbringen. Victor telefonierte daraufhin mit der Wirtin Charlotte, um sich kurzfristig ein Zimmer im Schlosswirt zu nehmen.

»Wenn ich darf, würde ich morgen gerne wieder dabei sein.« Wilhelm Waltner beendete sein Schweigen. »Ich verstehe zwar noch nicht recht, was ich hier heute miterlebt habe, aber …«

»Kommen Sie noch auf einen Tee mit mir hinein?«, fiel Annika dem Makler ins Wort. »Victor, würdest du derweil in der Garage nachsehen, was dort vielleicht noch an Werkzeug ist?«

»Klar«, nickte Victor, obwohl er sie ungern allein ließ.

»Jetzt schau nicht so besorgt, Herr Waltner ist doch bei mir.« Annika knuffte ihn leicht in die Seite, ehe sie mit dem alten Herrn ins Haus ging.

»Ich bin froh, Sie so munter zu sehen«, sagte Waltner zehn Minuten später, als Annika den Tee mit heißem Wasser aufgoss und die Tassen auf den Tisch stellte. Entgegen ihrer Gewohnheit hatte sie sich gar nicht erst die Mühe gemacht, den Ofen anzufeuern, und den Wasserkocher benutzt.

»Weshalb wollen Sie morgen dabei sein? Um die Verrückte im Auge zu behalten? Als ich Ihnen von meinen Träumen erzählte, haben Sie gesagt, Sie würden mir glauben. War auch das eine Lüge?«

»Auch eine Lüge? Annika …« Der Angriff traf Waltner unvorbereitet. »Bitte, ich bin Ihr Großvater und will nur das …«

»Schon gut, Herr Waltner. Sparen Sie sich das Gerede. Ich weiß inzwischen, wie gut Sie lügen können. Schade eigentlich, dass nicht auch die Liebesgeschichte mit meiner Großmutter bloß erfunden war.«

»Wie meinen Sie das?« Waltners faltige Wangen schienen noch weiter einzusinken. »Was ist geschehen, Annika?«

»Sie haben behauptet, nicht an die Möglichkeit geglaubt zu haben, Vater einer Tochter zu sein. Aber das stimmt nicht, oder? Sie kannten die Wahrheit sehr wohl.«

»Wie kommen Sie darauf?«

»Es war Zufall. Ich habe es selbst erst im Nachhinein begriffen. Pfarrer Braunhans hat da etwas gesagt, genau genommen erwähnte er mir gegenüber, dass der Hof in Apfeldorf – der Hof, der damals durch die Unachtsamkeit von Ihnen und meiner Großmutter abgebrannt ist – Ihr Elternhaus war. Die Bauersfrau, mit deren Tod Sie bis heute zu kämpfen haben, war Ihre eigene Mutter. Daher wollten Sie nichts mehr mit meiner Oma

Lissi zu tun haben und auch nicht mit Ihrer kleinen Tochter. Weil Sie es nicht ertragen konnten.«

Waltner, der die Arme in einer beschwichtigenden Geste erhoben hatte, ließ sie wieder sinken. »Es ist wahr. Alles, was Sie da sagen, ist die Wahrheit.« Er stützte das Gesicht in die Hände. »Ich bin ein Feigling, der ein Leben lang vor der Erinnerung davongelaufen ist. Die Brandnacht hat einen gebrochenen Mann aus mir gemacht, der lieber einsam durchs Leben ging und sich seinem Beruf verschrieb, als um das zu kämpfen, was er liebte. Schon als die kleine Erika damals zur Welt kam, hätte ich eingreifen und hinterfragen müssen, wessen Tochter sie wirklich war. Doch erst als ich Ihnen begegnete, wurde für mich alles anders.«

»Weil Sie begannen, sich nach der Familie zu sehnen, die Sie durch eigenes Verschulden nie hatten?«, fragte Annika kühl.

»Können Sie mich nicht ein klein wenig verstehen?«

»Doch, das kann ich.« Annika nippte an ihrem Tee. »Es ändert aber nichts daran, was Sie meiner Mutter angetan haben. Sie haben Ihr einziges Kind einfach im Stich gelassen.«

»Ich konnte mir nicht restlos sicher sein, ob nicht doch Lissis Ehemann der Vater war«, verteidigte Waltner sich schwach.

»Eben deshalb wäre es Ihre Pflicht gewesen, beizeiten die Wahrheit herauszufinden«, schoss Annika scharf. »Was, glauben Sie wohl, wird diese Sache mit meiner armen Mutter machen, wenn sie davon erfährt?«

»Verzeihen Sie mir, liebes Kind.« Wilhelm Waltner schob seinen Stuhl zurück. »Ich bin ein alter Narr und hätte wissen müssen, dass es für eine Umkehr längst zu spät ist.« Mit gebeugtem Rücken, Herz und Seele voller Reue, verließ er den Bodelhof. Ehe er in seinen Wagen stieg, dachte er an seine beiden großgewachsenen Enkelsöhne, die er heute zum ersten und vermutlich letzten Mal in seinem Leben gesehen hatte.

Nachdem Victor sie abgesetzt hatte, verbrachte Annika eine unruhige Nacht in ihrem Elternhaus. Die letzten Tage waren so ereignisbeladen gewesen, dass sie noch nicht recht wusste, wie damit umzugehen war. Angefangen bei der traurigen Lebensgeschichte der Vera von Bruckenheim über das deprimierende Gespräch mit Wilhelm Waltner, Kathrins und Daniels Verrat bis hin zu ihren Gefühlen für Victor und Maria und das steinerne Kind. Diese Gedanken ließen sie nicht los.

Als sie über ihre Schlaflosigkeit schon fast verzweifeln wollte, entdeckte Annika in einem Regal den stickerbeklebten Kassettenrekorder aus ihrer Kinderzeit. Eine Kassette steckte darin. Zu der Erzählung von *Hanni und Nanni* glitt sie in den bitter nötigen Schlaf. Ehe sie wegdämmerte, dachte sie noch, wie gerne sie jetzt bei Victor wäre.

Fahles Licht kündigte den grauenden Morgen an. Franz Burgdorfer setzte in aller Herrgottsfrühe den ersten Spatenstich, während Annika heißen Kaffee verteilte und Victor im Vorbeigehen einen Kuss auf die kalte Wange drückte.

Wilhelm Waltner ließ sich nicht wieder blicken.

Nachdem bis zum Mittag weitestgehend gute Stimmung unter den Arbeitern herrschte, wurden am Nachmittag Zweifel und Skepsis immer lauter. Doch noch kam es keinem in den Sinn, das Handtuch zu werfen.

»Du solltest dich nicht so anstrengen, Papa«, mahnte Annika ihren Vater, dem Schweißperlen in stetigem Strom über das erhitzte Gesicht rannen. »Ruh dich doch ein wenig aus.«

»Weshalb?« Franz Burgdorfer schüttelte stur wie ein Esel den Kopf. »Lass bloß den Krebs aus dem Spiel«, warnte er. »Davon will ich jetzt nichts hören.«

Erst bei Einbruch der Dunkelheit steckte er den Spaten kräftig in die Erde, woraufhin der Stiel leicht nachfederte. »Ich glaube nicht mehr, dass wir heute etwas finden werden, Mädel.«

»Ich denke auch, wir hören auf«, stimmte Uli ihm zu. Er sah erschöpft aus. Erde klebte ihm an den Händen und im Gesicht.

»Nein!« Annika hatte so sehr auf einen Erfolg gehofft. »Notfalls mache ich allein weiter.«

»Und ich?«, hörte sie Victor dicht an ihrem Ohr. Sie hatte nicht bemerkt, wie nah er bei ihr stand. »Bin ich niemand?«

»Notfalls machen wir allein weiter«, korrigierte sie sich.

»Kommt, ihr zwei, das ist doch Quatsch«, versuchte Uli zu beschwichtigen. »Wir haben das zusammen begonnen, also bringen wir das Ding auch gemeinsam zu Ende. Aber nicht mehr heute.« Er griff nach einem Zollstock, der am Rand der Grube lag, die über den Tag beachtliche Ausmaße angenommen hatte. »Wir haben drei Viertel der Beetfläche etwa anderthalb Meter tief umgegraben. Wie tief, glaubt ihr, könnten die Knochen im schlechtesten Fall liegen?« Annikas Bruder war anzumerken, wie wenig er sich vorstellen konnte, wirklich auf menschliche Gebeine zu stoßen. Was er tat, tat er für seine Schwester.

»Nicht mehr als zwei Meter, schätze ich.« Franz Burgdorfers Gesicht war stark gerötet. »Ein Vorschlag zur Güte: Lasst uns morgen alle gemeinsam den Rest umgraben. Wenn wir nichts finden, betrachte ich die Angelegenheit als erledigt, und Anni verkauft den Hof. Bis Erika nach Hause kommt, muss die Sache vom Tisch sein. Eure Mutter kriegt sonst einen Herzinfarkt. In Ordnung, Mädel?«

»In Ordnung.« Zögernd schlug Annika ein.

»Im Zweifelsfall können wir Anni immer noch einweisen lassen.« Max boxte seine Schwester liebevoll in die Rippen.

Keiner bemerkte, wie der heimliche Beobachter, der das Geschehen den Tag über aufmerksam verfolgt hatte, sich klammheimlich zurückzog.

*

Über Nacht tauchten im ganzen Dorf Plakate auf. Sie klebten am Tor des Kinsauer Feuerwehrhauses, am Rathaus und am Auslagefenster der Bäckerei, hingen an Gartenzäunen und selbst an den Kastanienbäumen beim Schlosswirt. Niemand konnte sich einen Reim auf die makabre Todesanzeige machen.

ACHTUNG!

***

Gasexplosion bei Grabungen auf dem Bodelhof. * Denkmalgeschütztes Gebäude brennt bis auf die Grundmauern nieder. *** Besitzerin kommt bei dem Feuer ums Leben.**

†

Und immer sind da Spuren deines Lebens, Gedanken, Bilder und Augenblicke. Sie werden uns an dich erinnern, uns glücklich und traurig machen und dich nie vergessen lassen.

Annika Elisabeth Burgdorfer

* 17. März 1983 † 22. September 2013

Viel zu früh hat der Tod unsere geliebte Tochter und Schwester aus dem Leben gerissen. Wir trauern tief um Annika.

Franz und Erika Burgdorfer, Eltern
Ulrich Burgdorfer mit Hanna, Bruder und Nichte
Maximilian Burgdorfer, Bruder

*

War es Zufall, dass auch eine junge Mutter, die mit ihrem Kind auf dem Weg in die nahe Stadt Schongau in aller Frühe durch Kinsau kam, die Plakate sah und daraufhin ihre Pläne änderte?

*

»Was ist denn hier los?« Annika war nicht länger als zwanzig Minuten im Haus gewesen, um kurz für sich zu sein und den entsetzlichen Streich mit den Plakaten irgendwie zu verdauen. Bereits gegen sechs Uhr hatte die Bäckerin aus dem Dorf angerufen und von der fingierten Todesanzeige mit dem aktuellen Datum erzählt. Daraufhin war Annika zusammen mit Max auf der Polizeiwache in Schongau vorstellig geworden, wo sie Anzeige gegen unbekannt erstattet hatte. Unterdessen war die Grabung auf dem Hof von Victor, Franz und Ulrich fortgesetzt worden, denn keiner von ihnen wollte Zeit verlieren.

»Sie sind bloß gekommen, um zu sehen, was hier los ist«, besänftigte Uli seine Schwester, die entschieden etwas dagegen hatte, dass sich an einem womöglich so bedeutsamen Tag Schaulustige auf ihrem Grundstück tummelten.

Obwohl gerade erst zehn Uhr, waren mehrere junge Kinsauer, viele noch mit dem Rausch der Nacht in den Knochen, auf die Plakate aufmerksam geworden und hatten sich besorgt auf den Weg zum Bodelhof gemacht.

»Ziemlich grotesk, so eine gefakte Todesanzeige überall im Dorf aufzuhängen. Meinen Namen möchte ich darauf nicht lesen«, sagte ein junger Blonder, dem Max eben einen Spaten in die Hand drückte.

»Sieh es positiv, Schwesterchen. Wer auch immer sich heute Nacht diesen üblen Scherz erlaubt hat, der hat uns im Endeffekt einen Gefallen getan. Sie wollen uns helfen, stell dir vor«, freute sich Uli.

Gegen Mittag wimmelte es auf dem Bodelhof nur so von Menschen. In Scharen drängten sich die Kinsauer um das

Gemüsebeet, das Franz zwischenzeitlich mit Absperrband abgegrenzt hatte. Die Leute kamen wegen der Plakate – und sie blieben wegen der Grabung. Nachdem im Dorf seit Monaten über den Bodelhof getuschelt wurde, tat sich nun etwas Konkretes, das sich niemand entgehen lassen wollte.

»Vielleicht sollten wir eine Würstchenbude aufstellen und Waffeltüten und gebrannte Mandeln verkaufen«, scherzte Annika, die das Treiben mit zwiespältigen Gefühlen betrachtete.

»Ich weiß nicht recht, ob mir das gefällt«, bemerkte auch Franz mit Blick auf die unerwarteten Helfer. »Immerhin kenne ich die meisten Gesichter. Sag, Mädel, hast du keine Angst, dass noch etwas passiert?«

»Wenn du auf die angebliche Gasexplosion anspielst – da unten verläuft unter Garantie keine Leitung, mach dir keine Sorgen. Es kann überhaupt nichts geschehen. Die Plakate sind nichts anderes als eine gemeine Attacke.«

»Glaubst du denn, die Aktion geht auf Daniels Konto?« Victor gesellte sich zu Annika und ihrem Vater. »Ein letzter fieser Abschiedsgruß? Ist schon ziemlich wahrscheinlich, oder?«

»Wenn man vom Teufel spricht. Dass der sich noch einmal herwagt!«, fuhr Franz Burgdorfer auf.

»Wir sollten ihn loswerden, ehe dein Bruder Max ihn hier entdeckt«, meinte Victor grimmig. »Sonst ist sein Kiefer vermutlich keinen Cent mehr wert.«

»Nein. Lasst mich mit ihm sprechen«, entschied Annika. »Das hätte ich längst tun sollen.«

»Hi.« Daniel trug Anzug und Krawatte. Sein Gesicht war peinlich glattrasiert. Offenbar verwandelte er sich in den snobistischen Städter zurück, der er immer gewesen war. »Ich wollte dir nur sagen, dass ich mit den Plakaten nichts zu tun habe.«

»Das beruhigt mich ungemein.« Annika hielt die Arme vor der Brust verschränkt. »Dann hast du ja nicht mehr getan, als dich an meine beste Freundin heranzumachen. Abgesehen natürlich von dem absurden Versuch, mich ins Irrenhaus einweisen zu lassen.«

»Irrenhaus sagt man heutzutage nicht mehr«, rügte Daniel kopfschüttelnd. »Spaß beiseite, Annika, ich war sehr wütend auf dich. Es war ein Fehler, dich von mir zu trennen. Du hattest es gut bei mir. Früher oder später hätte ich dich vermutlich sogar geheiratet, obwohl mein Vater dich nicht ausstehen kann.«

»Ich würde lügen, wenn ich behauptete, mich überkäme im Nachhinein das große Bedauern.« Der Sarkasmus schützte Annika ein wenig vor der bitteren Wahrheit, jahrelang mit einem solchen Widerling liiert gewesen zu sein.

»Wie auch immer, ich habe genug von eurem Kuhkaff und fahre heute noch ab.«

»Dem Himmel sei Dank.«

»Lass uns die Sache abhaken«, bat Daniel und sah zum ersten Mal wie ein reuiger Sünder aus. »Deshalb bin ich hergekommen. Um dich darum zu bitten, mir die Hand zu reichen. Freunde werden wir wohl nicht mehr, aber ich möchte auch nicht im Streit auseinandergehen. Frieden?«

Annika war unschlüssig. Er sah sie hoffnungsvoll an. Zwar würde sie froh sein, den Kerl nie mehr im Leben wiedersehen zu müssen, andererseits hatte er sich nur so bösartig verhalten, weil sie ihm mit der Trennung sehr wehgetan hatte. »In Ordnung.« Sie gab ihm die Hand. »Leb wohl, Daniel.«

»Du auch.« Unvermittelt zog er Annika dicht zu sich heran. »Ehe ich gehe, willst du sicher noch hören, wie geil es für mich war, die enge Muschi deiner kleinen Freundin oben in deinem Schlafzimmer zu vögeln. Hast du eigentlich nie begriffen, wie sehr Kathrin dich dafür hasst, dass dein Vater am Leben geblieben ist? Wie blind muss man sein? Wie dumm?«, flüsterte er ihr rasch zu und winkte im gleichen Atemzug leutselig zu Victor und Franz hinüber, die schon halb auf dem Sprung waren, in das Geschehen einzugreifen. »Von diesem Paul hättest du auf dem Sommerfest auch mal besser die Finger gelassen, das hat sie dir bis heute nicht verziehen. Das war es dann. Adieu, du Schlampe.«

Bestürzt und sprachlos sah Annika ihrem Ex hinterher.

Ihre Knie waren butterweich. Sie konnte noch kaum begreifen, was er über Kathrin gesagt hatte. Obendrein war sie jetzt sicher, dass er für die Plakate mit ihrer Todesanzeige verantwortlich zeichnete. Da war so viel Hass in ihm gewesen.

»Was ist los?« Besorgt nahm Victor ihr blasses Gesicht in die Hände. Er hatte sich eine ockergelbe Strickmütze mit schwarzen Querstreifen weit über die Ohren gezogen. »Was hat das Arschloch gemacht?«

»Nichts, womit in Anbetracht seines hässlichen Charakters nicht zu rechnen gewesen wäre.« Nach einigen tiefen Atemzügen hatte Annika sich wieder gefangen. Die Grabung kam gut voran. Teilweise war die festgelegte Tiefe von zwei Metern erreicht oder überschritten. »Was ist, wenn wir sie nicht finden?«

»Ich glaube nicht, dass wir schon ans Aufhören denken sollten. Einige Jungs sind vorhin weggefahren, um von den Fußballern einen Flutlichtstrahler auszuleihen, damit wir auch nach Einbruch der Dunkelheit weitergraben können.«

»Dabei wissen die überhaupt nicht, wonach wir suchen.«

»Da wäre ich mir an deiner Stelle nicht so sicher«, widersprach Victor. »Das hat sich inzwischen herumgesprochen, davon kannst du ausgehen.«

»So?« Annika lehnte sich leicht gegen ihn. »Wer hat da seinen Mund nicht …«

»Scheiße, ich hab was!« Max' hysterisches Brüllen ließ alle auf der Stelle innehalten. »Da liegen Knochen! Verdammt, da liegen wirklich Knochen!«

Ehe die Menschen auf dem Hof realisieren konnten, was

Max da von sich gab, stürzte Wilhelm Waltner aufgeregt von der Vorderseite des Hauses herbei. »Feuer!«, schrie er aus Leibeskräften. »Der Bodelhof brennt!«

Kinsau/Lkr. Landsberg am Lech:

Skelettfunde in Kinsau

Knochen auf ehemaligem Pfarrhofgelände entdeckt – Hintergrund der Brandstiftung weiterhin ungeklärt

Auf einem ehemaligen landwirtschaftlichen Anwesen am Ortsrand Kinsaus sorgte der Fund zweier menschlicher Skelette am vergangenen Wochenende für Aufruhr.

Nachdem es offenbar konkrete Hinweise auf die Existenz der beiden Toten gegeben hatte, versammelten sich etwa vierzig Kinsauer Bürgerinnen und Bürger auf dem Bodelhof – so der alte Hausname –, der noch bis vor kurzem der Kinsauer Pfarrei zur Nutzung gedient hatte. Mit Harken und Schaufeln bewaffnet schritten die Kinsauer entschlossen zur Tat.

»Ich habe es nicht fassen können«, so Maximilian Burgdorfer, Bruder der Hofbesitzerin, im Gespräch mit unserer Zeitung. »Mir war zwar klar, dass wir nach Skeletten suchten, doch als ich dann tatsächlich auf Knochen stieß, war ich sehr erschrocken.«

Woher der entscheidende Hinweis kam, der letztendlich zur Bergung der Verstorbenen führte, ist ungeklärt.

»Nachdem der Verdacht einmal im Raum stand, wollten wir der Sache auf den Grund gehen.« Weiter äußerte sich die Hof- und Grundstückseigentümerin Annika Burgdorfer nicht.

Die beiden Toten wurden durch ein örtliches Bestattungsunternehmen in das Garmischer Institut für Rechts- und Verkehrsmedizin verbracht. Zwischenzeitlich liegt eine erste Gebissanalyse vor, der zufolge die Skelette deutlich vor Anfang des zwanzigsten Jahrhunderts datiert werden müssen.

Die Experten arbeiten derzeit sowohl an der Klärung der Todesumstände als auch an einer präziseren Altersbestimmung. Die Untersuchung der Skelette kann sich über mehrere Wochen hinziehen. Fest steht zu diesem Zeitpunkt: Bei den Toten handelt es sich um einen Mann und eine Frau fortgeschrittenen Lebensalters. Der männliche Schädel weist darüber hinaus deutliche Spuren äußerlicher Verletzung oder Gewalteinwirkung auf.

Weiterhin im Dunkeln liegt die Identität des Brandstifters, der in der Nacht vor dem Skelettfund den Brand des Bodelhofs mit einer groß angelegten Plakataktion in ganz Kinsau ankündigte (links: Foto des makabren Plakats, rechts: Fundort der Toten). Etwa zeitgleich mit dem Fund der Leichen hatte ein älterer Apfeldorfer den Brand entdeckt, der im ehemaligen Stall des Bodelhofs ausgebrochen war. Der Brandstifter hatte sich mittels einer eingeworfenen Fensterscheibe Zutritt zum Haus verschafft. Das schnelle Eingreifen der Feuerwehren Kinsau, Apfeldorf und Rott konnte ein Umsichgreifen der Flammen rechtzeitig verhindern. Der entstandene Sachschaden wird von einem Gutachter geprüft und kann derzeit nicht näher beziffert werden. Der Apfeldorfer, der den Brand meldete, konnte als Tatverdächtiger ausgeschlossen werden. Auch ein ehemaliger Lebensgefährte der betroffenen Annika Burgdorfer, der kurzzeitig unter Verdacht geriet, konnte nach einer ausführlichen Befragung seiner Wege ziehen.

Inwiefern ein Zusammenhang zwischen dem Knochenfund und dem Brand besteht, bleibt demnach weiter unklar.

Wer im Hinblick auf die nächtliche Plakataktion oder die spätere Brandstiftung eine Beobachtung gemacht haben sollte, kann dies bei der Polizeidirektion Landsberg oder jeder anderen Polizeidienststelle melden. Auf Hinweise, die zur Ergreifung des Täters führen, wurde eine Belohnung ausgesetzt.

30

Zwei Monate später.

Die Vorfreude auf das Wiedersehen mit Annika ließ Victors Herz gewaltig hämmern. Er meinte, den rhythmischen Taktschlag bis in die Zehenspitzen fühlen zu können. In den vergangenen Wochen hatte er viel nachgedacht und erkannt, nicht mehr derselbe Mensch zu sein, der er vor Annika und dem Bodelhof gewesen war. Sein Fernweh, das ihn jahrelang rund um den Erdball getrieben hatte, war verstummt. Stattdessen sehnte er sich mit jeder Faser schmerzlich nach Annika. Dabei hatte Victor nicht den leisesten Schimmer, ob sie ihn überhaupt wollte.

»He, da bist du ja.« Annika empfing ihn an der Tür, als hätte sie auf ihn gewartet.

»Hallo.« Er nahm sie fest in die Arme und vergrub das Gesicht in ihrem duftenden Haar, das frisch gewaschen und noch etwas feucht über ihre Schultern fiel. »Ich habe dich vermisst.«

»Es ist gut, dass du gekommen bist.« Sie ging nicht auf seine Bemerkung ein. »Ohne dich … wäre es irgendwie nicht richtig.«

Victor legte seine Rechte für einen Augenblick an ihre Wange und sah ihr prüfend ins Gesicht. »Geht es dir gut? Du siehst so aus.«

»Mir geht es gut. Es hat eine ganze Weile gedauert, aber das Alleinsein war nötig, um mich wieder zu sammeln. Stell dir vor, ich habe Marias Geschichte aufgeschrieben. Denkst du, das war richtig? Und würdest du es dir ansehen?«

»Auf jeden Fall.« Auch wenn Victor in den vergangenen

zwei Monaten ebenfalls reichlich Stoff zum Nachdenken gehabt hatte, so war es ihm auf gewisse Art und Weise doch wie ein Rausschmiss vorgekommen, als Annika ihn um Abstand gebeten hatte.

»Und wie stehen die Dinge auf dem Hof?«, erkundigte er sich.

»Seit deiner Abreise ist nichts mehr vorgefallen. Es scheint so, wie wir vermutet haben. Keine unheimlichen Vorkommnisse mehr. Das Haus ist friedlich und sicher, ein richtiges Heim. Die Brandschäden sind auch behoben. Und wenn Maria und Korbinian morgen auf dem Kirchhof bestattet sind, können wir endgültig einen Schlussstrich ziehen.«

»Gar nichts?«, hakte Victor nach. »Kein Knallen mehr auf dem Dachboden? Keine Schritte mehr auf der Treppe?«

»Nein. Und ich habe auch nicht wieder von Maria geträumt. Es ist vorbei, Victor.«

»Das Ende einer tragischen Liebe. Ich hoffe wirklich, sie werden Frieden finden.« Gerade als Victor sich ein Herz fasste und Annika küssen wollte, wandte sie sich von ihm ab.

»Lass uns hier nicht länger herumstehen, komm doch rein«, bat sie ihn ins Haus. »Du wirst die veränderte Atmosphäre spüren.«

Victor schickte sich an, die besagte Veränderung mit allen Sinnen wahrzunehmen, doch ihm wurde bald klar, wie wenig er Annikas Eindruck teilen konnte. Der Bodelhof wirkte auf ihn genauso bedrückend und beängstigend wie noch vor zwei Monaten. Gleichwohl brachte er es nicht übers Herz, ihr das zu sagen.

»Wir sollten diesem Dr. Lutz in Passau erzählen, wie unsere Geschichte ausgegangen ist. Vermutlich würde ihn das interessieren«, meinte Annika.

»Das habe ich bereits. Nach dem Fund der Knochen, als ich wieder in Erlangen war, habe ich mit ihm telefoniert.« Lutz hatte sich Victors Bericht skeptisch angehört und der schnellen Auflösung der Geschichte keinen rechten Glauben schenken wollen. Doch auch das behielt Victor für sich.

»Prima.« Annika führte ihn in die Küche, wo weitere Kräuter und Pflanzen hinzugekommen waren. »Meine Familie wird sich freuen, dich zu sehen.«

»Ich freu mich auch. Wie geht es deinem Vater?«

»Die Operation ist den Umständen entsprechend gut verlaufen, und im Anschluss hat er eine ambulante Chemotherapie gemacht. Natürlich gilt er noch nicht sicher als geheilt, aber er selbst ist von seiner endgültigen Genesung überzeugt. Das verstehe, wer will, nachdem er jahrelang derart mit dem Thema Krebs zu kämpfen hatte. Obwohl er immer noch ein alter Stinkstiefel ist, ähnelt er im Großen und Ganzen doch sehr viel mehr dem Vater, der uns allen so gefehlt hat.«

»Besucht er dich auf dem Hof?«

»Ja. Es scheint, als hätte das Ende von Marias und Korbinians Geschichte ihn auch mit Pepes Verlust abschließen lassen.« Annika schenkte Victor Kaffee und sich selbst einen Tee ein. Die Teemischung hatte sie aus selbstgezogenen und getrockneten Kräutern hergestellt. »Du glaubst gar nicht, wie sehr ich es genieße, mein Leben wiederzuhaben. Nur an meine Kolumne mag ich so recht nicht denken. Es ärgert mich, diese große Chance in den Sand gesetzt zu haben. So langsam muss ich mir überlegen, wie ich in Zukunft mein Geld verdienen will. Mein Erspartes und Oma Lissis Erbe sind durch den Hofkauf, die Renovierungsarbeiten und meine laufenden Lebensunterhaltskosten so gut wie verbraucht. Im Moment experimentiere ich ein wenig herum. Der Tee ist zum Beispiel eine Eigenkreation.«

»Lass mal probieren.« Victor nippte an dem Kräutersud. Anders als befürchtet schmeckte er nicht nach Medizin. »Schmeckt gut. Du kannst mir gerne ein Säckchen voll einpacken, wenn ich wieder fahre.«

»Bis du wieder fährst ...« Auf einmal sah Annika zerstreut aus. »Ich habe dir oben dein Zimmer, also das Gästezimmer, hergerichtet.«

»Ich kann auch beim Schlosswirt ...«

»Ach komm«, winkte sie ab. »Das wäre doch Blödsinn. Wir sind Freunde.«

»Freunde.« Das Wort zog sich wie Kaugummi in Victors Mund. Sie hatten vereinbart, jeder für sich darüber nachzudenken, wie es mit ihnen weitergehen sollte. War das Annikas Antwort?

»Ehrlich gesagt«, sie schien mit ihren Gedanken ganz woanders, »denke ich darüber nach, Marias Geschichte als Buch zu veröffentlichen. Die wahre Geschichte, wie ich sie mit angesehen habe. Was meinst du, hätte sie das gewollt?«

»Zeigst du mir, was du geschrieben hast?«

Annika zog einen Stapel bedruckter DIN-A4-Blätter aus einer Küchenschublade und drückte ihr Manuskript kurz an sich, ehe sie es Victor reichte.

Marias Augen brennen.

Die Küche in ihrem Elternhaus ist nicht weniger verraucht als die Küche des Bodelhofs, die Wände sind nicht weniger schwarz von Ruß, dennoch hat sie das Gefühl, das Brennen hätte sich verstärkt, seit sie als Magd zum Bodelbauern gekommen ist. Sie hat ein wenig Angst vor ihm, Angst vor Arthur Bodel mit den kalten Augen. Vielleicht rührt das Gefühl daher.

Victor las die Geschichte, die er aus Annikas Mund bereits kannte, in einem Rutsch. Maria Bodels Leben wurde vor seinen Augen noch einmal auf ganz andere Art und Weise lebendig. Am Ende schämte er sich seiner feuchten Augen nicht.

»Mach es«, sagte er zu Annika. »Mach ein Buch daraus, wenn

du kannst. Auch wenn die Leute nicht wissen werden, dass sie eine wahre Geschichte in Händen halten. Ich bin mir sicher, Maria hätte dein Manuskript gefallen.«

Am Abend saßen sie in der Küche beisammen und tranken Wein. Reichlich Wein. Nach der zweiten Flasche spürten beide die anregende Wirkung des Alkohols.

»Man hat den Brandstifter nicht gefunden«, sagte Annika gerade. »Dafür ist Daniel zu gewitzt. Sie konnten lediglich protokollieren, wie der Täter ins Haus eingedrungen ist. Aber nachzuweisen war ihm nichts. Gut, dass Wilhelm Waltner da war. Der Alte hatte von den Plakaten gehört und sich Sorgen gemacht. Er muss den ganzen Tag heimlich ums Haus geschlichen sein und die Augen offen gehalten haben.«

»Gott sei Dank. Für dich besteht kein Zweifel, wer der Täter war?«

»Nein.« Annika schüttelte den Kopf. »Nachdem Daniel mit mir gesprochen hatte, ist er vermutlich schnurstracks losmarschiert, um das Feuer zu legen. Wer sonst sollte es gewesen sein?«

Victor sah auf ihren Mund. Ihre Lippen waren blassrosa. Er konnte seit geraumer Zeit an kaum etwas anderes denken, als sie zu küssen. Ob es ihr genauso ging? Er dachte zurück an die Nacht im Gästezimmer der Familie von Bruckenheim.

»Wir hätten Emilia von Bruckenheim zur Beerdigung einladen sollen«, sagte er laut. »Irgendwie hat sie ja auch mit der Geschichte zu tun.«

»Habe ich getan.« Annika streckte sich und kippte dabei fast vom Stuhl, was dem Weingenuss zuzuschreiben war. »Ich glaube, sie wird kommen.« Der dünne Stoff ihres Oberteils spannte über ihren Brüsten. Victor konnte nicht wegsehen. Sie stand auf und kam, dezent schwankend, auf ihn zu. Es war warm in der Küche, im Wamsler knisterten dicke Holzscheite. »Victor?« Sie streckte die Hände nach ihm aus und streichelte ihm durchs Haar.

»Hm?«

»Ich bin betrunken, und ich habe dich auch vermisst. Können wir bitte auf der Stelle miteinander schlafen?«

Als Annika hinterher in seinen Armen schlief, war Victor nicht schlauer als zuvor. Wollte sie nun eine Beziehung mit ihm? Oder wollte sie nicht? Sie lagen aneinandergeschmiegt auf einer Decke vor dem Ofen. Das Feuer war heruntergebrannt, und langsam wurde es kühl.

Morgen nach dem Begräbnis musste er unbedingt mit ihr reden. Nüchtern, ohne dass Alkohol im Spiel war. Der Gedanke war noch nicht zu Ende gebracht, da lenkte ein kalter Luftzug ihn ab, der unerwartet über ihre nackten Leiber fuhr. Annika regte sich unruhig im Schlaf.

Victors Schwips verflog schlagartig, denn schon im nächsten Moment begann der Gesang. Eine körperlose Frauenstimme füllte die Räume des alten Hofs, und ehe er recht begriff, liefen ihm Tränen über die Wangen. Was Victor da hörte, war ein Wiegenlied; der Gesang war so tieftraurig und anrührend, dass es bis in die Seele hinein wehtat.

Schlaf ein, mein Kind, schlaf ein,
behüt' von treuen Engelein,
beschirmt von Gottes gnädgem Schein.

Annika schlug beklommen die Augen auf, gerade als die zweite Strophe des Liedes erklang. Jetzt war es eine männliche Stimme, die sang. Schaurig und schön zugleich.

Schlaf ein, Kindlein, schlaf ein,
Schutz und Schirm seien dein,
in jedem süßen Träumelein.

»Ich hatte unrecht. Es ist noch nicht vorbei.« Sie lag ganz still in Victors Armen, während ihre Augen den dunklen Raum erforschten, der lediglich vom Mondschein erhellt wurde. »Fürchtest du dich?«, flüsterte sie.

»Ich weiß es nicht.« Als die dritte Strophe erklang, verlor sich die traumwandlerische Benommenheit, die Victor zu Anfang des Liedes eingehüllt hatte. »Aber wir sollten trotzdem besser abhauen.«

»Nein, hör doch. Sie singen gemeinsam.«

Schlaf ein, Kindchen, schlaf ein,
die Mutter wacht am Bette dein,
immer wird sie bei dir sein.

Und da waren sie, sichtbar für das menschliche Auge, ehe der Verstand es recht begreifen konnte, und streckten im Schein des Mondlichts flehentlich die Arme nach etwas aus.

Die Frau war hellhaarig und zart. Maria Bodel, wie sie als junge Frau ausgesehen hatte. Neben ihr ragte Korbinians hochgewachsene Gestalt beschützend auf. Obwohl kein Laut über ihre Lippen kam, nachdem das gespenstisch anrührende Lied verklungen war, stand auf den Gesichtern eine verzweifelte Bitte zu lesen.

Draußen auf der Straße fuhr ein Auto vorbei und beendete den Spuk. An der Stelle, an der die Erscheinungen eben noch gestanden hatten, badeten bloß Annikas Kräutertöpfchen im Mondlicht.

»Sie sind fort«, wisperte Annika. »Hast du verstanden, was sie uns sagen wollten?«

»Ja.« Victor wischte sich über die Augen. »Wir waren so dumm, das Offensichtliche nicht früher zu sehen. Sie wollen ihr Kind.«

»Sie wollen ihren Sohn«, nickte Annika betroffen.

»Aber weshalb haben sie so lange gewartet?«

»Vielleicht hat es damit zu tun, dass du erst jetzt wieder hier bist? Vielleicht sollen wir das Steinkind gemeinsam finden.«

»Das Steinkind gemeinsam finden?«, echote Victor.

»Ja. Frag mich nicht, wie, aber genau das müssen wir tun.«

»Komisch, irgendwie sind Maria und Korbinian erst mit meiner Rückkehr auf den Hof wirklich menschlich für mich geworden. Was du da über sie aufgeschrieben hast … und der Gesang, das Wiegenlied und die beiden Gestalten im Mondschein …« Victor nahm den quietschenden Wasserkessel vom Ofen. Obwohl es nach ein Uhr nachts war, hatten sie das Feuer aus der schwelenden Glut neu entfacht. »Will sagen, ich habe keine Angst mehr.«

»Gut. Ich auch nicht, denke ich. Ich habe ja schon vorher nicht mehr recht geglaubt, dass Maria uns Böses will. Machst du mir auch einen?«

»Einen Kaffee?«

»Ja. Mir brummt der Schädel. Ich mag das Zeug nicht, aber entweder wird mir gleich richtig übel, oder der Kaffee hilft mir ausnahmsweise, einen klaren Kopf zu bekommen. Den kann ich brauchen.«

»Das können wir beide. Hier.« Er reichte Annika eine dampfende Tasse. »Lass uns den Stand der Dinge festhalten: Wir wissen rein gar nichts über den Verbleib des Steinkinds. Wenn es noch existiert – und für den unwahrscheinlichen Fall, wir fänden es tatsächlich … Ich sehe die Schlagzeile schon vor mir. Verstehst du? *Das Steinkind von Kinsau – sensationeller medizinischer Fund im tiefsten Bayern.*«

Annika verzog das Gesicht, entweder wegen Victors klarer Analyse oder weil sie den Kaffee probiert hatte. »Dazu müssten wir das Kind erst einmal finden. Und ich habe so gar keine Ahnung, wie wir das anstellen sollen. Nachdem Bairich die Leichen verscharrt hatte, verdiente er sich an dem steinernen Kind eine goldene Nase. Es ging ihm so gut, dass er ein weiteres Mal heiraten und einen Sohn zeugen konnte. Mehr wissen wir nicht. Glaubst du, es hat damals schon gespukt? Ich meine, nachdem sie gestorben waren?«

»Möglich.« Victor zuckte mit den Schultern. »Lass uns den Faden trotzdem mal weiterspinnen. Bairich ist durch das steinerne Kind reich geworden…«

»… doch im Dorf war seine Existenz nicht bekannt, dafür hat der Bodelbauer gesorgt, indem er seine reichen Besucher zu absolutem Stillschweigen verpflichtete.«

»Stimmt, denn andernfalls wüsste man davon, und die Geschichte wäre wie die anderen bekannten Lithopaedion-Fälle irgendwie überliefert worden.«

»Genau. Wenn wir also von der Situation ausgehen, dass Bairich Bodel als Besitzer des Steinkinds zwar in gehobenen medizinischen Kreisen bekannt war, die Kinsauer selbst bei der Geschichte jedoch außen vor waren …«

»… muss das Kind nach Bairichs Tod irgendwo abgeblieben sein. Nebenbei, vielleicht finden wir irgendwann mal einen alten medizinischen Bericht über das Kinsauer Steinkind – die Mediziner und Gelehrten werden das Gesehene auch schriftlich abgefasst haben, nehme ich an.«

»Kann schon sein.« Annika sank der Mut. »Ob Bairich das Kind wie Maria und Korbinian verscharrt hat?«

»Dafür war es ihm vermutlich zu kostbar. Er könnte es an seinen Sohn weitergegeben oder einfach versteckt haben.«

»Hmpf.« Annika schüttelte den Kopf. »Sollte er es wirklich im Schrank oder im Bettkasten versteckt haben, ist es für uns verloren. Dann hat es irgendwer, vermutlich seine Frau oder sein Sohn, nach seinem Tod gefunden und Gott weiß was damit angestellt. Aber etwas müssen wir doch tun können!«

»Suchen«, entgegnete Victor pragmatisch. »Erst im Haus, dann auf dem gesamten Grundstück. Lass uns die Nasen in jede

Ritze und jeden Winkel stecken. Maria und Korbinian wollen ihren Sohn. Vielleicht lenken sie unsere Schritte.«

»In Ordnung. Wo fangen wir an? Auf dem Dachboden? Inzwischen steckt eine Glühbirne in der Fassung. Wenn wir zusätzlich noch Taschenlampen mitnehmen, müsste es gehen.«

Bis neun Uhr morgens hatten sie unter anderem eine vermutlich wertvolle Comicsammlung aus den 1950er-Jahren gefunden, eine alte Puppe mit echthaarbekränzten Lidern und unheimlichem Augenaufschlag, außerdem eine Packung Kaugummis aus der Nachkriegszeit.

»Ich kann nicht mehr.« Annika sank stöhnend auf einen Küchenstuhl, während Victor sich seine vierte Tasse Kaffee einschenkte. »Magst du auch noch einen?«

Sie schüttelte entmutigt den Kopf. »Wir sind gerade erst mit dem Haus, dem Holzschuppen und der Garage so halbwegs durch.«

»Wann beginnt das Begräbnis genau?«

»Um zwei Uhr. Ich weiß nicht, wie wir das noch schaffen sollen. Abgesehen davon könnte das Steinkind praktisch überall sein – falls es denn nicht längst zerstört wurde.«

»Nicht aufgeben.« Victor kniete sich vor Annika hin und küsste sie auf Stirn, Nase und Lippen. »Nicht aufgeben, hörst du? Ich weiß selbst nicht, warum, aber zum ersten Mal habe ich wirklich das Gefühl, wir können Marias Geschichte zu einem guten Ende führen. Bist du eigentlich sicher, dass es hier keinen Keller gibt? Und nie einen gegeben hat?«

»Nicht dass ich wüsste.«

»Ich gehe trotzdem noch einmal alles ab, jetzt, bei Tageslicht. Womöglich haben wir etwas übersehen.«

»Gut.« Annika rappelte sich auf. »Ich schnappe mal eben frische Luft.«

Draußen war es kalt und windig. Annikas Augen begannen

zu beißen, kaum dass sie aus der Tür getreten war. Die Hände fest in den Taschen ihrer dicken Jacke vergraben wanderte sie zum Lech hinunter, wo die Hollywoodschaukel, bedeckt von einer dünnen Eisschicht, vor sich hinrostete. Nachdem das gute Stück jahrelang im trockenen Keller verstaubt war, reagierte es nun verschnupft auf Wind und Wetter.

Annikas Kopf war wie leergefegt. So erfolgreich es ihr in den letzten beiden Monaten gelungen war, den Bodelhof wieder ganz und gar zu ihrem Zuhause zu machen, empfand sie es als Schock, die Geschichte wider Erwarten nicht ausgestanden zu haben. Noch gestern war sie vor Freude über Victors Kommen völlig aus dem Häuschen gewesen. Stunden vor seiner Ankunft hatte sie am Fenster Ausschau gehalten und sich wie ein aufgeregtes Kind gefühlt, das auf die Bescherung am Heiligen Abend wartet. Doch als er dann endlich da gewesen war, war das, was sie ihm eigentlich sagen wollte, nicht über ihre Lippen gekommen. Später hatte der Wein alle Worte vergessen gemacht, und jetzt … Sie konnte Victors Optimismus, was das steinerne Kind anbelangte, nicht mehr teilen. Dabei hatte der nächtliche Gesang ihr schier das Herz gebrochen.

Annika machte kehrt und marschierte zum Hof zurück. Schnee knirschte unter ihren Füßen. »Ich weiß nicht, was ich tun soll«, murmelte sie. »Ich weiß es einfach nicht.« Pro forma stattete sie dem eingeschneiten Gewächshaus einen kurzen Besuch ab, obwohl Bairich Bodel das Steinkind hier nicht versteckt haben konnte. Als sie anschließend ins Haus zurückkehren wollte, sah sie, dass die schwere Spitzbogentür des Sandsteinanbaus halb offen stand. Demnach war Victor im Haus nicht fündig geworden.

Annika seufzte, warf einen Blick auf ihre Armbanduhr – der Zeiger stand auf kurz vor halb elf – und trat dann in den Dämmerschatten des Anbaus. Als sie zum letzten Mal hier drin gewesen war, hatte sie sich vor Victors Gegenwart geflüchtet, der im Haus dabei gewesen war, seine Sachen zu packen. Jetzt, wo sie ihn suchte, fand sie ihn indessen nicht. Außer Mäusen, Spinnen und den Fledermäusen oben im Dachgebälk war niemand da. Annika sah sich dennoch noch einmal um und machte schließlich, da sie nichts Auffälliges entdecken konnte, wieder kehrt. Gerade als sie sich zum Gehen wandte, bemerkte sie einen gelben Fleck am Boden und blinzelte verwirrt. Eben war dort definitiv nichts gewesen. Erst beim Näherkommen erkannte Annika, worum es sich handelte.

»Mein Gott.« Sie schlug die Hände vor den Mund. »Mein Gott!« Und rannte los, um Victor zu holen.

»Das ist die Decke, die Maria für ihr Kind gemacht hat.« Minuten später beugten sie sich gemeinsam über Annikas Entdeckung. Victor konnte in dem niedrigen Anbau nicht aufrecht stehen. Er kniete sich hin und berührte vorsichtig die weiche Wolle, die mit Schafen und Ziegen bestickt war. »Das ist mit Sicherheit auch die Decke, die mein Vater in seinen Aufzeichnungen erwähnt«, sagte er andächtig.

»Ich hatte das bis eben völlig vergessen, aber ich habe die Decke selbst einmal gesehen – an einem unserer Grillabende habe ich sie auf dem Küchentisch gefunden. Ihr anderen seid draußen auf der Terrasse gewesen, und als sie mir später wieder eingefallen ist, war sie fort.«

Die Decke lag auf dem mit Bruchsteinen gepflasterten Teil des Anbaus, von dem Annika angenommen hatte, dass dort früher schwere Gerätschaft aufbewahrt worden war.

»Ich hole Werkzeug. Wir müssen nachsehen.«

»Es ist schon Viertel nach elf«, bemerkte Annika nach einem besorgten Blick auf ihre Uhr.

»Falls das Kind unter den Steinen liegt, werden wir es finden. Wir müssen, sonst hat der Spuk nie ein Ende.«

»In Ordnung. Du hast recht. Wir werden das Kind finden«,

sagte Annika mit neuer Entschlossenheit. »Wir finden es.« Sie hob die Decke auf und hielt sie fest, während Victor losspurtete, um Werkzeug zu holen. In Rekordzeit war er zurück.

Es dauerte eine gute Stunde, bis die Bruchsteine entfernt waren und sie mit der eigentlichen Grabung beginnen konnten. Sie merkten es zuerst gar nicht, als der Spaten in kaum mehr als fünfzehn Zentimeter Tiefe auf eine morsche Holzkiste traf.

»Warte.« Annika hielt Victor zurück, als dieser den Spaten neuerlich in den Boden treiben wollte. »Die Erde hat hier eine andere Färbung, oder … warte, das ist gar keine Erde!« Sie ließ sich auf die Knie fallen und schob mit bloßen Händen Erdbrocken und feine Kieselsteinchen zur Seite. »Eine Kiste.«

»Wow.« Sie sahen sich mit großen Augen an.

Victor half Annika, die Kiste zu bergen. Sie fürchteten, das morsche Holz könne jeden Augenblick auseinanderbrechen, doch die Kiste hielt selbst dann noch, als sie aus dem Erdloch gehoben und nach draußen ans Tageslicht gebracht worden war.

»Jetzt gilt es.« Victor war blass. Der Deckel, einst sorgfältig vernagelt, bröckelte an den Rändern und war nicht schwerer als Pappe anzuheben. Der Wind sauste und heulte um den Bodelhof, als Annika einen zögerlichen Blick in die Kiste wagte.

Und da war er.

Marias und Korbinians Sohn, von seiner Mutter jahrzehntelang unter dem Herzen getragen.

Ein bräunlicher, kalksteinumhüllter Fötus von etwa dreißig Zentimetern Länge.

Annika schluchzte. Sorgsam hob sie das Steinkind aus der Kiste, wickelte es in die weiche Decke und wiegte es gleich einem lebenden Kind in den Armen. Sie weinte um Marias Sohn und zugleich um ihr eigenes Kind, das sie nur so kurz unter dem Herzen hatte tragen dürfen. Plötzlich war sie ganz sicher, mit ihrer einmal geäußerten Vermutung richtiggelegen zu haben – Maria hatte ihre Geschichte nur denjenigen Frauen anvertraut, die wie sie selbst schon einmal guter Hoffnung gewesen waren. »Wir bringen dich zu deinen Eltern«, versprach sie dem Steinkind leise. »Du wirst endlich bei ihnen sein.«

Das Bild der weinenden Annika mit dem steinernen Fötus im Arm war so anrührend, dass Victor das Gefühl hatte, einen Frevel zu begehen, indem er sie störte. Aber die Zeit drängte.

»Gibt es eine Möglichkeit, das Kind unbemerkt in einen der Särge zu legen? Uns muss klar sein, dass es als Exponat in einem Museum landet – bestenfalls –, falls jemand unseren Fund zu sehen kriegt.«

»Es gibt nur einen Sarg. Maria und Korbinian liegen gemeinsam darin. Allerdings steht der Sarg im Aussegnungshaus, und ich weiß nicht, ob wir da hineinkommen.«

»Wir müssen es versuchen«, entschied Victor. »Eine andere Möglichkeit sehe ich nicht. Das Begräbnis fängt in weniger als zwei Stunden an.«

»Fahr du, ich halte das Kind.«

»Kannst du es unter deiner Jacke verstecken? Aber brich ihm nichts ab, ich weiß nicht, wie stabil es …«

»Victor!«, raunzte Annika, wischte sich über die verweinten Augen und verbarg das Steinkind behutsam unter ihrer Jacke.

Das Aussegnungshaus, optisch eine gewagte Mischung aus einer Kapelle und einem griechischen Säulentempel, war nicht abgeschlossen. Durch die Eingangstür gelangte man in einen kleinen Vorraum, wo in einem Kandelaber fünf elektrische Kerzen brannten. Es roch nach Desinfektionsmittel und Raumspray. Der Geruch des Todes, hatte Annika bei der Beerdigung ihrer Großmutter Lissi gedacht, dabei war es vermutlich nur das Raumspray, das in der Luft lag.

»Wo müssen wir hin?«, raunte Victor.

Zwei Türen führten zu den Herren- und Damentoiletten, auf

einer weiteren Tür wies ein dezentes Schild darauf hin, dass der Zutritt für Unbefugte verboten war.

»Dort hinein.« Annika zeigte auf die vierte Tür mit der Holzapplikation eines Kreuzes darauf. »Da drinnen werden die Särge bis zur Beerdigung aufgebahrt.«

Victor betrat den Raum zuerst, um mit einem leisen Fluch auf den Lippen abrupt stehen zu bleiben.

»Was ist?« Annika wäre um ein Haar über ihn gestolpert. Sie vergewisserte sich kurz, dass dem Steinkind nichts geschehen war, ehe sie sich ungeduldig an ihm vorbeischob. »Oh.«

Sie hatten nicht damit gerechnet, gleich drei Särge vorzufinden. Jeder stand auf zwei hölzernen Böcken, die mit schwerem Stoff abgehängt waren. Mit demselben Stoff – dunkelgrau mit weißen Lilien darauf – waren auch die Wände verkleidet.

»Das darf nicht wahr sein.« Fassungslos starrte Victor auf die Särge. »Was machen wir jetzt? Ich kann da nicht überall auf gut Glück hineinsehen.«

»Das bringe ich auch nicht fertig.« Annika umrundete die Särge, sich des zarten Gewichts in ihren Armen sehr bewusst. »Schau, ich glaube, ich habe die Lösung. Zwei der Särge tragen Messingschilder mit den Namen der Verstorbenen. Es kann eigentlich bloß der dritte Sarg ohne Kennzeichnung sein.«

»Das hoffe ich. Pass auf, dass niemand kommt.« Mit flauem Gefühl hob Victor den Deckel an.

Der Sarg war leer.

31

»Wo zum Teufel sind die Gebeine?« Victor fuhr beim Anblick des leeren Sargs zurück, als hätte tatsächlich Satan höchstpersönlich nach ihm gegriffen.

»Ich weiß es nicht. Vielleicht ist es doch der falsche.« Leichenblass umrundete Annika den Sarg und meinte beinahe, die Anklage des steinernen Säuglings in ihren Armen fühlen zu können. »Wie sollen wir das Kind zu seinen Eltern legen, wenn die Knochen verschwunden sind?«

»Und falls du dich geirrt hast? Ich meine, wenn sie bis zur Beerdigung anderswo aufgebahrt werden?«

»Dann stünde hier kaum ein leerer …« Unterdrücktes Niesen ließ sie mitten im Satz innehalten.

»Scheiße, da kommt wer.« Victor war drauf und dran, Annika zur Tür zu ziehen. »Das klang verdammt nah.«

»Schließ den Sargdeckel«, flüsterte sie. »Beeil dich.« Schon kroch sie, das Steinkind in der rechten Armbeuge haltend, unter den schweren Stoff, der die Holzböcke verhüllte.

Dort blickten ihr die kalten Augen einer Frau entgegen.

Annika schrie.

Ihr erschrockener Verstand begriff nicht sogleich, wen sie vor sich hatte. Die Frau war hier so fehl am Platz wie ein Mainzelmännchen auf dem Mond. Unter dem Sarg, eine große Plastiktüte an sich gedrückt, hockte Gabriele, die Lippen zusammengekniffen und das helle Haar zu einem strengen Zopf geflochten.

»Was machst du hier, um Gottes willen?«, fragte Annika entgeistert. »Ich hab dich im ersten Moment gar nicht erkannt. Wo ist Hanna?«

»Du kennst die Frau?« Victor beugte sich zu ihnen hinunter.

»Das ist Hannas Mutter Gabriele.«

»Ulis Gabriele? Die, mit der er den One-Night-Stand …«

»Genau die«, unterbrach Annika, während Gabriele unter dem Sarg hervorkroch. Die letzte Begegnung der beiden Frauen lag eine ganze Weile zurück. Sie hatten einander vor Monaten gesehen, als Gabriele mit ihrer Tochter zum Bodelhof gekommen war, um die Kleine dort für das Wochenende an Uli zu übergeben. Das war an jenem Tag gewesen, als Hanna von der toten Frau bei ihrer Tante gesprochen hatte.

Die große Plastiktüte fest unter den linken Arm geklemmt baute Gabriele sich vor Victor und Annika auf. Eine helle Locke fiel ihr in die Stirn, die sie unwillig fortpustete. »Wie ihr das Kind zu seinen Eltern legen sollt?«, wiederholte sie das zuvor Gesprochene. »Ihr habt es also wirklich gefunden.« Es war mehr Feststellung denn Frage.

»Woher weißt du davon?« Annika wusste immer noch nicht, wie ihr geschah. Gabriele, versteckt im Aussegnungshaus unter einem leeren Sarg, machte die Sache noch unwirklicher. Es war abstrus.

»Gebt es mir«, verlangte Gabriele ohne sichtbare Gefühlsregung. Überhaupt wirkte sie so kühl und beherrscht, dass es Annika schauderte. »Es gehört mir.«

»Dir?«

»Gebt es mir«, wiederholte die junge Frau. »Ich warne euch.« Sie griff an ihren Gürtel und hielt auf einmal eine kleine Pistole in der freien Hand.

Annika und Victor wichen zurück, als Gabriele die Waffe auf sie richtete.

»Ich habe weder eine Ahnung …« Annika musste sich räuspern, so trocken war ihre Kehle. »Ich habe weder eine Ahnung, woher du von dem Steinkind weißt, noch, weshalb du es unbedingt in deinen Besitz bringen willst. Denk an Hanna, Gabriele, mach dich und sie nicht unglücklich. Nimm die Waffe runter.«

»Die Gebeine sind in der Plastiktüte, stimmt's?«, mutmaßte Victor, als Gabriele sich nicht rührte. »Was haben Sie damit vor?«

»Ich werde sie zertrümmern und die Asche auf der dreckigsten Müllhalde verstreuen, die ich finden kann«, zischte Gabriele. »Her mit dem Steinmonstrum.«

»Nein.« Annika sah sich nach der Tür um und versuchte, die Entfernung abzuschätzen.

»Denk gar nicht dran! Ich drücke ab«, drohte die Bewaffnete.

»Erklärst du uns wenigstens, was hier vorgeht?« Annika konnte nichts dagegen tun – ihre Hände, die das Steinkind hielten, zitterten heftig.

»Wir kriegen das hin«, formte Victor mit den Lippen.

»Hört auf!«, bellte Gabriele. »Nicht miteinander sprechen.« Sie stellte die Plastiktüte neben der Tür ab, während sie mit der Waffe weiter auf Victor und Annika zielte. »Ich sag es ein letztes Mal. Gebt mir das Kind! Auf der Stelle.«

»Gib es ihr«, sagte Victor.

»Nein.« Annika presste die Lippen aufeinander und schüttelte den Kopf. Fast meinte sie, den Schuss schon krachen zu hören, da betrat ein Mann den Aufbahrungsraum. Die unauffällige Tapetentür hatten bislang weder Victor noch Annika wahrgenommen.

»Entschuldigung. Strenggenommen ist der Aufenthalt im Aussegnungshaus erst zur offiziellen Kondolenz gestattet. Kann ich Ihnen …« Erst als der Geistliche erkannte, wen er vor sich hatte, bemerkte er auch die Pistole. »Gabriele, nicht!« Seine Attacke kam unvermittelt. Er stürmte auf die junge Frau los und rannte sie um. Beide gingen zu Boden. Es gab ein kurzes

Handgemenge, dann glitt die Pistole aus Gabrieles Hand, und sie sank schluchzend an Pfarrer Braunhans' Brust.

Der Pfarrer hob die Waffe auf und steckte sie weg, ehe er Gabriele auf die Beine zog, die nicht mehr als ein Häufchen Elend war. »Nehmen Sie die Plastiktüte mit und folgen Sie mir«, sagte er zu Annika und Victor.

Hinter der Tür mit dem Schild »Zutritt für Unbefugte verboten«, die vom Vorraum des Aussegnungshauses abging, befand sich ein Lagerraum, angefüllt mit allerlei Bestattungsinterieur wie dicken Kerzen, schwarzen Tüchern und unechtem Blumenschmuck, der selten zum Einsatz kam, wie der Staub auf den Blütenblättern verriet. Dorthin führte Braunhans Victor und Annika samt der weinenden jungen Frau.

»Ich wüsste nicht, dass Gabriele mit der Kirche etwas am Hut hat. Woher kennen Sie sie?« Annikas erste Erleichterung war heftiger Wut gewichen. »Was haben Sie mit der Sache zu tun?« Sie hatte keine Scheu, den Geistlichen rüde anzufahren. Vor allem, da sich die junge Frau weiterhin schluchzend an Braunhans klammerte, dem ihr Gebaren sichtlich nicht behagte. »Haben Sie eine Affäre mit ihr?«

»Eine Affäre? Wo denken Sie hin?«

»Sie scheinen nicht unbedingt erstaunt über das, was eben geschehen ist«, stellte Victor fest, der sich dicht neben Annika hielt. Im Moment war er wenig geneigt, dem Priester zu vertrauen. »Bringen Sie Licht ins Dunkel. Was hat Gabriele mit dem Bodelhof zu tun? Und was haben Sie uns verschwiegen?«

»Mein Schweigen hatte seine Gründe.« Braunhans seufzte tief. »Aber nun werden Sie es ja doch erfahren. Gabriele ist meine Tochter. Meine und Angelas.«

»Sie sprechen von Angelina Liebst?«, fragte Annika konsterniert. »Ihrer ehemaligen Haushälterin?«

»Wir waren lange Jahre ein Liebespaar«, nickte der Geistliche. »Aber meine Versprechungen, das Priesteramt aufzugeben, waren letztendlich nichts als hohles Gerede. Spätestens als Angela wegen ihrer Schwangerschaft von aller Welt an den Pranger gestellt wurde und beinahe ihre Stelle verloren hätte, wäre es an der Zeit gewesen, mich zu ihr und meiner Tochter zu bekennen.«

»Was Sie nicht getan haben.«

»Nein.«

Annika und Victor sahen beide zu Gabriele hin – Braunhans hatte sich zwischenzeitlich von ihr gelöst –, die nun auf dem kalten Boden hockte und mit angezogenen Knien hin und her schaukelte.

»Was ist denn bloß mit ihr?« Annika bekam gegen ihren Willen Mitleid. »Was hat sie mit Marias Geschichte zu tun? Und woher rührt dieser Hass?«

»In gewisser Weise waren die Vorgänge auf dem Bodelhof für Angela ein Segen«, erklärte der Pfarrer. »Sie musste fort aus Kinsau, um ihren Verstand zu schützen und nicht vollends in den Bann der Vergangenheit zu geraten. Auf diese Weise konnte sie sich nach all den Jahren endlich von mir lösen.«

»Und ging mit Gabriele nach Kanada?«

»So ist es. Angela hat dort drüben sogar geheiratet. Ihr Mann adoptierte Gabriele, konnte Angelina aber anscheinend nie richtig glücklich machen.«

»Wie darf man das verstehen?« Victor hatte Mühe, Mitleid für den sichtlich mitgenommenen Priester zu empfinden.

»Wir hatten in den Jahren vor ihrem Tod keinen Kontakt mehr. Ehe Angela gestorben ist, vertraute sie Gabriele die ganze Geschichte über den Hof und Maria an – und sie enthüllte ihr meine Vaterschaft. Meine Tochter hatte mich in ihren Kindheitserinnerungen zwischenzeitlich zum Helden verklärt. Nach dem Begräbnis ihrer Mutter kam sie schnurstracks zurück nach Deutschland, nahm sich eine Wohnung in meiner Nähe und verlangte von mir, ihr der Vater zu sein, der ich bis dahin nicht gewesen war.«

»Doch das konnten Sie nicht, wenn ich mir Gabriele so ansehe?«, vermutete Annika.

»Wie hätte ich den regelmäßigen Umgang mit einer schönen jungen Frau vor meiner Gemeinde rechtfertigen sollen? Mein Amt bringt es mit sich, im Blickpunkt der Öffentlichkeit zu stehen. Mir waren die Hände gebunden. Glauben Sie mir, ich bereue zutiefst, mich damals nicht zu Angelina und meiner Tochter bekannt zu haben. Es mag vielleicht nicht so scheinen, aber ich hadere seit Jahren mit mir selbst.«

»Du feiger Hund.« Die gefauchten Worte kamen von Gabriele.

»Hoffentlich hat sie nicht noch eine Waffe.« Victor beäugte die am Boden Sitzende misstrauisch. »Wir sollten sie durchsuchen.«

»Ich glaube nicht, dass sie uns noch etwas tun will. Sieh sie dir doch an.« Annika reichte Victor vorsichtig das Steinkind, ehe sie sich neben Gabriele auf den Boden hockte.

Die junge Frau verfolgte mit verquollenen Augen, wie Victor das Objekt ihrer Begierde an sich nahm.

»Lass es gut sein«, sagte Annika sanft. »Denk an deine Tochter. Woher hast du überhaupt die Pistole?«

»Mein Stiefvater ist leidenschaftlicher Jäger. Von ihm habe ich das Schießen gelernt – und seitdem trage ich in heiklen Situationen eine Pistole bei mir.«

»Eine illegale Pistole …«, schnaufte Braunhans.

Annika suchte Gabrieles Blick. »Erzählst du mir, weshalb du die Knochen schänden wolltest? Weshalb du Maria und Korbinian so sehr hasst?«

»Ihretwegen habe ich keinen Vater. Wenn die Träume nicht gewesen wären, hätte meine Mutter den Pfarrer nie im Leben verlassen. Das hätte sie nicht über sich gebracht. Und ich habe ihn so sehr geliebt, obwohl ich damals noch gar nicht wusste, dass er mein Vater war.«

»Denkst du denn, deine Mutter wäre glücklich damit geworden, für den Rest ihres Lebens die heimliche Geliebte des Pfarrers zu sein?«

»Ich wäre glücklich damit gewesen, bei ihm bleiben zu dürfen!«, fuhr Gabriele auf.

»Braunhans scheint mir nicht unbedingt der Mann, der deine Zuneigung verdient hat.« Annika dachte daran, wie unwillig der Pfarrer seine Tochter noch kurz zuvor in den Armen gehalten hatte. »Ich weiß, dass deine Mutter Maria Bodel eine Mörderin nannte. Kannst du mir das erklären?«

»Das Kind in ihrem Bauch ist durch eine unzüchtige Beziehung zustande gekommen«, sagte Gabriele bitter. »Meine Mutter sah es als Marias Schuld und somit als Strafe Gottes an, dass das Kind in ihrem Leib starb. Im Grunde verurteilte sie sich selbst für die verbotene Liebschaft mit meinem Vater – und diese Hexe aus der Vergangenheit gleich mit.«

»Maria und Korbinian wollten heiraten und das Kind legitimieren.«

»Und wenn schon. Ich hasse Maria Bodel.« Gabriele klang wie ein verbocktes Kind. »Und dich auch.«

»Mich?« Annika erschrak über den blanken Hass, der ihr aus den Augen der jungen Frau entgegensprang. »Weshalb?«

»Du hättest froh und dankbar um die Liebe deines Freundes sein müssen. Stattdessen hast du ihn wie ein Stück Dreck einfach fortgeworfen, um dich dem nächsten Mann zuzuwenden. Ja, glaubst du denn, alle Frauen haben noch irgendwo einen anderen Kerl in der Hinterhand? Viele haben nicht mal einen einzigen«, schnaufte Gabriele empört. »Und du bestärkst Uli darin, keine Beziehung mit mir zu wollen. Obendrein findet Hanna dich so toll, obwohl du Schlampe das nicht verdient hast.«

Annika fand keine Worte. Ihre Wangen brannten.

»Ich hasse dich – und ich hasse den ganzen verdammten Hof«, legte Gabriele nach. »Jammerschade, dass er nicht abgebrannt ist!«

»Findest du?« Annika griff den Verdacht auf, den sie in Victors Augen las. »Weil du ihn angezündet hast?«

»Ohne die Plakate wäre ich nicht draufgekommen.« Gabriele blinzelte, als blicke sie in zu grelles Licht. »Ich habe das als Wink des Schicksals betrachtet. Wenn der Alte nicht ständig um das Haus geschlichen wäre, hätte ich es besser gemacht.«

»Mein Gott, Gabriele!«, rief Braunhans. »Zuerst die Waffe und jetzt das!« Der Pfarrer schien tief getroffen.

»Mit dem Alten meint sie Waltner«, vermutete Victor.

»Mit Sicherheit. Gabriele? Sieh mich an«, verlangte Annika, deren Sorge um ihre Nichte in Anbetracht von Gabrieles Zustand wuchs. »Du hast Hanna von Maria erzählt, nicht wahr? Du hast sie schlechtgemacht. Sonst hätte die Kleine vielleicht gar nicht so eine Angst gehabt. Sag mir, wo sie ist.«

Hoch oben im Kirchturm begannen die Glocken zu läuten.

32

Auf dem Kirchhof fanden sich so viele Menschen ein, wie man es noch selten gesehen hatte. Da die beiden Skelette aus dem aufsehenerregenden Knochenfund zur letzten Ruhe gebettet werden sollten, waren neben den Kinsauern auch viele Bewohner der umliegenden Dörfer sowie die Berichterstatter der örtlichen Presseorgane gekommen.

Annika und Victor gesellten sich zu Annikas Familie.

»Da seid ihr ja«, wisperte Erika, die sich ein schwarzes Seidentüchlein um den Hals gebunden hatte.

»Weshalb dauert das denn so lange? Wir stehen uns noch Löcher in den Bauch.« Franz war unruhig.

»Es ist bestimmt gleich so weit«, beschwichtigte Annika. »Horch, das Glockengeläut hat aufgehört.« Sie strich ihrer kleinen Nichte über den Kopf, die zwischen ihrem Vater und ihrem Onkel Max stand.

»Das war verdammt knapp.« Victor blickte auf das offene Grab, das von einem namenlosen Holzkreuz geschmückt wurde. In dezenter Entfernung stand ein Minibagger, dessen Schaufel dem winterlichen Boden das Grab abgetrotzt hatte. »Wenn der Arzt nicht so schnell da gewesen wäre …« Inzwischen schlief Gabriele unter dem Einfluss von Beruhigungsmitteln. Zuvor hatten sie ihr mit einiger Mühe Hannas Aufenthaltsort entlocken können, die Gott sei Dank schon seit dem Vormittag in Ulis Obhut war.

Obwohl man gelegentliches Flüstern und Raunen und vereinzeltes Kinderlachen auf dem Gottesacker hörte, war es für eine so große Menschenmenge ungewöhnlich still. Eine Stille, wie man sie nur in der Kirche und auf Friedhöfen findet.

Annika entdeckte mehrere alte Schulkameraden, alle Grabungshelfer am Tag des Knochenfunds, die Schlosswirtin Charlotte mit Mann und Kindern und auch Wilhelm Waltner sowie Kathrin, die sich mit ihrem Vater am Rande des Geschehens hielt.

»Hast du Emilia gesehen?«, fragte sie Victor leise.

»Dort hinten.«

Tatsächlich, da stand Emilia von Bruckenheim mit ihren Söhnen Christian und Jonathan. Die Jungen trugen schwarze Anzugjacken, aus denen sie eigentlich herausgewachsen waren. Begleitet wurden die drei von einer älteren Frau, die andächtig zum offenen Grab hinsah.

»Das muss Frau Maler sein. Die Hausdame der von Bruckenheims.«

»Veras Nachfahrin.« Annika verdrückte eine Träne. »Es ist gut, dass sie auch hier ist.«

Als Braunhans verspätet mit seiner Ansprache begann, griff Victor nach Annikas Hand.

»Wir wollen heute zwei Menschen zur letzten Ruhe betten, die einst schändlich in ungeweihter Erde verscharrt wurden. Zwei Menschen, zwei Fremde in unserer Mitte, die uns doch auch Bruder und Schwester im Geiste sind. Auch wenn wir nicht wissen, ob dieser Mann und diese Frau zu Lebzeiten gläubig waren, so wird sie Gott der Herr in seiner unendlichen Barmherzigkeit ins ewige Himmelreich aufnehmen.« Der Geistliche machte eine Pause, um den Zuhörern Raum für eigene Gedanken zu lassen. »Ich sehe die Anteilnahme, die Sie alle diesen beiden unbekannten Toten entgegenbringen. Ehe wir den Sarg in die Erde senken, lasset uns gemeinsam für diesen unseren Bruder und diese unsere Schwester beten.«

Eine knappe halbe Stunde später wurde der Sarg in das offene Grab hinabgelassen. Pfarrer Braunhans suchte Annikas und Victors Blick in der Menge. Als er ihn fand, nickte der Geistliche unmerklich. Er hatte eine ganze Menge gutzumachen. Dies war der Anfang.

Annika drückte Victors Hand, während ein vereinzelter Sonnenstrahl durch die schwere Wolkendecke brach und auf frische Erde fiel, die die Begräbnisgäste einer nach dem anderen in das Grab schaufelten. Nach und nach war der Sarg vollständig von Erde bedeckt und nicht mehr zu sehen. Der Kirchenchor stimmte einen bittersüßen Gesang an.

Nur drei Menschen auf dem Kirchhof wussten von dem steinernen Säugling, der zwischen den wieder in den Sarg gebetteten Skeletten der Frau und des Mannes lag. Endlich waren Maria und Korbinian mit ihrem Sohn vereint.

*

Das zehrende Sehnen hatte aufgehört. Sie waren bei ihr, waren bei Maria; dort, an dem Ort, zu dem sie gemeinsam gegangen waren; Korbinian und der kleine Sohn, den Bairich einst schändlich geraubt hatte. Endlich herrschte Frieden.

Anhang

Der Bodelhof
Zeichnung der dreizehnjährigen Vera von Bruckenheim, entstanden 1899, während eines Sommeraufenthalts der Familie.

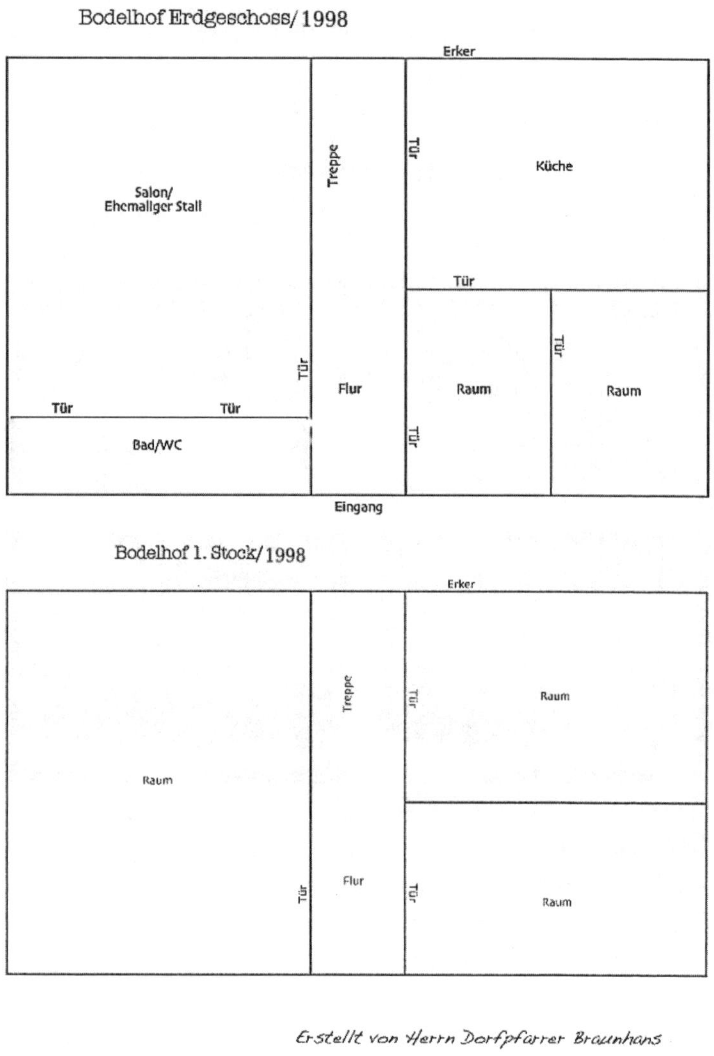

Grundrisse des Bodelhofs aus dem Jahr 1998

Hausgeschichte

1690 Der Bodelhof wird erbaut.

1710 Maria Schreiber kommt auf den Bodelhof.

1890 Der Hof geht in den Besitz der Familie von Bruckenheim über und wird fortan nicht mehr als Bauernhof geführt. Städter kommen »auf Sommerfrische«.

1981 Victors Vater besucht den Bodelhof.

1986–1990 Der Bodelhof steht zum Verkauf und wird zum »Spukhaus der Kinsauer Kinder«.

1990–1998 Der Hof wird als Gärtnerei genutzt.

1998–2012 Die Gemeinde Kinsau kauft das Haus nach Brand des Kinsauer Pfarrhofs. Was als Übergangslösung gedacht war, bewährt sich viele Jahre lang.

2012–2013 Der Neubau des Pfarrhofs Kinsau ist fertiggestellt, der Bodelhof steht leer.

2013 Annika Burgdorfer stößt auf die Verkaufsanzeige des Immobilienbüros Waltner.

Nachbemerkung

Die erste Idee für den vorliegenden Roman kam mir, als ich zufällig auf die Verkaufsanzeige des Kinsauer Pfarrhofs stieß. Kurz darauf fiel mir ein Artikel über das Phänomen Steinkind in die Hände. Der Grundstein für *Das Haus der dunklen Träume* war gelegt.

Im wirklichen Leben steht der Kinsauer Pfarrhof im Ort und ist meines Wissens nie einem Brand zum Opfer gefallen. Den Bodelhof, wie im Roman geschildert, gibt es nicht und gab es nie. Für mich existiert er auf gewisse Weise dennoch. Wann immer ich an dem gedachten Platz vorbeikomme, sehe ich den Hof in seiner verfallenen Pracht am Straßenrand stehen.

Anders als der Bodelhof ist der Schlosswirt in Kinsau auch in der realen Welt eine feste Größe, wobei eine authentische Beschreibung im Buch unbedingt nur für die Außenansicht dieses historischen Gebäudes gelten darf. Eine Hippie-Party, wie Annika und Victor sie besuchen, hat es dort beispielsweise nie gegeben. Dank an den Wirt Manfred Schilcher, dass ich seinen Schlosswirt im Buch verwenden durfte und er sich obendrein der (aus Verständnisgründen stark abgeschwächten) Dialektteile im Buch angenommen hat.

Erwähnenswert scheint mir zum Schluss die Tatsache, dass es in Deutschland tatsächlich eine Parapsychologische Beratungsstelle gibt, die sich in Freiburg befindet – www.parapsychologische-beratungsstelle.de

G. F.